Serie: Romantik am Arbeitsplatz

Begegnung um Mitternacht

alia smith

BAL
KON
media

BEGEGNUNG UM MITTERNACHT
Erschienen bei Balkon Media

ISBN der Taschenbuchausgabe: 978-1-916970-38-0
Auch als E-Book erhältlich

Lektorat: Hanna Elizabeth
Umschlagillustration & -gestaltung: graphichouse123

Impressum
Balkon Media B-08-12, Rivervale Condominium, Lorong Stutong 11B3 93350, Kuching, Sarawak, Malaysia jon@balkonfilms.com +60 016 400 4579
www.balkon.media

*Für die Optimist:innen und Träumer:innen,
die kaffeegestützten Zerdenker:innen ...
und alle, die sich schon einmal verliebt haben, als sie am
wenigsten damit gerechnet haben.*

EINS

LILY

»Der Blutdruck rauscht in den Keller, Dr. Harper«, stellt Patty mit der Dringlichkeit fest, mit der jemand eine Einkaufsliste vorliest.

Mein Puls ist das Einzige in diesem Raum, das keine Nulllinie zieht. Blut sammelt sich auf dem Tisch. Die Monitore kreischen, als würden sie uns verhöhnen. Das Einzige, was lauter ist, ist das Summen in meinem Schädel.

»Dann hören wir auf, Zeit zu verschwenden«, erwidere ich mit fester Stimme. Eine Klemme wartet in meiner ausgestreckten Hand. Ein Spritzer Scharlachrot, ein Zittern und ein Assistenzarzt, der kurz davor ist, wie ein trockener Kuchen zu zerbröseln. »Wenn Sie noch einmal zögern, sind Sie raus. Konzentrieren Sie sich.« Wenn ich es nur oft genug sage, wird es vielleicht einer von uns tatsächlich tun.

Der Assistenzarzt zögert. Meine Instinkte setzen ein, bevor er die Chance hat, noch etwas zu vermasseln. Ich reiße das Instrument an mich und übernehme die Kontrolle. Methodisch. Unerbittlich.

»Absaugung«, fahre ich ihn an und richte meine Aufmerksamkeit auf den nächsten Schritt. Stunden verschwimmen vor meinem geistigen Auge. Minuten werden zu blutgetränkten Sekunden. Der Brustkorb des Patienten ist weit geöffnet – ich starre in die Wunde und frage mich, was mich zuerst umbringen wird: der Druck oder der Schlafmangel.

»Klemme, Klemme, Klemme«, wiederhole ich. Mein Blickfeld verengt sich, als ich das Chaos um mich herum ignoriere. Die Monitore, das Blut, das Versagen, alles verblasst im Hintergrund. Ich lokalisiere die Quelle der Blutung, finde ihre Schwachstelle. Ruhige Hände. Scharfer Verstand. Noch fünf Sekunden, und es ist vorbei.

Die Vitalwerte des Patienten fallen weiter ab.

»Das hätte schon vor zehn Minuten erledigt sein müssen.« Wieder Patty, als wäre mir das nicht bewusst.

Als wäre ich nicht hyperwachsam, seit ich diesen Raum betreten habe. Das Summen in meinem Kopf ist jetzt eine Kettensäge, die alles außer meinem Puls übertönt. Eine Narkose ist nicht nötig; ich bin von ganz allein taub geworden.

»Wir verlieren ihn.« Eine Stimme, ein Zittern, ein Zweifel an meinen Fähigkeiten.

Nein.

»Wir verlieren ihn nicht!«

Konzentration. Klemme. Konzentration. Klemme.

Meine Hände fliegen durch ein Dutzend Instrumente. Skalpell. Pinzette. Nahtmaterial. Ich halte nicht an, um zu überlegen, welches. Keine Zeit für eine Bluttransfusion. Keine Zeit für ihre Zweifel. Ich kann nicht noch einen Patienten in dieser Woche verlieren. Nicht so. Nicht wegen eines Assistenzarztes, der nicht mithalten kann. Ich spüre, wie meine Erschöpfung mich verhöhnt, mich herausfordert zu versagen, und ich bringe sie mit Präzision zum Schweigen.

»Der Blutdruck kommt wieder«, sagt Patty, diesmal leiser.

Ich nähe die Wunde, zähle drei ruhige Atemzüge, warte darauf, dass sich der Brustkorb von selbst hebt. Er tut es.

»Gute Arbeit, Doc.«

Die Stille sollte beruhigend sein, aber sie ist eine Erinnerung daran, wie laut mein Versagen vor einer Minute war. Ich überblicke das blutige Schlachtfeld um mich herum und nehme das Gemetzel auf dem Operationstisch und vor allem auf dem Boden zur Kenntnis.

»Glück gehabt, dass er nicht verblutet ist«, fügt Patty hinzu, reicht mir die Akte und sagt, wie es ist. »Das war ein verdammtes Chaos.«

»Wir hatten es unter Kontrolle«, erwidere ich. Ihre Augen sagen, dass wir beide wissen, was »es« ist. Das Wort schwebt wie eine Frage zwischen uns.

Eine Krise gemeistert, hundert weitere warten. Ich streife meine Handschuhe ab und werfe sie in den Müll. »Das wird nicht wieder vorkommen.«

»Es kommen mehr Patienten vom selben Unfall rein. Das wird eine lange Nacht«, warnt Patty. »Hast du vor, eine Pause zu machen, oder arbeitest du weiter, als hättest du einen Todeswunsch?«

Ich ignoriere die Bemerkung, die Sorge, die letzten zwanzig Stunden. »Wenn du einen freien OP siehst, sag mir Bescheid.« Ich fange den Blick des Assistenzarztes auf. Lasse ihn mit einem einzigen Blick wissen, dass er bei mir unten durch ist. »Zögern Sie nicht noch einmal«, mahne ich ihn, als wir uns die Hände waschen.

Der Flur ist kalt und hell, was es leichter macht, so zu tun, als wäre ich wach. Ich kann mich nicht erinnern, wann ich das letzte Mal geschlafen habe. Meine Füße tragen mich in zwei Richtungen, zum Wartebereich der Familie und zu einer weiteren Zwölf-Stunden-Schicht.

Die Familie sitzt in einem Knäuel aus Panik, halb in Stühle gesunken, mit aufgeweichten Taschentüchern und verweinten Gesichtern. Ich kenne den Typ. Die Hysteriker. Die, die sich überschwänglich bedanken. Die, die nehmen und nehmen und nehmen, bis nichts mehr übrig ist als Schlafmangel und Bedauern. Die Frau des Patienten umklammert den Arm ihrer Tochter und benutzt ihn als Taschentuch. Ihre Schluchzer erfüllen den ganzen Raum. Ihre Atmung ist angestrengt.

»Es wird ihm gut gehen, Mom«, sagt die Tochter. Sie sieht aus wie sechzehn und ist von ihren eigenen Worten überhaupt nicht überzeugt. »Die kriegen das hin. Oder?«

Ich bin anderthalb Meter entfernt und sie fischen bereits nach Hoffnung.

»Mrs. Martin?«, frage ich und schaue auf die Akte, als hätte ich sie nicht vor Stunden auswendig gelernt. Als hätte ich nicht jedes Detail hinter meine Augen tätowiert.

Die Frau hebt ihren Kopf, aufgedunsen und wund, ihre Augen voller Erleichterung. »Oh, Gott«, sagt sie, umklammert die Tochter fester und sucht in meinem Gesicht nach Antworten. Nach mehr als Antworten. Nach Zusicherungen und Dingen, die ich nicht habe. »Geht es ihm gut?«

»Die Operation ist gut verlaufen«, sage ich stattdessen und lasse mich auf einen Stuhl gegenüber von ihnen fallen. Mrs. Martin rutscht näher und ignoriert meinen Versuch, die Situation professionell zu halten. »Wir haben die Blutungsquelle gefunden und ihn stabilisiert.« Meine Stimme ist gleichmäßig. »Er liegt stabil auf der Intensivstation.«

Erneut bilden sich Tränen, die sich in den Augenwinkeln der Frau sammeln wie das Blut auf meinem OP-Tisch. »Danke. Danke, danke, danke.« Jedes Wort klingt wie ein Schluchzer. Als wäre sie Enttäuschungen gewohnt. Als hätte sie erwartet, dass ich versagen würde.

Sie beginnen zu fließen, ein Dammbruch, ein Strom der Erleichterung. Die Frau wirft sich mir mit der rücksichtslosen Verzweiflung eines Patienten mit Kammerflimmern an den Hals.

Ich bin schnell beim Nähen. Ich reagiere langsam.

Meine Glieder werden steif. Mein Brustkorb schnürt sich zu. Ich stehe da wie eine Idiotin, während ihre Arme mich umklammern.

Mein Herz weiß genau, wie viele Schläge pro Minute dieses Unbehagen ausmacht. Ich bewege mich nicht. Ich atme nicht. Ich ignoriere die Enge in meiner Brust. Sie hält mich, als würde ich ihr Leben retten, aber alles, was ich fühle, ist das Versagen, das mir den Rücken hinaufkriecht.

Das ist das Schlimmste, was ich seit dem Blinddarm-Vorfall

von 2018 geleistet habe. Ich hätte nie ahnen können, wie hart mich der Schlag treffen würde.

Ich schlucke schwer, gehe eine emotionale Checkliste durch und finde nichts. Ich muss etwas sagen. Irgendetwas. Einen ganzen Satz. Aber alles, was herauskommt, ist: »Es ist mein Job.«

Ich bin der unmenschlichste Mensch, den sie je gesehen haben.

Mrs. Martin lässt mich los und fällt in die Arme ihrer Tochter, wo sich die Dankbarkeit ein wenig verdienter anfühlt. Ich ziehe mich stattdessen zurück, reibe meinen Hals, wo ich immer noch die Berührung spüre. Die Wärme. Das Versagen.

»Sind Sie sicher, dass es ihm gut geht?« Diesmal die Tochter, hoffnungsvoll und traurig und zwei Sekunden davon entfernt herauszufinden, dass ich nichts außer medizinischen Neuigkeiten zu bieten habe.

»Wir haben die Blutung unter Kontrolle«, wiederhole ich und schalte auf Autopilot auf professionell um. »Sie können sich auf der Intensivstation erkundigen.« Die Worte füllen die Stille.

»Er ist stabil«, versichere ich ihnen. Der Subtext: Ich bin es nicht.

Mrs. Martin weint in die Haare ihrer Tochter. Es ist eine zärtliche, leise Szene, bei der sich mein Magen umdreht, als hätte ich einen Virus geschluckt. Es ist die Art von Verbindung, die ich nicht verarbeiten kann, also seziere ich sie stattdessen. Zerlege sie in winzige, überschaubare Teile. Ich weiß, wie kurz davor ich war, sie im Stich zu lassen. Sie wissen es nicht.

»Vielen Dank«, sagt die Tochter. »Wirklich.«

Ich stehe auf und trete zurück, steif, mir des Chaos bewusst, das ich hinterlassen habe. Meine Wirbelsäule ist steifer als die einer Leiche. Die Familie verschwimmt vor meinen Augen, als ich den Rückzug antrete. Ihre Erleichterung ist zu laut. Sie ist mir unangenehm. Sie bringt mich dazu, etwas zu fühlen.

Ich tue so, als würde ich es nicht hören.

Ich bleibe im Treppenhaus stehen und lasse die kalte Wand in meine Wirbelsäule beißen, lasse sie mich daran erinnern, dass ich eine Chirurgin bin, keine Versagerin. Eine kleine Stimme in meinem Kopf, die verdächtig nach meinem Vater klingt, sagt mir, dass der Unterschied zwischen beidem hauchdünn ist. Ich blende ihn aus, blende alles aus. Echos der letzten vierundzwanzig Stunden prallen von den Wänden ab, legen sich um meinen Hals. Die Ungewissheit über alles außer meiner Erschöpfung.

Mein Körper schmerzt wie ein überanstrengter Muskel. Mein Verstand ist schlimmer dran, er ist erfüllt von Rauschen und Blutverlust. Das Adrenalin ist weg, und ich spüre jede einzelne Sekunde der letzten Schicht, zwanzig Stunden, die sich übereinander stapeln. Ich lasse mich an der Wand hinuntergleiten, so weit mein Stolz es zulässt, bis ich mit dem Kopf in den Händen auf der Treppe sitze und die Erschöpfung mich einholt.

Gelächter hallt durch das Treppenhaus, gedämpft und fern und für Menschen mit einem Leben außerhalb dieser Mauern bestimmt. Es ist ein Gespräch, an dem ich nie teilhaben werde, Stimmen aus einer anderen Welt. Mein Verstand ist schwer, aber er schaltet nie ab. Er surrt und summt und sagt mir, dass Ruhe etwas für Leute ist, die nichts zu beweisen haben.

Wenn meine Eltern mich jetzt sehen könnten, auf der Treppe zusammengebrochen, würden sie sagen, ich sei eine Enttäuschung. Sie würden sagen, ich hätte nicht den Biss oder den Antrieb. Und sie hätten recht. Das habe ich nicht. Nicht heute. Nicht so.

Die Kälte des Betonbodens dringt durch meine OP-Kleidung bis in meine Knochen. Ich schließe die Augen, aber das ist ein Fehler, denn alles, was ich sehe, sind die Bilder, die ich versucht habe, tief zu vergraben: der Autounfall, das Blut, der Junge, der beinahe seinen Vater verloren hätte, weil ich gezögert hatte.

Das wird nicht wieder vorkommen.

Meine Augen schnellen auf. Die sterilen weißen Wände kommen auf mich zu. Mein Puls hämmert in meinen Ohren.

Die Frau. Die Umarmung. Die unbeholfenen, erstickten Worte, die mir das Gefühl gaben, hilfloser zu sein als eine missglückte Operation. Warum müssen die Leute alles so verdammt kompliziert machen? Mein Brustkorb schnürt sich zu und ich will weglaufen, aber die Müdigkeit hat andere Pläne.

Deshalb erlaube ich mir nicht zu denken.

Wenn man sich selbst mit Nähten zusammenhält, beginnt man sich aufzulösen, sobald man stillsteht.

Die Tür zum Treppenhaus knarrt auf und lässt zwei Assistenzärzte herein, fröhlich und lachend, als wäre die letzte Schicht ein Spaziergang gewesen. Vielleicht war sie das für sie. Vielleicht wird sie das immer sein. Sie rauschen an mir vorbei, ohne zu bemerken, dass ich da bin. Ich sollte dankbar sein. Wenn sie mich auf der Treppe kauernd sähen, wüssten sie, wie kurz ich davor war, zusammenzubrechen.

Ich lehne meinen Kopf zurück und starre an die Decke, ignoriere das Hämmern in meinem Schädel und den winzigen, hartnäckigen Teil von mir, der sagt, dass das auf Dauer nicht gut geht.

»Pfannkuchen und Waffeln?«, sagt einer von ihnen, als ob er nicht glauben kann, dass so etwas existiert.

»Frühstück für Champions«, antwortet der andere. »Bin dabei.«

Ich versuche, nicht verbittert zu sein. Ich versuche, mich davon zu überzeugen, dass ich diese Art von Freiheit, diese Art von Distanz nicht will. Dass ich mich dafür entschieden habe und es wieder tun würde.

»Kommen Sie mit, Dr. Harper?« Einer der Assistenzärzte bleibt stehen und schaut zu mir herunter. Er muss mich nicht sehr gut kennen. Er muss nicht wissen, dass ich ein Geist bin, der diesen Ort heimsucht, ohne überhaupt noch zu wissen, warum.

Ich bin versucht, ihn anzuschnauzen. Ich bin versucht, etwas Grausames zu sagen, wie: »Wenn Sie Zeit zum Frühstücken haben, sind Sie kein richtiger Arzt.«

Aber ich überrasche mich selbst. Das Zögern ist ein fremdes Gefühl, ein unbekanntes Ziehen in meiner Brust.

»Vielleicht beim nächsten Mal«, sage ich. Für einen Moment bin ich mir nicht sicher, wer ich bin.

Die Assistenzärzte gehen, und ich lausche ihren verblassenden Schritten, lausche ihrem unbeschwerten Lachen, als sie die Treppenhaustür in einem unteren Stockwerk aufstoßen und in der Welt verschwinden. Ihr Glück ist ein Echo, ein hohler Klang, der in meinen Ohren nachklingt und mich müder macht als je zuvor.

Ich fange meinen Atem, meinen Puls, meine Fassung. Ich straffe meine Schultern, drücke mich hoch und schiebe die Müdigkeit beiseite. So muss es sein. Das ist es, was es braucht.

Es ist nicht schön, aber es ist stabil.

Ich stoße die Tür auf und lasse sie mit einem entschlossenen Klirren zufallen.

ZWEI

NOAH

Blut strömt wie in einem billigen Horrorfilm, eine übertriebene Fontäne aus Blut und Gemetzel. Ich zähle sechs Herzschläge auf dem Monitor – jeder langsamer als der letzte –, bevor es mit dem Kerl vorbei ist, und ich habe nicht vor, auch nur einen einzigen zu verschwenden. Nicht heute.

»Noah, wir verlieren ihn«, ruft Krankenschwester Patty. Sie ist taff und hat eine raue, aber herzliche Art, was erklärt, warum ich sie so sehr mag.

Ich werfe einen Blick auf den Neuling, der kurz davor ist, seine Arbeitskleidung vollzukotzen.

»Sollten wir nicht auf Dr. Patel warten?«, fragt er mit brüchiger Stimme, aber da ziehe ich mir schon die Handschuhe an. »Wenn wir warten, ist er tot.« Ich bin nicht der Typ, der wartet.

Die Arterie dieses Kerls ist aufgeschlitzt, sein Blut bildet kleine rote Seen um die Räder der Trage. So einen Bluter haben wir seit Silvester nicht mehr gesehen – die Art von Wunde, die man sich durch Whiskeyflaschen und Billardqueues holt, nicht die alltäglicheren Messerstiche.

Krankenschwester Patty reißt eine neue Packung Gaze auf

und wirft mir einen Blick zu, der sowohl ›du bist verrückt‹ als auch ›beeil dich‹ sagt.

»Er stürzt ab, Noah!«, schreit sie, bellt Befehle und stößt dem Assistenzarzt den Ellbogen in die Seite, damit er absaugt.

Die Monitore sagen mir, dass ich keinen Spielraum für Fehler habe. Keinen Raum für irgendetwas außer einem unregelmäßigen Puls und fallendem Blutdruck. Eine Herzfrequenz, die nur deshalb bemerkenswert ist, weil sie rapide absinkt. Deshalb denke ich auch nicht zweimal über die Thorakotomie nach oder darüber, wie viel Ärger ich dafür bekommen werde. Instinkte wie meine kann man nicht lernen, aber man kann dafür ordentlich einen auf den Deckel bekommen. Ich schneide mit dem Skalpell sauber in seine Brust und spüre ein leichtes Erschüttern, als meine Hand auf den Brustkorb trifft. Der Grünschnabel wird noch blasser.

»Machen wir das wirklich?«, fragt er, hauptsächlich sich selbst, während Patty bereits ihre Hände über der Wunde hat, sie stabilisiert, die Lage unter Kontrolle hält.

Ich weiß, dass eine Antwort zwecklos ist. Ich konzentriere mich. Die Lunge des Kerls ist im Weg, sein Gewebe und seine Muskeln sind widerstandsfähig und fleischig und wehren sich. Es ist wie ein Anatomie-Lehrbuch, das auf eine sehr nicht jugendfreie Weise zum Leben erwacht ist, und der Junge sieht aus, als würde er gleich kotzen. Ich spreize die Rippen auseinander. Meine behandschuhte Hand fischt darin herum, als würde sie nach dem beschissensten Preis in einer Piñata suchen.

Es sind jetzt schon ein paar Sekunden vergangen. Viel zu viele.

»Neunzig zu vierzig«, ruft Patty.

Der Assistenzarzt hält immer noch den Atem an, und ich bin kurz davor, ihm die Luft aus den Lungen zu schlagen, wenn er nicht bald wieder atmet. »Was jetzt, Doc?«, drängt Patty, ohne Angst, einfach nur stahlhart.

»Ich hab das im Griff«, beharre ich. Hoffe ich.

Das Organ ist eine schlaffe, lilafarbene Masse aus Nichts, und ich ertaste die Arterie mit dem Daumen, fühle, wo sie verknotet und eingerissen ist und aufgeben will.

Aber ich bin nicht der Typ, der aufgibt.

Dann: Leben.

Es flattert unter meinen Fingern wie ein neugeborener Vogel. Ein Schlag. Zwei. Dann voller Rhythmus, und ich schwöre, es ist das süßeste Geräusch, das ich je gehört habe. Besser als Vinyl. Besser als alte Gitarren. Ein gleichmäßiges *lub-dub* vom EKG, das die Horrorshow vergessen macht, und für einen Moment gibt es nichts anderes als das hier. Den Sieg.

»Puls bei hundertzehn. Der Druck steigt.« Der Monitor piept wieder zum Leben. Pattys Mund verzieht sich zu etwas, das bei ihr als Grinsen durchgeht, und ihre Zufriedenheit ist fast so gut wie ein Dankesbrief. »Nicht schlecht, Doc. Für einen, der allein arbeitet.«

Ich wische mir mit dem blutigen Handgelenk über die Stirn, spüre die Anspannung und das Adrenalin in jeder Faser meines Körpers. »Du kennst mich doch – ich steh auf Happy Ends.«

Patty schnaubt. »Auf irgendwas stehst du ganz bestimmt.«

Der Assistenzarzt bekommt wieder etwas Farbe. Er ist immer noch mehr verängstigt als beeindruckt, aber das wird schon noch. Der Rest des Teams atmet aus. Der Raum wechselt von Panik zu Erleichterung, die kollektive Angst fällt ab wie eine alte Haut. Nur das Absauggerät keucht noch, das nasse Spritzen von Blut unter den Füßen ist wie Regen. Sie haben es alle gesehen. Sie haben alle gesehen, was passiert, wenn ich mich zu tief und zu schnell hineinstürze und es tatsächlich schaffe.

»Er ist stabil. Bringen wir ihn in den OP.« Patty übernimmt das Kommando und schiebt die Trage aus der Tür, während der Rest des Personals herumsteht, als hätten wir gerade die letzten zehn Sekunden des Super Bowl miterlebt. Die meisten von ihnen wissen immer noch nicht, was sie sagen sollen, wenn Noah Carter einen Traumafall kapert, und genauso mag ich es.

Jedenfalls für den Moment.

Denn meine Feierlaune hält ungefähr so lange an, wie Dr. Patel braucht, um hereinzuschweben, einen flüchtigen Blick über das Gemetzel schweifen zu lassen und seinen Blick auf mich zu heften. Er ist tadellos gekleidet. Ungehetzt. Erfasst die ganze

Situation, bevor ich überhaupt eine Chance habe, mich im Ruhm zu sonnen.

»Dr. Carter«, sagt er. »Ein Wort.«

Die Klimaanlage in Dr. Ajay Patels Büro ist so niedrig eingestellt, dass ich spüre, wie sie mir das Blut in den Adern gefrieren lässt. Wenn mein Gespräch mit ihm länger als fünf Minuten dauert, verklage ich ihn wegen Erfrierungen. Der Schreibtisch ist eine karge Wüste, und Patels Gesichtsausdruck ist auch nicht besser. Er macht sich nicht die Mühe, Hallo zu sagen oder mich zu bitten, Platz zu nehmen, sondern kommt direkt zur Sache.

»Dr. Carter«, beginnt er ohne Umschweife, »Sie treffen eine solche Entscheidung nicht ohne die Anwesenheit eines Oberarztes.«

Er ist der König der Regelbefolger, und ich kann praktisch spüren, wie mir das Protokollhandbuch an den Kopf fliegt.

»Er wäre gestorben«, entgegne ich, aber nicht laut genug, um so zu klingen, als hätte ich eine solide Grundlage für meine Argumentation.

»Das ist nicht Ihre Entscheidung«, beharrt Patel mit einer knappen, sterilen Stimme, wie der Rest seines verdammten Büros. Er lehnt sich zurück, die Arme verschränkt, auf eine Weise, die mich dazu bringt, meine ebenfalls zu verschränken, rein aus Trotz. »Sie sind ein Assistenzarzt, kein Held.«

Mein Kiefermuskel zuckt. Ich hoffe, es ist nicht zu offensichtlich. »Bei allem Respekt, ich habe getan, was ich für notwendig hielt.«

Seine Augen bohren sich in meine, unerbittlich, wie ein besonders anstrengender CT-Scan. Ich versuche immer noch, von dem frostigen Empfang aufzutauen, als er den nächsten Schlag austeilt.

»Dies ist das letzte Mal, dass wir dieses Gespräch führen werden«, stellt er fest.

Das unausgesprochene – *oder sonst* – schwebt wie ein Eisberg zwischen uns, und ich weiß, wann ich kurz davor bin, auf etwas Hartes zu prallen. Es kostet mich jede Unze Selbstbeherrschung, nicht mit den Augen zu rollen oder laut loszulachen. Nicht, weil ich ihm nicht glaube, sondern weil ich es tue. Patel ist nicht der

Typ, der blufft. Wenn überhaupt, ist er wahrscheinlich beleidigt, dass ich ihn nicht ernster nehme.

»Verstanden«, sage ich, meine Worte so kurz und scharf, wie ich sie nur herausbringen kann.

Patel antwortet nicht. Sein Schweigen spricht Bände, von denen die meisten den Titel *Sie bewegen sich auf verdammt dünnem Eis* tragen. Ich bin aus der Tür und auf dem Korridor, bevor die Wände anfangen, sich auf mich zuzubewegen. Mein Puls rast immer noch, immer noch aufgeputscht von dem Nervenkitzel, kopfüber ins kalte Wasser zu springen und damit davonzukommen. Fast. Das Einzige, was ich mehr hasse, als gerügt zu werden, ist, gerügt zu werden, wenn ich weiß, dass ich im Recht bin, und es frisst mich bei lebendigem Leib auf.

»Patel sieht stinksauer aus«, kommt eine Stimme von der Schwesternstation. Marcus Young. Mein Komplize, nur dass er nie erwischt wird und nie ins Schwitzen gerät. Er lehnt lässig am Tresen und grinst auf eine Weise, die mir sagt, dass ich gleich auf den Arm genommen werde. »Wie schlimm war es?«

Ich stelle mich neben ihn und versuche, seine unbekümmerte Art nachzuahmen, versuche, den Riss in meiner Fassade zu vergessen, den Patel gesehen haben muss.

»Hätte schlimmer sein können.«

Er schüttelt den Kopf in gespieltem Entsetzen. »Hätte aber auch besser sein können. Das ist dann also, was, deine dritte Verwarnung?«

»Vierte«, korrigiere ich ihn, als wäre es ein Grund zum Stolz. »Aber wer zählt schon mit?«

Marcus lacht, und es ist ein festes, beruhigendes Geräusch, wie eine warme Decke über diesem ganzen kalten, klinischen Scheiß. Er reicht mir eine Akte zur Durchsicht und klopft mir auf die Schulter.

»Du«, sagt er. »Zumindest solltest du das.«

Ich schnaube und tue so, als wäre es mir egal, aber es ist mir wichtiger, als ich jemals zugeben würde. Es ist jedes Mal dieselbe Diskussion, und Marcus hat mich schon durch genug davon begleitet, um das Skript auswendig zu kennen.

»Patel will keine Wiederholung vom letzten Jahr, Mann. Du

bist nicht mehr in New York. Halt einfach eine Weile den Ball flach, okay?«

»Wo bleibt da der Spaß?«, feuere ich zurück, während ich die Akte und sein Gesicht abschaue. Er ist der Einzige, der es wagt, mir die Wahrheit direkt ins Gesicht zu sagen, selbst wenn er weiß, dass ich nicht darauf hören werde. Besonders, wenn er weiß, dass ich nicht darauf hören werde.

Wir sind im Auge des Sturms, Krankenschwestern rennen in alle Richtungen, Klemmbretter fliegen, Fälle stapeln sich wie überfällige Rechnungen, aber Marcus und ich stehen still im Chaos, verankert.

Ich zucke mit den Schultern, oder versuche es zumindest. »Solange die Patienten leben, ist es doch eigentlich egal, oder?«

Marcus' Augen sind mitfühlend, aber unnachgiebig. Er hat die Sache mit dem scharfsinnigen besten Freund zur Kunstform erhoben.

»Vielleicht nicht für dich«, antwortet er, »aber dieser Ort ist nicht die Smaragdstadt und du bist nicht der Zauberer. Hier spielen sie nach anderen Regeln.«

»Regeln hin, Regeln her«, entgegne ich, heuchle Tapferkeit und ignoriere den festen Knoten in meiner Brust, den ich nie ganz loswerde, wenn mich jemand auf meinen Mist anspricht. Den, den Marcus so klar wie Kloßbrühe sehen kann. »Wird schon alles gut gehen.«

Er zieht eine Augenbraue hoch. »Das tut es immer, bis es das nicht mehr tut.«

Ich weiß, er meint es gut, aber es ist mehr, als ich gerade ertragen kann. Zu viel Wahrheit, zu viel Realismus. Ich lächle, eine Maske, die ich über die Jahre perfektioniert habe.

»Du hast recht, Dad. Ich werde versuchen, den Familiennamen nicht in den Schmutz zu ziehen.«

Marcus lacht wieder, diesmal lauter. »Zu spät.«

Und vielleicht ist es das. Vielleicht ist es längst zu spät. Aber wenigstens lachen wir noch darüber.

Der sechzehnjährige Skater, der als Nächster auf der Liste steht, hat den geknickten Gesichtsausdruck eines Kerls, dem sowohl die Knochen als auch der Stolz schwer gebrochen wurden. Ich würde wetten, dass der Stolz von beidem der schmerzhaftere ist.

»Alter, ich glaub, ich hab sie mir gebrochen«, stöhnt er und zeigt auf den geschwollenen Ballon, den er früher seine Hand nannte.

Ich bin immer noch frisch von meinem ersten Tadel der Woche, aber ich habe meinen Charme am Krankenbett oder meinen Sarkasmus nicht verloren.

»Woran hast du das gemerkt?«, frage ich und studiere seine Akte. »An dem brennenden Schmerz oder der Tatsache, dass dein Handgelenk wie eine Brezel aussieht?«

Er starrt mich wütend an, mit dem Blick, den jeder Teenager für Erwachsene aufspart, die nicht sofort anerkennen, wie tragisch ihre Situation ist. »Oh, Sie sind ja witzig.«

»Finden die meisten Leute«, schieße ich zurück, ein Grinsen bricht trotz der blauen Flecken, die Patels Vortrag hinterlassen hat, durch. Ich schiebe seinen Arm sanft, um den Bewegungsradius zu prüfen, und der Junge zuckt theatralisch zusammen.

»Werde ich sie verlieren?«, fragt er, halb besorgt, halb erwartend, dass ich ihm sage, er würde nie wieder Xbox spielen.

»Du wirst leben«, versichere ich ihm und ziehe ein Paar Handschuhe an. »Aber nächstes Mal solltest du dich vielleicht an Tony Hawk halten?«

Er lacht nicht, aber ich sehe, wie seine Mundwinkel zucken. Noch ein harter Brocken geknackt, mit freundlicher Genehmigung von Dr. Carter. Der Raum ist eine andere Art von Chaos als zuvor, immer noch geschäftig, aber es läuft. Diese Art kann ich mit geschlossenen Augen bewältigen. Ich ertaste sanft das zerquetschte Handgelenk noch einmal und schaue ihm dann direkt in die Augen.

»Bereit?«, sage ich und stelle sicher, dass er weiß, was kommt.

Der Teenager nickt, ein Akt der Tapferkeit, der genau eine Sekunde andauert, bevor er die Augen fest zusammenkneift.

»Auf geht's«, sage ich zu ihm, mit ruhigen Händen an der Fraktur. »Drei, zwei ...«

Eine schnelle, präzise Bewegung. Mit einem befriedigenden Klick richtet der Knochenbruch alles wieder ein.

»Warten Sie, haben Sie ...?«

»Schon fertig«, bestätige ich und grinse über seine verwirrte Erleichterung. »Es wird eine Weile höllisch wehtun, aber daran wirst du dich gewöhnen.«

Ich ziehe meine Handschuhe aus, und er beobachtet mich mit einer seltsamen Mischung aus Ehrfurcht und Unglauben. Ich habe diesen Blick schon eine Million Mal gesehen, aber er wird nie alt. Es gibt nichts Besseres, als einen Teenager zu beeindrucken, der noch nie von irgendetwas beeindruckt war.

»Sie haben das in, äh, fünf Sekunden gemacht«, sagt er, und fragt sich offensichtlich, ob ich auf Steroiden bin.

Ich lehne mich gegen den Tresen, verschränke die Arme und genieße den seltenen Moment, der Gute zu sein, der, den niemand anbrüllt. »Besser als zehn Wochen in einem Gips zu verbringen, was?«

Seine Augen treffen meine, immer noch voller Misstrauen und Bewunderung und ein wenig von diesem übrig gebliebenen Groll. Ich lege ihm eine provisorische Schiene an und schicke ihn zum Röntgen.

»Lassen Sie ihn untersuchen und dann kann er gehen«, sage ich zur Krankenschwester und übergebe die Akte. »Dieser Junge hat eine Geschichte zu erzählen, und die wird nicht glaubwürdig klingen, wenn wir ihn den ganzen Tag hier festhalten.«

Die Krankenschwester nickt, und der Teenager wirft mir einen letzten Blick zu, als er hinausgerollt wird.

»Danke, Doc«, murmelt er, verlegen und erleichtert, wie die meisten meiner Patienten. Wie die meisten Menschen in meinem Leben.

»Kein Problem«, rufe ich ihm nach, obwohl er schon außer Hörweite ist. Ich erwarte keine Parade zu meinen Ehren, aber ich würde mich mit einer ruhigen Tasse Kaffee zufriedengeben, nur ich und das Chaos und das dumpfe Dröhnen einer Trauma-Station, die niemals leise wird.

Auf dem Schreibtisch stapeln sich weitere Fälle. Eine ältere Frau mit Hüftschmerzen, ein Mann mittleren Alters mit Engegefühl in der Brust, ein Kleinkind mit einem Lego-Stein, wo niemals Lego-Steine sein sollten. Routine. Angenehm.

Es ist ein schmaler Grat, was wir hier tun. Der Drahtseilakt zwischen Dringlichkeit und Gelassenheit, Krise und Ruhe. In der einen Minute halte ich buchstäblich das Herz von jemandem in meinen Händen, drücke es, als wollte ich die Welt neu starten, und in der nächsten richte ich Knochen, reiße Witze und tue so, als ob mir nichts unter die Haut geht. Nicht die Arbeit. Nicht die Verwarnungen. Nicht die Art, wie ich von einem zum nächsten renne, in der Hoffnung, dass dieser Ort mit mir mithalten kann, in der Hoffnung, dass ich mit mir selbst mithalten kann.

»Dr. Carter, wir brauchen Sie in Kabine vier«, ruft die Krankenschwester, und die Atempause löst sich in Rauch auf. Eine hübsche Illusion.

»Bin schon unterwegs«, sage ich, schnappe mir die nächste Akte und mache mich bereit, wieder einzutauchen.

Als ich im Pausenraum ankomme, war mein ganzer Tag von Koffeinmangel und Sarkasmus geprägt und ich sehne mich verzweifelt nach fünf ruhigen Minuten. Ich mache ein Getränk auf und entdecke Dr. Lily Harper, eine unglaubliche Chirurgin und amtierende Eiskönigin von Emerald Bay, die neben der Kaffeekanne steht, als hätte diese gerade ihre ganze Familie beleidigt.

»Natürlich«, murmelt sie auf eine Weise, die mir sagt, dass ich aus dieser Begegnung weitaus mehr Vergnügen ziehen werde als sie.

»Du wirkst überrascht«, sage ich und lehne mich lässig an den Tresen. »Nachtschichtkaffee ist bestenfalls ein Glücksspiel.«

Lilys scharfe Züge sind von konzentrierter Verärgerung gezeichnet, der Art, die sie normalerweise für unkooperative Praktikanten reserviert. »Und trotzdem verliere ich irgendwie immer.«

Im Hintergrund summt eine kaputte Klimaanlage. Ich nehme einen Schluck von meinem Getränk und lasse sie denken, dass sie mich ignoriert, was genau das Gegenteil von dem ist, was sie tut.

»Harte Nacht?«, frage ich mit der unschuldigsten Stimme, die ich aufbringen kann.

Sie sieht mich endlich an, ihre braunen Augen blitzen mit der Intensität von tausend gescheiterten Plänen. »Ich habe die letzten fünf Stunden damit verbracht, Organe wieder zusammenzuflicken. Und jetzt ist das Einzige, was mich auf den Beinen hält, weg.«

»Die Arbeit oder das Koffein?«, witzle ich, obwohl ich genau weiß, was sie meint.

»Das Koffein«, stellt sie unumwunden fest, ohne mit der Wimper zu zucken. Ich muss ihre Hingabe bewundern. Und ihre Sturheit. Sie ist fast so stark wie meine.

»Arme Lily«, sage ich, das gespielte Mitgefühl trieft aus meinen Worten, während ich meinen halb leeren Energydrink hochhalte. »Willst du die Hälfte?«

»Lieber würde ich sterben«, erwidert sie, so schnell und ausdruckslos, dass es mich fast umhaut.

Ich muss lachen, denn das ist genau das, was ich von ihr erwarte. Was auch immer ich sage, sie hat eine doppelt so schnelle, doppelt so abweisende Antwort parat.

»Na gut, Doktor«, erkläre ich und genieße das Spiel, genieße, wie sehr es sie ärgert, dass sie mitspielt. »Machen wir einen Deal. Ich fülle die Kanne nach, wenn du zugibst, dass ich dein Lieblingsarzt in der Notaufnahme bin.«

Sie starrt mich unbeeindruckt an. »Das ist eine kühne Annahme.«

»Ich schätze meine Chancen gut ein.« Ich grinse, und jetzt ist sie an der Reihe, mich zu ignorieren, nur dass wir beide wissen, dass sie es nicht kann. Ich beobachte amüsiert, wie sie schließlich die Kaffeedose greift und sich an die Arbeit macht.

Lily Harper weiß nicht, wie man verliert, nicht einmal bei so etwas. Sie weiß nicht, wie man nachgibt. Nicht, wenn ich sie so in die Enge treibe, und vielleicht tue ich es deshalb. Um die Risse in ihrer Rüstung zu sehen, die Blitze echter, menschlicher Verärgerung.

Ich lächle immer noch, als sie mir den Rücken zukehrt, das

universelle Signal für *Ich bin fertig mit dir*, was bedeutet, dass es nur eine Frage der Zeit ist, bis sie wieder hineingezogen wird.

Die Kanne gluckert zum Leben, und sie schenkt ihr mehr Aufmerksamkeit, als sie verdient, als ob ich einfach gehen würde, wenn sie mich nur lange genug ignoriert, als ob sie nicht wüsste, dass ich bleibe, bis sie zuerst blinzelt.

»Ist das alles, was du draufhast?«, dränge ich und liebe die sture Haltung ihrer Schultern. Liebe die Herausforderung.

»Ich bin mir ziemlich sicher, dass du für eine weitere heldenhafte Rettung zu spät kommst«, kontert sie, ohne aufzusehen, ohne die Selbstgefälligkeit in ihrem Ton zu verlieren.

Ich kichere und hebe mein Getränk zu einem Scheingruß. »Wir sehen uns später, Lily.«

Die Verwendung ihres Vornamens bringt mir ein Stirnrunzeln ein, aber es ist es wert. Jedes Mal. Ich verlasse den Raum, den Energydrink immer noch in der Hand, und frage mich bereits, was sie als Nächstes sagen wird. Zähle schon die Minuten, bis ich sie wieder reizen kann, bis ich diesen Blick sehe, den sie nur für mich aufspart.

Die Frau ist zum Auswachsen. Die Frau ist brillant. Die Frau wird niemals zugeben, dass ich ihr Liebling bin. Aber eines Tages vielleicht. Vielleicht meint sie es dann sogar ernst.

DREI

LILY

Es ist fast eine Enttäuschung, als die Tür aufschwingt und die erwartete Stille des Pausenraums gar nicht still ist. Die industrielle Kaffeemaschine, die normalerweise spuckt und würgt wie eine greise Katze, brüht eine frische Kanne und erfüllt die Luft mit etwas, das man für echte Arabica-Bohnen halten könnte.

Ich halte im Türrahmen inne, der Moment gedehnt von der Verheißung von Koffein, bis mein Blick auf Noah fällt, der an der Theke lehnt. *Nicht schon wieder.* Seine Lippen verziehen sich zu einem langsamen, selbstzufriedenen Grinsen, und mir wird klar, dass der Mistkerl auf mich gewartet hat.

Ich verharre auf der Schwelle, Misstrauen schleicht sich ein. Das ist eine ungewöhnliche Situation, eine, die nicht mit den Standardvariablen einer Nachtschicht übereinstimmt. Ich habe mich gedanklich auf eine mitternächtliche Koffeinspritze vorbereitet und mich bereits darauf eingestellt, weitere acht Stunden nur mit Biss und Sarkasmus zu überstehen. Stattdessen stehe ich vor dieser – dieser selbstgefälligen, unrasierten, kaffeekochenden Erscheinung – und kann mich nicht entscheiden, ob ich umkehren oder vorstürmen soll.

Noah ist zu ruhig für sein eigenes Wohl, immer unangebracht entspannt inmitten des ganzen Chaos, das die Notaufnahme ihm entgegenschleudert. Hier, außerhalb der Trauma-Station, wirkt er fast schon häuslich. Die Kaffeekanne beendet ihren Zyklus mit einem fröhlichen Klingeln, und er streckt die Hand aus, um sie auszuschalten, während er aufblickt, um meinen Blick mit einem lässigen Nicken zu erwidern.

»Lily«, sagt er und dehnt meinen Namen, als wäre er Frage und Antwort zugleich.

Der Raum zwischen uns ist ungefähr so lang wie der Schnitt bei einer Herztransplantation. Ich sollte nicht überrascht sein, dass er hier ist – wenn ich in den letzten Wochen etwas gelernt habe, dann, dass Noah Carter wie Krankenhausklatsch ist. Gerade wenn man denkt, man sei ihn los, taucht er an den unerwartetsten Orten auf.

»Doktor Carter«, sage ich und versuche, kühl und förmlich zu klingen, aber es hört sich eher so an, als hätte ich einen Frosch im Hals. Ich kann nicht anders, als der aromatischen Spur zu folgen, die sich zur Theke schlängelt. »Ist das ... Kaffee?«

»Nein, das ist eigentlich ein neues Herzmedikament«, erwidert er und sieht unerhört zufrieden mit sich selbst aus. »Hast nicht erwartet, dass nachgefüllt wird, was?«

Ich lasse seinen Sarkasmus einen Moment lang abtropfen, ein Spiegelbild des Kaffees, der sich in der Kanne sammelt.

»Ich dachte schon, ich rieche etwas Verdächtiges.«

Ich verenge die Augen und mustere Noah, versuche seine Absicht zu ergründen wie ein besonders rätselhaftes Röntgenbild des Brustkorbs. Er rührt sich nicht, beobachtet mich nur mit einem Blick, der sowohl unerträglich wissend als auch frustrierend attraktiv ist. Diese ganze Situation – das gedämpfte Licht, der überraschende Koffeinnachschub, seine viel zu entspannte Haltung – fühlt sich inszeniert an, um maximale Wirkung zu erzielen.

Ich räuspere mich und hebe eine Augenbraue, spiele die Rolle einer Frau, deren sorgfältig geplante Nacht nicht gerade aus dem Gleichgewicht gebracht wurde.

»Wusste gar nicht, dass du meine Schicht arbeitest. Oder holst du dir so jetzt deinen Kick? In leeren Pausenräumen sitzen und ahnungslose Chirurginnen überraschen?«

Er grinst. »Dachte, ich tue der Nachtschicht einen Gefallen und fülle die Kanne auf. Besser als deine übliche Plörre, oder?«

Er weiß zu gut, wie berechenbar ich bin, und verlässt sich darauf, dass ich genau zu dieser Zeit hier auftauchen würde. Ich verschränke die Arme und versuche, sowohl von seiner Anwesenheit als auch von dem Aroma, das es immer schwieriger macht, mein Schauspiel aufrechtzuerhalten, unbeeindruckt auszusehen.

»Warum bist du hier?«, frage ich und gebe mein Bestes, eher genervt als fasziniert zu klingen. »Die Notaufnahme zu langweilig für dich?«

Noah zuckt mit den Schultern, sein Gesichtsausdruck so aufreizend lässig, dass ich ihn schütteln möchte. »Hatte ein paar Stunden frei und dachte, ich schau mal vorbei. Weißt du, um dich daran zu erinnern, wie richtiger Kaffee schmeckt.«

»Hätte ich mir denken können, dass du das bist. Wer sonst hat so viel Freizeit?«

Trotz meiner Bemühungen, distanziert zu bleiben, gehe ich direkt zur Theke und dem verlockenden Aroma. Ich hasse es, wie durchschaubar ich bin, wenn es um Koffein geht. Ich hasse es, wie gut Noah das zu wissen scheint.

Er beobachtet amüsiert, wie ich näher komme, wie eine Katze, die eine sehr störrische Maus beobachtet. Ich blicke von ihm zum Kaffee und wieder zurück und überlege, wie ich dieses Minenfeld aus Geplänkel und Bohnen am besten durchquere. Sein Grinsen wird breiter, und mir wird die Lächerlichkeit der Situation bewusst – eine abgebrühte, engagierte, erschöpfte Assistenzärztin, die wegen einer verdammten Tasse Kaffee und eines entspannten Notaufnahmearztes aus der Fassung gerät.

»Wusste gar nicht, dass mein Kaffee einen solchen Eindruck hinterlässt«, sagt Noah mit einer Stimme voller gespieltem Erstaunen. »Hätte ich das gewusst, hätte ich ihn schon früher gekocht.«

»Ist das der Teil, in dem ich mich bei dir bedanken soll?«, frage ich und ziehe eine Augenbraue hoch.

»Nur, wenn du es auch wirklich so meinst«, neckt er mich.

Ich tue so, als würde ich die dampfende Kanne vor mir in Betracht ziehen. »Hmmm. Nein.«

»Schon gut«, kichert Noah. »Aber ich habe diesen Blick in deinen Augen gesehen, Doktor Harper. Du kannst deine Gefühle nicht ewig verbergen.«

Seine Worte hallen länger nach, als ich erwarte, und erhalten Bedeutungen, die er vielleicht nicht einmal beabsichtigt. Mir wird plötzlich bewusst, wie einfach es ist, mit ihm zu reden, wie sich diese kleinen Wortwechsel allmählich wie eine verzerrte Version einer Pause anfühlen.

Er lehnt sich jetzt gegen den Tisch, nah genug, dass ich die leichten Bartstoppeln an seinem Kinn sehen kann. Die Intimität des Raums zwischen uns ist beunruhigend.

Entschlossen, dieses Gespräch im Bereich des vorhersehbaren Sarkasmus zu halten, deute ich mit dem Kopf zur Tür. »Hast du nichts Besseres zu tun?«

»Ehrlich?«, sagt er und lehnt sich mit übertriebener Nachdenklichkeit zurück. »Nein. Das ist sozusagen der Höhepunkt meiner Nacht.«

Der Mistkerl. Ich stoße einen Seufzer aus, eher resigniert als entnervt, und gebe endlich der Versuchung nach, der ich widerstanden habe.

Der Kaffee ist genauso fantastisch, wie ich ihn mir vorgestellt habe.

»So gut, was?« Noahs Stimme durchbricht meinen Koffeinnebel, und ich werfe ihm einen bösen Blick über den Rand meiner Tasse zu.

»Sagen wir einfach, ich bin überrascht«, gebe ich zu, nicht willens, ihm mehr zu geben.

»Das werte ich als Kompliment.«

Typisch. Und irgendwie, wider besseres Wissen, setze ich mich hin, eine widerwillige Teilnehmerin an diesem spontanen Kaffeedate.

Ich nehme noch einen Schluck, lasse den Geschmack auf der Zunge zergehen, bevor ich widerwillig zugebe: »Er ist nicht schlecht.«

»Nicht schlecht? Wow, jetzt fühle ich mich wirklich geschmeichelt.«

Ich verenge die Augen und versuche, mehr Skepsis auszustrahlen, als sein Kaffee verdient. »Das ist eine einmalige Sache, oder? Ich will nicht, dass du auf dumme Gedanken kommst.«

Er tut schockiert und legt sich eine Hand aufs Herz. »Lily, ich bin beleidigt. Du denkst, ich habe nichts Besseres zu tun, als überarbeitete Assistenzärzte mit Koffein zu versorgen?«

Das ist genau das, was ich denke, und das weiß er auch. Ich lasse mich auf einen Stuhl fallen, kämpfe gegen die Anziehungskraft unseres Geplänkels an und merke, wie ich trotzdem tiefer hineingerate.

»Also«, sagt er und dehnt das Wort wie eine Einladung. »Ist das das erste Mal, dass du dich die ganze Nacht hingesetzt hast?«

Der Themenwechsel ist subtil, aber ich bemerke ihn. Ich weiß, worauf das hinausläuft. Ich wappne mich für seinen unvermeidlichen Versuch, meine Lebensentscheidungen zu sezieren, als wären sie eine interessante Fallstudie.

»Wir können nicht alle in Pausenräumen herumhängen und ahnungslosen Kollegen auflauern«, erwidere ich.

»Komm schon«, drängt er. »Erzähl mir nicht, du hast keine einzige Pause gemacht, seit du hier bist.«

»Ich mache keine Pausen, Dr. Carter. Ich arbeite.«

»Warum überrascht mich das nicht?«

Die Worte hängen in der Luft. In seiner Stimme liegt kein Urteil, nur Neugier. Das stört mich mehr, als ich zugeben möchte.

Ich versuche abzulenken, greife zu Sarkasmus. »Du meinst, im Gegensatz zu dir?«

Er zuckt mit den Schultern. »Irgendjemand muss dir ja zeigen, wie es geht.«

Ich bin diese Art von Aufmerksamkeit nicht gewohnt – diesen beharrlichen, gezielten Versuch, mir unter die Haut zu gehen. Ich blühe im OP auf, wo ich mich nur um Werte und Nähte kümmern muss, wo es niemanden interessiert, was ich in meiner nicht existierenden Freizeit tue. Das hier, mit Noahs wachsamen Blick und seiner unerträglichen Geduld, ist ein völlig anderes Schlachtfeld.

»Aber mal im Ernst«, hakt er nach, sein Tonfall leicht, aber sein Blick unnachgiebig. »Was machst du, wenn du nicht hier bist?«

»Versuchen, nicht daran zu denken, hier zu sein.«

»Also nie?«

»Genau.«

»Du verpasst was, Harper. Willst du mir ernsthaft erzählen, dass du noch nie Dampf abgelassen hast? Noch nie blau gemacht, nicht ein einziges Mal?«, fragt er.

»Nicht jeder kann sich diesen Luxus leisten.«

Noah ist einen Schlag zu lang still und beobachtet mich nur mit einem Ausdruck, den ich nicht deuten kann. Ich weiß nicht, warum es plötzlich so schwer ist, seinem Blick standzuhalten, aber es ist so. Ich schaue weg und konzentriere mich auf die Tasse in meinen Händen.

»Du denkst, ich nehme die Dinge nicht ernst, oder?«, sagt er.

»Du nimmst sie nicht ernst. Du schwebst durchs Krankenhaus, als wäre das alles egal.«

»Das ist eine Art, es zu sehen.«

»Es ist die Art, wie ich es sehe«, beharre ich.

»Musst du aber nicht«, sagt er so leise, dass ich ihn fast überhöre. »Aber ich habe gelernt, dass es hilft, wenn man loslassen kann.«

Ich habe mein ganzes Leben damit verbracht, festzuhalten, härter zu arbeiten, die Beste zu sein, denn was gibt es sonst? Ich weiß nicht, wie man loslässt. Ich bin mir nicht einmal sicher, ob ich es lernen will.

»Nennst du das so?«

»Wie würdest du es nennen?«

Ich suche nach der richtigen Erwiderung, etwas, das dieses Gespräch beendet, bevor es einer unbequemen Wahrheit auch nur einen Schritt näher kommt. Aber bevor ich sprechen kann, schwingt die Tür des Pausenraums auf, und Krankenschwester Patty kommt mit einem gebieterischen Schritt herein, der sofortige Aufmerksamkeit fordert.

»Rieche ich da frischen Kaffee?«, fragt sie, ihre Augen landen mit scharfsinniger Belustigung auf uns. »Sieht so aus, als wäre Doktor Carter doch für etwas gut.«

Noah lacht, ein wenig zu laut, als wäre er bei etwas erwischt worden, was er nicht tun sollte. »Ich habe meine Momente.«

»Das grenzt ja an ein Wunder.«

Patty nickt, nimmt sich eine Tasse und füllt sie mit dem dampfenden Gebräu. »Und ich dachte schon, er tut nichts anderes, als den Krankenschwestern Honig um den Bart zu schmieren.« Sie wirft uns einen vielsagenden Blick zu, die Art, die besagt, dass sie genau weiß, was wir vorhaben – selbst wenn wir es nicht tun.

»Ich bin ein Mann mit vielen Talenten«, erwidert Noah, aber ich höre die leichte Anspannung in seiner Stimme, das Bewusstsein, dass Patty etwas unterbrochen hat. Etwas, das mich aus der Fassung gebracht hat.

»Gut zu wissen«, sagt Patty mit einem Grinsen, während sie zurück ins Chaos der Notaufnahme geht.

Die Tür schwingt zu, und Stille erfüllt den Raum, drückend mit einer Intensität, die schwer zu ignorieren ist.

»Jetzt kannst du in Ruhe weiter deine Gefühle ignorieren«, sagt Noah.

Ich bin schon auf halbem Weg zur Tür, als er mir nachruft, seine Stimme ein unbeschwerter Rettungsanker.

»Hey, Lily«, sagt er. »Ist doch schön, oder? Zu wissen, dass man nicht allein ist?«

Ich antworte nicht. Ich überlasse ihn seinem Kaffee und seiner Küchenpsychologie.

Das Chaos der Notaufnahme schwappt wie eine willkommene Welle über mich herein. Monitore piepen ihren dringlichen Soundtrack, Patienten streiten sich hinter dünnen Vorhängen und Assistenzärzte wuseln umher wie aufgescheuchte Ameisen. Ein Arztkollege eilt an mir vorbei und nickt mir zu, was ich kaum registriere. Ich lasse mich von dem kontrollierten Chaos einhüllen und finde Zuflucht im vertrauten Durcheinander der Notfälle anderer Leute.

Meine Füße bewegen sich wie von selbst und navigieren

durch die kontrollierte Katastrophenzone. Eine Frau umklammert im Wartebereich ihren Knöchel; ein Kind schreit, als wäre es das erste Kleinkind überhaupt, das genäht werden muss. Das hier ist mein natürlicher Lebensraum, wo die Probleme klinisch sind und die Lösungen in sauberen, aktenblattgroßen Paketen kommen.

Der Tumult draußen sollte eigentlich ausreichen, um zu übertönen, was in mir vorgeht, aber meine Gedanken schweifen immer wieder zurück in den Pausenraum, zu Noahs ernster Frage: »Ist doch schön, oder? Zu wissen, dass man nicht allein ist?«

Der Lärm der Notaufnahme ist mir lieber als die unerwartete Intimität seiner Worte. Ich bahne mir einen scharfen Weg durch das Gewühl und tue so, als würde ich die Echos unseres Gesprächs, die von den antiseptischen Wänden widerhallen, nicht hören. Ein Sanitäter eilt vorbei, gefolgt von einer Krankenschwester, die Anweisungen an niemanden im Besonderen brüllt. Mein Herz schlägt ein wenig zu sehr im Takt der piependen Geräte.

Ich biege um eine Ecke und entdecke Krankenschwester Patty, die wie ein General, der seine Truppen inspiziert, postiert ist. Sie bellt Anweisungen, schickt Krankenschwestern mit der Effizienz eines Fluglotsen los, bis ihr Blick auf mich fällt. Ihr Blick ist durchdringend, wissend. Ich fühle mich entblößt, noch bevor sie den Mund aufmacht.

»Doktor Harper«, sagt sie, aber die Art, wie sie bei meinem Namen grinst, lässt mich auf das gefasst sein, was folgt. »Das hat ja nicht lange gedauert. Kaffeedate schon vorbei?«

Plötzlich bin ich wieder siebzehn und werde von meiner sehr enttäuschten Mutter dabei erwischt, wie ich mich ins Haus schleiche.

»Es war kein Date«, beharre ich, aber meine Stimme klingt selbst für mich dünn.

»Hätte mich auch gewundert«, erwidert Patty.

Ihr Sarkasmus hat eine Schärfe, die ich normalerweise beruhigend finde. Heute ist er beunruhigend.

Ich verschränke die Arme und versuche, beschäftigt und

unbeeindruckt auszusehen. »Solltest du nicht einen von den Leuten zusammenflicken, die die hervorragende Lebensentscheidung getroffen haben, mit ihren Motorrädern in den Gegenverkehr zu rasen?«

Sie macht eine wegwerfende Handbewegung und wischt meine Ablenkung mit der Leichtigkeit einer erfahrenen Krankenschwester beiseite. »Oh, denen geht's gut. Wir haben größere Notfälle, wie Doktor Carter ...«

»Noah und ich ...«, setze ich an, aber Patty unterbricht mich.

»... sind nur Freunde?«, ergänzt sie.

»Wir sind Kollegen«, korrigiere ich.

»Sicher, Süße.« Sie kichert, ein Geräusch, das es schafft, gleichzeitig warm und schneidend zu sein. »Red dir das nur weiter ein.«

Ich sollte weggehen. Ich sollte Krankenakten aktualisieren oder Röntgenbilder untersuchen oder buchstäblich irgendetwas tun, das dieses Gespräch vermeidet.

Pattys Blick wird weicher, ihr Tonfall wechselt von Spott zu echter Sorge. »Hör zu, Lily, so wie ich das sehe? Du könntest ein bisschen Spaß vertragen.«

»Spaß«, wiederhole ich, als wäre es ein fremdes Wort, das ich nicht ganz aussprechen kann.

»Ja, du weißt schon. Das, was Leute tun, wenn sie nicht bei der Arbeit sind.«

Ich habe keine Ahnung, was ich darauf antworten soll. Die Wahrheit ist, ich kann mich nicht erinnern, wann ich das letzte Mal etwas einfach so zum Spaß gemacht habe. Mein ganzes Leben war ein Balanceakt aus Errungenschaften und Erwartungen, und der Gedanke, das Gleichgewicht um des »Spaßes« willen über Bord zu werfen, ist so verlockend wie eine elektive Operation.

»Denk einfach mal drüber nach«, sagt Patty und legt mir eine Hand auf die Schulter. »Und sei vielleicht ein bisschen nachsichtiger mit dir.«

Sie kehrt mit einem letzten, eindringlichen Blick zu ihrem Posten zurück, der mir wie ein Gespenst folgt, als ich den Flur entlanggehe. Ich stoße die Schwingtüren auf, zurück ins Tollhaus der Notaufnahme, und versuche, das Gefühl abzuschütteln, zu gut gekannt zu werden. Je schneller ich mich bewege, desto weniger Platz haben Noah und Patty in meinem Kopf.

Die nächsten paar Stunden übertöne ich meine Gedanken mit Arbeit, aber das Chaos ist nicht so vereinnahmend, wie ich gehofft hatte. Gegen zwei Uhr morgens leert sich die Notaufnahme und lässt mich allein mit meinen Gedanken und einem besonders hartnäckigen Nasenbluten-Patienten.

Als ich die letzte Akte unterschreibe und mich vom Trubel zurückziehe, wird mir etwas klar, was ich nicht zugeben will. Ich will die Verbindung, von der ich so lange so getan habe, als würde ich sie nicht brauchen. Der Gedanke beunruhigt mich mehr als jeder Notfall es je könnte.

Als ich schließlich gehe, haben sich Noahs Worte und Pattys Beobachtungen fest in meinem Kopf verankert. Ich bin es nicht gewohnt, mich so entblößt, so verletzlich, so menschlich zu fühlen. Ich habe Jahre damit verbracht, eine Identität aufzubauen, die darauf beruht, unerschütterlich, unberührbar zu sein, aber das? Das ist neu. Und ich weiß nicht, was ich damit anfangen soll.

VIER

NOAH

Ein erwachsener Mann sollte nicht so stolz auf sieben Stiche sein. Es ist peinlich. Er spannt seine Muskeln an, als hätte er gerade eine Goldmedaille gewonnen, aber sein zittriges Grinsen und sein zuckendes Knie verraten mir, dass er trotz seiner Behauptungen definitiv kein Fan von Nadeln ist. Ich klebe einen wasserfesten Verband über das Kunstwerk und nutze die Ausrede, um sein Knie anzustoßen. Nur einmal, nur ein bisschen. Das lässt ihn mit einem Ruck und einer Salve überraschten Lachens aufschrecken, das an Wahnsinn grenzt. Wenigstens schreit er nicht. Davon gab es heute schon genug, selbst für einen Montag.

Ich erkläre ihm die Grundlagen dessen, was er nicht tun sollte, wenn die Nähte halten sollen. Hauptsächlich keine Kettensägen benutzen und nicht mit Stachelschweinen ringen, da das die wirklichen Gefahren zu sein scheinen. Er nickt viel und blinzelt ständig, also ist er entweder von meiner Sorge gerührt oder hat eine Gehirnerschütterung. Ich beginne nach den Entlassungspapieren zu suchen, als ich Marcus am anderen Ende des Raumes sehe, wie er sich am Waschbecken die Hände wäscht.

Er grinst auf diese »Ich hab dir was zu sagen«-Art, also tue ich so, als würde ich ihn nicht sehen, und das hält ganze dreißig Sekunden an.

»Okay, was hast du getan?«, fragt Marcus und versucht, ganz lässig zu klingen, aber das Funkeln in seinen Augen deutet darauf hin, dass er die Antwort bereits kennt.

Ich spiele den Dummen, die Hände in den Taschen. Ich ziele auf Unschuld ab, lande aber wahrscheinlich eher bei einem kleinen Vergehen.

»Nichts«, sage ich. »Nur einen neuen Freund gefunden.«

Er zieht eine Augenbraue hoch, als wollte er sagen: *Willst du das wirklich durchziehen?* Und ich habe nicht vor, die Oberhand zu verlieren, also zucke ich nur mit den Schultern. Er verschränkt die Arme.

»Einen Freund oder eine weitere Person, die dich umbringen will?«, fragt er und stößt sich vom Waschbecken ab. Der Boden ist dort, wo er stand, immer noch nass, aber Marcus glaubt nicht an Arbeitssicherheit, wenn Klatsch auf dem Spiel steht.

»Wahrscheinlich ein bisschen von beidem«, sage ich ihm. »Hält das Leben aufregend.«

»Wer war es?«

Ich gehe rückwärts, sodass er mir wie eine sehr neugierige Ente hinterherlaufen muss. »Dr. Harper.«

Marcus bleibt stehen und lässt fast seine Reinigungsbürste fallen. Das Lachen, das ihm entfährt, ist laut genug, um die Blicke der Krankenschwestern auf sich zu ziehen, aber das ist ihm egal.

»Lily Harper?«, sagt er. »Die Eiskönigin?« Marcus grinst. Der Ausdruck auf seinem Gesicht ist unbezahlbar. Er ist zu gleichen Teilen beeindruckt und »Oh-du-bist-so-was-von-tot«.

»Sie bevorzugt Dr. Eiskönigin«, sage ich.

Marcus schüttelt den Kopf, das Grinsen immer noch da, als wäre es festgeklebt. »Seit wann stehst du auf die Überflieger-Typen?«, fragt er. »Ich dachte, du magst deine Frauen ein bisschen lustiger und mit einer viel geringeren Wahrscheinlichkeit, dich zu erstechen.«

»Tja, du hast dich schon mal geirrt«, erinnere ich ihn. Das war vor über einem Jahrzehnt, aber ich kann so tun, als wäre es anders gewesen.

»Nie in diesem Ausmaß«, sagt Marcus. »Das Einzige, was

Lily Harper liebt, ist die Chirurgie. Sie ist wie ein Roboter. Oder ein Vampir. Oder ein Vampir-Roboter.«

Er hat nicht Unrecht. Was wahrscheinlich der Grund ist, warum sie mich wahnsinnig macht. Sie ist klug, schnell, furchteinflößend – wie ein teurer Sportwagen, den ich wirklich nicht versuchen sollte zu klauen.

»Ich komme mit Lily klar«, sage ich mit einer Lässigkeit, die ich mir fast selbst abkaufe.

Marcus verdreht die Augen und stößt mir mit seiner Schulter gegen meine. »Ja, das sagst du jetzt.«

Wir gehen am Schwesternzimmer vorbei und entgehen nur knapp dem Kreuzfeuer einer Dreier-Diskussion über die Bettenbelegung. Im Emerald Bay Hospital ist das die Erwachsenenversion der großen Pause, komplett mit Geschrei und Leuten, die unter Tränen aufgeben. Ich schnappe mir einen Stapel Entlassungsformulare vom Tresen und sehe zu, wie Marcus seinen vibrierenden Pager aus der Tasche fischt. Er sieht drauf und stöhnt.

»Verdammt«, sagt er. »Sieht so aus, als hätten sie mich gefunden. Lass uns nach dieser Schicht ein Bier trinken gehen. Ich will alles darüber hören, wie du die gesamte chirurgische Abteilung anpissen willst.«

»Klar«, sage ich. »Vielleicht nehme ich mir ein Beispiel an dir, du machst das ja schon seit dem ersten Tag.«

Marcus wirft mir noch ein Lächeln zu, eines von der Sorte, die sagt: *Ich weiß, was du vorhast,* bevor er im Chaos der Notaufnahme verschwindet.

Die Aufregung in dem Untersuchungszimmer, an dem ich vorbeigehe, entgeht mir nicht. Das ist auch schwierig, wenn der Mann darin seine Frau lauthals um eine PDA anfleht. »Oder eine Waffe, Schatz, gib mir einfach irgendwas!«

Ich lache in mich hinein und zähle gedanklich die Minuten, bis diese Schicht vorbei ist und ich Marcus mit noch mehr Geschichten quälen kann. Aber für den Moment konzentriere ich mich auf den Papierkram und darauf, diese Schicht ohne weiteres Drama zu beenden, auch wenn ein kleiner Teil von mir enttäuscht ist, dass Marcus sich so leicht überzeugen ließ. Er hat recht, was Lily betrifft. Das sollte mich mehr beunruhigen, als es das tut.

Dr. Hales Büro riecht nach Erfolg in Krankenhausqualität. Alles besteht aus scharfen Kanten und poliertem Holz, ist sachlich und steril. Es ist die Art von Ort, die einen dazu bringt, seine Sünden zu beichten und zu versprechen, sie nie wieder zu begehen, nur für den Fall, dass man einer der Keime ist, die er zu desinfizieren versucht.

Hale steht mit verschränkten Armen hinter seinem Schreibtisch und mustert mich, als hätte er mich dabei erwischt, wie ich Kaugummi unter einen dieser glänzenden Stühle klebe. Er versucht, einschüchternd zu wirken, und bei den meisten Leuten funktioniert das wahrscheinlich auch. Aber ich bin nicht die meisten Leute und ich weiß, was mich erwartet.

»Dr. Carter«, sagt er kühl. »Wir müssen über Ihre Beteiligung an dem Herz-Trauma-Fall von vorhin sprechen.«

Na, los geht's.

»Ich habe gehört, Sie haben sich in eine Situation eingemischt, für die Sie weder eingeteilt noch qualifiziert waren.« Hale macht eine Pause, als würde er darauf warten, dass ich einen Mord gestehe.

»Ich war in der Notaufnahme, als sie ihn hereingebracht haben«, sage ich, ohne auf den Köder anzuspringen. »Sein Blutdruck war im Keller. Ich dachte, ich helfe aus, bevor wir ihn auf dem Tisch verlieren. Ich bin sicher, Dr. Patel hätte unter den Umständen genau dasselbe getan.«

»Sie dachten.« Hale löst seine Arme und beugt sich vor. Die Blendung seiner Schreibtischlampe lässt seine Brille aussehen, als würde sie gleich Laserstrahlen abfeuern. »Und jetzt höre ich Berichte über Leichtsinn?«

Ich lasse das Wort zwischen uns hängen und tue so, als wäre es ein interessantes medizinisches Rätsel.

»Das würde ich nicht sagen«, antworte ich langsam und beobachte, wie er mich beobachtet.

»Aber andere würden es.«

»Sie würden ›lebendig‹ sagen«, biete ich halblaut an.

Hales Mund zuckt. Er lässt es wie einen Fluch klingen. »Dr. Carter.«

Er hat diesen ganzen »Ich-bin-von-Ihnen-enttäuscht«-Blick perfektioniert. Es ist wirklich ein Talent. Ich frage mich, ob er das in diesen Weiterbildungsseminaren unterrichtet, direkt zwischen *Wie man seine Feinde besiegt* und *Der Pflegeberuf und wie man sein riesiges Ego behält.*

»Sie verwischen immer wieder die Grenzen zwischen leichtfertig und verantwortungsbewusst«, sagt er mir. »Und das kann ich nicht dulden. Nicht in diesem Krankenhaus.«

Auch das lasse ich im Raum stehen. Es ist eine seiner Lieblingsreden.

»Verstanden«, sage ich.

Hale kneift die Augen zusammen. Er mag es nicht, wenn Leute zu schnell einknicken. Er wäre im Jurastudium besser aufgehoben gewesen, wo sich jeder zur Wehr setzt.

»Eines Tages wird diese Selbstüberschätzung jemanden etwas kosten.« Er klingt beinahe wehmütig, aber ich weiß, dass er nur versucht, mir Angst zu machen. Als hätte ich das nicht schon einmal gehört.

Ich nicke, als wäre ich demütig geworden, und Hale verbucht es als Sieg. »Das wäre alles, Dr. Carter.«

Ich verlasse das Büro mit meinem imaginären Schwanz zwischen den Beinen. Ich werde nicht langsamer, bis ich den Pausenraum erreiche und Marcus sehe, wie er am Kühlschrank lehnt.

»Und ein Klaps auf die Finger von Dr. Hale, um die Sammlung zu vervollständigen. Zwei an einem Tag ... Gute Arbeit«, witzelt Marcus. Er sieht amüsiert aus, was genau der Sinn der Übung war.

»Er ist ein freundlicher und rücksichtsvoller Zuchtmeister«, sage ich. »Könnte aber ein bisschen an seinem Vorspiel arbeiten.«

Marcus reicht mir eine Tasse. »Kaffee mit zwei Zucker, extra politischer Kleinkrieg?«, fragt er.

Ich verdrehe die Augen und nehme die Tasse.

»Dieselbe Predigt, ein anderer Tag. Anscheinend reicht es nicht, Leben zu retten. Ich muss auch nett spielen.«

Ich öffne den Kühlschrank und erstarre. Mein Milchkarton ist halb leer. Ich blinzle, um sicherzugehen, dass es nicht meine Einbildung ist.

»Sie hat es wirklich getan«, sage ich.

Marcus zieht eine Augenbraue hoch. »Was getan?«

»Den Krieg erklärt.« Vielleicht ist es nur Milch, aber es geht ums Prinzip. Außerdem mag ich keinen schwarzen Kaffee und das könnte sich gegen vier Uhr morgens als katastrophal erweisen.

»Du wirst diese Frau heiraten«, scherzt Marcus.

»Nicht, wenn sie mich zuerst umbringt«, sage ich ihm und sehe ihm nach, wie er geht. Ich murmele ein »Danke für den Kaffee«, aber er ist schon weg. Ich verbringe die nächsten Minuten damit, darauf zu warten, dass mein Pager losgeht, und frage mich, wie Lily es schafft, meine Aufmerksamkeit zu fesseln, selbst wenn sie nicht im Raum ist.

FÜNF

LILY

Es ist sieben Uhr morgens, ich habe seit acht Stunden Dienst und hetze von einer Untersuchungskoje zur nächsten. Jemand geht mir gerade noch aus dem Weg, bevor ich ihn mit einem Stapel Patientenakten über den Haufen renne. Keine Zeit für Entschuldigungen, keine Zeit für Nettigkeiten, keine Zeit für …

»Was, kein Hallo?« Noah ist auf der anderen Seite des Flurs, und dann ist er da, genau da, seine Schritte lang und mühelos neben meinem chirurgischen Stechschritt. Er hält mit meinem Tempo mit, ohne auch nur ins Schwitzen zu kommen, auf eine nervtötende Weise sportlich.

»Guten Morgen, Lily«, sagt er mit einem Grinsen, mit dem man eine Sekte gründen könnte.

»Es heißt Dr. Harper«, erwidere ich, obwohl ich weiß, dass er gegen jede Korrektur immun ist. »Und keine Zeit für Begrüßungen.«

»Ich schätze, du hast die Morgen-Updates schon gelesen. Zweimal.«

»Dreimal«, sage ich in der Hoffnung, ihn abhängen zu können.

Der Korridor ist ein Hindernisparcours aus Menschen, Rollbetten und Noah. Er bewegt sich, als wäre das alles ein Spiel, schlängelt sich mit diesem trägen, ungerührten Charme durch das Chaos, der irgendwie alle Blicke im Raum auf sich zieht. Seine »Mir-ist-alles-egal«-Einstellung ist ein Sirenengesang, den ich mich weigere zu hören.

»Also, warum die Eile heute?«, fragt er und schließt wieder zu mir auf. »Zu spät zur Siegerehrung?«

»Und was machst du hier? Ich dachte nicht, dass die Notaufnahme überhaupt Uhren braucht.«

»Ich schätze, das ist der Unterschied zwischen uns«, sagt er mit den Händen in den Taschen seines Arztkittels. »Ich mache mir nicht allzu viele Gedanken über Fristen.«

»Nein, deine Spezialität ist Krisenmanagement«, sage ich. »Niemals vorausplanen, immer in letzter Minute auftauchen.«

Er nickt, als hätte ich ihm gerade ein Kompliment gemacht. »Genau. Das solltest du auch mal ausprobieren.«

»Ich habe mein Leben gerne geordnet, danke.«

»Bist du sicher, dass du von deinem Leben sprichst? Klingt eher nach einer sorgfältig organisierten Bibliothek.«

Ich werfe ihm einen scharfen Blick zu, obwohl das seine hartnäckige Nähe nur zu fördern scheint. Die Luft summt von sich überschneidenden Gesprächen und Noahs Stimme, die alles übertönt.

»Du scheinst dir sehr sicher zu sein«, sage ich, »dass deine ›Improvisations‹-Methode nachhaltig ist.«

»Hey, sie hat mich bis hierher gebracht.«

»Genau das ist mein Punkt.«

»Nicht schlecht. Du hast also doch irgendwo in deinem Terminkalender einen Sinn für Humor vergraben«, sagt er. »Ich wusste, ich würde ihn irgendwann finden.«

Wir weichen einer Gruppe von Krankenschwestern aus, unsere Schultern berühren sich beinahe. Seine Anwesenheit hat eine Anziehungskraft, die an mir zerrt, egal wie ich versuche, mich von ihm abzuwenden.

Er schaut herüber, seine Augen fordern mich heraus zuzugeben, dass ich die Jagd genieße.

»Weißt du, das gefällt mir«, sagt er, kaum außer Atem. »Ein kleines Morgentraining. Macht den Kopf frei.«

»Das ist kein Training«, sage ich und manövriere um einen verloren aussehenden Assistenzarzt herum. »Das ist ein Vorsprung.«

»Versuchst du immer noch, mir davonzulaufen?«

»Ich versuche es und habe Erfolg«, sage ich und schaffe es, einen halben Schritt Vorsprung herauszuholen.

Wir nähern uns dem chirurgischen Flügel, und ich kann mir fast den Ausdruck auf seinem Gesicht vorstellen – teils Bewunderung, teils Unfug –, als ich durch die Doppeltüren verschwinde. Aber als ich einen Blick zurück riskiere, ist er immer noch da, immer noch auf ärgerliche Weise Noah, immer noch absolut unerschütterlich.

Er salutiert spöttisch. »Bis später, Dr. Harper.«

Um elf Uhr morgens sitze ich im chirurgischen Sitzungszimmer, als alle anderen hereinschlurfen, als hätten sie nichts Besseres zu tun. Noah nimmt den Platz mir gegenüber ein.

»Glückwunsch zum neuen Projekt«, flüstert jemand.

Ich runzle die Stirn. Der Abteilungsleiter hat noch nicht einmal etwas angekündigt. Das geschieht zwei Minuten später, und dann bricht die Welt zusammen.

»Dr. Harper, Dr. Carter, wir zählen bei dieser Sache auf Sie beide.« Notfallprotokolle für die Chirurgie, eine gemeinsame Anstrengung der Abteilungen für Notfallmedizin und Chirurgie. Noah, der bereits in unverdientem Sieg glänzt. Ich, die einen sorgfältig komponierten Ausdruck des Entsetzens unterdrückt. *Das kann nicht wahr sein.*

Der Raum verschwimmt um mich herum, die Leute beugen sich vor, um die Neuigkeiten zu diskutieren, als hätten wir ein Geschenk bekommen und keine tickende Zeitbombe. Ich halte meinen Blick auf die Notizen geheftet, die ich zu machen vorgebe, die Worte verschwimmen auf der Seite. Gemeinsames Projekt. Notfallprotokolle. Unvermeidliche Interaktion.

»Dem Glückwunsch möchte ich mich anschließen«, sagt Noah, allzu erfreut.

Ich werfe ihm einen Blick zu, der ihn einäschern soll.

»Komm schon, Lily, das wird lustig«, fügt er hinzu und lehnt sich zurück, als hätte er die Aufgabe bereits erledigt.

Ich wende meine Aufmerksamkeit dem Abteilungsleiter zu, dessen Ausdruck darauf hindeutet, dass er mit der kleinen Explosion, die er ausgelöst hat, zufrieden ist. Das ist kein Fehler; das ist eine bewusste Zusammenstellung. Sie wollen wirklich, dass wir zusammenarbeiten. Kooperieren.

»Ich erwarte, dass alle Dr. Harper und Dr. Carter voll unterstützen«, sagt er. »Dieses Projekt hat Priorität.«

Der Raum leert sich schließlich und lässt nur die Worte »gemeinsame Anstrengung« zurück, die wie ein Spott widerhallen.

Noah rührt sich nicht, sitzt einfach nur da, die letzte Person, mit der ich mich befassen will, aber irgendwie die einzige Person im Raum.

»Ich meine es ernst«, sagt er. »Glückwunsch.«

»Was hast du getan?«, verlange ich zu wissen und lege meinen Stift mit einem scharfen Klicken ab.

»Nichts. Ich schätze, jemand hat endlich erkannt, was für ein Dreamteam wir wären.«

»Das ist kein Traum«, sage ich. »Es ist ein potenzieller Albtraum.«

»Nur wenn du darauf bestehst, alles bis ins kleinste Detail zu planen«, sagt er, unbeeindruckt von meiner wachsenden Gereiztheit.

»Das nennt man Vorbereitung, Noah. Solltest du mal ausprobieren.«

»Und all deine brillant panischen Reaktionen verpassen? Auf keinen Fall.«

»Ich bin nicht panisch«, lüge ich und sammle meine Sachen mit einer Präzision ein, die als Wut durchgehen sollte.

»Du teilst nur nicht gerne das Rampenlicht«, sagt er, nicht unfreundlich. »Du denkst, ich werde dich runterziehen.«

»Nein«, entgegne ich, »ich *weiß*, dass du mich runterziehen wirst.«

»Klingt, als hättest du ein wenig Angst vor einem gesunden Wettbewerb.«

»Wir sollen im selben Team sein«, sage ich, obwohl ich selbst nicht überzeugt klinge.

»Dann hast du nichts zu befürchten«, sagt er.

Er steht auf, geschmeidig und selbstsicher, als sei das die ganze Zeit sein Plan gewesen.

Meine Antwort ist ein knappes Nicken, eine Kehrtwende und ein so schneller Abgang, wie es menschenmöglich ist. Er folgt mir, da bin ich mir sicher, aber diesmal schaffe ich es zu entkommen, bevor er mich einholt.

Der Pausenraum ist ein Brutkasten, und ich bin kurz davor zu überhitzen. Es ist früher Nachmittag, und Noah sitzt mir an einem kleinen Tisch gegenüber, der unter Forschungsjournalen und Laptops begraben ist. Er ist so locker und ungestüm wie immer. Ich hingegen bin das genaue Gegenteil, meine Nerven zum Zerreißen gespannt und nur von Textmarkern und Disziplin zusammengehalten.

Ich schiebe ihm einen sorgfältig strukturierten Entwurf zu, vollgepackt mit harten Daten zu den Überlebensraten nach Notoperationen. »Das sollte uns als Leitfaden dienen«, sage ich.

»Ich finde es toll, wie du die Zahlen so verdrehen kannst, dass sie zu unseren Bedürfnissen passen«, antwortet er.

»So funktioniert Forschung nicht«, fauche ich.

»Wenn du meinst«, grinst er.

Ich glaube, ich könnte gleich implodieren.

Wir sind schon seit einer Stunde dabei, vielleicht länger. Noah scheint unbeeindruckt zu sein, aber ich spüre die Anfänge einer Stressmigräne.

»Wir brauchen einen klaren Plan«, bestehe ich darauf und schiebe einen weiteren Ausdruck über den Tisch. Er ist farbcodiert, umfassend und perfekt.

»Wir brauchen Raum zum Atmen«, sagt er, als wäre dies ein Yogakurs.

Meine Finger trommeln einen Stakkato-Rhythmus auf die Tischplatte. »Man kann ein Forschungsprojekt nicht einfach so improvisieren.«

»Sagt wer?« Er fährt sich durch sein strubbeliges, verwegenes Haar. »Vielleicht entdecken wir etwas Unerwartetes.«

»Und vielleicht verschwenden wir Wochen damit, uns im Kreis zu drehen.«

»Das nennt man Innovation.«

»Das nennt man Chaos.«

Er beugt sich vor, zu nah für meinen Geschmack. »Ist es für dich körperlich schmerzhaft, ein wenig loszulassen?«

»Ja«, sage ich, nur halb im Scherz.

»Schau, ich respektiere deine Methode«, sagt er. »Aber wir brauchen Flexibilität. Das wirkliche Leben ist keine kontrollierte Umgebung.«

»Dieses Projekt kann es aber sein.«

»Wird es dir nicht langweilig, Lily? Alles nach Vorschrift zu machen?«

»Ich erziele Ergebnisse«, sage ich, als wäre das das Ende der Diskussion. Bei ihm ist es das nie.

»Sicher, aber hast du dabei auch Spaß?«

Er nimmt ein Dokument vom Stapel und überfliegt es mit einer nervtötenden Lässigkeit. »Das ist gut«, gibt er zu. »Detailliert. Damit können wir arbeiten.«

»Das ist es, was ich die ganze Zeit sage«, murmele ich und weigere mich, mich von seiner Zustimmung besänftigen zu lassen.

»Okay, lass uns die Arbeit aufteilen«, schlägt er vor. »Du machst die Schwerstarbeit, ich fülle die Lücken.«

»Es sollte keine Lücken geben«, sage ich und drücke mir auf den Nasenrücken.

»Ich glaube, du bist davon überzeugt, dass die Welt untergeht, wenn du nicht jede Sekunde davon kontrollierst.«

»Nur weil du entschlossen bist, das Gegenteil zu tun«, erwidere ich und starre ihn hart an.

»Das ist es, was uns zu so einem guten Team macht«, sagt er.

Ich halte inne, unsicher, ob ich widersprechen will.

»Das wird nicht einfach«, sage ich, jetzt leiser.

»Nein«, stimmt er zu. »Aber es wird interessant.«

Er hält meinen Blick einen Moment länger als nötig fest.

»Wir sollten uns wieder an die Arbeit machen«, sage ich.

»Ja«, antwortet er und streckt sich wie eine Katze. »Legen wir los.«

Jemand schreit »Neuzugang!«, und dann verschwimmt die Welt, Adrenalin und Dringlichkeit setzen jeden anderen Sinn außer Kraft. Die Notaufnahme füllt sich mit einem Tsunami von Traumaopfern eines Massenunfalls. Rollbetten strömen herein, der Lärm ist scharf und erschütternd in meiner Konzentration. Der Raum ordnet sich neu um kritische Masse und blutiges Chaos. Noahs Stimme übertönt alles, lauter als die Sirenen und Schreie. Er hat das Kommando, ein Leuchtturm im Sturm.

»Lungenkollaps in Zimmer drei«, befiehlt er. »Dr. Harper, los geht's.«

Ein Assistenzarzt fummelt herum, seine Hände sind feucht von Schweiß oder Blut.

»Wenn wir warten, ist er tot«, sagt Noah.

Ich bin sofort da, Skalpell in der Hand, die Stabilität zu seinem Instinkt. Wir schauen uns nicht einmal an, aber es ist, als ob wir den gleichen Herzschlag teilen.

Wir bewegen uns durch ein Meer aus Lärm und Verzweiflung. Noah schreit Anweisungen, jedes Wort zielgerichtet und klar.

»Klemmt die Bluter ab!«, kommandiere ich, meine Stimme schneidet durch den Lärm, als wir uns durch den überfüllten Gang drängen.

»Priorisiert die Quetschungsverletzungen!«, weist Noah an, und das Team bewegt sich wie eine gut geölte Maschine.

Hier stoßen wir aufeinander und verschmelzen. Hier bin ich am lebendigsten.

Zimmer drei ist ein Kriegsgebiet. Die Brust des Patienten ist ein Schlachtfeld aus Traumata, jede Sekunde ist kritisch.

»Er braucht jetzt eine Thoraxdrainage«, sagt Noah, seine Hände bewegen sich flink über die gebrochenen Rippen des Mannes. »Lily, bist du bereit?«

Ich bin bereits eingekleidet und maskiert, die Erwartung pulsiert wie ein zweiter Herzschlag. »Immer«, antworte ich.

Eine Krankenschwester saugt Blut ab, rot und eindringlich vor dem sterilen Weiß. Die Lichter sind blendend, die Spannung elektrisch.

»Lass uns das machen«, sagt Noah, als wäre es eine Herausforderung.

Wir arbeiten zusammen, ein Zwei-Personen-Angriff auf den Tod selbst. Der Raum verblasst, bis nur noch wir und das Trauma da sind, unsere Fähigkeiten verschmelzen wie eine neue Legierung.

»Rippenspreizer«, verlange ich, so präzise wie ein Dirigent mit einem Orchester.

»Absaugen!«, folgt Noah, ohne einen Takt zu verpassen.

Er ist kühn, aggressiv, genau das, was die Situation erfordert.

»Nadel und Draht«, sagt er und verschließt den letzten Bluter mit Zuversicht und einem Hauch von Elan.

»Der Druck fällt!«, ruft eine Krankenschwester, die Augen weit und unsicher.

»Beginnen Sie mit der Herzdruckmassage«, befiehlt Noah. »Lily, interne Massage. Jetzt.«

Ich tauche meine Hand in die Brusthöhle und fühle den Rhythmus von Leben und Tod unter meinen Fingerspitzen. Es ist grausam. Es ist lebenswichtig. Es ist alles, wofür ich ausgebildet wurde.

»Ich hab ihn«, sage ich, der Herzschlag wird mit jeder Sekunde stärker.

Unsere Blicke treffen sich für einen kurzen, aufgeladenen Moment über den Rand unserer Masken, und in diesem Augenblick verschwindet alles andere.

»Gute Arbeit, Dr. Harper«, sagt Noah, als sich die Monitore stabilisieren, seine Stimme hat den kleinsten Anflug von Bewunderung.

»Teamarbeit, Dr. Carter«, erwidere ich und versuche, meinen eigenen Respekt tief unter der Professionalität zu verbergen.

Wir treten zurück und lassen die Krankenschwestern ihre Arbeit beenden, unsere Kleidung ist mit den Beweisen des Erfolgs bespritzt.

Die Spannung schlägt von hektisch in erleichtert um. Ich spüre, wie das Adrenalin nachlässt.

»Also«, sagt er, »machst du dir immer noch Sorgen, dass ich dich runterziehen werde?«

Ich werfe ihm einen Seitenblick zu. »Das werden wir sehen«, sage ich, und zum ersten Mal meine ich es wirklich.

Ich tanke Koffein. Das ist das Ritual des späten Abends, bei dem man auf dem Zahnfleisch geht und Pläne schmiedet, um mit noch weniger auszukommen. Der Pausenraum ist ein Schrein der künstlichen Energie, übersät mit Styroporbechern und schlechten Vorsätzen.

Ich sitze Noah gegenüber, Fallnotizen und Adrenalin schwirren uns noch immer in den Köpfen. Das Trauma des Tages schwebt zwischen uns, halb Intensität, halb Triumph.

»Deine Entscheidungsfindung da drin hat Leben gerettet«, murmele ich und starre in meinen Kaffee, als könnte er mir etwas Stärkeres anbieten.

Noah hebt seinen Becher zu einem spöttischen Trinkspruch. »Und deine Präzision hat uns davor bewahrt, auseinanderzufallen.«

Sein Ton ist jetzt weniger neckend, fast aufrichtig.

Keiner von uns weiß, was er als Nächstes sagen soll.

Die Stille ist auf eine Weise angenehm, die ich nicht gewohnt bin, wie eine Decke, bei der ich mich nicht entscheiden kann, ob ich sie um mich wickeln oder wegwerfen will. Wir holen beide noch Luft von dem Wahnsinn des Tages, die Erschöpfung sickert in unsere Knochen, die scharfen Kanten des Wettbewerbs sind zu etwas abgeschliffen, das eher an Kameradschaft erinnert.

Ich riskiere einen Blick auf ihn. Er sieht anders aus, seiner üblichen Prahlerei beraubt. Müde, aber nicht besiegt. Menschlich.

»Glaubst du wirklich, es war die richtige Entscheidung?«, frage ich, obwohl ich seine Antwort bereits kenne.

»Ja«, sagt er. »Aber ich habe nicht erwartet, dass du so einsteigst.«

»Das ist es, was ich tue.«

»Das ist es, was *wir* getan haben«, korrigiert er, und diesmal liegt keine Arroganz in seiner Stimme. Nur eine Tatsache.

»Ich habe gemeint, was ich gesagt habe«, fügt er mit leiserer Stimme hinzu. »Darüber, dass wir ein gutes Team sind.«

»Gewöhn dich nicht dran.«

Er grinst. »Ich glaube, es hat dir gefallen.«

Ich verdrehe die Augen, die alte Gewohnheit, ihn von mir zu stoßen, ist mehr Reflex als alles andere. »Was mir gefällt, ist ein klares Ergebnis.«

»Und wie nennst du den heutigen Tag?«, fragt er aufrichtig neugierig.

»Ein Chaos«, sage ich, dann einen Moment später: »Ein Sieg.«

»Das nehme ich«, sagt er.

Noah trommelt mit den Fingern gegen seinen Becher, ein gedämpfter Rhythmus in dem stillen Raum.

»Ich weiß nicht, wie es dir geht«, sagt er und steht endlich auf, »aber ich werde versuchen, heute Nacht zu schlafen.«

»Ich weiß nicht, wie es dir geht«, erwidere ich und spiegele seine Worte, »aber ich werde vielleicht arbeiten.«

Wir halten inne, gefangen in einem Moment, den keiner von uns erwartet hatte.

Er nickt. »Gute Nacht, Dr. Harper«, sagt er und geht mit der ruhigen Zuversicht von jemandem, der sich keine Sorgen macht, was als Nächstes passiert.

Es dauert eine ganze Minute, bis mir klar wird, dass ich in meinen Kaffee lächle.

SECHS

NOAH

Das Kreischen des Pagers riss ein Loch in meinen Schlafrhythmus und wahrscheinlich auch in mein Trommelfell. Dieses Geräusch hatte etwas Einzigartiges an sich: Es war nicht wie ein normaler Wecker, der nörgelte und flehte; es war der Schrei einer Todesfee, der Aufmerksamkeit forderte und Blut versprach. Ich warf einen Blick auf das Display: »PED EMERG-CODE RED«.

So begann ein Morgen in der Notaufnahme. Kein Aufwärmen, kein Dehnen. Einfach nur ein direkter Sprint vom Pausenraum zum Schockraum, Koffein schwappte durch meine Venen, ein halbes Sandwich lag tot auf dem Tisch hinter mir.

Die Notaufnahme war bereits im Ausnahmezustand. Eine der gläsernen Drehtüren stand offen und es goss in Strömen und war kalt, sodass der Eingang von einem Streifen Seattle-Regen durchnässt wurde. Drinnen bereitete sich das Traumateam auf den Einschlag vor, bewegte Material und schob Wagen wie eine Boxencrew auf Meth. Ich fing den Blick von Schwester Patty auf, als ich mich durchdrängte. Sie hatte bereits die Handschuhe bereitgelegt und den Trauma-Koffer geöffnet.

»Rede mit mir, Patty«, sagte ich. Meine Hände steckten in Handschuhen, bevor ich den Jungen erreichte.

»Achtjähriger Junge. Ist von einem Klettergerüst in der Schule gefallen. Bei Ankunft nicht ansprechbar. Verdacht auf innere Verletzungen. Die Mutter ist ein Nervenbündel.« Sie machte eine Kopfbewegung zu einer Frau, die neben der Trage eine Ein-Meter-Linie auf und ab schritt und Gebete in ihre Fingerknöchel murmelte.

Der Junge auf dem Tisch war klein, was es irgendwie noch schlimmer machte. Getrocknetes Blut fächerte sich wie eine Kriegswunde über sein T-Shirt aus, und seine Beine waren zu still, abgespreizt, so wie nur bewusstlose Kinder und tote Käfer landen. Er war blass mit einem geisterhaften Schimmer, die Lippen zu blau, der Atem ein flaches Flattern unter der Sauerstoffmaske.

»Okay, Leute, legt einen Zugang und startet eine Kreuzprobe. Ich will die Scans in den nächsten fünf Minuten fertig haben, nicht in zehn«, blaffte ich.

Ein Assistenzarzt versuchte, den Zugang zu legen, und scheiterte, wobei er mehr zitterte, als er sollte. »Lassen Sie mich«, sagte ich, und er gab die Stelle am Arm des Jungen frei, dessen Haut so dünn war, dass man die Vene mit dem Fingernagel hätte nachzeichnen können.

Die Mutter stand plötzlich direkt vor mir, bevor ich noch etwas sagen konnte, ihre Wimperntusche zog schwarze Rinnsale über beide Wangen. »Er hat nur er hat nur gespielt, er«

»Er ist in guten Händen«, sagte ich mit meiner ruhigen Stimme. Die, die ich für Eltern, überdrehte Patienten und manchmal für Lily reservierte, wenn sie mal wieder überdrehte. »Sie haben alles richtig gemacht, indem Sie ihn hierher gebracht haben. Wir werden das wieder in Ordnung bringen.«

Ein Fünkchen Vertrauen blitzte auf, oder vielleicht war es auch nur Erschöpfung. So oder so, sie sackte in einen Stuhl, ein Auge auf das Chaos geheftet, das andere trübte sich vor Furcht.

Kinder waren das Einzige, was ich nicht ausblenden konnte. Erwachsene, sicher jeder hat seinen Platz in der Sterbetafel, und man bekommt eben, was man bekommt. Aber Kinder? Die hatten noch nicht einmal die Chance gehabt, ihr Leben zu vermasseln. Alles fühlte sich an, als wäre es gestohlen, nicht nur verloren.

Ein Anflug von Erinnerung: Lucy, sechs Jahre alt, Blut an den Knien, ich, wie ich ihr mit einem Papiertuch den Kopf tätschelte, ihr sagte, es sei alles in Ordnung, ihr gehe es gut, aber jetzt atmete sie nicht, und ich auch nicht.

»Der Puls fällt ab«, rief eine der Schwestern.

Ich war schon dabei. Der Raum engte sich um meinen Fokus ein; alle warteten auf meinen nächsten Schritt, als wäre ich der einzige Erwachsene im Gebäude.

»Bereitet einen Notfallwagen vor. Ich will, dass die Unfallchirurgie sofort alarmiert wird.«

Patty las meine Gedanken. »Schon erledigt.«

»Stabilisieren wir ihn für die Bildgebung«, sagte ich, und dann zum Jungen: »Halt durch, Kumpel. Du darfst nicht so früh aussteigen. Hausregeln.«

Seine Augenlider flatterten, oder vielleicht wollte ich das nur.

Das Team arbeitete das Protokoll ab, als wäre es das Evangelium, aber ich improvisierte und schrieb die Verse in Echtzeit um. Er verlor zu viel, zu schnell. Es gab einen Ausbruch von Aktivität, als wir ihn auf die Trage luden, die Art von Aktivität, bei der jede Sekunde lauter tickte als die letzte.

Als sie ihn wegschoben, fing ich erneut den Blick der Mutter auf. Sie umklammerte den Stuhl so fest, dass ihre Finger weiß geworden waren.

»Er ist stark«, sagte ich, denn manchmal ist eine Lüge eine bessere Medizin als Hoffnung.

Sie nickte zitternd, und ich hatte das Gefühl, dass sie mich trotzdem verstand.

Der Schockraum leerte sich und ließ nur das Chaos zurück – blutige Gaze, ein Spielzeuglaster, den jemand aus der Tasche des Jungen gezogen hatte, und das Nachbild einer Katastrophe, die nur knapp aufgeschoben worden war.

Ich atmete tief durch und zählte von zehn herunter. Die Welt kehrte zu ihrem gewohnten Wahnsinn zurück. Ich warf meine Handschuhe in den Mülleimer und suchte nach etwas, irgendetwas, das ich mit meinen Händen tun konnte.

»Er hat Glück, dass Sie hier waren«, sagte Patty und kam mit einem Klemmbrett herüber.

Ich zuckte mit den Achseln, aber mein Herzschlag hatte sich nicht beruhigt. »Wir werden sehen, wie viel Glück er nach dem Skalpell hat.«

Sie warf mir einen Blick zu, der sagte, dass sie mehr wusste, als sie zugab. »Soll ich die Mutter auf dem Laufenden halten?«

»Ich mache das.« Die Worte kamen heraus, bevor ich es mir anders überlegen konnte. »Geben Sie ihr nur … eine Minute.«

Patty nickte und entfernte sich. Ich stand in den Trümmern des Schockraums, beobachtete, wie Regenstreifen die Fenster hinabliefen, und versuchte, mir nicht in jedem Schatten das Gesicht des Jungen vorzustellen.

Der OP war sein eigenes Universum, hell und kalt und völlig gleichgültig. Der Junge lag auf dem Tisch, die Brust vorbereitet und abgedeckt, ein einzelner Stern inmitten eines grünen Feldes. Alles andere fiel weg – die nassen Schuhe, die klebrigen Böden, das rasende Herz der Mutter draußen auf dem Flur. Hier gab es nur Fleisch und Blut und Zeit.

Ich ging die Checkliste durch. Instrumente: vorhanden. OP-Schwester: dreifach geprüft. Anästhesist: die Augen verließen nie die Monitore. Die Assistenzärzte waren in Position, die Hände oben, die Gesichter blass und mit Schutzbrillen versehen. Der leitende Chirurg – technisch gesehen mein Vorgesetzter – nickte knapp und sagte: »Sie haben die Leitung, Dr. Carter.«

Ich nickte zurück, und das Skalpell lag in meiner Hand, als hätte es sie nie verlassen. »Sorgen wir dafür, dass das einfach aussieht«, sagte ich, und das Team lachte nervös und dünn.

Der erste Schnitt war sauber, wie aus dem Lehrbuch. Ich ließ die Assistenzärzte absaugen und abklemmen, beobachtete ihre Hände und spürte, wie der alte Rhythmus die Kontrolle übernahm. Das Herz des Jungen war auf dem Monitor stabil, aber schwach, etwas, das ich nicht aus den Augen lassen würde.

Ich war auf halbem Weg durch die Dissektion, als ich es entdeckte – eine arterielle Verletzung, nur knapp vor der Katastrophe. Die Blutungsquelle war versteckt, heimtückisch, und es dauerte nur den Bruchteil einer Sekunde, um zu entscheiden: tief eindringen und mehr Trauma riskieren oder an den Rändern arbeiten und beten. Ich entschied mich für Option drei: Fassen, klemmen und hoffen, dass meine Hände so ruhig waren wie meine Stimme.

Sie waren es.

Gerade als ich die Naht fädelte, blickte ich zur OP-Schwester auf und sah einen roten Fleck über ihrer Maske – eine trockene, wunde Stelle direkt unter ihrem Auge, selbst unter der Stadionbeleuchtung deutlich zu erkennen.

»Hey, Collins, Ihre Wange«, sagte ich, ohne den Blick von der Naht zu nehmen, »Sie sollten Ringelblumensalbe dafür probieren. Verschreibungspflichtig. Wirkt besser als das Zeug aus dem Krankenhaus.«

Sie blinzelte überrascht. »Zur Kenntnis genommen, Doktor.«

»Entschuldigen Sie, ich kann Ineffizienz einfach nicht ausstehen. Besonders bei der Haut.«

Der Raum kicherte, und die Spannung ließ um fünf Grad nach. Sogar der leitende Arzt lächelte.

Zurück zum Jungen. Das Gefäß hielt, der Blutfluss ließ nach. Die nächsten Schritte waren nach Vorschrift – säubern, schließen, hoffen. Jeder Handgriff war Routine, aber der Unterschied lag im Einsatz. Dies war eine Person, die nächste Woche vielleicht Strichmännchen auf eine Dankeskarte für die Schwestern zeichnen würde, wenn wir das hier richtig machten.

Der endgültige Wundverschluss verlief reibungslos. Die Monitore wurden heller, die Werte stabilisierten sich. Das Team atmete im Chor aus.

»Das war ... verdammt gut«, sagte einer der Assistenzärzte mit ehrfürchtiger Stimme.

»Teamwork«, sagte ich. »Und nächstes Mal darf jemand anderes der Held sein. Ich brauche dringend ein Nickerchen.«

Als wir das Feld abräumten, blickte ich zu Schwester Collins auf. Sie musterte mich, als hätte ich gerade ihre Sozialversicherungsnummer erraten.

»Danke für den Tipp«, sagte sie.

»Jederzeit«, erwiderte ich und erlaubte mir für eine

Sekunde, einen winzigen Anflug von Stolz zu spüren. Dann erinnerte ich mich an die Mutter auf dem Flur und den Berg, den ich erklimmen musste, um wieder zur Normalität zurückzukehren.

Ich zog die Handschuhe aus, warf sie weg und tauschte den OP gegen die recycelte Luft des Flurs ein, wobei ich die teuerste Version von Hoffnung der Welt zurückließ, in drei Schichten zugenäht.

Im Wartebereich war die Mutter wie festgewachsen — niemand sonst konnte so hohl aussehen und sich trotzdem noch bewegen. Ihr Knie wippte in einem panischen Rhythmus, und sie zuckte zusammen, als ich ihren Namen sagte.

»Mrs. Jacobs?«

Sie stand auf, versuchte tapferer auszusehen, als sie war, und scheiterte. Ich deutete ihr an, sich zu setzen, und ging dann in die Hocke, damit wir auf Augenhöhe waren, als wäre ich nicht derselbe Kerl, der gerade einen halben Liter Blut aus ihrem Kind gefischt hatte.

»Es geht ihm gut«, sagte ich und übersprang die Höflichkeiten. »Wir haben die Blutung gestillt. Es wird eine Narbe geben, aber er ist ein zäher Junge. In ein oder zwei Wochen wird er wieder herumlaufen.«

Es war, als würde man ein Stromnetz abschalten. Ihre Schultern sackten in sich zusammen, ihr Kinn fiel auf die Brust, und für eine Sekunde konnte sie nichts anderes tun als schluchzen, die Fäuste so fest in ihre Augen gepresst, als könnte sie sich in ihren eigenen Knochen verstecken.

Ich ließ sie sich ausweinen. Die beste Medizin ist manchmal Schweigen, oder zumindest, die Dinge nicht noch schlimmer zu machen.

»Kann ich ihn sehen?«, fragte sie schließlich mit zerfetzter Stimme.

»Er ist im Aufwachraum, er schläft noch. Aber ja, das können Sie.«

Ich führte sie durch das Labyrinth der Aufwachräume, die Luft schwer von Desinfektionsmittel und geflüsterten Gebeten. Der Junge war da, klein und bandagiert, seine Brust hob und senkte sich langsam und gleichmäßig. Sie stand an der Tür, aus Angst, ihn zu berühren, als wäre er aus Glas.

»Sie können näher herangehen«, sagte ich.

Sie tat es, und als sie ihm das Haar aus der Stirn strich, zitterten ihre Hände so sehr, dass sie ihn beinahe verfehlte.

Ich reichte der Mutter eine Schachtel Taschentücher, weil das leichter war, als mit Tränen umzugehen.

»Das Team hier ist das beste, er ist in guten Händen«, sagte ich.

Sie dankte mir tausendmal, die Worte sprudelten zu schnell heraus, um sie aufzufangen. Ich nickte, sagte, es sei eine Teamleistung gewesen, und machte mich aus dem Staub, bevor es mir zu nahe ging.

Im Bereitschaftszimmer waren die Lichter gedimmt, die Couch klumpig und kaputt. Mein Sandwich lag genau dort, wo ich es gelassen hatte, und mein Appetit auch. Ich starrte gut fünf Minuten lang an die Wand und ließ die Erschöpfung sich ihren Weg bahnen.

Das war der Teil, über den niemand sprach: nicht die Operation, nicht die Rettung, sondern das leere Echo, das folgte. Man gewann eine Runde, aber der Kampf hörte nie auf. Und niemand hatte jemals wirklich Feierabend.

Die Couch im Bereitschaftszimmer kam einem Bett für mich am nächsten. Es war ein ausgemustertes Relikt aus dem Wohnzimmer von irgendjemandem, aus dessen Seiten die Polsterung herausquoll und das wahrscheinlich ein Vektor für mehrere MRSA-Stämme war. Ich breitete mich darauf aus und starrte auf die Deckenplatten, von denen jede einen etwas anderen Nikotingelb-Ton hatte. Mein Gehirn wollte nicht zur Ruhe kommen, es durchlief immer wieder das Trauma, den Sieg, die unmöglichen Chancen und wieder zurück.

Mein Handy vibrierte an meinem Oberschenkel. Ich rechnete halb damit, dass es ein Pager aus der Notaufnahme war, eine weitere Katastrophe im Anmarsch. Aber nein, es war nur eine

Textnachricht – nein, nicht nur eine Textnachricht. Sie war von Ava.

Ava war eine Krankenschwester in der Notaufnahme, bevor sie für ein Jahr nach Mexiko ging, um »sich selbst zu finden«. Jetzt war sie zurück. Ich wusste das, weil sie es in Großbuchstaben verkündet hatte, sobald ihr Flugzeug gelandet war, gefolgt von einer Reihe zwinkernder Emojis, bei denen meine Haut zu jucken begann.

Ihre Nachricht war kurz, aber nicht subtil:

> Ich langweile mich. Willst du rüberkommen und das ändern?

Ich starrte darauf, der Daumen schwebte über der Antwort. Wir beide wussten, worum es hier ging. Sie wollte einen schnellen Fick, niemanden zum Reden. Das hatte mir früher gereicht – zur Hölle, manchmal war es mir sogar lieber gewesen. Keine Komplikationen, keine Gefühle, keine Pflege. Wie Essen zum Mitnehmen für die Seele.

Aber jetzt konnte ich nur an das letzte Mal denken, als ich bei Ava war. Nach dem Sex, wir beide an entgegengesetzten Enden ihres Bettes, scrollten durch unsere Handys. Die Stille war so absolut, dass sie sich wie inszeniert anfühlte. Sie war direkt da, aber eine Million Meilen entfernt. Es gibt ein Wort dafür – Ennui. Französisch für: »Ist ja ganz nett, aber wozu der Aufwand?«

Noch ein Vibrieren:

> Bist du da?

Ja, ich bin hier. Nur nicht mehr dasselbe »hier« wie vorher.

Ich scrollte zurück durch unsere alten Nachrichten, auf der Suche nach etwas Echtem. Da war viel Geflirte, viele Anspielungen, aber nichts, was den Moment überdauerte. Sogar unsere Streits waren langweilig gewesen – fast wie nach Drehbuch. Ich scrollte weiter, als ob ich das fehlende Teil irgendwo im Feed finden würde, aber es war alles dasselbe: wegwerfbar, temporär, ein Rausch ohne Halbwertszeit.

Ich dachte an Lily, und das machte mich wütend. Sie war ganz anders als Ava. Sie war schärfer, gemeiner, lebendiger. Sie wies mich auf meinen Scheiß hin, durchbrach meine Verteidigung, als wäre sie aus Reispapier gemacht. Mit ihr war jedes Gespräch ein Duell; jede Stille ein Waffenstillstand. Ich wusste nicht, was ich von ihr wollte oder was sie von mir wollte, aber ich wusste, dass ich mich nie gelangweilt hatte.

Ava schickte noch eine Nachricht:

Ist okay, wenn du jemanden triffst. Sag es einfach.

Tue ich nicht, aber die Vorstellung störte mich nicht. Vielleicht sollte ich das. Vielleicht wollte ich das.

Ich schloss den Chat und löschte nach kurzem Zögern den ganzen Verlauf. Es war seltsam befriedigend, wie das Ziehen eines lockeren Zahns. Es tat für eine Sekunde weh, und dann war es weg.

Die Stille im Raum war immer noch da, aber sie fühlte sich nicht mehr so leer an. Eher sauberer.

Ich warf mein Handy auf die Armlehne, schloss die Augen und wartete auf das, was als Nächstes kam.

Der neue Abschnitt des Traumaprotokolls, an dem ich gearbeitet hatte, lag genau dort, wo ich ihn gelassen hatte – mittig auf dem Pausenraumtisch, halb begraben unter einem Stapel verlassener Fachzeitschriften und einer leeren Energydrink-Dose. Ich schlug es auf und erwartete denselben kalten bürokratischen Jargon, der seit Anbeginn der Zeit jedes Krankenhaus heimsuchte.

Stattdessen war es ein forensisches Meisterwerk. Lilys Handschrift war eine Naturgewalt – winzig, in Großbuchstaben, jedes Wort bis an seine absolute Grenze komprimiert, aber messerscharf und perfekt ausgerichtet. Jeder Rand war voller Notizen, Korrekturen, Optimierungen. Sie hatte Studien querverwiesen, Protokolle markiert, sogar farbcodierte Textmarker benutzt, als würde sie eine Bombe bauen und der kleinste Fehler könnte die ganze Etage in die Luft jagen.

Ich ertappte mich dabei, zu lächeln, was eine neue und alarmierende Entwicklung war. Sie hatte eine Statistik im zweiten Abschnitt eingekreist – dreimal, nur für den Fall, dass ich den Punkt übersehen würde – und in fetter schwarzer Tinte geschrieben: »DESHALB PLANT MAN VORAUS, DU IDIOT.«

Ich fuhr die Zeile mit dem Finger nach, und für eine Sekunde fragte ich mich, was sie tun würde, wenn ich einfach an ihrer Tür auftauchen und sagen würde, dass ich sie wollte – nicht die Akte, nicht das Projekt, sondern ... sie. Die Vorstellung war so verrückt, so völlig außerhalb des Drehbuchs, dass ich laut auflachte.

Ich arbeitete ihre Kommentare einen nach dem anderen durch, überarbeitete und erweiterte, und versuchte, ihrer unerbittlichen Logik gerecht zu werden. Es dauerte länger, als mir lieb war, aber als ich fertig war, war das Dokument die verdammt beste Version von sich selbst, die ich je gesehen hatte. Ich kritzelte meine eigenen Notizen in Rot hinein, nur um eine Spur zu hinterlassen. Nicht um zu konkurrieren, nur um ... neben ihren zu existieren.

Als ich fertig war, war es draußen dunkel, und die Uhr sagte mir, dass ich zwei Stunden daran gesessen hatte. Ich betrachtete den fertigen Entwurf und verspürte den seltsamsten Drang, ihn ihr zu zeigen, ihre Reaktion zu sehen, sie stolz zu machen oder zumindest weniger genervt.

Ich könnte ihn einfach in ihrem Büro lassen, aber das fühlte sich billig an. Stattdessen sammelte ich die Papiere, stapelte sie mit chirurgischer Präzision und versprach mir, sie ihr morgen zu übergeben. Persönlich.

Es war eine schwache Ausrede, um sie wiederzusehen. Aber es war besser als nichts. Und im Moment war das genug.

SIEBEN

LILY

Der Aufenthaltsraum ist leer, abgesehen von Noah und mir. Er sitzt nah bei mir, seine Anwesenheit ist eine ständige, mühelose Erinnerung daran, dass ich Besseres zu tun habe, als mich auf seine sorglose Spontaneität einzulassen.

Ich präsentiere unseren überarbeiteten Entwurf – sauber getippt, geheftet, farbcodiert. Ich bin mir sicher, zu hören, wie er ein Lachen unterdrückt, als ich das Gantt-Diagramm enthülle, das ich heute Morgen hinzugefügt habe, aber ich rede einfach über ihn hinweg, um sicherzustellen, dass er weiß, wie ernst das hier ist.

Er hört zu, die Arme verschränkt, sein Blick nicht ganz so abweisend wie sonst. »Ein bisschen ehrgeizig, findest du nicht?«, sagt er und blättert durch meine harte Arbeit, als wäre es die Zeitung von gestern. »Es könnte sich lohnen, den Leuten zwischen den Aufgaben etwas Luft zum Atmen zu lassen.«

Ich ermahne mich, zivilisiert zu sein, dass Professionalität der Schlüssel zum Überleben dieser Zusammenarbeit ist. Wir debattieren über die Vorzüge von strukturierten Zeitplänen gegenüber flexiblen, patientenorientierten Ansätzen, und ich bekomme fast ein Schleudertrauma in dem unerwarteten Moment, in dem wir uns bei etwas einig sind.

Das wird nicht einfach werden.

»Im Ernst, Lily. Es sieht aus, als hättest du ein Bürobedarfsgeschäft ausgeraubt.« Noah grinst, lehnt sich auf seinem Stuhl zurück, unvorstellbar lässig.

»Das hier ist ein Projekt, kein Impro-Abend im Comedy-Club«, fauche ich ihn an und wünschte, mein Ärger würde dieses Lächeln aus seinem Gesicht wischen. »Organisation ist der Schlüssel zum Erfolg.«

Er nimmt ein Exemplar des Entwurfs und schwenkt es wie eine Fahne. »Meinst du, einer für jede Person, oder sparen wir Papier und teilen uns?«

»Ich kann mehr machen.« Ich schaue auf meine Uhr und deute damit an, dass ich Besseres zu tun habe, als mir seine Witze anzuhören. »Das ist wichtig, Noah. Ich will, dass es richtig gemacht wird.«

»Und es richtig zu machen bedeutet zu atmen«, sagt er und fängt meinen Blick auf. »Darauf legen wir in der Notaufnahme großen Wert.«

Ich bin versucht, ihn daran zu erinnern, dass sie in der Notaufnahme richtige Chirurgen rufen müssen, wenn es kompliziert wird, aber ich halte mich zurück. Stattdessen atme ich selbst tief durch. Das schaffe ich schon. Noah mag vielleicht keine Zeitpläne oder Strukturen respektieren, aber er ist gut in seinem Job, und das kann ich nutzen.

»Also, womit willst du anfangen?«, frage ich und lenke uns wieder auf den richtigen Weg. »Mein Entwurf schlägt vor, mit der Festlegung klarer Protokolle zu beginnen.«

Seine Augenbrauen schießen in die Höhe. »Wirklich? Ich dachte, da steht: ›Hier ist eine sechsmonatige Haftstrafe für jeden mit einem Leben außerhalb des Krankenhauses.‹«

»Es ist ein effizienter Zeitplan«, beharre ich, obwohl ich nicht umhin kann festzustellen, wie er alles so einfach klingen lässt. *Zu einfach.* »Wir werden bessere Ergebnisse erzielen, wenn wir einen konkreten Plan haben. Etwas Anpassungsfähiges führt zu Chaos.«

»Oder zu Innovation«, kontert er. Er trommelt mit einem Finger auf den Tisch, ärgerlich rhythmisch, aber wenigstens konzentriert er sich. »Lass uns über das bloße Abhaken von Kästchen hinausdenken. Was wird den Patienten wirklich helfen?«

»Protokolle helfen den Patienten«, beharre ich. »Das ist es, was sie sicher hält. Im OP wird nicht einfach ›improvisiert‹, Noah.«

Er zuckt mit den Schultern, zu entspannt für jemanden, der mit mir streitet. »Aber wir wissen nicht immer, womit wir es zu tun haben, bis wir es sehen. Besonders in der Unfallchirurgie. Wir brauchen Raum für Anpassungen.«

Er hat unrecht, aber er hat nicht so unrecht, wie ich erwartet hatte. Ich tippe mit meinem Stift, überlege, was er sagt. »Anpassungen«, gestehe ich ein, obwohl das Wort bitter schmeckt. »Gut. Wir können eine gewisse Flexibilität einbauen. Aber es muss ein Fundament geben.«

»Einverstanden.« Noahs Nicken ist ernster, sein Necken endlich zurückgeschraubt. »Aber wenn alles nur Fundament ist, wird nichts gebaut.«

Das ist kooperativer, als er den ganzen Tag war. Ich erlaube mir ein kleines Lächeln. »Das klingt wie etwas, das auf einem Motivationsposter stehen könnte.«

Er zeigt auf mich. »Siehst du? Du wirst ja schon lockerer.«

Im Laufe der Stunden verändert sich der Raum. Mein Ärger über ihn schmilzt zu einer überraschenden Art von Respekt. Noah beobachtet, wie ich unser Chaos in einen funktionierenden Plan organisiere, und ich beobachte, wie er starre Linien in flexible, dynamische Wege verwandelt. Wir bauen etwas Neues auf, und es ist überhaupt nicht das, was ich mir vorgestellt hatte.

»So arbeitest du also«, sagt er, als ich unser endgültiges Diagramm an die Wand hefte. »Wer hätte gedacht, dass ein Kontrollfreak so offen für Vorschläge sein kann?«

Ich verdrehe die Augen, aber es ist kein Biss mehr dahinter. »Und wer hätte gedacht, dass Herr Entspannt sich tatsächlich lange genug konzentrieren kann, um etwas beizutragen?«

Er lacht, ein Klang, der im Raum und zwischen uns nachhallt und die Lücken füllt, von denen ich nicht wusste, dass sie da waren.

»Wir sollten für heute Schluss machen«, sage ich, packe zusammen, aber ohne aus der Tür zu eilen.

»Oder es einen Waffenstillstand nennen«, schlägt Noah vor und lehnt sich gegen den Tisch. »Wenn wir uns weiterhin so einig sind, werden die Leute reden.«

Ich werfe ihm einen Blick zu, halb warnend, halb amüsiert. »Wenn wir uns weiterhin einig sind, könnten wir das hier tatsächlich fertigstellen.«

»Wo bleibt da der Spaß?«

Nach etwa einer weiteren Stunde Protokollplanung schaue ich auf und merke, dass wir die einzigen beiden verbliebenen Personen im Aufenthaltsraum sind, umgeben von Kaffeetassen, verstreuten Notizen und zu vielen Worten. Meine Augen brennen vor Schlafmangel, meine Finger sind tintenverschmiert vom Umschreiben von Protokollen, von denen Noah behauptet, sie seien nicht notwendig.

Er beobachtet, wie ich aus unserem Durcheinander klug werde, sein Verstand zu scharf für jemanden, der erschöpft sein sollte.

»Wir sollten wirklich gehen«, sage ich, obwohl es mehr wie eine Frage herauskommt, als mir lieb ist.

Er antwortet nicht, grinst nur auf diese nervtötende Weise, die bedeutet, dass er noch lange nicht fertig ist. Ich sollte es hassen, dass wir immer noch hier sind, aber aus irgendeinem Grund tue ich das nicht.

»Du kannst besser aus Chaos einen Sinn machen als jeder, den ich je getroffen habe«, sagt er und deutet auf unser Gewirr aus Papieren. »Ich würde immer noch versuchen, die erste Seite zu finden.«

»Offensichtlich bin ich ein Genie«, antworte ich, obwohl ich auf sein Eingeständnis stolzer bin, als ich zugebe.

»Ein Genie, das Schlaf braucht.« Er schaut auf seine Uhr. »Meinst du, sie werfen uns raus?«

Ich schüttle den Kopf. »Nee. Dieser Ort gehört praktisch uns.«

Er lehnt sich zurück, begutachtet unseren Fortschritt mit einem zufriedenen Nicken. »Hätte nie gedacht, dass ich den Tag erlebe. Du kommst tatsächlich mit mir aus?«

»Gewöhn dich nicht daran.«

»Weißt du«, sagt Noah und beugt sich vor, »ich wollte schon immer Tierarzt werden.«

Ich hebe eine Augenbraue. »Noch einer deiner berühmten Witze?«

»Diesmal nicht.« Er lächelt, aber es ist mehr Erinnerung als Belustigung. »Dann bin ich in Ohnmacht gefallen, als ich das erste Mal einen Hund mit einem gebrochenen Bein gesehen habe.«

»In Ohnmacht gefallen?«

»Komplett weggetreten. Eine totale Schande.« Er zuckt mit den Schultern, und ich kann den Jungen sehen, der er einmal war – derjenige, der furchtlos war, bis er es nicht mehr war.

»Hättest damals schon wissen sollen, dass du nicht für die richtige Medizin geschaffen bist«, necke ich ihn.

»Hätte ich«, stimmt er zu, seine Augen treffen meine. »Aber ich weiß einfach nie, wann ich aufgeben soll.«

»Ich habe meine Stofftiere operiert«, gestehe ich, die plötzliche Wendung überrascht sogar mich. »Mit einer echten Schere. Meine Eltern haben meine Spielsachen konfisziert.«

Er lacht. »Was warst du da, fünf?«

»Drei.«

»Du gewinnst. Du gewinnst immer.«

»Okay dann. Geschichten aus dem Medizinstudium?«, fragt Noah und hebt eine Augenbraue. »Wette, du warst die Beste deines Jahrgangs.«

Ich tue schockiert. »Wer hat dir das verraten? Das ist eine vertrauliche Information.«

»Wild geraten.«

»Kannst du auch den schlimmsten Moment meines Praktikums erraten?«

»Werde ich nicht mal versuchen«, sagt er. »Erzähl.«

Ich atme tief ein, tauche in die Erinnerung ein. »Rotation in der Notaufnahme. Erste Woche. Autounfall. Die Ärzte, die es miterlebt haben, nennen mich bis heute Dr. Dreht-Durch.«

Er kichert, der Klang unerwartet freundlich. »Hätte dich nicht für jemanden gehalten, der in Panik gerät.«

»Tue ich nicht«, beharre ich. »Nicht mehr.«

»Ich hatte viele schlimmere Momente.« Noah blickt an mir vorbei, zum Fenster oder irgendwo dahinter. »Ich habe ein Kind verloren. Wahrscheinlich hätte ich da auch aufhören sollen, aber ich bin stur.«

Der Raum verändert sich unter dem Gewicht seiner Worte, die Luft ist geladen mit gemeinsamen Geschichten.

»Du hast nicht aufgehört«, sage ich.

»Du auch nicht.«

Es ist klar, dass wir für heute alles getan haben, was wir tun konnten. Ich sammle meine Sachen mit geübter Effizienz ein, ein Ritual, das ebenso präzise wie leer ist.

»Glaubst du, wir arbeiten jemals so viel, weil es einfacher ist, als sich mit dem Rest des Lebens auseinanderzusetzen?«, fragt er.

Die Frage hallt nach. Ich konzentriere mich auf mein Packen, anstatt ihn anzusehen. Laptop in die Tasche, Notizen gestapelt, Stifte ausgerichtet. »Ich arbeite, weil ich gut darin bin«, sage ich, die Worte klingen sogar in meinen eigenen Ohren zu mechanisch.

»Das steht außer Frage«, antwortet Noah, seine Stimme ist näher. »Beantwortet aber nicht die Frage.«

Ich schaue auf, gefangen von der ruhigen Intensität seines Blicks. Er wartet auf etwas mehr, etwas Echtes, etwas Menschliches.

»Was gibt es denn sonst?«, weiche ich aus. »Außerhalb hiervon?«

Er antwortet nicht sofort, beobachtet mich nur mit einem Verständnis, das fast unerträglich ist.

»Das Leben«, sagt er schließlich.

Ich stopfe einen Stift in meine Tasche, verärgert über seine Weigerung, an seinem Platz zu bleiben, verärgert über alles.

»Vielleicht für manche Leute.«

Noah lässt nicht locker. »Du gehörst zu diesen Leuten, Lily.«

Die leise Überzeugung in seiner Stimme ist nervtötend, und für eine Sekunde erwäge ich, einfach zu gehen, ihn dort mit seinen unbequemen Wahrheiten und seinem unerschütterlichen Blick zurückzulassen. Aber ich kann nicht. Etwas fesselt mich an diesen Ort, hält mich in diesem Gespräch fest wie die Schwerkraft.

»Du hast unrecht«, beharre ich, ein letzter verzweifelter Versuch, einen Anschein von Kontrolle zurückzugewinnen. »Arbeit ist nicht einfacher. Sie ist einfach besser.«

»Sicher?«

Ich muss diese Verbindung durchbrechen, dieses Verständnis, das alles zu entwirren droht, was ich aufgebaut habe. »Was ist dann mit dir?«, schieße ich zurück. »Immer hier. Immer am Arbeiten. Vielleicht bist du derjenige, der etwas vermeidet.«

Er nickt leicht, die Bewegung langsam und akzeptierend. »Vielleicht«, gibt er zu, aber es liegt keine Abwehrhaltung darin. Nur eine Spiegelung dessen, was er in mir sieht.

»Ich muss gehen«, sage ich, meine Stimme ist schärfer, als ich es beabsichtige.

Noah versucht nicht, mich aufzuhalten. Er schaut mich nur mit demselben wissenden Ausdruck an, und ich hasse es, wie bloßgestellt ich mich dadurch fühle.

»Sehen wir uns morgen?« Seine Worte sind sanft, eine Erinnerung daran, dass er immer noch hier sein wird.

Ich nicke, unfähig, meiner Stimme zu trauen, und drehe mich um, um zu gehen.

Die Tür schließt sich hinter mir, aber die Entfernung dämpft nicht die Frage, die sich nun in meinem Kopf festgesetzt hat. *Arbeite ich wirklich so viel, um allem anderen aus dem Weg zu gehen?* Ich weiß es nicht. Ich dachte, ich tue es nicht, aber jetzt, mit Noahs Einsicht, die sich unangenehm in mir festgesetzt hat, bin ich mir bei nichts mehr sicher.

Ich gehe den Korridor entlang, das Geräusch meiner Schritte hallt hohl in der leeren Halle. Jeder Schritt bringt mich weiter weg vom Aufenthaltsraum, aber näher an die Erkenntnis, dass

Noah vielleicht nicht unrecht hat. Vielleicht habe ich nur zu viel Angst, es zuzugeben.

ACHT

NOAH

Lily schrubbt sich die Hände, als wolle sie sich die Haut abziehen. Die Stahloberfläche des Waschbeckens ist ein Schlachtfeld aus Blut und Wasser, und ihre Schultern sind so angespannt, dass es mich wundert, dass sie nicht längst zerrissen sind. Aus dem Türrahmen heraus kann ich sehen, wie mechanisch alles ist – wie sie die Bewegungen erzwingt, selbst als ihre Arme anfangen, kraftlos zu werden. Sie kam gerade aus einer sechsstündigen Operation, doch da steht sie und wäscht sich, als würde jeden Moment das nächste Herz auf dem Tisch landen.

Während ich sie beobachte, fällt mir wieder ein, warum ich mich nie ganz entscheiden kann, ob ich beeindruckt oder entsetzt bin. Ich lehne mit verschränkten Armen an der Wand und versuche nicht so auszusehen, als würde ich nur darauf warten, sie aufzufangen, wenn sie zusammenbricht.

Sechs Stunden im OP und sie zuckt kaum mit der Wimper. Sicher, das ist beeindruckend, aber diese Unerbittlichkeit – diese Art, wie sie nicht aufhören kann – gibt mir zu denken. Selbst wenn sie völlig erschöpft ist, macht sie weiter, schrubbt weiter, als würde sie bekommen, was sie will, wenn sie sich nur genug anstrengt. Nicht zum ersten Mal frage ich mich, was es bräuchte, um sie zum Aufhören zu bringen.

Als Lily den Wasserhahn zudreht, sehe ich, wie ihre Hände für einen kurzen Moment zittern, bevor sie nach einem Handtuch greift und sich die Finger abtrocknet, als würde sie jeden einzelnen zählen – um zu prüfen, ob sie alle noch da sind. Noch optimal.

In Momenten wie diesen überlege ich, ob ich eingreifen soll, aber dann fällt mir wieder ein: Sie ist eine Naturgewalt. Ein Hurrikan. Die Art von Naturkatastrophe, die man nach Frauen benennt, und wenn man mittendrin steht, lernt man entweder, sich festzuhalten, oder man wird einfach weggefegt.

Ich glaube, ich verstehe sie. Aber im Moment frage ich mich, ob diese ganze »arbeiten, bis dir die Hände abfallen«-Nummer ihre Art von Hilferuf ist. Ein winziger, mikroskopisch kleiner Teil von mir möchte zu ihr hinlaufen und ihr sagen, dass es in Ordnung ist, eine Pause zu machen. Aber ein größerer, auf Selbsterhaltung bedachter Teil weiß, dass das so wäre, als würde ich mich in einen Vulkan stürzen. Vielleicht wartet sie nur darauf, dass jemand sie darauf anspricht. Oder vielleicht ist sie einfach so sehr davon überzeugt, dass es keinen anderen Weg gibt.

Es hilft nicht, dass man nicht leugnen kann, wovor sie Angst hat. Versagen. Schwäche. Sie behandelt sie wie Krankheiten, die sie aus ihrem System ausrotten muss. Ich verstehe, warum sie es tut, den Druck, unter dem sie steht, aber ich wünschte, sie würde sehen, was wir anderen sehen: eine so talentierte Chirurgin, dass es wehtut, ihr dabei zuzusehen, wie sie versucht, mehr zu sein.

Perfekter. Vorbereiteter. Kontrollierter.

Sie trocknet sich die Hände ab, wirft das Handtuch weg und schreitet ohne einen Moment zu zögern zurück in das Chaos, das sie am Laufen hält.

Sicher, da ist Bewunderung, aber jetzt? Jetzt fängt es an, sich sehr nach Sorge anzufühlen.

Ich erinnere mich an Zeiten, in denen sie ein wenig entspannter aussah, weniger wahrscheinlich, dass ihr auf der Jagd nach Perfektion eine Ader platzt. Aber heutzutage hat der Ehrgeiz sie so aufgedreht, dass ich nicht sicher bin, wo sie aufhört und der Druck beginnt.

Wenn ich sie jetzt beobachte, ist klar, dass sie es auch nicht weiß. Sie schnappt sich die nächstbeste Fallakte, ihre Augen brennen mit derselben Intensität, die sie seit Tag eins hat, und stürzt sich in ihren nächsten Eingriff. Keine Anzeichen einer Verlangsamung.

Das Licht im Aufenthaltsraum summt wie eine Mücke und spendet ungefähr genauso viel Wärme. Ich sitze im Halbdunkel mit einer leeren Tasse und viel zu vielen Gedanken im Kopf, als ich Lily an der Tür vorbeigehen sehe, ist es wie ein Rettungsanker.

»Kaffee?«, rufe ich und beobachte, wie sie langsamer wird und stehen bleibt.

Für einen Moment sieht sie aus, als würde sie die Risiken abwägen, als könnte ein Koffeinschub eine Einstiegsdroge zu etwas viel Schrecklicherem sein, wie zum Beispiel echtem menschlichen Kontakt. Trotzdem tritt sie ein, und ich bin sofort auf den Beinen und schenke ihr eine Tasse Kaffee ein, der wie durch ein Wunder nicht drei Tage alt ist. Als ich ihn ihr reiche, werfe ich kostenlos ein schiefes Grinsen dazu.

Sie nimmt die Tasse, als erwarte sie, sich daran zu verbrennen. Das überrascht mich nicht. Meistens behandelt Lily meine Freundlichkeitsversuche so, wie sie einen unbekannten Bakterienstamm behandeln würde: Mit Vorsicht nähern und auf das Schlimmste vorbereitet sein. Aber heute ist etwas anders. Ihre Augen treffen meine für eine Sekunde, und da ist ein Aufflackern von Unsicherheit, ein Zögern, das mich denken lässt, dass sie vielleicht, aber nur vielleicht, genauso müde ist wie ich, so zu tun, als würden wir uns nicht gegenseitig beeinflussen.

Ich beobachte sie, wie sie sich auf einen Stuhl niederlässt, und die Stille zwischen uns ist nicht ganz so unbehaglich, wie sie sein sollte. Es ist ein Feiglingsspiel, dieses Ding, das wir da machen. Sie ist halb davon überzeugt, dass es in einer Katastrophe endet, wenn sie ihre Deckung fallen lässt, und ich habe eine Heidenangst, dass sie merkt, dass sie sich nicht mit dem

Chaos, das ich bin, zufriedengeben muss. Die Art, wie sie sitzt, mit diesem kleinen Extra-Abstand zwischen sich und dem Tisch, ist wie eine Erinnerung daran, dass sie nur auf Bewährung hier ist.

»Ein Wunder, dass du den Aufenthaltsraum überhaupt gefunden hast«, sage ich und störe die Stille mit einer Mischung aus Neckerei und Aufrichtigkeit, von der ich hoffe, dass sie richtig ankommt. »Ich hätte nicht gedacht, dass er auf deinem Radar erscheint, ohne dass ein riesiges Herz daran hängt.«

Sie ist einen Moment zu lange still, so lange, dass ich nicht sicher bin, ob ich mit dem Witz zu weit gegangen bin. Aber dann ziehen sich ihre Mundwinkel ganz leicht nach oben, das Nächste, was Dr. Lily Harper bei der Arbeit einem Lächeln zumuten könnte.

»Ich habe mich verlaufen«, erwidert sie todernst. »Ich dachte, ich schaue mal wegen einer Wegbeschreibung vorbei.«

So etwas wie Erleichterung durchströmt mich und ich lehne mich in meinem Stuhl zurück, lasse die Anspannung von mir abfallen. Das ist der Moment – die Pause, das Flackern, die kurze Chance, uns gegenüberzusitzen und so zu tun, als gäbe es keine Vorgeschichte, keine Erwartungen, kein verworrenes Gefühlschaos, das nur darauf wartet, uns in die Quere zu kommen.

»Soll ich dir die Führung geben?«, frage ich, meine Stimme etwas leichter, meine Hoffnung etwas größer. »Oder dich einfach mit einer Karte losschicken?«

»Kommt drauf an«, sagt sie. »Ist das hier der Punkt, an dem du mir sagst, dass ich mehr Zeit zum Entspannen aufwenden sollte?«

»Das ist der erste Halt auf der Tour«, versichere ich ihr, »direkt nach der Kaffeestation.«

Wir sind beide wieder still, aber diesmal ist die Stille angenehm, gefüllt mit dem Summen des Verkaufsautomaten und den entfernten Geräuschen des Krankenhauslebens, die sich anfühlen, als gehörten sie zu jemand anderem. Ich habe Lily in jeder erdenklichen Krise gesehen, habe beobachtet, wie sie ein Dutzend Notfälle nur mit ihrem Verstand und ihrem Willen gemeistert hat, aber das hier – ihr gegenüberzusitzen und zu spüren, wie die Kluft zwischen uns schrumpft – ist ein Sieg für sich.

»Nächstes Mal gib mir einfach die Karte«, sagt sie, und ich kann mir ein Grinsen nicht verkneifen.

Die Welt da draußen kann warten. Die Operationen können warten. Für einen Moment ist das Einzige, was zählt, der Raum zwischen uns und wie er immer kleiner wird.

Das Zimmer verfällt in eine ruhigere Stimmung, als ich sehe, wie sich Lilys Gesichtsausdruck verändert und ihre Angeberei zu etwas Echterem wird. Ihre Stimme ist fast ein Flüstern, jedes Wort schwer von unausgesprochenen Ängsten.

»Ich kann mir keinen einzigen Fehler leisten.« Es ist ein Geständnis, nackt und verletzlich, die Wahrheit, die sie nie jemanden sehen lässt. Ich bleibe still, gebe ihr den Raum zu sprechen und die Chance, einen Rückzieher zu machen, aber die Worte hängen zwischen uns, ein zerbrechliches Zeugnis für alles, was sie zu verbergen versucht.

In der darauf folgenden Pause beobachte ich sie, unsicher, ob sie bereut, es gesagt zu haben, ob sie sich gleich wieder in ihr Schneckenhaus zurückziehen wird. Aber das tut sie nicht. Stattdessen liegt eine Rohheit in ihren Augen, eine Unsicherheit, die so anders ist als die selbstbewusste, unerschütterliche Lily, die ich gewohnt bin.

Ich will über den Tisch greifen und ihre Hand halten, ihr zeigen, dass ich es verstehe, aber ich weiß es besser. Sie würde wahrscheinlich flüchten, wenn ich mich auch nur bewegen würde.

»Du musst es nicht riskieren«, sage ich sanft, wohl wissend, wie viel diese Worte sie gekostet haben. »Jedenfalls nicht allein.«

Sie zuckt nicht zusammen, macht nicht dicht, wie ich es erwarte. Es ist ein kleines Wunder. Stattdessen sieht sie mich mit etwas an, das an Unglauben grenzt, als würde sie immer noch auf die Pointe warten. Aber ich meine es ernst. Ernster, als sie ahnt. Ihr Mund öffnet sich leicht, aber es kommen keine Worte heraus, und für einen Moment sehe ich die Lily, die niemand sonst zu sehen bekommt.

Verletzlich. Unsicher. Menschlich.

»Vielleicht musst du nicht das ganze Krankenhaus auf deinen Schultern tragen«, fahre ich kaum mehr als murmelnd fort und versuche, sie tidak zu erschrecken.

Lilys Finger zittern an der Kaffeetasse, und ich frage mich, ob sie die Stille mit mehr Ehrlichkeit brechen oder sich hinter ihre üblichen Verteidigungen zurückziehen wird.

»Du findest, ich bin zu ernst«, sagt sie schließlich, ein Hauch von Herausforderung in ihrer Stimme. Ich merke, dass sie dagegen ankämpft, gegen den Drang, sich in Sarkasmus und trockenen Witz zurückzuziehen, aber die Anstrengung lässt sie weicher, fast resigniert zurück.

»Ich finde, du bist fantastisch«, antworte ich, und ihre Augen weiten sich, als hätte sie nicht erwartet, dass ich das sage. Verdammt, ich habe nicht erwartet, es zu sagen, aber da ist es, raus in der Welt. »Aber ich finde auch, dass es okay ist, tidak perfekt zu sein.«

»Alte Gewohnheiten legt man schwer ab«, murmelt sie, fast zu sich selbst. Sie blickt zur Seite.

»Es ist spät«, sagt sie abrupt, die alte Lily taucht wieder auf, entschlossen, das Thema zu wechseln, bevor es zu real wird.

Die Tür zum Aufenthaltsraum schwingt auf und Marcus tritt unvermittelt ein und zerstört die zerbrechliche Intimität des Moments.

»Störe ich?«, fragt er mit seinem typischen Grinsen, das verrät, dass er die Antwort bereits kennt. Er sieht zwischen uns hin und her, nimmt die aufgeladene Atmosphäre und die Art, wie Lily immer noch dasteht, als sei sie nicht sicher, ob sie sich wieder hinsetzen oder weglaufen soll, wahr. »Entschuldigt, Turteltauben, aber ich muss Noah für ein Konsil entführen.«

Die Anspannung im Raum zerplatzt wie eine Seifenblase und hinterlässt eine andere Art von Luft, eine, die leichter, aber genauso voll ist. Ich fange den Blitz der Verwirrung in Lilys Augen auf, die Art und Weise, wie Marcus' Anwesenheit sie aus dem Gleichgewicht bringt, und ich kann mich tidak entscheiden, ob ich ihm danken oder ihn schlagen will.

»Auf gehts, Romeo«, drängt Marcus und genießt die Störung sichtlich mehr, als es sich gehört.

Lily bleibt still, und ich weiß, dass sie gerade verarbeitet, sich neu kalibriert und herauszufinden versucht, was gerade passiert ist. Es ist nicht nur die Unterbrechung, die sie überrumpelt – es ist, wie nah wir uns waren, wie echt es wurde, bevor wir in die Realität zurückgezwungen wurden.

»Tut mir leid«, sagt Marcus, aber das Funkeln in seinen Augen lässt vermuten, dass es ihm alles andere als leidtut. »Ich wusste tidak, dass ihr beide gerade einen Moment hattet.«

Ich bin fast an der Tür, als ich stehen bleibe, halb versucht, Marcus zu sagen, wo er sich seine Entschuldigung hinstecken kann, aber ich begnüge mich damit, Lily einen letzten, langen Blick zuzuwerfen.

»Der nächste Kaffee geht auf dich, Harper«, rufe ich und stelle sicher, dass sie weiß, dass ich keinen Rückzieher mache.

Sie antwortet tidak, das muss sie auch nicht.

Marcus lässt keine Sekunde verstreichen, als wir gehen. »Ich dachte, ich finde dich hier beim Nickerchen, tidak dabei, wie du Dr. Harper den Hof machst.«

»Man nennt es eine Unterhaltung.«

»Unterhaltung«, wiederholt Marcus amüsiert. »Nennen die Kids das heutzutage so?«

Ich blicke zurück und hoffe, Lily aus dem Aufenthaltsraum kommen zu sehen, aber ich sehe nur die geschlossene Tür, bevor Marcus mich mitzieht und um die Ecke biegt.

»Wirst du aktiv oder sitzt du einfach nur mit deinem Kaffee und deinen ungelösten Gefühlen herum?«, fragt Marcus.

»Vielleicht beides«, antworte ich, halb ernst, halb mitspielend. »Multitasking.«

»Also, wie lautet die Diagnose?«, frage ich Marcus, ablenkend, aber tidak ganz. Meine Gedanken sind immer noch in diesem Aufenthaltsraum, immer noch bei Lily.

»Dass du hoffnungslos bist«, erwidert er, und ich kann kaum ein Lachen unterdrücken.

Vielleicht hat er recht. Vielleicht bin ich das.

NEUN

--- ♥ ---

LILY

Ich bin eine absolute Niete bei gesellschaftlichen Anlässen, und dieser hier ist der Mount Everest unter ihnen. Die Wohltätigkeitsgala des Emerald Bay Medical Center. Inklusive des Geruchs von teurem Parfüm und Verzweiflung. Ich verharre in der Nähe des Eingangs und erwäge einen verzweifelten Spurt in die Freiheit, aber ein wohlhabender Spender nimmt mich ins Visier, bevor ich entkommen kann.

»Dr. Harper!«, sagt er überschwänglich.

»Ja. Hallo.«

»Ich habe Sie bei dieser Preisverleihung gesehen«, fährt er ahnungslos fort. »Beste Assistenzärztin der Chirurgie! Ich habe zu meiner Frau gesagt: ›Das ist eine junge Frau, die es weit bringen wird.‹«

»Sehr freundlich von Ihnen.« Ich frage mich, ob es sich lohnen würde, eine Topfpflanze zu finden, hinter der ich mich verstecken kann. Er lässt mich keinen Millimeter von der Stelle.

Er sieht erfreut aus, als hätte ich gerade zugestimmt, eine Live-Vorführung einer Operation am offenen Herzen in seinem Wohnzimmer durchzuführen. »Wie fühlt es sich an, in Ihrem Alter schon so viel erreicht zu haben?« Er hält inne, um mir einen anerkennenden Klaps auf die Schulter zu geben, seine Manschettenknöpfe glitzern im Licht des Ballsaals.

Ich greife zum uralten Trick und winke einem fiktiven Freund zu, der gerade ankommt, und entschuldige mich.

Der Eingangsbereich ist meine Sicherheitszone. Ein gut getimter Schachzug, und ich bin weg, bevor es jemandem auffällt. Ich zupfe an meinem Kleid – schwarz, praktisch, etwas, das ich wieder tragen kann, falls ich jemals wieder zu einer dieser Veranstaltungen geschleppt werde. Darin sehe ich aus, als wäre ich auf dem Weg zu einer Vorstandssitzung, aber zumindest schreit es nicht »Seht mich an!« wie alles andere im Raum. Ich würde alles dafür geben, zu verschwinden, aber mein Gewissen lässt es nicht zu, dass ich die Gala schwänze. *Assistenzärztin gewinnt prestigeträchtigen Preis, lässt Wohltätigkeitsgala sausen, um allein in Jogginghose Wein zu trinken.* Das würde mich die ganze Nacht verfolgen. Nicht, dass es besser wäre, hier zu sein, aber immerhin werde ich jetzt heimgesucht und bekomme kostenlosen Champagner.

Ich mustere den Raum, merke mir Ausgänge und wahrscheinliche Hindernisse. Das Klirren von Gläsern und erzwungenes Lachen hallt von den hohen Decken wider und erfüllt die Luft mit Lärm und unerwünschter Fröhlichkeit. Ein Meer aus teuren Anzügen und Paillettenkleidern verschwimmt ineinander, eines schriller als das andere. Sechzig Stunden diese Woche, sage ich mir. Sechzig Stunden, und das ist meine Belohnung. Sogar meine Füße tun weh, und ich trage keine Absätze. Eine meiner wenigen guten Entscheidungen.

Bevor ich eine ruhige Ecke zum Verstecken finden kann, stürzt eine Frau auf mich zu und nagelt mich fest. Ende fünfzig, perfektes Make-up, und sie trägt etwas, das wie eine aufgetaute Hochzeitstorte aussieht. Ich erkenne sie als die Ehefrau eines der Oberärzte. Wichtiger noch, ich erkenne sie als eine alte Bekannte meiner Mutter.

»Lily Harper«, sagt sie, als würde sie einen vergrabenen Schatz heben. »Ich dachte mir, dass ich Sie im Programm gesehen habe.« Ihre Augen funkeln vor Neugier, als wollte sie mich gleich fragen, ob ich schon einen sehr begehrenswerten Ehemann an

Land gezogen habe. »Ich höre, Sie machen sich einen ziemlichen Namen.«

Ich schenke ihr dasselbe gequälte Lächeln, das ich den ganzen Abend schon perfektioniere. »Ich arbeite nur hart und versuche, mich über Wasser zu halten.«

Sie zwinkert, als würden wir uns einen schmutzigen Witz erzählen. »Oh, ich bin sicher, Ihnen gelingt mehr als das.« Dann, mit leiserer Stimme: »Wie geht es Ihrem Vater? Setzt er immer noch unerreichbare Maßstäbe für uns alle?«

»Es geht ihm gut.« *Unerbittlich, emotional unzugänglich, wahrscheinlich zu Hause bei einem Glas Scotch und einem medizinischen Fachjournal.* »Er wird es bedauern, das hier verpasst zu haben.«

»Das bezweifle ich sehr«, sagt sie, genau in dem Moment, als der Spender das Gespräch wieder an sich reißt. Ihr Ratschlag durchdringt sein Geplapper.

»Halten Sie die Augen nach einem gewissen Notarzt offen. Dr. Carter.« Ihr Tonfall ist voller ominöser Andeutungen. »Ein ganz schrecklicher Einfluss.«

Ich muss beinahe lachen. *Noah Carter. Ein schrecklicher Einfluss?* Das stimmt zwar, aber es von der Frau eines Oberarztes zu hören, überrascht mich.

Mein verblüffter Blick ermutigt sie nur. »Sie sind sehr ehrgeizig«, sagt sie zu mir. »Das bewundere ich.«

»Danke.« Mein Nacken juckt. Ihre mit Diamanten beladene Hand legt sich auf meinen Arm, und der Spender fängt wieder an.

»Dieses Krankenhaus kann sich glücklich schätzen, jemanden wie Sie zu haben«, strahlt er. »All diese jungen, attraktiven Ärzte, die so lange zusammenarbeiten. Wie schön für Sie.«

Mein Lächeln erstarrt. Ich weiß jetzt schon, dass ich morgen Muskelkater in den Wangen haben werde.

»Schade, dass mein Mann im Ruhestand ist«, scherzt die Frau und mustert mich, als wäre ich ein dekadentes Dessert, das sie sich für später aufhebt. »Sie wären ein viel besserer Einfluss.«

»Was für eine Kombination«, wirft der Spender ein. »Ihre Entschlossenheit und so gute Gene!«

»Bestimmt haben Sie auch einen passenden Freund«, sagt sie.

»Nein«, sage ich und blicke zur Seite. »Mein Zeitplan lässt das nicht zu.« Ich schenke ihr ein zuckersüßes Lächeln, die Art, die mir früher Hausarrest wegen Respektlosigkeit eingebracht hätte. »Die Medizin ist meine einzige Verpflichtung.«

»Nun ja«, seufzt sie. »Wenigstens müssen Sie sich keine Sorgen machen, abgelenkt zu werden.«

Sie mögen unerträglich sein, aber damit haben sie zumindest recht. Die Luft im Raum wird stickig, als würden sich alle um mich drängen, um zu sehen, wer den gesellschaftsfähigsten Schlag landen kann.

Sie wirft mir einen langen, mitleidigen Blick zu. »Wir haben von Ihrer Freundin in Boston gehört.«

Meine Freundin? Ich bin zu müde, um zu verstehen, was sie meint, dann wird es mir klar. Sarah – die ehemalige Assistenzärztin meines Vaters. Sie hat die Herz-Thorax-Chirurgie letztes Jahr für eine Lehrstelle aufgegeben. Skandalös.

»Es muss ein harter Schlag gewesen sein, Ihre Mentorin zu verlieren«, säuselt sie. »Aber Sie waren ja schon immer die Selbstständige, nicht wahr?«

Eher die Entbehrliche, denke ich, sage es aber nicht. »Sie kennen mich ja«, bringe ich heraus.

Ein Kellner geht mit einem Tablett voller Champagnerflöten vorbei. Ich schnappe mir eine und leere sie zur Hälfte, bevor ich es mir anders überlegen kann. Die Frau rattert immer noch ihr medizinisches Drama und den gesellschaftlichen Klatsch herunter, während meine Augen wieder den Raum absuchen.

Ich entdecke Noah am anderen Ende des Ballsaals. Der unverkennbare Schwung dunkelblonder Haare, das unbeschwerte Lächeln. Der nachlässig wirkende Notarzt, der schreckliche Einfluss, der Dorn in meinem Auge. Irgendwie schafft er es sogar, so auszusehen, als würde er hierhergehören. Wahrscheinlich, weil es ihm egal ist, dass das nicht der Fall ist. Sein marineblauer Anzug sitzt lässig, als hätte er ihn in letzter Minute übergeworfen, was er wahrscheinlich auch hat. Er ist von einer Gruppe von Kollegen umgeben, die alle durcheinanderreden. Marcus, sein treuer Kumpan, schlägt ihm auf den Rücken und macht einen Witz, den ich nicht hören kann. Ich bezweifle, dass er witzig ist.

Noah löst sich von seiner Gruppe und kommt auf mich zu. Ich spüre, wie sich die Aufmerksamkeit verlagert, als er sich nähert; die Spender sind gespannt, was als Nächstes passieren könnte. Er ist jetzt nah genug, dass ich den nervtötend selbstsicheren Ausdruck auf seinem Gesicht lesen kann, derselbe Ausdruck, den er hat, wenn er meine Traumafälle übernimmt, als würde er mir einen Gefallen tun.

Er bleibt neben mir stehen, die Hände in den Taschen, als hätte er alle Zeit der Welt. Seine Anwesenheit provoziert eine neue Flut von Fragen.

»Arbeiten Sie beide an einem aufregenden Projekt zusammen?«, will der Spender wissen.

Seine Frau nickt zustimmend. »Ja, bitte.«

»Nur wenn zu diesem Projekt eine offene Bar gehört«, erwidert Noah mit einem Grinsen, das charmant sein könnte, wenn ich es nicht besser wüsste. Er lässt sie mit Scherzen über die Gala, den billigen Sekt und die schrecklichen Reden leicht davonkommen. Es ist fast beeindruckend, wie schnell er ihre Aufmerksamkeit zerstreut. »Wir unterhalten uns später«, sagt er zu ihnen. »Vielleicht lasse ich sie sogar etwas Spaß haben.«

Bevor ich protestieren kann, lenkt er mich weg und grinst, als die Band ein weiteres Lied anstimmt.

»Du hasst diese Dinger, nicht wahr?«

»Abgrundtief.«

Er deutet zur Tanzfläche, wo sich Paare in ihren Designer-Smokings und -Roben wiegen. »Dann tanz mit mir.«

Ich verschlucke mich fast an meinem Getränk. »Wie bitte?«

»Komm schon. Ein Tanz. Fünf Minuten weg von den Spendern.«

Die Jazzmelodie lockt Paare auf die Tanzfläche, wo sie sich mit unerträglicher Eleganz wiegen. Ich nippe an meinem Getränk und wäge meine Optionen ab. Es ist verlockend, aber das zuzugeben, würde bedeuten, Schwäche zu zeigen. Andererseits sind es nur fünf Minuten.

»Das, und du sahst aus, als müsstest du gerettet werden«, fügt er hinzu.

Ich will schon Nein sagen, ihm sagen, dass er lächerlich ist, aber die Alternative ist, zum Befragungskommando zurückzukehren. Stattdessen ergreife ich seine Hand und lasse mich von ihm auf die Tanzfläche führen.

Noah legt seine Hand auf meine Taille. Seine Berührung ist lässig, aber bestimmt. Ich bin irritiert und weiß nicht genau, warum. Vielleicht, weil er recht damit hat, wie sehr ich lieber überall sonst wäre, als mit wohlhabenden Spendern zu plaudern. Vielleicht, weil er in einem Anzug zu gut aussieht für jemanden, den ich sonst nur in Arztkitteln sehe.

»Entspann dich, Harper«, murmelt er. »Ich werde dir nicht auf die Füße treten.«

»Ich mache mir mehr Sorgen, dass du mir auf den letzten Nerv trittst.«

»Du solltest geschmeichelt sein«, sagt er. »Diesen Aufwand betreibe ich nicht für jeden.«

»Kaum ein Aufwand«, sage ich. »Es ist fast so, als würdest du dich nicht einmal anstrengen.«

Er zieht mich näher an sich. »Wer sagt denn, dass ich das nicht tue?«

Die Frage hängt zwischen uns in der Luft. Ich kann ihn das nicht gewinnen lassen.

»Ich kann nicht fassen, dass ich das tue«, sage ich ausweichend.

Seine Augen treffen meine, unerschütterlich. »Tanzen?«

»Mit dir tanzen.«

Er lacht, leise und warm. »Mein Geschenk an dich«, sagt er. »Ganze fünf Minuten mit mir festzusitzen.«

»Du weißt, dass ich dich das später büßen lassen werde.«

»Darauf zähle ich.« Er zieht mich noch näher an sich, und ich spüre den gleichmäßigen Schlag seines Herzens an meiner Brust. Er passt zum Rhythmus der Musik, zum Wiegen unserer Körper, zu den Dingen, die wir nicht aussprechen.

»Du bist eine unglaubliche Chirurgin, Harper.« Er sagt es, als wüsste er um das Gewicht jedes einzelnen Wortes. »Aber du musst wirklich mal anfangen, das Leben ab und zu zu genießen.«

»Das ist ... unglaublich herablassend.«

Ich will ihm vorwerfen, ein Besserwisser zu sein, rücksichtslos mit seiner Karriere und mit diesem Tanz. Aber die Worte kommen nicht heraus, und mein Pager gibt mir die Ausrede, die ich brauche.

»Das gefällt dir, nicht wahr?«, murmele ich und warte nicht auf eine Antwort. Ich löse mich von ihm, als das Lied seine letzte, quälende Note erreicht, und Noah bleibt allein mitten auf der Tanzfläche zurück.

Er sieht mir nach, sein Ausdruck eine Mischung aus Belustigung und etwas, das ich nicht ganz einordnen kann. Es beunruhigt mich, und ich tue so, als würde ich es nicht bemerken.

Ich kann nicht fassen, dass ich ihn so an mich herangelassen habe. Meine Brust zieht sich vor Ärger zusammen, und das Gefühl lässt nicht nach, selbst als ich mich durch die Menge dränge und endlich die Tür erreiche. Ich rede mir ein, dass es mich nicht stört, wie er mich angesehen hat, oder dass er mir nicht nachläuft.

ZEHN

NOAH

Die Kohlensäure in meinem Champagner ist längst verflogen, aber ich stehe immer noch am Rand der Tanzfläche und halte das Glas, als könnte Lily auf wundersame Weise wieder auf der Gala auftauchen. Zurück in dem kurzen Moment, als sie hier war, ihre Hand auf meiner Schulter, ihre Augen auf meine gerichtet. Jetzt gibt es nur noch mich, die glitzernde Menge und das Echo der Musik, mich und die Erinnerung daran, dass das Krankenhaus mehr von ihr besitzt, als mir lieb ist. Ich weiß, ich sollte es gut sein lassen, dass ich genau weiß, was es bedeutet, angepiept zu werden, aber die Leere, die sie hinterlassen hat, macht mir mehr zu schaffen, als sie sollte.

Was seltsam ist, ist, wie nah es sich anfühlte, als würde ich gleich die wahre Lily sehen, die, die sie hinter Schloss und Riegel hält, hinter einem ganzen Turm aus Pagern und Ausreden. Es ist, als gäbe es unter all diesem Ehrgeiz einen echten menschlichen Herzschlag, einen Herzschlag, der sich fast mit meinem deckte, bevor er im Operationstrakt von Emerald Bay verschwand. Sie ist diesmal tatsächlich ganze zwanzig Minuten geblieben – und es schien, als hätte sie beim Tanzen mit mir vielleicht sogar Spaß gehabt.

Da war diese eine Sekunde – diese eine Nanosekunde –, in

der es sich anfühlte, als wären wir die einzigen beiden Menschen hier. Ihre Augen sagten etwas, was der Rest von ihr sich nicht trauen würde. *Verletzlichkeit, vielleicht? Ein Anflug von Unsicherheit?* Bevor ich es herausfinden konnte, war sie weg und ließ mich mit nichts als einem Champagnerglas zurück, das so schal ist wie meine Chancen.

Sie hat sich entschuldigt. Ich bin sicher, sie hat es ernst gemeint, auf ihre schroffe, direkte Art. Aber das ändert nichts daran, wie schnell sie abgehauen ist. Ändert nichts daran, dass sie jedes verdammte Mal, wenn wir uns näherkommen, in den OP stürmt, als gäbe es einen Wettbewerb darum, wer am schnellsten an Überarbeitung sterben kann.

Die Sache ist die, ich gebe ihr nicht die Schuld, dass sie gegangen ist. Eine Notoperation sticht, was auch immer zum Teufel das hier zwischen uns ist. Das verstehe ich. Es ist ja nicht so, als wäre ich nicht auch schon mitten aus etwas herausgerufen worden. Aber verdammt, das Timing ist echt beschissen. Sie konnte ja nicht wissen, dass ich noch nie auf jemanden gewartet habe. Dass sie die Erste sein würde.

Die Leere der Tanzfläche spiegelt die Leere wider, die sie hinterlassen hat. Überall nur Anzüge und Pailletten und Gelächter und Geplapper, die ganze Abteilung amüsiert sich köstlich und tut so, als hätte sie ein Leben außerhalb des Krankenhauses. Die Musik hallt von den Wänden und den Rändern meiner eigenen Unentschlossenheit wider, ohne mich ganz zu erreichen. Ohne sie hier fühlt sich alles andere wie Hintergrundgeräusch an. Die Party fühlt sich genauso schal an wie die Dom-Flasche, die vor einer Stunde geöffnet wurde.

Ich frage mich, wie sie reagieren würde, wenn sie wüsste, in welchem Zustand sie mich zurückgelassen hat. Würde sie sich wegen der Unterbrechung schuldig fühlen? Erleichtert? Ich will mir nicht das Grinsen auf ihrem Gesicht vorstellen, das, das sagt: *Ich hab's dir ja gesagt*, ohne dass sie je den Mund aufmacht. Lily Harper, die Königin der Unerreichbarkeit, immer am Verschwinden, immer am Beweisen, dass sie Besseres zu tun hat. Und doch ist sie mir irgendwie auf eine Weise wichtig, die ich nicht einfach abschütteln, nicht ignorieren kann.

Wann zum Teufel bin ich zu diesem Typen geworden? Zu dem Typen, der an einer Frau hängt, die nicht einmal für einen einzigen dämlichen Tanz bleiben kann?

Ich bin keiner für feste Bindungen. Zumindest war ich es nicht. Bei Lily ist das eine andere Geschichte. Sie ist ein einziges Wirrwarr, wie ein verheddertes Wollknäuel, und ich versuche, den Anfang, das Ende, irgendetwas zum Festhalten zu finden. Es ist verdammt ironisch, auf meiner eigenen emotionalen Party sitzengelassen zu werden. Normalerweise wäre ich jetzt schon auf halbem Weg, alles zu vergessen, es mit Whiskey in einer Spelunke mit Marcus zu ertränken oder es irgendwo zwischen den Laken mit einer Frau zu verlieren, bei der man keine Rettungsschere braucht, um sie aufzubrechen.

Aber der Platz, den sie hinterlassen hat, ist zu groß, um ihn zu ignorieren, die Stille zu laut. Ich muss mich daran erinnern zu atmen, verankert zu bleiben, sonst schwebe ich in dieselbe Vergessenheit ab wie sie. Die Tatsache, dass sie überhaupt zu dieser Gala gekommen ist, ist schon was. Das muss doch etwas bedeuten, oder? Für Lily ist es praktisch schon eine Ehe, sich auf fünf Minuten Small Talk einzulassen. Was bedeutet es also, dass sie lange genug geblieben ist, um mir zu sagen, dass sie gehen muss?

Es geht nicht nur darum, dass sie gegangen ist. Es geht darum, wie sie mich zurückgelassen hat, am Rande des verdammten Ballsaals stehend, zusehend und hoffend wie ein Idiot, dass sie zurückkommt. Das ist ein neues Gefühl, derjenige zu sein, der zurückgelassen wird. Neu und, ehrlich gesagt, ziemlich beschissen. Es reicht fast aus, um mich zum Aufgeben zu bringen.

Fast.

Das würde ihr gefallen, nicht wahr? Sie würde es mögen, wenn ich die Hände hebe und sage: Ich hab's versucht, Lily, aber du bist ein hoffnungsloser Fall. Sie würde es mögen, wenn ich die Rolle des verschmähten Liebhabers spiele, damit sie so tun kann, als wäre es ihr egal. Ich leere meinen Champagner in einem Zug und schmecke endlich die schale Bitterkeit, die zu lange in meiner Hand gehangen hat. Es ist eine Erinnerung daran, was ich tun werde, um zu verhindern, dass dies endet, wie der Anfang einer miesen Schnulze.

Das ist nicht nur eine Herausforderung. Es ist die Herausforderung, die einzige, die mich je dazu gebracht hat, meinen Schlachtplan zu überdenken. Auch wenn ich nicht weiß, was mein nächster Zug ist, weiß ich, dass es nicht dieser ist. Ich stelle mein Glas am Rand des nächsten Tisches ab und lasse die Musik um mich herum verblassen, eine dämliche, hoffnungsvolle Note nach der anderen.

Marcus taucht hinter mir auf, die Arme verschränkt, als hätte er die ganze Nacht darauf gewartet, mich in einen Hinterhalt zu locken.

»Langsamer Tanz mit der Eiskönigin, was?« Er kann ein Grinsen kaum zurückhalten. »Dachte, du wärst allergisch gegen Frauen, die sowohl flache Schuhe als auch Ehrgeiz tragen.« Ich verdrehe die Augen, versuche aber nicht einmal, es abzustreiten. »Hätte nicht erwartet, dich ganz verzückt auf der Gala zu sehen.«

»Ich mag sie«, gebe ich zu, genauso sehr mir selbst wie ihm gegenüber.

Er schüttelt mit einem wissenden Blick den Kopf.

»Dir ist klar, dass sie nicht der Typ für eine schnelle Nummer ist, oder?«

»Ich weiß«, sage ich, ernster, als ich klingen will. »Ich habe das nicht geplant.«

»Ach was. Dein üblicher Plan beinhaltet weitaus weniger Assistenzärztinnen in der Chirurgie und viel weniger Gekrieche.« Er hat recht, und wir wissen es beide. Das hält mich nicht davon ab, so zu tun, als ob er es nicht hätte.

»Ich stecke voller Überraschungen, Marcus. Du von allen Leuten solltest das wissen.«

Er mustert mich, als wäre ich einer unserer Traumafälle, von der Sorte, die man erst richtig entwirren muss. »Also, was ist der Plan? Willst du warten, bis sie entscheidet, dass sie dich auch mag? Hoffen, dass sie dich in ihren OP-Plan einbaut?«

»Bist du fertig?«

»Wusste nicht, dass du so ein Masochist bist, Carter«, sagt er und schüttelt den Kopf. »Komm nur nicht zu mir geheult, wenn sie dich für einen Koronararterien-Bypass abserviert.«

»Ich komme damit klar.« Es ist ein Reflex, aber keine Lüge.

»Im Ernst, Mann. Lily ist anders. Sie ist nicht wie die anderen.«

»Gut«, sage ich, und ich meine es so.

»Na ja, nur fürs Protokoll, ich glaube, du hast dich da vielleicht übernommen.«

Lily bewegt sich durch den Krankenhausflur, als hätte der Tanz von letzter Nacht nicht stattgefunden. Sie hat ihre Mauern heute Morgen so hochgezogen, dass ich überrascht bin, dass sie nicht gegen die Bauordnung verstoßen. Verschwunden ist die Frau von der Gala, die, die mich fast hätte hinter ihre Fassade blicken lassen. Jetzt ist sie ganz Dr. Harper, ganz forsch und professionell und vollkommen darauf konzentriert, die Triage-Tafel zu studieren, um mich zu bemerken.

Ich halte mich zurück, will sie nicht verscheuchen. Stattdessen bleibe ich stehen und beobachte, wie sie arbeitet, wie sie ausweicht. Ihre Augen zucken für eine halbe Sekunde zu mir, bevor sie zu ihrem nächsten Patienten eilt und so tut, als wüsste sie nicht, dass ich immer noch hier bin.

Das ist die Sache mit Lily. Sie ist verdammt gut darin, so zu tun, als ob, vom Verletzlichen zum Unbesiegbaren zu wechseln, auf eine Weise, die mich fast daran zweifeln lässt, ob letzte Nacht real war. Aber ich weiß, dass sie es war. Ich habe gesehen, wie sie zögerte, das Gefühl gehabt, sie wäre geblieben, wenn es nicht einen chirurgischen Notfall gegeben hätte.

Die Assistenzärzte haben eine Heidenangst vor ihr, und sogar die Oberärzte halten einen Sicherheitsabstand. Ich schnappe Gesprächsfetzen auf, während ich ihr durch den Flur folge, Worte wie »akut« und »resezieren« und »ist das Dr. Harpers Fall?«. Sie gehen im weißen Rauschen eines normalen Morgens in Emerald Bay unter, Hintergrundgeplapper, das nicht mit der einzigen Frage mithalten kann, die mich interessiert: Wohin ist die Lily von letzter Nacht verschwunden?

Ich gehe näher heran, in der Hoffnung auf eine Lücke in ihrer Rüstung, aber sie ist dichter versiegelt als der OP, für den sie mich hat stehen lassen. Es ist wirklich beeindruckend. Ihre Fähigkeit, Dinge voneinander zu trennen, steht ihrer Fähigkeit, eine Operation am offenen Herzen durchzuführen, in nichts nach. Beides ist zum Verrücktwerden und irgendwie brillant.

Ich warte, bis niemand mehr in der Nähe ist; bis der Lärm und die Hektik so weit abklingen, dass sie mich nicht mehr ignorieren kann. »Lily«, sage ich, so lässig wie ich kann.

Sie blickt auf, überrascht, mich zu sehen. Ihre Professionalität schwankt für den Bruchteil einer Sekunde, bevor sie wieder einrastet. »Dr. Carter«, sagt sie, ganz geschäftsmäßig, ganz effizient.

»Du bist mir abhandengekommen«, sage ich und versuche, die Luft zwischen uns aufzulockern.

Ihre Augen verweilen eine Sekunde zu lange auf meinen, den Bruchteil eines Bruchteils einer Sekunde, der mir sagt, dass ich nicht der Einzige bin, der über letzte Nacht nachdenkt. »Es gab ein rupturiertes Aneurysma«, sagt sie. »Lebensbedrohlich.«

»Das ist es also? Ich sehe dich erst bei der nächsten Gala wieder?«

»Wir haben sehr unterschiedliche Prioritäten, Noah«, sagt sie und wendet sich wieder der Triage-Tafel zu. »Das hatten wir schon immer.«

»Schade«, sage ich jetzt leiser. »Mir hat gefallen, wohin sich unsere Prioritäten entwickelten.«

Sie erstarrt, ein kleiner Fehler in ihrer sonst makellosen Effizienz, bevor sie die Tafel weiter absucht. Ich lasse sie, weil ich den Blick kenne, den sie aufsetzen wird, wenn ich zu sehr dränge. Ich habe ihn schon einmal gesehen, auf den Gesichtern anderer Frauen. Aber nicht so. Nicht so, als ob es von Bedeutung wäre.

Wir bewegen uns den Flur entlang, nebeneinander, aber meilenweit voneinander entfernt. Sie gibt mir nicht viel, nur das geringste Zögern, aber es ist genug.

Unsere Wege kreuzen sich mit einer Gruppe von Assistenzärzten, und an ihrem Gesichtsausdruck erkenne ich, dass sie eine Heidenangst vor ihr haben.

»Dr. Harper«, sagt einer von ihnen, atemlos und eifrig. »Wir brauchen Ihre Meinung zu einem Konsil.«

Sie nickt, effizient und beherrscht, aber bevor sie ihnen folgt, wirft sie mir einen Blick zu. Er ist halb eine Warnung, halb etwas anderes, etwas, das mich fast denken lässt, dass Marcus recht hat und ich mich übernommen habe.

Ich zucke mit den Schultern, so lässig, wie ich es aufbringen kann, und sie schüttelt verärgert den Kopf und marschiert davon.

Marcus fängt meinen Blick auf, als ich an ihm in der Notaufnahme vorbeigehe. Er zieht eine Augenbraue hoch, ein unausgesprochenes *Wie läuft's denn so für dich?*, das mich wünschen lässt, er wäre nicht so gut darin.

Ich schenke ihm ein Grinsen und werde nicht langsamer.

Soll er doch denken, was er will.

Ich verliere mich in Visiten, in Konsilen, Akten und Patienten, aber sie ist da, immer da. In meinem Hinterkopf, in dem Raum, den sie hinterlassen hat, dem Raum, der weniger leer ist als letzte Nacht.

Später kreuzen sich unsere Wege wieder, beide zu schnell, um anzuhalten, aber nicht so schnell, dass wir uns nicht einen Blick zuwerfen können. Es ist ein vorsichtiger Tanz, Nähe und Distanz, und er weckt in mir den Wunsch, das Lied zu ändern, die Regeln zu ändern.

Ich bekomme ein kurzes, seitliches Lächeln von ihr, als sie vorbeieilt, ein Schimmer der Lily, von der ich wusste, dass sie irgendwo da drin war, und es ist mehr, als ich so bald erwartet hätte. Ich schaue ihr nach, bis sie um eine Ecke verschwindet, bis ich derjenige bin, der stillsteht, während sich alles andere um mich herum bewegt.

Marcus hat Unrecht. Das ist gut. Besser als gut. Genau deswegen bin ich hier, genau deswegen habe ich noch nicht das Handtuch geworfen.

Ich treffe eine blitzschnelle Entscheidung, dieses Spiel auf ihre Art zu spielen, sie auszusitzen, aber nicht, weil ich nicht weiß, was ich als Nächstes tun soll. Denn ich weiß es.

Sie schaut nicht noch einmal zurück, aber das muss sie auch nicht. Ich habe alle Zeit der Welt.

Ich betrete den Pausenraum des Personals mit zwei gekauften Kaffees, ein Timing-Wunder, das ich als Zufall ausgebe. »Was für ein Zufall«, sage ich und reiche ihr den Becher mit der perfekten Menge Zucker und einer nicht ganz so perfekten Menge Abstand.

Lily zieht eine Augenbraue hoch, nimmt ihn aber an. Sie ist skeptisch, und ich kann es ihr nicht verübeln.

»Du solltest eigentlich in der Notaufnahme sein«, sagt sie, nicht ganz anklagend, eher eine Beobachtung. Ein Test. Ich bestehe ihn, indem ich mich hinsetze.

»Marcus meint, er hat es unter Kontrolle. Ich neige dazu, ihm zuzustimmen«, sage ich. »Jedenfalls bis die echten Katastrophen reinkommen.«

Sie lächelt fast. Fast.

»Ich glaube, er meinte dich.«

»Siehst du? Er weiß alles.«

Lily nimmt einen Schluck, schaut weg. Ich sehe, wie sie ihren nächsten Zug, ihre nächsten Worte überlegt, und ich weiß, ich muss es ihr leicht machen, sonst wird sie schneller abhauen, als ihr Kaffee abkühlen kann. »Mich überrascht, dass du noch nicht mehr über letzte Nacht gefragt hast«, sagt sie schließlich, vorsichtig.

»Warum sollte ich? Ich weiß genau, wie es gelaufen ist«, sage ich. Ich dränge nicht, erwähne nicht einmal den Tanz.

Sie wirft mir einen Blick zu, kauft es mir nicht ab, ist aber bereit, es durchgehen zu lassen. Vorerst. »Ach, tust du das?«

»Natürlich. Wir waren beide da«, sage ich und halte dann inne. »Na ja, bis du es nicht mehr warst.«

Es ist raus, bevor ich es aufhalten kann, und ich mache mich darauf gefasst, dass sie dichtmacht, mich ausschließt, aber sie tut es nicht. Sie schüttelt nur den Kopf und lacht, ein leises, kaum hörbares Geräusch, das vielleicht das Beste ist, was ich die ganze Woche gehört habe.

»Du bist unmöglich, Noah.«

»Das sagt man mir nach«, antworte ich. »Häufig.«

Schließlich nickt sie für sich, eine Entscheidung ist gefallen. »Wie kommst du mit deinen Abschnitten der Traumaprotokolle voran?«, fragt sie und lenkt das Thema auf etwas Sichereres, etwas weniger wie eine scharfe Granate.

»Läuft gut«, sage ich. »Könnte aber etwas Input auf Harper-Niveau gebrauchen.«

Ich folge ihrem Beispiel, spreche über Fälle und Krankenhauspolitik und lasse die Fassade fallen, dass ich aus einem anderen Grund hier bin als genau diesem. Ihr. Uns.

Es ist anders als beim letzten Mal, als bei jedem Mal davor. Die Spannung ist immer noch da, aber sie ist nicht mehr so scharf, nicht so unmöglich. Sie lässt es einfacher werden, lässt mich näher ran.

Ich halte das Gespräch am Laufen, lasse es von Patientenakten über Rivalitäten bis hin zu dem Automaten fließen, der seit drei Tagen keine Cola Light mehr hat. Jedes neue Thema, jeder neue Moment, in dem sie nicht dichtmacht, fühlt sich wie ein Sieg an.

Als unsere Kaffees leer sind, redet sie freier, offener. Frustrierenderweise muss ich zurück an die Arbeit. Sie auch.

»Morgen zur selben Zeit?«, frage ich, wohl wissend, dass ich hier sein werde, ob sie es ist oder nicht, wohl wissend, dass sie das auch weiß.

»Wir werden sehen«, sagt sie, steht auf und geht zur Tür.

Aber an dem Blick in ihren Augen, dem, der zu mir zurückzuckt, als sie geht, kann ich erkennen, dass es kein Nein ist.

Diesmal nicht.

Vier lange Stunden später trete ich auf das Krankenhausdach und atme die kalte, dunkle Nacht ein, in der Hoffnung, dass sie meinen Kopf so leicht klärt, wie der Rest des Tages ihn vernebelt hat. Die Lichter der Stadt blinken mir von unten entgegen, als wären sie alle in den Witz eingeweiht, als wüssten sie genau, wie kurz davor ich bin, die Beherrschung zu verlieren.

Ich lehne mich gegen das Geländer, stütze mich an der Aussicht und der Erkenntnis, die sich seit letzter Nacht in mir breitmacht. Ich habe mein Leben damit verbracht, Komplikationen zu vermeiden, als wären Beziehungen eine Art Infektion, gegen die ich mich mit Sarkasmus und Charme impfen kann. Aber dann ist da Lily. Sie ist nicht wie die anderen. Sie ist beständig, brillant, wahnsinnig machend und komplizierter, als ich mir je eingestanden habe. Und ausnahmsweise ist das keine schlechte Sache.

Ich bin das nicht gewohnt, das Gefühl, dass mir jeden Moment der Boden unter den Füßen weggezogen werden könnte. Ich bin es gewohnt, derjenige zu sein, der geht, derjenige, der mit einem leichten Schulterzucken und einem »wir sehen uns« verschwindet. Aber jetzt, mit ihr, steht alles kopf. Jetzt bin ich derjenige, der wartet, derjenige, der nicht weiß, was als Nächstes passieren wird. Und verdammt, es ist furchterregend und berauschend zugleich.

Ich schließe für eine Sekunde die Augen, gerade lange genug, um mir vorzustellen, wie sie mich im Pausenraum, im Flur angesehen hat, als könnte sie sich nicht entscheiden, ob ich real oder eine besonders hartnäckige Halluzination bin. Ich weiß, sie versucht, mich zu durchschauen, herauszufinden, was ich will, aber sie merkt nicht, dass ich dasselbe versuche. Herauszufinden, worauf zum Teufel ich mich da eingelassen habe und warum ich mich nicht dazu durchringen kann, wieder auszusteigen.

Das Krankenhaus summt unter mir, der vertraute Schein von Leuchtstoffröhren strömt nach draußen wie eine ständige Erinnerung daran, dass die Arbeit niemals endet. Nicht für sie. Nicht für uns. Vielleicht bin ich deshalb hier, warum ich nicht in die entgegengesetzte Richtung renne, wie ich es mir antrainiert habe. Weil sie, selbst wenn sie knietief in Blut und Fäden und Lebensrettung steckt, nie zu weit weg ist. Nie so weit, dass ich sie nicht erreichen kann.

Ich öffne die Augen und schaue wieder auf die Stadt hinaus,

versuche zu sehen, was sie sieht, versuche zu verstehen, warum es die Mühe wert ist, das Warten wert ist.

Und ich tue es. Ich sehe es. Ich sehe all das Potenzial, das sie so sehr zu verbergen versucht, all die Verbindungen, die sie nur für Komplikationen hält. All die Arten, wie sie mich dazu drängt, mehr zu sein, als ich bereit war zu sein. Es ist frustrierend und irgendwie erstaunlich, und ich glaube nicht, dass ich davon weggehen kann, selbst wenn ich es wollte.

Zum ersten Mal seit einer Ewigkeit bin ich mir nicht sicher, ob ich der Herausforderung gewachsen bin, aber ich werde verdammt noch mal nicht davor zurückschrecken. Sie bringt mich dazu, bleiben zu wollen, bringt mich dazu, herausfinden zu wollen, was passiert, wenn ich aufhöre zu rennen und anfange, es zu versuchen.

Ich denke an all die Male, die ich mich aus Dingen wie diesen herausgeredet habe, an all die Arten, wie ich den emotionalen Verstrickungen und Knoten ausgewichen bin, in die sich die Leute immer verwickeln. Es war einfach, dieser Typ zu sein. Es war unkompliziert und vorhersehbar und überhaupt nicht so wie das hier.

Das hier ist anders. Sie ist anders. Sie bringt mich dazu, meine Pläne zu ändern, sie zu brechen und neu zu schreiben und sie aus dem Fenster zu werfen. Es ist furchterregend, die Art von Schrecken, die mich neugierig macht, was als Nächstes kommt.

Die Luft ist kälter als erwartet, schärfer und ehrlicher als die da unten, wo alles durcheinander und gehetzt und künstlich warm ist. Ich atme sie ein, in der Hoffnung, dass sie meine Nerven stählt und die Zweifel vertreibt, die ich über Jahre angesammelt habe.

Eine Krankenwagensirene heult in der Ferne, und ich weiß, dass sie da unten ist, mitten im Geschehen, wahrscheinlich einen Medizinstudenten zur Schnecke macht, der die Frechheit besaß, zu laut zu blinzeln. Sie ist intensiv, und sie ist wahnsinnig, und sie ist all das, wovon ich mich fernhalten sollte, es aber nicht über mich bringe.

Ich umklammere das Geländer fester, halte an meiner Entschlossenheit fest, als wäre sie das Einzige, was mich vor dem

Fallen bewahrt, das Einzige, was ich brauche, um das hier durchzustehen. Und vielleicht ist es das. Vielleicht habe ich mich noch nie so nah an jemanden herangelassen, weil ich nicht herausfinden wollte, wie tief ich fallen würde, wenn es nicht klappt.

Vielleicht. Aber das reicht diesmal nicht aus, um mich aufzuhalten. Das reicht nicht aus, um die Entscheidung, die ich bereits getroffen habe, rückgängig zu machen, die, die besagt, dass ich hier voll dabei bin.

Ich bleibe auf dem Dach, bis die Nacht noch kälter wird, bis die Krankenhauslichter anfangen zu verschwimmen und die Stadt sich anfühlt, als würde sie langsamer werden. Bis ich der einzige Mensch auf der Welt bin, der noch nicht nach Hause gegangen ist. Und vielleicht werde ich das auch so bald nicht tun. Vielleicht habe ich endlich etwas gefunden, für das es sich zu bleiben lohnt.

Vielleicht, aber nicht vielleicht. Definitiv.

ELF

LILY

Ich muss die einzige Frau auf der Welt sein, die direkt von einer Operation am offenen Herzen in einen rund um die Uhr geöffneten Supermarkt gehen kann, ohne ihre OP-Kleidung auszuziehen. Der Laden ist menschenleer, die Gänge erstrecken sich wie leere Krankenhauskorridore. Helle Leuchtstoffröhren summen über mir und werfen ein vertrautes, klinisches Licht. Es fühlt sich fast wie zu Hause an.

Ich schiebe meinen Einkaufswagen mit einer Entschlossenheit, die sagt: rein, raus und um Himmels willen, menschlichen Kontakt vermeiden. Haferflocken, Kaffee, Mandelmilch. Alles, was ich brauche, um ein Leben aufrechtzuerhalten, das nur aus Arbeit und noch mehr Arbeit besteht. Meine Füße schleifen ein wenig – denn, seien wir ehrlich, ich bin auch nur ein Mensch –, aber mit dieser Besorgung ist mein Verstand schon halb fertig und berechnet die schnellste Route zum Ausgang.

Steril. Effizient. Das sind Worte, die ich mag. Die Klimaanlage summt mit der Vorhersehbarkeit einer gut eingestellten Maschine, und ich weiß, dass ich in weniger als fünfzehn Minuten hier raus bin, wenn ich es richtig plane. Meine Uhr tickt an meinem Handgelenk, jede Sekunde eine Erinnerung daran, dass zu Hause ein Bett auf mich wartet – na ja, eine Matratze auf dem Boden, wenn ich ehrlich bin. Eine weitere Annehmlichkeit. Leicht umzuziehen, wenn ich unweigerlich die Wohnung wechsle, denn wer hat schon Zeit für etwas Dauerhaftes?

Ich erreiche die Haferflocken und werfe eine Packung in den Wagen, ohne langsamer zu werden. Die Präzision der Bewegung würde einen Quarterback neidisch machen.

Die Leute nennen diese Stunde gottlos, aber ich möchte sie darüber informieren, dass Gott für nichts, was ich tue, relevant ist. Mitternacht ist für mich genauso gut wie Mittag. Besser sogar. Keine Schlangen. Kein Small Talk. Nur leere Gänge und ich, mit maximaler Effizienz arbeitend.

Meine Schuhe quietschen auf dem Linoleum, als ich scharf links abbiege, um als Nächstes den Kaffee anzusteuern. Ich kann ihn fast schon schmecken, kräftig und schwarz, eher ein Überlebenswerkzeug als ein Getränk. Ich reibe einen Knoten in meiner Schulter und frage mich zum tausendsten Mal, ob ich vielleicht jemanden einstellen sollte, der sich um die banalen Aspekte des Lebens kümmert. Aber der Gedanke, auch nur einen Hauch von Kontrolle abzugeben, dreht mir den Magen um.

Kontrolle. Deshalb arbeite ich härter, schneller und länger als alle anderen. So überlebe ich. Denn wer will schon zugeben, dass er eine Heidenangst davor hat, was passiert, wenn er nicht perfekt ist?

Ich greife nach der Mandelmilch, starre sie einen Wimpernschlag zu lange an. Die Müdigkeit beeinträchtigt meine Konzentration. Mein Verstand mag auf Hochtouren laufen, aber mein Körper hinkt zwei Schritte hinterher. Ich reibe wieder an meiner Schulter, diesmal geistesabwesend, als wäre das Eingeständnis des Schmerzes eine moralische Niederlage.

Mit dem Nötigsten in meinem Wagen lege ich an Tempo zu und passe meinen Plan an, um die weniger vorhersehbaren Umwege zu berücksichtigen. Morgen früh wird Kaffee auf meiner Küchentheke stehen, und das ist so ziemlich alles, was ich einem Leben außerhalb des Krankenhauses nahekomme.

Mein Vater wäre stolz, wenn er es überhaupt bemerken würde. Richard Harper, angesehener Herzchirurg. Ich trete so präzise in seine Fußstapfen, dass der Boden unter meinen Füßen inzwischen dünn sein müsste. Aber wenn man ihn fragen würde, würde er wahrscheinlich sagen, ich sei zu langsam.

Ich habe meine Eltern seit Monaten nicht gesehen. Ein Abendessen, alle Jubeljahre mal, ist so ziemlich das Ausmaß unserer familiären Verpflichtungen. Und ehrlich gesagt ist es so einfacher. Meine Mutter hält mir Vorträge über die Ethik des Ehrgeizes. Mein Vater starrt mich mit diesem kühlen, abschätzenden Blick an. Ich gehe immer mit dem unerklärlichen Wunsch, metaphorisch gesprochen, noch ein paar Runden auf der Rennbahn zu drehen.

Der Schlafmangel hilft nicht. Meine Bewegungen sind wie auf Autopilot, sanft, ich greife nach Dingen, ohne nachzudenken. Aber ich spüre ihn trotzdem, wie er wie eine langsame Last an den Rändern meines Verstandes zerrt.

Der Einkaufswagen rollt über das strahlend weiße Linoleum, kaum Gewicht darin. Minimalistisch, würde meine Schwester sagen. Nur das Nötigste. Alles, was ich brauche, um funktionstüchtig zu bleiben, und nichts weiter. Manchmal frage ich mich, ob das mein ganzes Leben ist – funktionieren, ohne wirklich zu leben.

Ein Gedanke klopft an die Tür meines Bewusstseins: *Wann habe ich das letzte Mal etwas getan, nur weil ich es wollte, nicht weil ich es musste?*

Ich schiebe den Gedanken beiseite und schiebe es auf den Schlafmangel. Aber er bleibt da, ein stiller Passagier auf dieser Fahrt, der mir zuflüstert, dass ich vielleicht vergessen habe, wie es ist, etwas anderes zu wollen als den nächsten Karrieremeilenstein.

Die Leere des Ladens drängt sich mir auf, tröstlich und anklagend zugleich. Es ist ein Einblick in mein Leben, entkleidet von dem Chaos, das mich normalerweise zu sehr ablenkt, um zu bemerken, wie allein ich bin.

Ich lenke den Wagen in Richtung Kaffeeregal, mein Verstand rechnet immer noch, mein Körper hinkt ein paar Sekunden hinterher, als mir der Gedanke kommt: Ich bin wirklich, wirklich müde.

Der Einkaufswagen kommt quietschend zum Stehen und

weicht nur knapp dem Notarzt aus, der vor den Instant-Nudeln kauert. Wenn Noah überrascht ist, mich in freier Wildbahn zu sehen, erholt er sich mit erstaunlicher Geschwindigkeit.

»Dr. Harper«, sagt er, und seine Augen leuchten mit einer Art süffisanter Freude auf. »Welch ein Zufall, Sie hier zu treffen.«

Innerlich stöhne ich auf, als ich sehe, wie er eine Packung saurer Gummischlangen hochhält, als hätte er das Heilmittel gegen Krebs gefunden. Ein kleiner, verräterischer Teil von mir muss fast lächeln.

»Sie nehmen den Lebensstil eines Ernährungswissenschaftlers wirklich ernst«, sage ich und deute auf die Auswahl an künstlichen Aromen, die vor ihm aufgereiht sind.

»Irgendjemand muss ja die vier Hauptnahrungsmittelgruppen vertreten«, sagt er. »Zucker, Salz, Koffein und existenzielle Angst.«

Noah steht auf, und mir wird der Kontrast zwischen uns schmerzlich bewusst – seine abgetragenen Jeans und sein verblichenes T-Shirt, meine OP-Kleidung und meine Erschöpfung. Er sieht aus, als käme er direkt von einem faulen Sonntagmorgen, und ich sehe aus, als hätte ich gerade fünfzehn Stunden ellbogentief in der Brusthöhle von jemandem verbracht. Das Ärgerlichste daran? Er ist immer noch irritierend attraktiv.

Er legt eine Packung Gummischlangen in meinen Wagen. »Ein Dankeschön dafür, dass Sie mich nicht überfahren haben.«

Ich hebe sie mit zwei Fingern auf und halte sie auf Armeslänge von mir. »Verführerisch. Ich weiß nicht, ob ich all diese Kalorien verkraften kann.«

Noah lacht, ein Geräusch, das durch den leeren Gang hallt und in mir widerklingt. Es ist zum Verrücktwerden, wie leicht er alles Ernste abschütteln kann. Wo ich scharfe Ecken und harte Kanten bin, ist er nur aus lockeren Linien und ohne Stress.

»Also«, sagt er und nimmt die Tüte Haferflocken aus meinem Wagen, »was ist der Anlass? Sie machen nicht den Eindruck, als würden Sie sich mitternächtliche Impulskäufe gönnen.«

Er fischt nach Informationen. Ich weiß, dass er das tut, aber trotzdem spüre ich den Drang, ihm eine ehrliche Antwort zu geben.

»Ich fülle nur meine Vorräte auf«, sage ich stattdessen und zucke mit einer Lässigkeit die Achseln, die ich nicht ganz besitze. »Lange Schicht. Brauche Kaffee.«

»Und Mandelmilch, Haferflocken, glutenfreier Soja-Nonsens«, zählt er auf wie ein Einkaufszettel-Gelehrter. »Sehr markenkonform, Harper.«

»Sieht nicht so aus, als wäre ich die Einzige, die einkauft«, kontere ich. Ich halte die Instant-Nudeln hoch und drehe die Packung mit klinischer Verachtung um. »Ist das überhaupt Essen?«

Er legt eine Hand auf seine Brust und täuscht eine dramatische Wunde vor. »Hart. Sie würden keinen Tag in der Notaufnahme überleben, Harper. Keinen Respekt vor den feinen Dingen des Lebens.«

»Keine Zeit für ein Nickerchen zwischen den Fällen?«, frage ich. »Muss hart sein.«

Noah grinst, denn er ist die Art von Kerl, die grinst, anstatt zu lächeln, und das geht mir auf die schlimmste und effektivste Weise unter die Haut. Der Laden um uns herum fühlt sich weniger wie eine fluoreszierende Schachtel an und mehr wie ein gemeinsames Geheimnis, ein Moment außerhalb der üblichen Zwänge unserer beruflichen Rollen. Es ist entwaffnend, dieser plötzliche Kontextwechsel, als würde man in eine Szene geworfen, für die man nicht geprobt hat.

Noah jongliert mit zwei Schachteln Makkaroni mit Käse. »Bio. Freilandhaltung. Völlig unverarbeitet«, behauptet er mit unbewegter Miene. »Perfekt für die anspruchsvolle Chirurgin.«

Ich werfe einen Blick auf die Zutatenliste auf der Rückseite der Schachtel. »Ihre Natriumwerte müssen durch die Decke gehen.«

»Und doch, hier bin ich. Lebendig und gesund.«

»Bedauerlicherweise.«

Er stupst meinen Wagen an, der immer noch mit meinen allernötigsten Dingen gefüllt ist, und ich betrachte ihn, als sähe ich mein eigenes Leben in schroffer, fader Deutlichkeit vor mir ausgebreitet.

In meinem Kopf nenne ich diesen Moment lächerlich. Ich

erinnere mich daran, dass es nach Mitternacht ist, ich unter Schlafmangel leide und eine Begegnung mit Noah eine Unannehmlichkeit und keine Ablenkung sein sollte. Aber unter all dieser Logik gibt es noch etwas anderes. Ein nagendes Flüstern, dass mir diese Begegnung eigentlich gar nichts ausmacht.

Noah ergreift die Griffe meines Wagens wie ein Chirurg ein Skalpell. »Ich assistiere«, verkündet er todernst. Eine Schachtel regenbogenfarbener Cornflakes segelt hinein, dann eine Packung Marshmallows. Ich habe keine Zeit zu protestieren, bevor er schon beim nächsten Gang ist und jede seiner Entscheidungen verteidigt, als würde er eine Forschungsarbeit präsentieren.

»Das ist praktisch Gemüse«, sagt er und hält einen gefrorenen Burrito hoch. Ich verdrehe die Augen, aber ich nehme nichts heraus.

»Ich schicke Ihnen die Arztrechnungen für meinen natriumbedingten Herzinfarkt«, sage ich und versuche, missbilligend zu klingen. Der Effekt wird dadurch zunichtegemacht, dass ich auch versuche, nicht zu lachen.

Er sieht völlig unbeeindruckt aus und wirft eine verdächtige Tüte mit neonfarbenen Süßigkeiten hinein. »Die haben echten Fruchtsaft«, behauptet er. »Ich denke nur an Ihre Gesundheit.«

Die Effizienz meiner Solo-Mission ist zum Teufel, aber anstelle von Panik fühle ich etwas ganz anderes. Einen überraschenden, beunruhigenden Mangel an Widerstand. Es ist, als ob ich es insgeheim umso mehr mag, je mehr Noah meine Welt aus dem Gleichgewicht bringt. Ich schiebe es auf Delirium. Oder vielleicht auf den fragwürdigen Nährwert seiner Gesellschaft.

»Ich nehme an, die Kartoffelchips zählen als Salat«, sage ich und hebe eine Tüte an, als wäre sie Sondermüll.

»Jetzt kapieren Sie es langsam.« Er zwinkert.

»Wissen Sie überhaupt, was die Hälfte dieser Zutaten ist?«, frage ich und nehme eine Packung in die Hand, für deren Verständnis man einen Doktortitel in Chemie braucht.

Er hält einen Behälter mit Käsebällchen hoch. »Reiner Bio-Cheddar«, sagt er und hat Mühe, ein ernstes Gesicht zu bewahren.

»Sie meinen die radioaktiv orangefarbenen, die im Grunde aus Styropor bestehen?«

»Das ist grausam und ungerecht, Lily Harper. Wirklich.« Er umklammert die Tüte mit den Käsebällchen, als wäre es ein verletztes Tier.

»Armes Baby«, säusle ich.

Ein Typ, der einen mit Energydrinks beladenen Wagen schiebt, hält inne, um zuzusehen, sichtlich amüsiert von Noahs Vorstellung. Ich werfe ihm einen Blick zu, der ihn verscheucht.

Noah lässt eine zweite Packung Gummibärchen hineinfallen, seine Augen tanzen. »Nur für den Fall, dass Sie plötzlich Heißhunger bekommen.«

Die Absurdität des Ganzen trifft mich auf eine Weise, die fast desorientierend ist. Mein Einkaufswagen ist ein chaotisches Desaster, mein Herz ist nicht weit dahinter.

Ich sage die Worte, bevor ich darüber nachdenken kann. »Ich kann mich nicht erinnern, wann ich das letzte Mal etwas Ungeplantes getan habe.«

»Ich habe *nur* überlebt, indem ich es ungeplant gehalten habe«, sagt er.

»Warum überrascht mich das nicht?«, frage ich.

»Als ich aufwuchs, war nichts vorhersehbar. Meine Eltern kannten das Wort ›Struktur‹ gar nicht.«

In diesem Moment wird mir klar, dass ich nichts über ihn weiß. Ich habe die lockere Oberfläche gesehen, den entspannten Charme, der alles andere verdeckt. Aber hier, im Summen der Kühltruhen, lüftet er den Vorhang. Er ist mehr, als ich ihm zugetraut habe.

»Meine Mom«, fährt er fort, »versuchte, alles mit Liebe zu reparieren. Sogar die Dinge, die nicht repariert werden konnten. Besonders nachdem meine Schwester gestorben war.« In seiner Stimme ist ein kleiner, kaum wahrnehmbarer Kloß, und es trifft mich wie ein Schlag in die Magengrube.

»Das tut mir leid.« Die Worte sind unzureichend, aber notwendig. Ich möchte die Hand ausstrecken und seinen Arm berühren, aber diese Person bin ich noch nicht. Ich weiß nicht, wie ich diese Person sein kann. Also lasse ich die Stille den Raum zwischen uns füllen, in der Hoffnung, dass er weiß, dass ich es ernst meine.

Er zuckt mit den Schultern, aber es ist nicht abweisend. »Sie zu verlieren, hat alles verändert. Davor war ich der faule, lustige Bruder ohne wirklichen Ehrgeiz. Aber danach schien nichts mehr von Bedeutung zu sein. Oder vielleicht war alles zu wichtig.«

Das Summen der Kühltruhen füllt die Lücken, ein stetiger Hintergrund zu seinen Worten. Es sollte sich unangenehm anfühlen, aber es ist seltsam beruhigend, als würde uns das Geräusch vom Rest der Welt isolieren.

»Und du«, sagt er und begegnet meinem Blick, »durftest nie ungeplant sein, oder?«

Seine Frage überrascht mich nicht so sehr wie die Erkenntnis, dass ich sie beantworten will. Ich weiß nicht, was mich mehr schockiert – die Wahrheit seiner Worte oder meine Bereitschaft, sie auf mich wirken zu lassen.

»Meine Eltern«, sage ich, mit einer stabileren Stimme, als ich erwartet hatte, »hatten mein Leben schon vor meiner Geburt durchgeplant. Abweichen war keine Option.«

»Kann ich mir nicht vorstellen«, sagt er, auf eine Weise so aufrichtig, dass ich wegschauen muss, denn seinen Blick gerade jetzt zu halten, ist zu viel. Es ist zu roh, zu echt, und ich war noch nie gut in beidem.

»Deshalb arbeitest du so hart, nicht wahr? Damit du dir nie Sorgen machen musst, was passiert, wenn du nicht perfekt bist.«

Es ist keine Frage. Es ist eine Diagnose.

»Und du«, kontere ich, denn selbst jetzt versuche ich, uns auf Augenhöhe zu halten, »tust so, als wäre dir egal, was passiert, aber das ist es nicht. Du lässt es nur niemanden sehen.«

Sein Lächeln ist sanft und echt, und es bringt mich aus der Fassung. »Touché, Dr. Harper.«

Zum ersten Mal in meinem Leben befinde ich mich in einem Moment, den ich nicht geplant habe, und anstatt in Panik zu geraten, möchte ich ihn sich entfalten lassen. Es macht mir eine Heidenangst, aber hier mit Noah zu stehen, fühlt sich auch wie das Vernünftigste an, was ich tun könnte.

Wir gehen die letzten Gänge in einer behaglichen Stille entlang.

An der Kasse greift Noah in letzter Minute nach den rubinroten Lakritzschnüren und besteht darauf, sie seien »für die medizinische Forschung«. Ich lasse ihn. Als wir hinausgehen, trifft uns die Nachtluft, klar und voller unausgesprochener Dinge. Es ist spät, und keiner von uns macht Anstalten zu gehen.

Wir gehen zu den Autos, Einkaufstüten in der Hand, der Parkplatz ist fast so leer wie der Laden. Ich habe nächtliches Einkaufen immer als notwendiges Übel betrachtet, aber heute Nacht fühlt es sich wie etwas anderes an – etwas Bedeutendes und Ungeplantes. Die Luft ist kalt, unser Atem bildet kleine Wolken, die zwischen uns schweben, als würden sie abwarten, was als Nächstes passiert.

Es gibt einen Moment, einen Herzschlag der Stille, der sich anfühlt, als stünde man am Rande einer Klippe und überlegte, ob man springen soll. Noah bricht ihn, aber seine Stimme ist sanfter als das Krachen unserer früheren Witze.

»Das hat Spaß gemacht«, sagt er, die Worte zwischen spielerisch und ernst schwebend. »Wir sollten das wiederholen.«

»Ja«, sage ich, und das Wort fühlt sich an wie ein Sprung ins Unbekannte. »Das sollten wir.«

Es ist so ein einfacher Austausch, aber er fühlt sich voller Möglichkeiten an. Als wäre das Aussprechen der erste Schritt, um zuzugeben, dass es in meinem Leben mehr gibt als nur den nächsten chirurgischen Meilenstein. Ich erwarte den vertrauten Anflug von Panik bei dem Gedanken, aber er kommt nicht. Stattdessen gibt es eine seltsame, berauschende Freiheit in diesem Eingeständnis. Als könnte ich vielleicht beides haben.

»Gut«, sagt er und lächelt auf diese seine Art, die mich fragen lässt, ob er das alles geplant hat. Ich glaube, es würde mich nicht einmal stören, wenn er es getan hätte.

Wir trennen uns schließlich und gehen zu unseren jeweiligen Autos, aber keiner von uns bewegt sich schnell. Es ist ein Gefühl, als würden wir diese Zeit dehnen, sie wie Toffee in die Länge ziehen, denn obwohl wir uns geeinigt haben, uns wiederzusehen, ist dies immer noch eine neue Art von Zerbrechlichkeit. Es fühlt sich kostbar und seltsam an, wie das erste Mal, als ich ein menschliches Herz seziert habe und feststellte, dass es so viel kleiner und zarter war, als ich es mir vorgestellt hatte.

Ich steige in mein Auto und sehe zu, wie Noah die Tür zu seinem öffnet, der Umriss seiner Gestalt in der kalten Nacht verschwommen. Als er herüberschaut, tue ich so, als wäre ich damit beschäftigt, meinen Sicherheitsgurt anzulegen, ein lächerlicher Versuch von Lässigkeit angesichts dessen, was gerade passiert ist. Aber ich weiß, dass er mich durchschaut. Es ist sowohl erschreckend als auch berauschend.

Ich starte den Motor, die Scheinwerfer erhellen den leeren Parkplatz, beleuchten den Raum, in dem wir standen. Ich blicke in den Rückspiegel und erhasche einen letzten Blick auf ihn, bevor ich auf die Straße abbiege.

Es ist spät, und ich sollte an den Schlaf denken, oder an die Fälle, die am Morgen auf mich warten. Stattdessen sind meine Gedanken auf der ganzen Heimfahrt ausschließlich bei der einen Person, die es geschafft hat, an all meinen gut befestigten Verteidigungsanlagen vorbeizuschlüpfen.

ZWÖLF

NOAH

Es ist zwei Uhr morgens, aber der Schlaf macht einen großen Bogen um mich. Ich liege wach, die Hände hinter dem Kopf verschränkt, und grinse wie ein Teenager nach dem ersten Date. Die Decke starrt ausdruckslos zurück, wahrscheinlich verurteilt sie die Snacks, die auf dem Bett verstreut sind.

Vorhin im Supermarkt hatte Lily mir wegen ihnen die Hölle heiß gemacht – wegen meiner Hot Cheetos und Oreos, die sie missbilligte. Ich spiele die Szene immer wieder ab wie einen Film, den ich nicht ausschalten kann. Sie im Tiefkühlgang, ein leuchtender Kontrast zum Milchglas, wie sie ihre Deckung fallen ließ und zugab, dass ein Gespräch mit mir nicht so schlimm war wie eine Wurzelbehandlung. Nicht gerade ein Geständnis unsterblicher Liebe, aber von Lily war das im Grunde ein Sonett. Es war nicht nur ihr Lächeln, das mir im Gedächtnis geblieben ist; es war, wie seltsam angenehm es sich anfühlte, bei ihr zu sein. Keine Jagd oder ein Spiel, sondern etwas Echtes.

Ich kann es nicht ganz fassen. Normalerweise ist es mit Frauen nicht so. Mit Lily ist es definitiv nie so. Das Ganze wiederholt sich in einer Endlosschleife. Ihre hochgezogene Augenbraue, als ich meinen Einkaufswagen weiter füllte, den

Tatort aus Junkfood begutachtete und sie mir einen Vortrag über gesättigte Fette und Cholesterinwerte hielt.

»Ich wusste es«, hatte sie gesagt und den Kopf geschüttelt, als hätte sie gerade ein Kind dabei erwischt, wie es sich nach der Sperrstunde davonschleichen wollte.

»Was wusstest du?«

»Dass deine Ernährungspyramide ausschließlich aus raffiniertem Zucker und künstlichen Farbstoffen besteht.«

Es hätte nur ein kurzes Geplänkel sein sollen, das übliche leichte Sparring, aber wir sind dort hängen geblieben.

»Also, bist du mir hierher gefolgt oder ist das dein Freizeitvergnügen?«

Ihre Augen hatten aufgeblitzt, und für einen Moment hatte ich gewusst, dass sie mich nicht verspottete. Wie sich ihre Mundwinkel nach oben kräuselten, als sie mich des Stalkings beschuldigte. Die Art, wie ihr Sarkasmus zu etwas Warmem wurde. Ich will mich aus diesem Zustand schütteln, aber hier liege ich nun, die Laken um meine Beine verheddert, und starre an die Decke.

Als sie sich verabschiedete, hatte sie einen Moment länger als sonst gebraucht, um sich abzuwenden. Sie ging mit diesem spöttischen Lächeln, das halb Herausforderung, halb etwas anderes war. Es hat sich bei mir festgesetzt. Je mehr ich jetzt darüber nachdenke, desto mehr wird mir klar, dass ich mich vielleicht geirrt habe. Diese Sache zwischen uns? Es ist mehr als Anziehung. Mehr als eine Jagd.

Ich rolle mich auf die Seite, ziehe das Kissen unter meinen Kopf und versuche, eine bequeme Position zu finden. Es ist zwecklos. Mein Puls rast immer noch, hämmert gegen die Matratze. Das Verrückte ist, wie angenehm es war, selbst mitten im Supermarkt. Nichts war erzwungen oder gespielt, nur sie und ich, die in einen Rhythmus glitten, der nicht da sein sollte.

»Zum Verrücktwerden«, hatte sie mich genannt. Aber in ihrer Stimme lag ein Lachen, das etwas anderes sagte. Als hätte sie es als Kompliment gemeint.

Ich erinnere mich daran, wie sie aussah, wie ihr Atem in einer kleinen Wolke entwich, als sie vor dem Gefrierschrank stand, die Arme verschränkt, als würde sie sich vor etwas zurückhalten.

Wahrscheinlich hätte ich das auch tun sollen, aber ich konnte nicht. Kann es immer noch nicht.

Ich bin verloren. Lächle eine Wand an, wirklich absolut verloren.

Licht von der Straße dringt durch die Jalousien, die ich nie schließe, und zieht blassgoldene Streifen durch den Raum. Ich blinzle hinauf und versuche, mir ein Szenario auszumalen, in dem sich das nicht mehr in meinem Kopf abspielt, und scheitere kläglich. Meine Gedanken kreisen immer wieder darum.

Ich drehe mich wieder auf den Rücken und starre in den Nachthimmel, der sich gegen das Fenster drückt. Wie ist es möglich, dass mich jemand so aus dem Gleichgewicht bringen kann? Ich habe seit Stunden nicht geschlafen. Ich habe mich noch nie so aufgedreht gefühlt wie … nun ja, noch nie.

Die Geräusche von Seattle dringen herein, Autos, die durch die feuchten Straßen rauschen, unterbrochen von gelegentlichen Sirenen. Normalerweise wirkt das beruhigend, das weiße Rauschen wiegt mich in die Art von Distanziertheit, die ich am meisten schätze. Heute Nacht ist es nur eine Erinnerung an meine eigene Ruhelosigkeit. Ich spüre sie unter meiner Haut kratzen, an meinen Nerven zerren. Ich greife nach einer halb ausgepackten Kiste mit medizinischen Fachzeitschriften auf dem Boden und blättere eine durch. Ich schaffe es nicht einmal über die erste Seite, bevor ich sie wieder auf den Stapel fallen lasse. Das wird nichts.

Sogar meine Wohnung fühlt sich heute Nacht anders an. Die Snacks, die verstreuten Lehrbücher, alles scheint irrelevant und klein. Als wäre dieser winzige, allzu vertraute Raum irgendwie kleiner geworden. Und das alles nur, weil ich ihr begegnet bin. Lily. Scharfzüngige, ehrgeizige, unglaublich sexy Dr. Lily Harper.

Die Art, wie sie den Laden verließ, fast zögerlich, als wäre sie sich unsicher, ob sie sich selbst trauen sollte. Und mir. Und was das bedeutet, wenn wir sechzig Zentimeter voneinander entfernt vor dem Tiefkühlregal stehen. Es nagt an mir. Ich will es definieren, es in eine Schublade stecken, es irgendwie benennen. Aber alles, was ich tun kann, ist hier zu liegen und an die

Decke zu starren, während der Hauch von ihr in meinem Kopf verweilt.

Anziehung ist eine Sache. Anziehung kenne ich. Aber das ist etwas anderes. Es sitzt im Raum zwischen uns, größer, als ich zugeben möchte, drängt an die Oberfläche und fordert mich auf, es anzuerkennen.

Ich atme lang und langsam aus, das Geräusch ist laut im stillen Raum. Ich versuche, meinen Kopf freizubekommen, sie wegzuschieben, aber es ist, als würde man versuchen, Wasser in einem Netz zu halten. Sie kommt immer wieder zurück. Wie ein Patientenfall, den ich nicht ganz durchschaue, kompliziert und offensichtlich zugleich.

Der Wasserkocher kreischt und verlangt meine Aufmerksamkeit wie ein herrisches Kleinkind. Ich stehe kaum wach am Herd und lasse mich von seinem Heulen aus dem benebelten Zustand reißen, in den Lily mich versetzt hat. Oder vielleicht habe ich das alles nur geträumt, all die vier schlaflosen Stunden, in denen mein Gehirn sich immer und immer wieder im Kreis um sie gedreht hat.

Ein bitterer Geschmack liegt auf meiner Zunge. Er erinnert mich an Vanessa, an das Trennungsgespräch, von dem ich nicht wusste, dass es ein Trennungsgespräch war, bis sie mich »aalglatt« nannte. Als wäre ich eine Art schlüpfriger Fisch, der alle bezaubert, sich aber auf nichts festlegt. Sie hatte mir gegenübergesessen, das Kerzenlicht warf Schatten an die Wände, und gesagt: »Du lässt nie jemanden wirklich an dich heran, Noah.«

Ich erinnere mich, dass ich dachte, sie täte mir einen Gefallen. Vielleicht habe ich ihr sogar gedankt. Dieser Teil ist verschwommen.

Ich gieße Wasser in die Tasse und beobachte, wie der Tee im Dampf aufwirbelt. Früher war es das, was ich wollte – diese Fähigkeit, an der Oberfläche entlangzugleiten, die Dinge leicht, einfach und frei zu halten. Heute fühlt es sich anders an. Schwerer. Und zum ersten Mal frage ich mich, ob Vanessa recht hatte.

Die Tasse wärmt meine Hände, ein Anker im Sturm in meinem Kopf. Der Rest des Gesprächs kommt in Teilen zurück.

»Deine Mutter lässt grüßen«, hatte sie hinzugefügt, weil sie wusste, dass mich das aus dem Konzept bringen würde.

Wir waren zum Abendessen bei ihr gewesen. Ich dachte, wir würden feiern. Ein Jahr zusammen, was sich in Noah-Carter-Zeit wie eine Ewigkeit anfühlte. Aber Vanessa hatte einen anderen Kalender.

»Sie sagt, sie ist überrascht, dass ich es so lange ausgehalten habe.«

Ich konnte immer noch den verbrannten Knoblauch auf dem Herd riechen, eine bittere Kulisse für ihre Worte.

»Komm schon, Vanessa, ich weiß, es war schwer, aber zwischen uns ist doch alles gut, oder?«

Sie hatte gelacht, ein echtes, herzliches Lachen, das sagte: *Ich werde dir jetzt den größten Weckruf deines Lebens verpassen.* »Glaubst du, ich weiß nicht, dass du erleichtert bist, sogar jetzt?«

Erleichtert war nicht das richtige Wort. Es war eher »beschwingt«, als würde ich frei von dem Gewicht schweben, von dem ich nicht gemerkt hatte, dass es mich nach unten zog. Ich hatte über den Tisch gegriffen, vielleicht um mich zu entschuldigen, vielleicht um danke zu sagen, vielleicht um mehr Nudeln zu essen, aber sie war aufgestanden und hatte die Teller abgeräumt.

»Aalglatt«, sagte sie noch einmal. »Unglaublich aalglatt.«

Und dann war da gestern Lily, die lachte, als sie den Kopf über mich schüttelte. »Unglaublich zum Verrücktwerden.« Es hallt in der morgendlichen Stille wider, eine Schleife, der ich nicht entkommen kann. Hatte sie auch recht?

Dampf kräuselt sich aus der Tasse und holt mich zurück in die Küche, zu diesem sehr unfreien Gefühl, das auf meiner Brust lastet. Es ist jetzt alles so klar. Ich habe eine Karriere daraus gemacht, mich aus dem Staub zu machen. Aalglatt zu bleiben, verdammt aalglatt. Aber was, wenn das nicht mehr das ist, was ich will? Was, wenn ich etwas mehr will als einfach, leicht, unverbindlich?

Ich umklammere die Kante der Arbeitsplatte, spüre ihre Festigkeit an meinen Fingern, das einzig Sichere in einem plötzlichen Meer der Unsicherheit. All die Jahre habe ich mir eingeredet, dass ich niemanden oder nichts brauche, das mich festhält. Dass Schweben Fliegen bedeutet. Dass Freiheit das Beste ist, was es gibt. Was für ein Mist. Vanessa hat mich durchschaut.

Es ist schwerer zuzugeben, als ich dachte, diese Wahrheit, die schwer in meiner Brust liegt. Eine Erkenntnis, die am Rande meiner Gedanken lauerte, eine, die ich bis jetzt so sorgfältig vermieden habe. Aber da ist sie, in den Dampf geschrieben, in der Luft hängend: Ich bin mir nicht mehr sicher.

Ich nehme einen Schluck Tee und lasse die Wärme sich in mir ausbreiten. Lily weiß nicht einmal, dass sie mich so zum Nachdenken bringt. Aber vielleicht ist es deshalb anders. Sie fragt nicht. Ich weiß nicht, ob es sie überhaupt interessieren würde. Ich weiß nur, dass sich letzte Nacht etwas verschoben hat und ich in meiner Küche stehe und alles infrage stelle.

Vanessa hatte es gut gemeint. Das sehe ich jetzt. Es ging nicht um sie, es ging um mich. Es ging immer um mich. Darum, wie ich lieber sauber aus einer Sache herauskomme, als mich zu tief hineinziehen zu lassen. Darum, wie ich immer stolz auf meine Fähigkeit war, mich zu distanzieren, in Bewegung zu bleiben, Chaos und Schmerz zu vermeiden.

Komisch ist nur, dass es sich gerade nicht wie Stolz anfühlt. Es fühlt sich wie ein Verlust an. Als wäre mir etwas Wichtiges entglitten, während ich damit beschäftigt war, nicht aufzupassen. Ich will nicht, dass das noch einmal passiert. Ich will nicht mehr dieser Kerl sein.

Vanessa – sie war schon weitergezogen, bevor ich überhaupt wusste, dass sie ging. Jetzt frage ich mich, ob es an mir ist, mich zu bewegen. Etwas zu ändern, irgendetwas, bevor es zu spät ist.

Vielleicht bin ich fertig mit aalglatt. Vielleicht bin ich bereit, wirklich gekannt zu werden.

»Du siehst aus wie jemand, der sich in Gang sechs verknallt hat«, sagt Marcus und wirft mir einen Seitenblick zu, während er seine Tasche in einen Spind stopft. Ich lasse fast meinen Kaffee fallen.

»Ich sehe aus wie jemand, der letzte Nacht nicht geschlafen hat«, korrigiere ich. »Als würde ich von einem sehr verurteilenden Geist heimgesucht.« Er beißt nicht an.

»Also, du bist Lily begegnet.« Keine Frage.

»Kurz«, gebe ich zu.

Marcus kichert, das Geräusch hallt vom Metall wider. »Definiere kurz.«

»Zählt es als Stalking, wenn ich zuerst da war?«, frage ich.

»Nur, wenn du ihr nachgegangen bist«, sagt er.

»Bin ich nicht«, sage ich. »Wir sind zusammen gegangen.«

»Also, war es vor oder nachdem sie weg war, dass dir klar wurde, dass du tief drinsteckst?«

Ich öffne den Mund, um zu widersprechen, aber es kommt nichts heraus. Marcus starrt mich an, und ich weiß, dass es kein Entkommen gibt.

Es ist sieben Uhr morgens, aber im Umkleideraum wimmelt es bereits. Halbnackte Ärzte, das Klatschen von Schuhen auf dem Boden, der antiseptische Geruch, der nie verschwindet. Die Leuchtstoffröhren tun niemandem einen Gefallen. Ich nippe an meinem Kaffee und versuche, lässig zu bleiben. Marcus lässt nicht locker. Er trägt dieses spöttische Lächeln, das sagt: *Das wird gut.*

»Wir haben geredet. Eine Weile«, sage ich.

»Aha.« Er wechselt sein Hemd gegen Arztkittel. »Und was noch?«

»Wir haben ... gelacht?« Es klingt schwach, sogar für mich.

Marcus lacht auch, aber über mich, nicht mit mir. »Mann, ich habe dich vor ihr gewarnt.«

»Lily Harper, alias der Zorn Gottes«, sage ich. »Ich weiß.«

»Was machst du dann?«, fragt er.

»Ich weiß es ehrlich gesagt nicht. Es ist ... seltsam«, sage ich, unsicher, wie ich es in Worte fassen soll.

Er grinst und schlägt die Spindtür mit einem Klonk zu. »Willkommen im Club der menschlichen Wesen.«

Marcus ist heute in seltener Hochform, unerbittlich, verpasst keinen Takt. Wir sind schon zu lange Freunde. Er ist wie ein Gedankenleser. Nein, schlimmer, ein Noah-Leser.

»Hör zu«, sage ich, »ich war noch nie in einer Slow-Burn-Situation. Ich weiß nicht, wie das funktioniert.«

»Sollte nicht allzu schwer herauszufinden sein«, sagt er. »Wenn du dich dabei nicht zuerst selbst in Brand steckst.«

Eine Krankenschwester eilt herein, ihre Augen suchen nach einem freien Platz, und sie bemerkt uns kaum, als sie vorbeihastet. Ich lehne mich an die Spinde und starre Marcus an. »Es macht mich fertig.«

»Und doch bist du hier«, sagt er. »Und starrst mich mit diesem liebeskranken Gesichtsausdruck an.«

»Bin ich so schlimm?«

Marcus lehnt sich zurück, eine Hand am Kinn, als würde er ein seltenes Exemplar studieren. »Ich sollte anfangen, Wetten darauf abzuschließen, wie lange es dauert, bis ihr beide implodiert.«

»Wir sind kein Paar«, sage ich. »Nicht so.«

»Was seid ihr dann?«, fragt er. »Denn ich bin mir ziemlich sicher, dass das nicht deine übliche Nummer ohne Verpflichtungen ist.«

»Ich weiß es ehrlich gesagt nicht, aber ich werde dabeibleiben und es herausfinden«, sage ich.

Marcus klopft mir auf die Schulter, auf eine Art, die sagt: *Du bist ein Idiot, aber ich drücke dir die Daumen.* »Sag Bescheid, wenn du eine Selbsthilfegruppe brauchst.«

»Bist du der Gründer?«, frage ich.

»Gründungsmitglied und einziges Mitglied«, sagt er. »Ich habe T-Shirts und alles.«

Er geht hinaus und lässt mich im Wirbel der wechselnden Kittel und schlurfenden Füße zurück. Ich nippe wieder an meinem Kaffee und lasse das Chaos des Umkleideraums mich umhüllen.

Marcus könnte recht haben. Das ist nicht das, was ich gewohnt bin, und genau deshalb bin ich dabei. Die Erkenntnis setzt sich in mir fest, warm und solide, und ich kann das Grinsen nicht unterdrücken, das sich über mein Gesicht zieht.

Es ist die stille Art von Müdigkeit im Bereitschaftszimmer, die Art, die sich nach einer langen Schicht tief in den Knochen festsetzt. Ich beende meine Notizen und blicke zur Tür, durch die sie vor einer Stunde gegangen ist. Mein altes Ich würde sich abhetzen, um sie einzuholen, aber ich sitze hier, so geduldig wie noch nie. Neben mir steht eine Tasse lauwarmer Kaffee, unberührt, weil ich ihn nicht brauche. Nicht heute. Ich habe genug Adrenalin von ihrem Anblick, um ein Leben lang durchzuhalten.

Das war ein höllischer Tag. Lang, anstrengend, unerbittlich. Wie die meisten Schichten verschwamm er, aber ein einziges Bild sticht hervor. Lily, auf der anderen Seite des Ganges, die nicht bemerkt, wie ich sie beobachte. Hätte sie es getan, hätte sie vielleicht einen Mann gesehen, der aussieht, als stecke er bis über beide Ohren drin. Vielleicht. Aber wahrscheinlich nicht. Ich spiele es jetzt vorsichtiger, besonnener. Ich erinnere mich, wie ich dastand, sie bei der Arbeit sah und mir die Erkenntnis kam. *Ich brauche einen neuen Ansatz.*

Im schummrigen Licht sieht alles weich und müde aus. Die Couch mit ihrer permanenten Delle von unzähligen erschöpften Körpern. Der Stapel medizinischer Fachzeitschriften, die niemand liest, wie ein schlechter Witz. Normalerweise bin ich hier unruhig, kann keine fünf Minuten stillsitzen. Aber heute bin ich ruhig. Gefestigter als seit Ewigkeiten. Sie ist vor einer Stunde ohne mich gegangen, und ich bin ihr nicht gefolgt. Das sieht mir nicht ähnlich. Aber vielleicht ist das das neue Ich.

Lily ist der schwierigste Fall, den ich je zu knacken versucht habe. Brilliant, verschlossen, anspruchsvoll. Aber genau deshalb hat sie mich am Haken. Sie braucht mich nicht, sie wartet nicht auf mich. Ich bin derjenige, der aufholen muss, der beweisen muss, dass ich mithalten kann.

Normalerweise wäre ich schon weg, würde bereits die nächste Begegnung arrangieren. Würde schon versuchen, ihr über den Weg zu laufen, sie zum Lachen zu bringen, sie dazu zu bringen, die Augen zu verdrehen. Aber heute lehne ich mich zurück und lasse es in meinem Kopf geschehen. Ich schreibe keine Nachricht. Erfinde keine Ausreden, um ihr zu begegnen. Beende einfach nur meine Notizen. Diesmal ist es keine Strategie oder Druck. Es ist Absicht. Es ist Geduld.

Die Lampe über mir flackert, ein müdes Stottern, und ich ignoriere es. Zu sehr auf das konzentriert, was ich weiß, dass kommen wird. Es ist die beste Art von Gewissheit, eine, die sagt: *Warte.* Eine, die sagt: *Es wird sich lohnen.*

Meine Hand umklammert den Stift, ein Anker in der Stille. Ich sehe die Veränderung in meiner eigenen Handschrift, ihre Festigkeit. Es ist, als würde ich die Schrift eines Fremden betrachten. Oder vielleicht nicht eines Fremden. Vielleicht die von jemandem, der gerade herausfindet, wer er ist. Ich stapele die Papiere und lege sie mit ungewöhnlicher Sorgfalt beiseite. Das ist mein neuer Ansatz: Beständigkeit. Mein neuer Plan: derjenige sein, der bleibt.

Ich stelle mir ihr Gesicht vor, wenn sie merkt, dass es mir ernst ist. Dass es für mich kein Spiel ist. Dass sich diesmal der Spieß umgedreht hat und ich nicht vorhabe, irgendwo hinzugehen. Ein Teil von mir kann es nicht glauben, aber ein größerer Teil von mir kann es kaum erwarten.

Die Tür knarrt, als ich sie aufstoße, die Lichter im Flur sind hell. Meine Schicht mag vorbei sein, aber das hier? Diese Sache mit Lily? Fängt gerade erst an. Ich gehe mit einem Selbstbewusstsein hinaus, das ich vor einem Tag, vor einer Woche, vielleicht noch nie hatte. Das hier ist meine letzte Ansage an sie.

Bis bald, Dr. Harper. So oft, wie es nötig ist.

DREIZEHN

LILY

Ich verschließe den Schnitt am Colon sigmoideum, und für einen perfekten Moment existiert nichts anderes auf der Welt. Hier gehöre ich hin – genau hier, wo ich lose Enden, sowohl wörtlich als auch metaphorisch, mit perfekten Knoten verbinde.

»Wir überziehen ein wenig, nicht wahr?« Die instrumentierende Schwester versucht, unauffällig zu sein, als sie auf die Uhr schaut, aber ich ignoriere ihre Ungeduld.

Präzision braucht Zeit. Exzellenz braucht Zeit. Im Gegensatz zu den meisten Leuten habe ich alle Zeit der Welt. Ich setze die letzte Naht, als die Türen aufschwingen und eine andere Schwester mit Augen wie Untertassen hereinplatzt.

»Massenkarambolage auf der I-5. Massenanfall von Verletzten im Anmarsch.«

Der Raum verändert sich mit diesen einfachen, aber folgenschweren Worten. Meine Herzfrequenz verdoppelt sich, das Adrenalin schießt ein, und die Welt bricht mit alarmierender Klarheit wieder über mich herein. Ich weise den jüngeren Assistenzarzt an, die Wunde zu schließen. Ein Pochen durchströmt meine Adern, während ich mich auswasche, meine Handschuhe, meinen Mundschutz, meine Identität ablege. Ich sollte nicht so aufgeregt sein.

»Ich übernehme die kritischen Fälle in Schockraum eins«, sage ich und bin schon halb zur Tür hinaus.

Mein Gehirn katalogisiert Szenarien – Quetschverletzungen, stumpfe Traumata, arterielle Risswunden. Was mich am meisten beunruhigt? Dass ich mich darauf freue, Noah zu sehen, ihn das Sagen haben zu sehen, zu sehen, wie er das meistert. Es ist bloß berufliche Neugier, rede ich mir ein. Nichts weiter.

Meine Welt ist ein organisiertes Chaos, jedes Teil genau da, wo ich es brauche, aber ein Massenunfall an einem regnerischen Tag ist unvorhersehbar und unkontrollierbar. Es ist auch die Art von Krise, die die Spreu vom Weizen trennt.

»Keine Sorge, Dr. Harper«, sagt der Assistenzarzt, den ich mit dem Zunähen zurückgelassen habe. Seine Stimme ist eifrig wie die eines Labradors, der unbedingt gefallen will. »Ich hab das im Griff.«

Daran zweifle ich nicht. Bis die Blutbank verständigt und die Intensivstation geräumt ist, werde ich das hier im Griff haben. Ich werde Noah im Griff haben. Wahrscheinlich macht er schon Witze über Bagatellunfälle und so, selbst als die ersten Krankenwagen vorfahren. Ich wette, er hat dem neuen Personal schon erzählt, dass ein echter Seattleaner einer solchen Massenkarambolage mit einer Hand am Lenkrad ausweichen kann, während er mit der anderen den nächsten Song auf seiner Playlist auswählt. Alles wird so mühelos wirken. Aber ich weiß, was unter dieser ruhigen Oberfläche liegt – ein Hauch von Chaos. Dafür sollte ich ihn nicht bewundern.

Als ich meine OP-Haube gegen eine für die Notaufnahme tausche, spüre ich den alten Rausch, die Herausforderung, die mich mehr als alles andere auf dieser Welt begeistert. Mehr als alles andere in diesem Krankenhaus. Die Vorstellung, dass Noah vielleicht straucheln, dass er mich vielleicht brauchen könnte, ist aufregend, so sehr ich es auch hasse, das zuzugeben. Vielleicht gebe ich es auch gar nicht zu.

»OP 3 ist frei für kritische Überläufe«, sage ich zu wem auch immer am Schwesternstützpunkt sitzt, und bewege mich schneller als seit Wochen, das Adrenalin verleiht mir Geschwindigkeit und Klarheit.

Der Schockraum gleicht eher einem Moshpit als einem Symphonieorchester. Das Personal eilt umher, um sich auf die Flutwelle ankommender Traumapatienten vorzubereiten, aber es herrscht keine Panik. Sie sind auf heimischem Terrain, und das zeigt sich in ihrer Effizienz, in ihren schnellen Bewegungen und ruhigen Stimmen. Monitore werden vorbereitet, Liegen wie Dominosteine aufgereiht, die bereit sind zu fallen.

Das Einzige, was fehlt? Der verantwortliche Mann. Aber dann entdecke ich ihn, mitten im Geschehen, wo er immer ist. Er hat sich gewaschen und ist bereit, durch und durch der Trauma-König, und zieht sich schon Handschuhe an, bevor der erste Krankenwagen überhaupt ankommt.

»Es geht los, Leute!«, ruft Noah, als sich die Gestalten in Kitteln in perfekter Formation aufstellen.

Ich tue so, als wäre der Anflug von Aufregung, den ich spüre, rein beruflicher Natur.

Die Liegen rollen herein, ein unheiliges Durcheinander aus Blut, Knochen und Glassplittern. Jeder Zentimeter des Raumes füllt sich mit Adrenalin und Dringlichkeit. Ich stürze mich auf einen jugendlichen Patienten, und es dauert zwei Sekunden, um zu erkennen, dass er wegen innerer Blutungen einen Herzstillstand erleidet.

Noah wirft mir einen Blick zu, nickt, als wollten wir sagen, wir schaffen das schon, und plötzlich wird die Symphonie zu einem Rockkonzert. Seine Stimme ist fest, seine Anweisungen sind klar, sein Selbstvertrauen ist ansteckend. Ich will nicht beeindruckt sein, aber verdammt, ich bin es.

Ein Wirbel von Bewegungen umgibt uns, aber in meinem Kopf sind es nur Noah und ich. Er beugt sich über den Patienten, die Finger am Puls, und es gibt kein Zögern.

»Er hat den Druck verloren – könnte die Aorta erwischt haben«, sagt Noah und erfasst die Situation so schnell wie ich. »Besorgt mir zwei Einheiten o negativ!«

Er ist gut. Er ist verdammt gut.

Jeder Instinkt schreit danach, das Ruder zu übernehmen, mich an die Spitze dieses außer Kontrolle geratenen Zuges zu setzen, aber ich halte inne. Nur für einen Herzschlag. Noah lässt sie bereits absaugen, lässt bereits einen Techniker mit dem Ultraschallgerät herbeieilen. Er beobachtet die Vitalwerte mit Augen wie Laserstrahlen. Er ist dem Geschehen voraus. Ich habe mich so sehr getäuscht in dem Glauben, er hätte es nicht in sich.

Der Ultraschall zeigt Blut im Bauchraum. Wir müssen ihn aufschneiden, sofort, und in meinem Kopf dreht sich alles darum, wie viel Zeit das kosten wird. Aber dann schenkt Noah mir dieses schnelle Grinsen, das immer so aussieht, als wüsste er einen Witz, den niemand sonst kennt.

»Hol ihn zurück, oder ich erzähle allen, dass du das schlimmste Date warst, das ich je hatte«, sagt er. Das durchbricht meine Panik, und mein Adrenalinspiegel steigt noch eine Stufe höher.

»Wir machen einen Clamp and Run«, verkündet er. »Eins, zwei, drei, los!«

Er ist verrückt, aber die beste Art von verrückt. Die Art von verrückt, die funktionieren könnte.

Und dann sind wir in Bewegung, und ich bin direkt bei ihm, schiebe den Patienten durch den Flur, überschreite sowohl Geschwindigkeits- als auch medizinische Grenzen. Meine Hand streift Noahs, als wir die Liege übergeben, und ein Ruck geht durch mich – wie ein statischer Schlag, wie Koffein direkt in die Venen. Wir ignorieren es, tun beide so, als hätten wir es nicht bemerkt. Aber ich spüre die Ladung. Wie könnte ich auch nicht?

Wir erreichen die OP-Türen, und das Team wartet bereits. Noah brüllt Anweisungen, während ich mir den sterilen Kittel überziehe, und es gibt keinen Zweifel daran, wer hier das Sagen hat. Ich lasse ihn. Er macht den ersten Schnitt, und ich lasse ihn. Die innere Blutung ist noch schlimmer, als wir dachten, und es gibt keinen Raum für Fehler.

»Geben Sie mir verdammt noch mal gute Nachrichten, Dr. Harper«, ruft Noah über den Tisch, brusttief in einem Chaos, das ihn zusammenzucken lassen sollte, es aber nicht tut.

Ich kann das nicht glauben, aber ich bin direkt bei ihm und kämpfe darum, die Blutung unter Kontrolle zu bekommen.

Kämpfe darum, ihm die Führung zu überlassen. Meine Hände arbeiten, mein Verstand rast, mein Herz hämmert, als wäre ich sechzehn und hätte mich völlig übernommen. Er trifft eine richtige Entscheidung nach der anderen, und ich beginne etwas zu fühlen, was ich noch nie zuvor gefühlt habe. Vertrauen.

Mein Puls hämmert in meinen Ohren, meine eigene Stimme klingt wie die einer anderen, als ich rufe: »Die Klemme hält! Der Druck steigt wieder!«

Die Erleichterung ist süß und unmittelbar, und sie schmeckt nach ... Nun, sie schmeckt nach vielen Dingen, die ich lieber nicht benennen würde. Danach, wie richtig es sich anfühlt, das gemeinsam zu tun. Danach, wie ungern ich das zugeben will. Danach, wie erschreckend es ist, dass mir das nicht so viel Angst macht, wie es sollte. Die Blutung ist unter Kontrolle, und ich möchte glauben, dass ich es auch bin.

Noah fängt meinen Blick über dem Abdecktuch auf, und der Blick, den wir tauschen, ist etwas, das ich nicht erklären kann. Sein Lächeln sagt eine Million Dinge. Mein Herz sagt sie ihm zurück.

Der seitliche Schockraum ist ein Trümmerfeld – schlechte Beleuchtung, kein Platz, Blut, das sich unter einer Liege sammelt. Und dann sind da Noah und ich, mitten im Zentrum von allem. So sehen sie uns nicht oft. Synchron. Harmonisch. In allem, nur nicht in einem ausgewachsenen Kampf um die Kontrolle. Wir haben einen kritischen Patienten und eine schwierige Thoraxdrainage vor uns, aber so wie der ganze Raum uns beobachtet, bin ich mir ziemlich sicher, dass sie denken, bei dieser Show geht es um uns.

Da ist Schwester Patty, ein Glitzern in ihren Augen, als hätte sie Geld darauf gewettet, wie das hier ausgeht. Da ist ein Assistenzarzt, der so starrt, als könnte er sich nicht entscheiden, ob er Notizen machen oder gegen uns wetten soll. Dem Patienten geht es schlecht, aber was sie alle in Aufregung versetzt, ist die Art, wie wir uns bewegen. Die Art, wie ich mich mit Noah bewege.

Kein Bellen, kein Gezanke. Nur diese eine Sache, die wir tun – gemeinsam.

»Diese Position ist furchtbar«, sage ich, an die Wand gedrängt, während ich versuche, einen freien Winkel zu finden.

Noah lacht. Er lacht tatsächlich mitten in diesem Chaos, als wäre eine kollabierte Lunge für ihn nur ein weiterer Dienstag.

»Willst du die Plätze tauschen?«, fragt er. »Deine Seite sieht einfacher aus.«

Ich werfe ihm einen bösen Blick zu, oder versuche es zumindest. Er ist vielleicht weniger effektiv als sonst, weil ich beinahe lächle. Er bringt seine Hände dorthin, wo meine sein sollten, und neigt den Patienten in eine bessere Position. Er liest meine Gedanken, ahnt jede meiner Bewegungen voraus, als hätten wir das tausendmal geprobt und nicht vier Jahre lang die Köpfe aneinandergerieben.

»Wir haben nur diesen einen Versuch«, sage ich, denn trotz des fehlenden Konkurrenzkampfes stehen wir immer noch unter Zeitdruck. »Bist du bereit?«

Er reicht mir das Skalpell mit einer fast schon ärgerlichen Leichtigkeit. »Bereit geboren«, sagt er, und verdammt, wenn ich ihm das nicht glaube.

Ich mache den Schnitt, und der Atem, den ich seit Beginn angehalten habe, entweicht endlich. Es fühlt sich an, als würde die ganze Welt den Atem anhalten, jedes Auge im Raum auf uns gerichtet, auf diesen unglaublich engen Raum, auf diese Sache, die wir tun und die sich unglaublich richtig anfühlt.

»Das Blut«, sagt Noah.

»Schon dabei«, antworte ich und greife nach dem Absauger, bevor die Worte seine Lippen verlassen haben.

Und dann herrscht eine plötzliche Stille, eine Stille, die vor eigener Spannung vibriert, die wartet und wartet und wartet, bis wir den Schlauch hineinschieben und er gleitet, oh Gott, er gleitet perfekt. Wir halten beide wieder den Atem an. Und als die Thoraxdrainage blubbert, ist es das wunderbarste Geräusch der Welt.

Für eine Sekunde schauen wir uns nur an, und wir wissen

beide, wie bedeutsam dieser Moment ist. Wie viel größer er sich anfühlt.

»Das sollten wir öfter machen«, sagt Noah, und sein Grinsen ist meilenbreit.

Ich traue meiner eigenen Stimme nicht, also nicke ich und tue so, als würde ich zum nächsten Patienten übergehen, weil die Zeit entscheidend ist. Aber die Art, wie Patty grinst, als wir an ihr vorbeigehen, verrät mir, dass sie mich durchschaut hat. Dass sie weiß, dass sich etwas verschiebt und ich nicht weiß, wie ich es aufhalten soll.

Der Assistenzarzt starrt uns mit offenem Mund an, das Klemmbrett erstarrt in der Luft. Er hat wahrscheinlich darauf gewettet, dass ich die Nerven verliere, dass Noah und ich uns zerstreiten, aber das haben wir nicht. Das tun wir nicht.

Ich bewahre einen neutralen Gesichtsausdruck. Ich halte alles neutral, selbst als ich Noahs Anwesenheit nur einen Herzschlag entfernt spüre, selbst als ich die seismische Verschiebung der Welt unter mir fühle. Selbst obwohl ich weiß, dass es mehr ist als Teamwork. Mehr als eine perfekt platzierte Thoraxdrainage.

Er streift meinen Arm auf dem Weg zum nächsten Patienten. Wir sagen nichts. Aber vielleicht ist es genau das, was alles sagt.

Als wir den letzten Patienten stabilisiert haben, ist mein Adrenalin aufgebraucht. Ich auch.

Ich wasche mich und versuche, das nachklingende Gefühl seiner Anwesenheit abzuschrubben. Meine Hände bedienen den Seifenspender, mein Verstand dreht sich im Kreis. Ich erinnere mich an jede Sekunde der letzten Stunden, an jede Bewegung, die wir gemacht haben, und die Erinnerungen brennen heißer als alles, was ich je gefühlt habe. Sie brennen sich direkt durch mich hindurch, und ich kann es nicht länger leugnen.

Es war nicht nur die Art, wie er mich gelesen hat. Es war die Art, wie ich wollte, dass er es tut. Es war die Art, wie wir diese unmögliche Sache geschafft und es wie Atmen aussehen haben lassen.

Ich spiele den Moment noch einmal ab, als wir die Klemme anbrachten, den Blick, den er mir über den Tisch zuwarf. Ich weiß verdammt noch mal nicht, was das war, aber es war nicht nichts. Ich kann nicht zulassen, dass es nichts ist. Das Wasser wird rosa und dann klar. Meine Hände arbeiten in präzisen, effizienten Kreisen, aber mein Verstand dreht sich in alle möglichen Richtungen.

Er ist anders als der, für den ich ihn gehalten habe. Anders als der, der er sein sollte. Und das ist erschreckend.

Jemand steht im Türrahmen, schleicht herum. Ein jüngerer Assistenzarzt. Er hat diesen grünen Schimmer um die Nase, diesen weit aufgerissenen Ich-bin-erschöpft-bitte-sagen-Sie-mir-dass-ich-nichts-falsch-gemacht-habe-Blick, den jeder Assistenzarzt nach seinem ersten Trauma-Marathon hat. Er schaut mir nicht in die Augen. Stattdessen starrt er irgendwo über meine Schulter, aber es ist ziemlich offensichtlich, an wen er denkt. An wen wir beide denken.

»Dr. Carters Entscheidungen waren unorthodox«, sagt er und versucht, selbstbewusst zu klingen. »Ich bin überrascht, dass Sie da mitgemacht haben.«

Sein Zweifel zündet eine Lunte in mir, und ich antworte, ohne nachzudenken. »Sie sollten überrascht sein, dass Sie nicht selbst darauf gekommen sind.« Ich drehe den Wasserhahn zu und atme schärfer ein, als ich es beabsichtigt hatte. »Noahs Entscheidung ...«

Und da trifft es mich.

Wie schnell ich ihn verteidige. Wie sich meine Grundeinstellung über Nacht geändert hat. Ich habe ihn nicht nur in meinen OP gelassen – ich habe ihn in etwas anderes hineingelassen, und ich weiß nicht, wie ich es aufhalten soll. Der Assistenzarzt wartet, begierig darauf, zuzuschnappen, etwas Nützliches oder Skandalöses zu erfahren, aber ich bin mitten im Satz erstarrt, als wären die Worte selbst Verräter.

Die Veränderung kam plötzlich. Er muss etwas in meinem Gesicht sehen, etwas, das mich verrät, denn seine Augen weiten sich und er rennt praktisch aus dem Raum.

Ich nehme es ihm nicht übel. Ich würde auch rennen.

Ich starre auf mein Spiegelbild im Edelstahl, aber alles, was ich sehe, ist ein Geist, eine Gestalt, die ich nicht wiedererkenne.

Mein Haar löst sich aus meinem Pferdeschwanz. Meine Maske der Kontrolle beginnt zu verrutschen.

Das, was mir am meisten Angst macht?

Mir hat das gefallen. Ich mochte ihn. Und ich habe keine Ahnung, was ich deswegen tun soll.

Die Aufzugtüren schließen sich, und ich atme endlich aus. Aber was herauskommt, ist keine Erleichterung. Es ist ein Eingeständnis, das ich nicht machen will, eine Kapitulation, auf die ich nicht vorbereitet bin. Mein Körper ist erschöpft, aber mein Geist ist etwas völlig anderes.

Summend. Aufgedreht. Elektrisch.

Ich lehne mich an die Wand, lasse mich von ihr stützen, so wie ich es noch nie von etwas oder jemandem zugelassen habe. Ich gehe die letzten Stunden durch, versuche, sie klinisch zu betrachten. Professionell. Versuche, so zu tun, als ob das, was mit Noah passiert ist, nur um die Medizin ging.

Ich versuche es und scheitere.

Der Aufzug ruckelt, und mein Herz tut es auch. Ich versuche, es zu benennen – professioneller Respekt, situatives Adrenalin, Wahnsinn. Aber ich war noch nie jemand, der sich selbst belügt, nicht wirklich. Wenn ich ehrlich bin, ist dies das erste Mal in meinem Leben, dass ich mich nicht allein gefühlt habe. Und das macht mir mehr Angst als die Stunden, die wir gerade in einem Labyrinth aus Blut und Glassplittern verbracht haben, mehr als die Panik, die mich bis genau zu diesem Zeitpunkt nicht erfasst hat.

Ich will nicht allein sein.

Ich ertappe mich selbst, einen Sekundenbruchteil bevor das Geständnis ganz herausrutscht. Ich verliere den Verstand. Ich verliere etwas. Die Kontrolle, vielleicht. Ich hasse es, aber nicht so sehr, wie ich dachte. Nicht so sehr wie früher.

Die Türen gleiten auf, und die Welt wartet darauf, dass ich aufhole. Das Gewicht all dessen hängt in der Luft, als ich den leeren Flur betrete. Ich richte meine Haltung auf, als ob das reparieren könnte, was sich in mir lockert.

Aber das kann es nicht. Nichts kann das.

Es war ein Tag voller Traumata, aber was mir am meisten

Angst macht, ist, dass ich es nicht gehasst habe. Das Chaos, die Verbindung. Das Nicht-allein-Sein. Vielleicht war es nur ein Adrenalinrausch. Oder vielleicht – vielleicht will ich, dass es mehr ist.

Es gibt kein Zurück mehr. Nicht nach diesem Tag. Das Einzige, was bleibt, ist das, was ich nicht zugeben will. *Ich mag ihn.*

Ich mag ihn sehr.

VIERZEHN

NOAH

Wir sind zu dritt im Raum, aber nur zwei bekommen Stühle. Macht nichts. So kann ich sowohl Dr. Patel, den Risikobeauftragten des Krankenhauses, als auch die andere im Auge behalten, die sich nicht die Mühe gemacht hat, sich vorzustellen. Dr. Patel hat seine Hände säuberlich auf dem Tisch gefaltet, ein kleiner, ordentlicher Mann, der wahrscheinlich schon Falten bekäme, wenn man ihn zu kräftig anpusten würde. Die Frau bei ihm ist kalt, mit versteinertem Gesicht, ein Eisberg in OP-Kleidung.

»Doctor Carter.« Ihre Stimme ist schneidend und kalt genug, um mir das Blut in den Adern gefrieren zu lassen, wenn ich es zuließe.

»Möchten Sie sich setzen?«, fragt Dr. Patel. Er macht wieder dieses Ding, bei dem er so tut, als sei er jedermanns Freund. Es soll entwaffnend wirken, und vielleicht würde es das auch, wenn ich es nicht besser wüsste.

»Ich stehe gut.« Ich halte meine Haltung entspannt, meine Hand umklammert locker den Türrahmen. Es ist eine Studie in kalkulierter Lässigkeit, die den Eindruck erwecken soll, dass ich das schon einmal durchgemacht habe. Was ich auch habe.

»Sehr wohl«, sagt die Verwaltungsleiterin. Sie ist wieder ganz bei der Sache, als hätte sie sie nie verlassen. »Der gestrige Vorfall bei der Massenkarambolage ...«

Ich nicke und erinnere mich. Die Notaufnahme, überflutet mit Leichen, war ein Chaos aus gebrochenen Knochen und piepsenden Monitoren.

»Ja?«, sage ich.

»Sie haben einen nicht genehmigten Eingriff durchgeführt«, fährt sie fort, ohne mit der Wimper zu zucken.

Sie lässt es so rücksichtslos, so schlimm, so sehr nach mir klingen.

»Ich habe ein Leben gerettet«, erinnere ich sie mit ruhiger Stimme, wie der Luftdruck vor einem Sturm.

Dr. Patel raschelt mit seinen Papieren, bleibt aber stumm. Er wartet ab, woher der Wind weht.

Die Verwaltungsleiterin richtet ihren Blick auf mich, ohne zu blinzeln, unnachgiebig. »Sie verstehen schon, welche Haftung dies für das Krankenhaus bedeutet, nicht wahr? Das Risiko für unsere Versicherung, unsere Akkreditierung?«

Sie sagt nicht *meinen Job*, aber wir alle wissen, dass es impliziert ist. Es ist dieselbe Drohung, dieselbe Geschichte. Nur die Daten und die Unterschriften ändern sich.

»Natürlich«, erwidere ich, kühl wie der Sprühregen in Seattle. »Aber wenn ein Patient einen Herzstillstand hat, sehe ich keinen Sinn darin, auf den Papierkram zu warten.«

Ihre Augen verengen sich gerade so weit, dass man es bemerkt, ein Riss im Eis. »Sie sagen also, Sie würden die gleiche Entscheidung wieder treffen?«

»Jedes einzelne Mal.« Ich halte ihrem Blick stand, lasse sie meine Überzeugung spüren. Sie ist echt, so echt wie nur irgendetwas an diesem Ort.

Dr. Patel räuspert sich und ergreift endlich Position. »Obwohl wir Ihr Engagement zu schätzen wissen, Noah, müssen Sie verstehen, in welche Lage uns das bringt.«

Jetzt gibt es ein »uns«. Es muss ernst sein.

»Die Lage des Krankenhauses«, korrigiere ich ihn mit einem Lächeln. Ich meine es beruhigend. Ich glaube nicht, dass es so ankommt.

Die Verwaltungsleiterin klopft mit ihrem Stift auf ihren Notizblock. Es ist das einzige Geräusch im Raum, und es hallt wie eine tickende Uhr. »Dies könnte zu einer offiziellen Untersuchung führen«, warnt sie. Ihre Stimme ist leise, darauf ausgelegt, zu verunsichern, zu beunruhigen.

»Verstanden.« Meine Antwort ist schnell, bestimmt, ein Eingeständnis ohne Reue. Ich will, dass sie sehen, dass ich nicht klein beigeben werde, dass ich jedes verdammte Wort ernst meine.

»Ist das alles, was Sie zu sagen haben?« Sie beugt sich vor, und ich erwarte fast, dass sie mir ein Stück Papier zuschiebt und mir sagt, ich solle etwas aufschreiben. Etwas Entschuldigendes, Kriecherisches.

»Ich stehe lieber hier mit Ihnen beiden«, sage ich ihr und werfe Dr. Patel einen Blick zu, um sicherzugehen, dass er sich einbezogen fühlt, »als auf jemandes Beerdigung.«

Dr. Patel blickt von seinen Notizen auf und schaut mir endlich in die Augen. Er ist besorgt, und das beunruhigt mich mehr als der Frost der Verwaltungsleiterin.

»Wenn es eine Untersuchung gibt«, sagt er in einem sanfteren Ton, »ist es wichtig, dass Sie unsere Unterstützung haben, Noah.«

Dann unterstützt mich, denke ich.

Ich bleibe jedoch still, denn ich weiß, dass er mich nicht drängen wird, während gegen mich ermittelt wird. Er wird warten. Das ist seine Art.

Die Verwaltungsleiterin klappt ihre Mappe zu und verleiht dem Treffen eine Endgültigkeit, die einschüchtern soll. »Ich hoffe, Sie erkennen den Ernst der Lage«, sagt sie.

»Mehr, als Sie ahnen.«

Wir liefern uns einen kurzen Blickduell, bevor sie aufgibt und ihre Aufmerksamkeit Dr. Patel zuwendet. Sie tauschen einen Blick aus, ein ganzes Gespräch in einem Augenaufschlag. Ich kann es nicht deuten, aber es gibt mir das Gefühl, dass sie gerade beschlossen haben, mich nicht zum Frühstück zu verspeisen.

Ich nicke beiden zu und trete aus dem Raum, lasse die Tür

hinter mir offen. Wenn sie mich schon hängen lassen, müssen sie mich wenigstens nicht zurückrufen, um es zu tun.

Der Flur draußen ist hell und schonungslos, als würde man aus einer Höhle in die Mittagssonne treten. Meine Augen blinzeln gegen das Licht, und ich bin mir nicht sicher, ob es Erleichterung oder Erschöpfung ist, was zuerst einsetzt. Wahrscheinlich beides. Ich atme einmal lang und tief ein und lasse die Luft langsam wieder raus. Sie mögen mich diesmal mit einer Verwarnung davongekommen lassen haben, aber eine formelle Untersuchung würde trotzdem Ärger bedeuten.

In diesem Moment sehe ich sie, an die Wand gelehnt.

Sie ist da, wartet auf mich, die Arme verschränkt wie ein Klammerpaar, das die unwahrscheinlichste aller Erscheinungen einrahmt. Die Überraschung bleibt mir in der Brust stecken, und ich muss zweimal hinsehen, um zu glauben, dass sie tatsächlich hier ist. Ich meine, klar, hier arbeitet sie, aber hier wartet sie nie.

Lily Harper, zu früh und unbewaffnet.

Ich muss dastehen wie ein Idiot und im Neonlicht blinzeln. Sie ist kühl wie immer, lehnt an der Wand, die Haare streng zurückgebunden, keine einzige Strähne oder Emotion außer Kontrolle.

Für eine Sekunde denke ich, ich muss die Zeit oder den Ort verwechselt haben, oder vielleicht sogar das Universum. Dann stößt sie sich von der Wand ab und überbrückt die Distanz zwischen uns mit ein paar schnellen Schritten, ihre Augen weichen meinen keine Sekunde.

»Haben sie dir die Hölle heiß gemacht?«, fragt sie, ihre Stimme genauso scharf wie ihr Pferdeschwanz.

»So was in der Art«, schaffe ich es zu sagen und erhole mich von dem Schock ihrer Besorgnis. Das ist eine so seltene und zerbrechliche Sache, dass ich das Gefühl habe, ich könnte sie kaputtmachen, wenn ich nicht aufpasse.

Sie nickt, ein Anflug eines Lächelns umspielt ihre Mundwinkel. Es ist eher ein seltenes Wetterphänomen als ein tatsächlicher Gesichtsausdruck, etwas Flüchtiges und Unerwartetes.

»Hab ich mir gedacht«, sagt sie, als hätte sie es die ganze Zeit gewusst, als wäre sie uns allen immer zwei Schritte voraus.

»Und du bist ... hier und wartest darauf, ›Ich hab's dir ja gesagt‹ zu sagen?«, wage ich zu fragen und suche ihr Gesicht nach Hinweisen ab, nach irgendetwas, das einen Sinn daraus ergibt, dass sie hier steht, an meiner Seite steht.

»Du hast die richtige Entscheidung getroffen«, sagt sie sachlich, ohne Zögern, ohne Stocken. »Und genau das werde ich ihnen in meinem Bericht sagen.«

Ich starre sie an und versuche, diese neue Realität mit allem in Einklang zu bringen, was ich zu wissen glaubte. Lily Harper, die Hohepriesterin des Protokolls, sagt mir, ich hätte das Richtige getan. Es ist nicht nur ungewöhnlich; es ist undenkbar.

»Du stimmst mir nicht zu, oder?«, fragt sie und bemerkt den Zweifel in meinem Schweigen, die Fassungslosigkeit in meinen Augen.

»Ehrlich gesagt«, sage ich, »war ich mir nicht sicher, ob du das tun würdest.«

Ihre Augen sind fest, direkt, durchdringen all meine Vorsicht und mein Zweifeln. »Wenn sie dich dafür bestrafen, dass du in einer Krisensituation handelst«, fährt sie fort, »sagt das mehr über die Krankenhauspolitik aus als über dein klinisches Urteilsvermögen.«

Die Worte hängen zwischen uns, etwas Reales, etwas Neues. Es ist die Art von Veränderung, die normalerweise auf einem Seismografen ausschlagen würde, aber hier sind wir, nur zwei Menschen in einem Flur, die enger zusammenstehen als je zuvor.

Ich weiß nicht, was ich sagen soll. Ich, der Typ, der immer einen Konter parat hat, der immer mit Humor oder Sarkasmus oder Charme ablenkt.

»Das machst du nicht oft, oder?«, sagt sie und beobachtet, wie ich mit Worten und Konzepten herumhantiere wie ein Medizinstudent an seinem ersten Tag. »Zulassen, dass dir jemand den Rücken stärkt.«

»Ich gewöhne mich langsam daran.«

»Und?«

»Es ist ...« Ich sehe sie wieder an, sehe sie wirklich an, und da ist keine Ironie, keine Bissigkeit, nichts als Aufrichtigkeit und Gewissheit und Lily. »Anders.«

»Keine Sorge«, sagt sie. »Ich werde es niemandem erzählen.«

»Ich weiß, dass du nicht hier runtergekommen bist, um auf mein Autogramm zu warten«, sage ich und finde endlich wieder etwas Halt in unserem üblichen Geplänkel. »Ist das ein einmaliges Angebot, oder kann ich damit rechnen, dass deine Selbsthilfegruppe das nächste Mal Kekse hat?«

»Kommt drauf an«, sagt sie. »Planst du, bald wieder einen Verweis zu kassieren?«

»Noch steht nichts in meinem Kalender, aber ich schaue mal, was sich machen lässt.«

Das Lächeln verblasst, und für einen Moment scheint sie alles, was sie gerade gesagt hat, zu überdenken, als wäre es vielleicht zu viel gewesen. Aber dann hebt sie entschlossen ihr Kinn, und der Moment dehnt sich zwischen uns, keiner von uns bewegt sich, keiner von uns will ihn brechen.

Jetzt herrscht eine andere Art von Stille, aufgeladen und ungewohnt und voller Potenzial.

Ich sollte etwas sagen. Etwas Kluges, etwas Endgültiges. Aber beim besten Willen, alles, was ich tun will, ist, diesen Moment verweilen zu lassen, ihn bedeuten zu lassen, was auch immer er bedeutet.

So sieht Lily Harper also aus, wenn sie sich auf deine Seite stellt. Und ich fange an zu denken, dass ich mich an den Anblick gewöhnen könnte.

Marcus sieht mich an, als hätte man ihm gerade den gesamten Inhalt einer besonders saftigen Patientenakte überreicht. Er lehnt sich in seinem Stuhl zurück und balanciert auf zwei Beinen.

Der Pausenraum riecht nach verbranntem Kaffee und Desinfektionsmittel, eine Erinnerung daran, dass dich das Krankenhaus selbst hier, in dieser sterilen Oase, nie wirklich vergessen lässt, wo du bist. Ich versuche, lässig zu wirken, als wäre das nur eine weitere entspannte Runde nach einer Konfrontation, aber die Anspannung in meinen Schultern erzählt eine andere Geschichte.

»Also«, sagt Marcus und dehnt das Wort, als würde er etwas Besonderes auspacken. »Wirst du mir verraten, warum Lily auf dem Flur auf und ab getigert ist wie ein werdender Vater?«

»Sie ist nicht auf und ab getigert«, sage ich, wahrscheinlich zu schnell, definitiv zu abwehrend.

»Aha.« Er hebt eine Augenbraue, beugt sich näher. »Wirst du nicht mal zuerst versuchen, mit ›Wie war dein Tag, Marcus?‹ anzufangen?«

Ich reibe mir den Nacken und versuche, einen Knoten zu lösen, der nichts mit verspannten Muskeln zu tun hat. »Wie war dein Tag, Marcus?«

»Keine Sorge, Kumpel«, sagt er und grinst wie die Grinsekatze. »Zu meinem kommen wir später.«

Ich sehe ihn über den Rand meiner Tasse an. »Wir hatten ein Gespräch«, sage ich schließlich. »Nach der Anhörung.«

»Oh?« Er stellt seine Tasse ab und faltet die Hände zu einem Dach, als würde er sich darauf vorbereiten, eine besonders wichtige Diagnose zu verkünden. »Erzähl schon.«

»Es war nicht wirklich eine Anhörung«, gebe ich zu. »Eher ein ›Bitte, Noah, hör auf, uns schlecht dastehen zu lassen, indem du Leben rettest und Regeln brichst‹-Gespräch.«

»Und wo passt Lily da rein?« Seine Augen leuchten auf, gierig nach Details, gierig nach den Teilen, über die ich versuche, nicht zu sehr nachzudenken.

»Sie … war da.«

Marcus stößt einen leisen Pfiff aus. »Na, Scheiße. Klingt ernst.«

Ich funkle ihn an, mehr aus Effekthascherei als aus allem anderen. »So ist es nicht.«

»Noch nicht«, sagt er. Er nimmt einen Schluck von seinem Energydrink und genießt mein Unbehagen, als wäre es ein seltener Jahrgang.

Ich zucke mit den Schultern und täusche Gleichgültigkeit vor, aber wir wissen beide, dass es nicht so einfach ist. »Ich habe nicht erwartet, dass sie auftaucht, okay? Oder dass sie das sagt, was sie gesagt hat.«

Marcus beugt sich vor und stellt alle vier Stuhlbeine mit

einem bestimmten Knall auf den Boden. »Und was genau hat sie gesagt?«

»Dass ich die richtige Entscheidung getroffen habe.«

»Verdammt«, sagt er, fast ehrfürchtig. »Wenn das keine Liebeserklärung ist, weiß ich auch nicht.«

Ich kann nicht anders; ich lache. Es ist halb Frustration, halb Erleichterung, alles verwickelt in etwas anderes, das ich noch nicht benennen will. »Sie hat sich auf meine Seite gestellt, Marcus. Auf meine Seite.«

Marcus nickt langsam und tut so, als würde er mit einem unsichtbaren Stift Notizen machen. »Dir ist klar, was das bedeutet, oder?«

»Erleuchte mich.«

»Es ist dir wichtig.« Er lässt die Worte dort hängen, schwebend in der Luft wie eine besonders kniffflige Naht.

»Ja, nun.« Ich reibe mir wieder den Nacken, der Knoten immer noch fest, immer noch da. »Ich hatte nicht erwartet, dass es mir wichtig sein würde.«

»Aber es ist dir wichtig.«

Ich starre in meine Tasse und beobachte, wie der Kaffee unter meinem Atem, unter meinem Eingeständnis kräuselt. »Ich schätze, ja.«

»Heißt das, wir sind jetzt offiziell im ›Es ist kompliziert‹-Territorium?«

Ich schenke ihm mein bestes unverbindliches Schulterzucken, das, das mich normalerweise aus Schwierigkeiten herausholt, davor, zugeben zu müssen, was wirklich in meinem Kopf vorgeht. »Es ist nicht so, dass wir ... was auch immer sind. Wir sind es nicht.«

»Aber du willst es sein.«

Ich antworte nicht sofort, denn ehrlich gesagt bin ich mir nicht sicher. Aber die Stille ist ihre eigene Art von Antwort, und Marcus weiß es.

»Alter«, sagt er kopfschüttelnd. »Du bist so am Arsch.«

»Danke für das Vertrauen.«

»Nein, im Ernst.« Er zeigt mit einem Finger auf mich, immer noch amüsiert, immer noch wissend. »Du jagst nicht mal mehr der Chemie hinterher. Du jagst ... Was? Respekt? Vertrauen?«

»Alles zusammen?«, sage ich, als wäre es ein Witz, aber wir beide wissen, dass ich es ernst meine.

»Und das Traurige ist, es gefällt dir.«

Das bringt ihm ein weiteres Lachen ein, dieses hier nicht ganz so hohl wie das davor. »Ja. Ich schätze, das tut es.«

Er grinst, leert seinen Kaffee und schiebt sich vom Tisch zurück. »Willst du meinen Rat?«

»Nicht wirklich.«

»Pech gehabt«, sagt er. »Du kriegst ihn trotzdem.« Er hält für den dramatischen Effekt inne, vergewissert sich, dass ich aufpasse. »Vermassel es nicht.«

Dann ist er weg und lässt mich allein mit meinem kalten Kaffee und meinen Gedanken.

Ich finde sie draußen, in der Nähe der Krankenwageneinfahrt, eingehüllt in Schatten und Abendkühle. Ihr Atem bildet kleine Wolken in der kalten Luft, und für einen Moment beobachte ich sie nur aus der Ferne und versuche herauszufinden, wie ich diese neue Version von uns angehen soll.

Der Parkplatz wird von Sicherheitslichtern beleuchtet, die unsere Schatten lang und dünn über den Asphalt strecken. In der Ferne heulen Krankenwagensirenen, eine ständige Erinnerung daran, dass irgendwo jemand anderes in ein weiteres Ungewisses rennt. Aber hier, in dieser kleinen Oase der Stille, gibt es nur uns.

Ich atme tief ein, lasse die kalte Luft mich beruhigen und gehe mit abgemessenen Schritten auf sie zu. Sie bemerkt mich, als ich auf halbem Weg bin, und ich sehe, wie sie sich leicht anspannt, bevor sie sich wieder entspannt, als wäre sie bei etwas erwischt worden, was sie nicht sollte, es aber nicht zugeben will.

»Lily«, sage ich, als ich sie erreiche, das Wort eher eine Erleichterung als eine Begrüßung. »Danke für vorhin.«

Sie blickt nach unten und wischt meine Dankbarkeit beiseite, als wäre es Schnee auf ihren Schuhen. »Ich habe nur die

Wahrheit gesagt«, sagt sie. Ihre Stimme hat eine Weichheit, die vorher nicht da war, eine Wärme, die die Abendkühle durchdringt.

Wir stehen da, die Stille zwischen uns dehnt sich weit und seltsam. Es ist nicht unangenehm, aber auch nicht ganz bequem. Es ist etwas Neues, etwas Aufgeladenes und voller Dinge, die wir noch nicht gesagt haben.

»Ich meine es ernst«, sage ich und breche die Stille, weil sie zu viel und gleichzeitig nicht genug ist. »Dass du mich unterstützt hast? Das bedeutet mehr, als du ahnst.«

Sie sieht mir in die Augen, und da ist eine Verletzlichkeit, die mich unvorbereitet trifft. »Es wird nichts ändern«, sagt sie, fast wie eine Warnung, fast wie ein Versprechen.

»Trotzdem.« Ich trete einen Schritt näher und verringere den Abstand, der jetzt zu groß erscheint. »Es bedeutet mir viel.«

Sie schiebt ihre Hände in ihre Manteltaschen, eine Abwehrhaltung, die sie irgendwie kleiner aussehen lässt, weniger wie die Lily, die ich immer gekannt habe.

»Ich respektiere deine Entscheidungen, Noah«, sagt sie. Ihre Worte sind schnell und direkt, als hätte sie Angst, sie zu verlieren, wenn sie sie nicht schnell genug ausspricht. »Auch wenn sie mir eine Heidenangst machen.«

»Ich dachte, nichts macht dir Angst«, sage ich.

Sie lächelt. »Ich bin voller Überraschungen.«

»Ich würde es wieder tun«, sage ich ihr, meine Stimme fest und unerschütterlich. »Jedes Mal.«

Sie zuckt nicht zusammen, blickt nicht weg. »Ich weiß«, antwortet sie.

Die Sirenen verblassen, die Nacht wird kälter, und keiner von uns bewegt sich. Wir sind wie zwei Schauspieler in einer Szene, die vergessen haben, die Bühne zu verlassen, die vergessen haben, dass sie es überhaupt wollten.

»Ich sollte gehen«, sagt sie, klingt aber nicht so, als meinte sie es ernst.

»Ja«, sage ich, ohne mich zu bewegen.

»Sehen wir uns morgen?«

Die Frage ist klein und zögerlich, als dächte sie, ich würde vielleicht Nein sagen. Als dächte sie, vielleicht löst sich das alles auf, wenn die Sonne aufgeht.

»Verlass dich drauf.«

Ihre Augen bleiben einen Herzschlag zu lang auf meinen, dann dreht sie sich um und geht zu ihrem Auto. Ich schaue ihr nach, beobachte, wie ihre Gestalt schrumpft, bis sie in den Schatten verschwindet.

Ich erreiche mein Auto und habe den unwiderstehlichen Drang, schwer gegen die Scheibe zu atmen. Mein Atem beschlägt das Fenster, und ich zeichne mit dem Finger einen schnellen Kreis hinein, wie ein Kind, wie jemand, dem gerade etwas Kostbares überreicht wurde und der nicht sicher ist, ob es echt ist.

FÜNFZEHN

LILY

Maria zuckt zusammen. Es ist nur eine Kleinigkeit – kaum wahrnehmbar –, aber ich habe mich darauf trainiert, alles zu bemerken. Besonders die Kleinigkeiten. Sie steht bei den anderen Assistenzärzten, eine Mauer aus weißen Kitteln und nervöser Energie, aber heute ist sie von der Rolle.

»Das sind fünfzig Milligramm, nicht fünfzehn«, korrigiere ich sie und höre den scharfen Ton in meiner Stimme.

Sie ist meine Mentorin und ich rede mir ein, dass es zu ihrem eigenen Besten ist, zu ihrem aller Besten. Das Krankenhaus ist kein Ort für Fehler. Und auch kein Ort zum Zusammenzucken.

Ihre Wangen röten sich, aber sie murmelt eine leise Bestätigung und korrigiert die Akte, wobei sie versucht, ungerührt zu wirken. Um uns herum summt die Station in ihrer üblichen Kakofonie – piepende Geräte, umherlaufende Krankenschwestern, stöhnende Patienten –, aber Marias Verhalten bringt alles aus dem Takt. Meine Augen verengen sich, als ich sie beobachte, die strahlende Optimistin, die normalerweise antwortet, bevor ich meine Fragen überhaupt zu Ende gestellt habe. Jetzt kämpft sie darum, im Takt zu bleiben.

Maria ist nicht die Einzige, die von meiner Korrektur betroffen ist. Ich sehe, wie die anderen Assistenzärzte Blicke austauschen, wahrscheinlich erleichtert, dass sie heute nicht am Pranger stehen. Ich lasse mich nicht von ihnen ablenken, lasse sie nicht die Gedanken sehen, die hinter meinen Augen flackern.

»Machen wir weiter«, sage ich und deute auf das nächste Zimmer. Mein Ton ist knapp, professionell, aber das Bild von Marias zitternden Händen werde ich nicht los.

Der Patient darin ist ein Mann mittleren Alters mit einer frischen Narbe am Bauch. Ich sehe wieder Maria an, die Schwachstelle in der heutigen chirurgischen Kette. Die anderen Assistenzärzte erwarten einen Vortrag über Adhäsionen oder Infektionsrisiken, aber ich schwenke um und richte die nächste Frage direkt an sie.

»Was sind die potenziellen Komplikationen nach einer Kolektomie?«

Ihr Blick ist für einen Moment leer – nur für einen Moment –, aber es reicht. »Darmverschluss«, sagt sie schließlich, die Worte sprudeln nur so aus ihr heraus. »Abszessbildung. Längerer Ileus.«

»Gut«, sage ich, aber das ist nicht die ganze Wahrheit. Die ganze Wahrheit ist, dass sie nur einen Bruchteil so konzentriert ist wie sonst, und ich weiß, dass sie es weiß. Mein Lob klingt hohl, sogar für mich.

Die Visite geht weiter und Marias Ablenkung hängt über der Gruppe wie der graue Himmel von Seattle draußen. Sie zuckt zusammen, als ein anderer Assistenzarzt an ihr vorbeistreicht. Sie prüft ihr Handy mit einer Häufigkeit, die an Zwanghaftigkeit grenzt, als ob es ihr Anweisungen gäbe, wie sie den Tag überstehen soll. Es ist nicht schwer zu erraten, wo ihre Gedanken sind. Schwieriger ist es, zu erraten, warum sie dort sind.

Ein weiterer Patient, eine weitere Reihe von Fragen. Sie stolpert durch eine Antwort über Antikoagulationstherapie und die Antwort dauert zu lange, obwohl es eine grundlegende Frage ist. Irgendetwas ist sehr, sehr falsch.

»Dr. Alvarez?«, sage ich und fordere sie auf, mehr zu sagen. Ich habe sie noch nie stottern hören, aber da ist es.

Lily: eins. Maria: null. Es fühlt sich nicht so gut an, wie es sollte.

Die letzte Patientin an diesem Morgen ist eine Knie-Arthroplastik. Diesmal rufe ich Jason auf, einen der anderen Assistenzärzte. Er ist erleichtert und stolpert durch seine eigene Erklärung zur TVT-Prophylaxe, wobei er zu Maria blickt, als hätte sie die Messlatte absichtlich niedrig gelegt. Meine Anwesenheit macht ihn nervös, aber das ist nicht mein Problem. Marias Nervosität schon. Ich tue so, als würde ich Jason zuhören, aber meine ganze Aufmerksamkeit gilt Maria und ihrem lächerlichen Handy.

Als die Visite endlich endet, stieben die Assistenzärzte auseinander wie ein aufgescheuchter Taubenschwarm, erleichtert, entkommen zu sein. Maria bleibt unbeholfen stehen, meidet meinen Blick und steckt ihr Handy zurück in ihre Tasche, als wäre es Schmuggelgut. So wie sie sich bewegt, kann ich praktisch sehen, wie sich die seelische Wunde von vorhin bildet.

Aber mehr als das sehe ich ein Rätsel, und es ist eines, das ich zu lösen beabsichtige.

Maria sieht schuldig aus. Es könnte an der Beleuchtung liegen – schwache Leuchtstoffröhren flackern über uns –, aber das bezweifle ich.

Entschlossen, der Sache auf den Grund zu gehen, führe ich sie in den Materialschrank, wo sie sich nicht vor der Wahrheit wegwinden kann.

»Gibt es etwas, das ich wissen sollte?«, frage ich und schließe die Tür hinter mir.

Sie beginnt, mit zitternden Händen OP-Handschuhe zu zählen. »Äh, nein? Wie kommen Sie darauf?«

Der Raum riecht nach Desinfektionsmittel und Pappe, eng und einengend. Ein Ort, an dem Materialien sortiert werden und Assistenzärzte nicht so leicht entkommen können.

»Ihre Konzentration ist dahin«, sage ich und trete einen Schritt näher. »Sie vertun sich bei Fragen, bei Dosierungen – was ist los?«

Maria zögert, ihre Finger bleiben auf einer Schachtel mit Verbänden liegen. »Ich bin nur müde, Lily. Es wird nicht wieder vorkommen.«

»Das ist keine Antwort«, erwidere ich. Wir wissen beide, dass es keine Müdigkeit ist; sie arbeitet Spätschichten und kommt trotzdem konzentrierter an als die anderen. »Etwas hat sich geändert. Raus mit der Sprache.«

Sie versucht, es wegzulachen. »Sie kennen mich doch. Ich bin nur ein wenig – abgelenkt. Das ist keine große Sache.«

»Abgelenkt ist nicht gut genug.«

Maria sieht mir endlich in die Augen und darin liegt ein Anflug von Angst. Ich weiß, wie man jemanden in die Enge treibt, bis die Wahrheit herausplatzt. Es ist ein Talent und ein Makel.

»Okay, okay«, sagt sie und klingt, als wäre ich die Henkerin und sie würde zwischen den Methoden wählen. »Da ist eine Sache. Ich treffe mich mit jemandem.«

»Jemandem?«

Sie starrt auf den Boden und murmelt: »Ethan. Dr. Park.«

Es ist, als ob die Luft aus dem Raum weicht, oder vielleicht ist es nur meine Geduld.

»Sie haben was mit einem anderen Assistenzarzt?« Die Frage kommt schärfer heraus als beabsichtigt, mehr ein Reflex als alles andere. Ich schalte in den Modus der Lily um, den sie alle kennen: professionell, unsympathisch, unnachgiebig. »Sie kennen die Krankenhausvorschriften. Sie kennen die Risiken.«

»Ja«, sagt Maria, das Wort dehnt sich vor Frustration. »Ich weiß das alles. Aber es ist –« Sie ringt nach dem richtigen Wort. » – anders.«

»,Anders' ist eine Affäre, aus der Ernst wird«, sage ich, ohne zu merken, dass ich mich selbst zitiere. »Ernst ruiniert Karrieren.«

Ich erwarte, dass sie einknickt. Stattdessen funkeln Marias Augen trotzig. »Ich wollte nicht, dass es passiert. Aber es ist passiert. Ich will mich nicht mehr verstecken, Lily. Aber ich will auch nicht meine Zukunft ruinieren.« Ihre Finger umklammern nervös einen Stift, mit weißen Knöcheln und eindringlich.

Vor einem Monat wäre meine Antwort unmissverständlich gewesen: Eine Leidenschaft geht immer auf Kosten der anderen. Jetzt, da ich Maria zwischen Hoffnung und Angst zittern sehe, gerät meine Gewissheit ins Wanken.

»Sie riskieren eine Menge«, sage ich, und es ist nicht der

Vortrag, den ich beabsichtigt hatte. »Das sieht Ihnen nicht ähnlich, Maria«, sage ich.

»Das bin ich«, erwidert sie, die Augen weit, verletzlich. »Nur nicht der Teil, den Sie jeden Tag sehen.«

Ihre Aufrichtigkeit ist beunruhigend, und für einen Moment beneide ich sie um ihren Mut.

»Denken Sie darüber nach, was Sie da tun.«

»Glauben Sie mir, das habe ich«, flüstert sie, die Augen auf meine gerichtet, um mehr als nur einen Rat flehend. Ihre Überzeugung ist verstörend, und doch bewundere ich sie.

Ich öffne die Tür und lasse das sterile Licht des Flurs herein, eine Erinnerung daran, wo wir sind und was auf dem Spiel steht. Als sie an mir vorbeigeht, hängt eine unausgesprochene Frage zwischen uns – eine, auf die ich keine Antwort habe.

Es sieht mir nicht ähnlich, zu zögern. Innezuhalten. Zu zweifeln. Aber Marias Geständnis nagt an mir wie ein hartnäckiger Husten.

Ich bin im Treppenhaus, einem ruhigen Ort für Assistenzärzte der Chirurgie, um nachzudenken und gelegentlich zu weinen, und alles, was ich tun kann, ist hier auf der kalten Stufe zu sitzen, den Rücken an die Wand gelehnt, und nachzudenken.

Es ist aus Beton und einengend, aber im Moment ist es der einzige Raum, der Sinn ergibt. Marias Stimme wiederholt sich in meinem Kopf: »Ich will mich nicht mehr verstecken. Aber ich will auch nicht meine Zukunft ruinieren.« Sie ist töricht, sage ich mir. Rücksichtslos. Ich versuche, an meiner anfänglichen Missbilligung festzuhalten, aber das Zögern bleibt wie eine offene Wunde.

Ich zwinge meine Gedanken zurück zur Professionalität, zu allem, woran ich glaube. Beziehungen erschweren Karrieren. Karrieren sind alles. Das war meine Wahrheit, mein Leitprinzip.

Dann drang Noah in mein Leben. Ungebeten und doch irgendwie erwartet.

Die Gala war ein Schleier aus Musik und unbequemer

Abendgarderobe. Ich wollte nicht hingehen, hatte nicht die Absicht zu bleiben. Aber da war seine Hand an meiner Taille, die mich in einem Tanz führte, der sich anfühlte, als würde man von einer Flutwelle erfasst. Zum ersten Mal seit langer Zeit hatte ich nicht die Kontrolle, und das Gefühl war sowohl erschreckend als auch … berauschend.

Was mich am meisten erschreckt, ist, dass ich es zugelassen habe. Ich habe ihn nicht weggestoßen. Schlimmer noch, ich wollte es nicht.

Ich versuche, mich wieder zu konzentrieren. Die Tür des Treppenhauses quietscht, als sie sich öffnet, das Geräusch hallt durch den leeren Raum. Ich erwarte halb, dass mich jemand hier findet, durch die Risse in meiner Fassade blickt, aber die Tür schlägt wieder zu und lässt mich mit meinen Gedanken allein.

Eine andere Erinnerung taucht auf und durchbricht meinen Versuch der Ablenkung. Der Traumafall. Chaos in der Notaufnahme. Die perfekte Synchronisation unserer Hände, unserer Gedanken. Seine ruhige Stimme, gelassen und beruhigend.

»Gute Arbeit, Dr. Harper.« Er hatte es mit einem Grinsen gesagt, das keine Rolle hätte spielen dürfen. Aber das tat es.

Ich schließe meine Augen und versuche, die Wahrheit auszublenden, die sich seit dieser Nacht an mich heranschleicht. Ich will nicht Maria sein. Ich will nicht alles riskieren, wofür ich gearbeitet habe. Aber das Echo meines eigenen Ratschlags verfolgt mich: *Denk darüber nach, was du da tust.*

Das Café ist fast leer, eine seltsame Art von Stille. Ich sehe Maria an der Tür zögern, als würde sie erwarten, dass ich eine Akte nach ihr werfe.

»Setzen Sie sich«, sage ich, und sie nähert sich vorsichtig, die Schultern gesenkt, und wartet auf eine Rüge.

Stattdessen bekommt sie Kaffee. Und das, was einem echten Ratschlag von mir am nächsten kommt.

Ich tue so, als würde ich in meinem Getränk rühren und beobachte Maria aus dem Augenwinkel. Ihre Bewegungen sind langsam, bedächtig, als ob sie ein Minenfeld überquert und erwartet, dass etwas explodiert. Ich verstehe ihre Überraschung. Ich bin auch ein wenig überrascht.

Sie setzt sich mir gegenüber, ihr Rücken ist gerade, als ob sie sich auf einen Aufprall vorbereitet. »Sie wollten mit mir reden?«, fragt sie, ihre Stimme vorsichtig und misstrauisch.

Ich nicke. »Ein echtes Gespräch. Nicht nur über Chirurgie.« Ihre Augen weiten sich, überrascht, und ich nehme einen Schluck Kaffee, um meine eigene Unsicherheit zu verbergen. »Sie sollten das von mir hören, nicht durch den Krankenhausklatsch.«

Maria spannt sich an, bereit für den Gnadenstoß. Ich kann die Argumente sehen, die sich hinter ihren Augen aufbauen, die Verteidigungen, die sie vorbereitet. Sie weiß nicht, dass ich nicht hier bin, um sie zu zerschmettern.

»Ich werde Sie nicht melden«, sage ich mit so gleichmäßiger Stimme, wie ich es schaffe. »Aber ich möchte, dass Sie verstehen, was Sie riskieren.« Ihre Erleichterung ist fast komisch und mir wird klar, wie untypisch das für mich ist. Wie untypisch es sich anfühlt.

Ihre Schultern sacken ab und zum ersten Mal erwidert sie meinen Blick, ohne zusammenzuzucken.

»Wirklich? Meinen Sie das – wirklich?«

»Ja, wirklich«, sage ich ihr. »Ich habe darüber nachgedacht, was Sie gesagt haben. Es ist ernst mit ihm, nicht wahr?«

»Ja«, sagt Maria, ihre Stimme leise, aber fest. »Ich habe nicht erwartet, dass es so wird. Ich habe es nicht geplant. Aber es ist so.«

»Ethan ist ein guter Arzt. Beständig. Nachdenklich. Aber Beziehungen ... Sie haben die Angewohnheit, die Oberhand zu gewinnen, wenn man nicht aufpasst.«

Maria lehnt sich vor, ihre Augen leuchten. »Sie sagen also, ich sollte es nicht aufgeben?«

Ich seufze und glaube meinen eigenen Worten kaum. »Ich sage, seien Sie klug. Seien Sie vorsichtig. Aber haben Sie keine Angst davor, menschlich zu sein.« Ich klinge wie eine Fremde, wie jemand, der anfängt, die Welt hereinzulassen.

Ihr Gesichtsausdruck wechselt von Unglauben zu Dankbarkeit. »Ich hätte nicht erwartet, dass Sie das verstehen«, gibt sie zu.

Ich lache, ein kleines, ironisches Geräusch. »Ich auch nicht.«

Maria mustert mein Gesicht und ich sehe den Moment, in dem ihr klar wird, dass ich aus Erfahrung spreche. Ihre Neugier ist greifbar, aber sie hält sich zurück. »Hat sich bei Ihnen etwas geändert?«, wagt sie zu fragen, die Frage heikel und gefährlich.

»Vielleicht«, antworte ich und rühre wieder in meinem Kaffee, um der Wahrheit auszuweichen, die sich in ihren Augen spiegelt.

»Sie sind anders«, sagt Maria, ihr Ton fast anklagend. »Seit wann ist Dr. Harper so weich geworden?«

Ich werfe ihr einen Blick zu, halb ernst, halb amüsiert. »Sagen Sie es nicht den anderen.«

Sie lächelt, wirklich lächelt, und ich spüre, wie sich etwas zwischen uns verändert. Es ist der Beginn von Vertrauen, von Verständnis, das tiefer geht als die Mentoren-Mentee-Rollen, die wir bisher gespielt haben.

Maria lehnt sich in ihrem Stuhl zurück, die Last der Ungewissheit fällt von ihr ab. »Danke«, sagt sie, und die Worte bedeuten mehr als nur Dankbarkeit. Sie bedeuten Akzeptanz. Mir gegenüber. Sich selbst gegenüber.

Wir trennen uns mit einer gemeinsamen, unausgesprochenen Erkenntnis. Zwei Frauen, die durch dasselbe stürmische Meer aus Ehrgeiz und Emotionen navigieren. Ich sehe ihr nach und weiß, dass es ihr gut gehen wird. Vielleicht, nur vielleicht, wird es mir auch gut gehen.

SECHZEHN

NOAH

Der Geruch von verbranntem Popcorn und Desinfektionsmittel hat in der Notaufnahme seine ganz eigene, seltsame Harmonie. Ich rede mir ein, dass es beruhigend ist, als Jason erstarrt und die Herzfrequenz des Patienten absackt. Es ist nicht das Chaos, das ihn aus der Bahn wirft – es ist die Panik in den Augen der Angehörigen. Das erkenne ich auch wieder.

Ich greife ein, nehme Jason sanft die Instrumente aus den zitternden Händen und arbeite mit einer ruhigen Gelassenheit, die man nur hat, wenn man jeden möglichen Fehler schon einmal gemacht hat. Der Raum füllt sich mit dem mechanischen Piepen der Erleichterung, als sich der Zustand des Patienten stabilisiert. Ich sehe, wie Jason zurückweicht und mit den Wänden zu verschmelzen scheint, und weiß, dass ich ihn später finden werde.

Der Rest des Trauma-Teams arbeitet effizient um mich herum und bereitet die Kabine für den nächsten Fall vor. Ich sehe Jason in der Nähe der Tür verweilen, den Kopf gesenkt, nur noch ein Schatten seiner selbst. Er weicht meinem Blick aus und geht im Lärm des Krankenhauses unter. Die Art, wie er sich zurückzieht, ist beinahe eine Kunstform – verzweifelt, aber bemüht, das Gesicht zu wahren.

»Das war knapp«, kommentiert eine Krankenschwester und nickt zu dem jetzt stabilen Patienten.

Ich schenke ihr ein kurzes Lächeln, das eigentlich eher eine Grimasse ist.

»Zu knapp«, sage ich und streife meine Handschuhe ab. »Wo haben sie die Popcornmaschine diesmal hingestellt?«

Sie lacht und schüttelt den Kopf. »Dritter Stock. Fackel die Bude nicht ab, Carter.«

Ich beobachte, wie die Monitore in einem gleichmäßigen Rhythmus piepen, und denke daran, Jason zu suchen. *Wir reden später,* sage ich mir und erhasche noch einmal einen Blick auf seine sich zurückziehende Gestalt, als ich in den Flur trete.

Der Umkleideraum besteht aus scharfen Kanten und grellem Licht; der Geruch von Schweiß und Bleichmittel hat einen unbehaglichen Waffenstillstand geschlossen. Hier ist es ruhiger, aber ich spüre, wie die Anspannung unter der Oberfläche knistert. Ich öffne meinen Spind, und Jason steht neben mir, lauernd wie ein schlechtes Gewissen.

»Noah«, sagt er mit angespannter Stimme. Ich höre alles heraus, was er zurückhält, die Art, wie sein Kiefer zuckt, das Geräusch seines Luftholens in der Kehle.

»Alles okay mit dir?«, frage ich und versuche, es beiläufig klingen zu lassen. Beiläufigkeit ist an Orten wie diesem ein Mythos.

»Ich bin erstarrt.« Es kommt wie ein Geständnis aus ihm heraus. »Es tut mir leid, ich ...« —

»Hey«, unterbreche ich ihn und drehe mich zu ihm um. »Das passiert uns allen.«

Er schüttelt den Kopf, und ich sehe, wie seine Schultern noch weiter zusammensacken, als würde er direkt vor mir in sich zusammenfallen. Die Haltung ist mir vertraut – auf unheimliche Weise. Es ist dieselbe, die ich schon tausendmal eingenommen habe.

»Ich glaube nicht, dass ich für die Notfallmedizin geschaffen bin.« Seine Worte sind so leise, dass ich so tun könnte, als hätte ich sie nicht gehört.

Ich schließe den Spind, das metallische Klirren klingt endgültüchtig. »Reden wir nach der Schicht«, sage ich. Er sieht nicht auf. »Es wird einfacher, versprochen.«

Wir stehen für einen Moment da, in einer Stille, die mit jedem seiner Zweifel gefüllt ist, mit jedem Versagen, von dem er glaubt, es nicht überwinden zu können. Es ist zu sehr, als würde ich in einen Spiegel sehen, einen, der all die Teile von mir reflektiert, die ich nicht sehen will.

»Okay«, stimmt er schließlich zu, obwohl es eher wie eine Frage klingt.

Ich sehe ihm nach, wie er geht; die Tür schwingt mit einem leisen, verurteilenden Geräusch zu. Allein lasse ich mich auf die Bank sinken und versuche, das Gewicht des Wiedererkennens abzuschütteln, das mich überkam, als ich sein Gesicht sah. Als ich mein eigenes sah.

Ich habe nicht erwartet, dass es mich so hart treffen würde – Jasons Unsicherheiten, die meine sorgfältig aufrechterhaltene Ruhe abblättern lassen. Vielleicht liegt es daran, dass ich zuschaue, wie sich die Geschichte wiederholt, wie eine warnende Erzählung, für die ich mich nie für alt oder erfahren genug gehalten habe, um sie zu erzählen. Die Deckenleuchten summen und vibrieren gegen die Stille, die ich nicht ganz füllen kann.

Ich schiebe meine Hände in die Taschen und finde eine Stiftkappe, eine Quittung, nichts, was sich wie Gewissheit anfühlt. Er klang so verdammt besiegt. Genau wie ich damals.

Ich versuche, mir meine Mentorin Emily vorzustellen, mir auszumalen, was sie zu mir sagen würde, wenn sie hier wäre. *Du musst an sie glauben, Noah. Sonst werden sie niemals an sich selbst glauben.* Die Worte schmerzen, eine alte Narbe reißt auf. Ich weiß nicht, ob ich dafür bereit bin.

Jason verdient Besseres als das, was ich hatte. Ich denke an diese ersten Monate als Assistenzarzt, an das Gefühl, ständig auf dem Zahnfleisch zu kriechen, ständig zu ertrinken. Und hier ist Jason, strampelt und greift nach etwas Festem, und auf keinen Fall werde ich ihn untergehen lassen.

Das Geräusch von Schritten unterbricht meine Gedankenspirale, und ich sehe auf, in der Hoffnung für eine Sekunde, dass er es wieder ist, vielleicht sogar sie. Aber die Tür bleibt geschlossen, und ich bin allein in dem leeren Raum, die Stille drängt von allen Seiten auf mich ein.

Ja, sage ich mir. *Wir reden nach der Schicht weiter.* Ich kann ihn nicht gehen lassen, ohne dass er daran glaubt, dass es besser wird, dass er besser wird. Dass wir es beide können.

Und da ist noch etwas, etwas, das er nicht gesagt hat. Ich konnte es daran sehen, wie er an der Tür zögerte. Daran, wie er sie nicht zugeknallt hat.

Ich bleibe noch ein paar Minuten auf der Bank sitzen und lasse mich vom Summen daran erinnern, dass ich noch hier bin. Jason hat ein Lehrbuch auf der Theke liegen lassen, und ich nehme es auf, entschlossen, es ihm zusammen mit dem Rat zurückzugeben, den er hören muss. Dem Rat, den ich nie erhalten habe.

Der Pausenraum des Personals fühlt sich nach einer Schicht wie ein anderer Planet an. Leise. Ruhig. Atembar. Die Lichter sind sanfter, die Luft weniger schwer von den Konsequenzen von Leben und Tod. Jason und ich sitzen an einem Ecktisch mit der Abgeklärtheit von Überlebenden, der Kaffee kühlt zwischen uns ab.

»Es gab mal diesen Herzstillstand«, fange ich an und sehe, wie seine Augen sich weiten, »und ich stand da wie ein verdammter Idiot, während alle anderen den Patienten reanimierten.«

Sein Atem stockt, unsicher, ob er lachen oder sich entschuldigen soll.

Ich grinse, um ihn zu beruhigen. Der Aufenthaltsraum ist sicherer Boden, ein Ort, an dem unsere Geschichten ausatmen können.

Er sieht mich an, als wäre ich ein Einhorn – ein Chirurg, der zugibt, menschlich zu sein, der ihn hinter den Kittel blicken lässt. Ich erkenne die Verwirrung, den Teil von ihm, der gleichzeitig misstrauisch und dankbar ist.

»Und dann war da dieses eine Mal«, fahre ich fort und lehne

mich zurück, »als ich eine wichtige Diagnose übersehen habe. Der Oberarzt hatte kein Problem damit, jedem zu verkünden, dass ich eine Schande für die moderne Medizin wäre.«

Jason versucht, ein Lachen zu unterdrücken, und scheitert spektakulär.

Ich grinse und nicke. »Schon okay«, versichere ich ihm. »Es war ziemlich witzig. Auf eine traumatisierende Weise.«

»Im Ernst?«, fragt er. »Ich dachte, du wärst eine Art Trauma-Wunderkind.«

»Das ist der Schlüssel, um gut auszusehen«, sage ich ihm und hebe meine Tasse zu einem gespielten Toast. »Mach nicht zweimal denselben Fehler.«

Sein Lachen ist jetzt selbstbewusster, echter. Der Raum um uns herum fühlt sich weit an, ein Vakuum, das sich plötzlich mit der Wärme der Möglichkeit füllt. Anderes Personal kommt und geht, ein Hintergrund aus gedämpften Gesprächen und müdem Kichern. Aber hier, an unserem Tisch, sind nur wir. Es ist wichtig.

»Meinen ersten Patienten habe ich in meinem dritten Monat verloren«, sage ich und beobachte seine Reaktion. Diesmal zuckt er nicht zusammen, er hört nur zu. »Es war dieser Junge – acht Jahre alt. Kam mit Bauchschmerzen rein. Klassische Anzeichen für eine Blinddarmentzündung, außer dass es keine war. Wir haben es zu spät erkannt.«

»Wow. Hart.«

»Ich hätte fast gekündigt«, gestehe ich. »Marcus – das ist mein bester Freund, jetzt Stationsleiter – musste mir Vernunft einprügeln. Wortwörtlich.«

Er lächelt und stellt sich die Szene vor. Ich denke darüber nach, wie anders es für ihn ist. Wie anders ich für ihn sein kann.

»Es ging nie darum, keine Fehler zu machen, Jason. Es geht darum, zu lernen. Wenn du das schaffst, bist du dem Spiel schon einen Schritt voraus.« Ich klopfe mit den Fingerspitzen auf den Tisch.

Er ist einen Moment lang still und verarbeitet es. »Ich wusste nicht«, sagt er schließlich. »Ich dachte, ich wäre der Einzige.«

»So besonders bist du ganz sicher nicht«, ziehe ich ihn auf.

Jason räuspert sich, sein Blick fällt auf seinen Kaffee. »Ich habe nur – ich habe Angst, Leute zu enttäuschen. Meine Familie. Alle im Krankenhaus. Mich selbst.«

»Das geht nie weg«, gebe ich zu. »Aber du lernst, damit umzugehen. Du lernst, weiterzumachen.«

»Wie?« Seine Augen flehen, die letzten Überreste der Verzweiflung klammern sich noch an den Rändern.

»Es gibt Dinge, die helfen«, sage ich. »Für mich war es, mich daran zu erinnern, warum ich das hier angefangen habe. Das große Ganze. Die Menschen.«

»War das immer genug?«

Ich denke an Emily. Daran, wie es sich anfühlte, haltlos zu sein, nachdem sie weg war, als wäre ich losgelöst und ziellos. Ich denke daran, wie verloren ich mich ohne Richtung gefühlt habe, ohne ein Ziel, das mir Halt gab.

»Manchmal nicht«, antworte ich. »Aber zu wissen, dass es nicht genug war – das war genug, um weiterzumachen.«

Sein Gesichtsausdruck verändert sich. Als würde er sich erlauben, zu verstehen.

»Du bist nicht der Einzige, der darüber nachdenkt, aufzugeben«, sage ich, »oder sich Sorgen macht, alles zu versauen. Die Guten sind nicht die, die nie Mist bauen. Es sind die, die lernen, wie man sich davon erholt.«

»Das klingt, als würdest du dir das immer noch selbst einreden«, wagt er zu sagen.

Er hat nicht Unrecht, aber er hat etwas Wichtiges übersehen.

Ich schüttle den Kopf. »Nein. Ich rede *uns* das ein.«

Jason lächelt, klein und schüchtern, aber es ist da.

»Ich schätze, wir werden sehen, ob ich mich so gut wieder aufrappeln kann wie du«, sagt er.

»Wir werden sehen«, stimme ich zu, obwohl ich es schon weiß. Schon sicher bin.

Seine Schultern haben ihre Last abgelegt, seine Augen sind strahlender, und ich weiß, dass ich heute etwas Richtiges getan habe. Ich habe ihn nicht fallen lassen. Ich habe ihn nicht strampeln lassen. Und in gewisser Weise habe ich das auch bei mir selbst nicht zugelassen.

Jason lehnt sich in seinem Stuhl zurück, die Veränderung seiner Haltung verrät einen Optimismus, den er vorher nicht hatte. »Ich schulde dir was, Noah.«

»Du schuldest mir gar nichts«, sage ich ihm. »Brenn nur nicht aus, wie ich es fast getan hätte.«

»Versprochen«, sagt er, das Wort fast jungenhaft in seiner Begeisterung.

Die Unterhaltung wechselt wieder, wird diesmal leichter, ungezwungener. Wir reden über die weniger dramatischen Seiten des Jobs, die Teile, die uns zum Lachen brachten, selbst wenn wir zu müde zum Stehen waren. Wir reden über den Patienten, der mit einem Löffel an einer sehr unpassenden Stelle eingeliefert wurde, und über das Mal, als Marcus sich den Kopf rasierte, aus Solidarität mit einem Kind, das seine Haare durch die Chemo verlieren würde. Wir teilen Geschichten, die nicht in Panik oder Zweifel enden, Geschichten, die sich wie Erlösung anfühlen.

Der Pausenraum füllt sich mit mehr Personal, dem Umgebungsgeräusch von Kameradschaft und Mitgefühl. Jason schreckt jetzt nicht davor zurück. Er scheint ein Teil davon zu sein, ein einzelner Punkt in einer Konstellation von anderen, genau wie er – die es versuchen, die kämpfen, die lernen. Ich beobachte ihn mit einer Zufriedenheit, die ich nicht ganz benennen kann. Er steht schließlich auf und gibt mir ein Nicken, das mehr Gewicht hat als jedes verbale Dankeschön.

»Ich meine es ernst«, sagt er. »Danke.«

»Geh nach Hause«, sage ich ihm. »Schlaf. Und mach das Ganze morgen noch mal.«

»Wir sehen uns, Noah.«

Als ich durch den Korridor vor der Intensivstation gehe, entdecke ich sie. Lily, in ein tiefes Gespräch mit Maria vertieft, die Arme bewegen sich mit untypischer Lebhaftigkeit. Ihr Pferdeschwanz schwingt, als sie nickt. Ich bleibe in der Nähe einer Schwesternstation stehen und tue so, als würde ich eine Akte studieren, aber in Wirklichkeit beobachte ich die beiden mit kaum verhohlenem Interesse. Lily ist weniger auf der Hut, ihre Haltung offen, ihr Lächeln beinahe liebevoll.

Was zum Teufel?

Es ist seltsam, sie so zu sehen. Weich. Ich weiß nicht, ob es mir gefällt oder ob es alles infrage stellt, was ich über sie zu wissen glaubte. Aber ich kann nicht wegsehen.

Maria sieht Lily an, als wäre sie eine Wunderheilerin. Da ist Bewunderung, aber es ist mehr als das. Es ist eine Ehrfurcht, die man empfindet, wenn man jemanden völlig anders erlebt, als man ihn erwartet hat. Ich verstehe das. Ich habe diese Version von Lily auch schon gesehen. Nur jetzt ist da eine Wärme, die ich nie erwartet hätte. Ich bin nicht sicher, ob ich lachen oder ihr auf der Stelle einen Antrag machen will.

Die Interaktion zwischen ihnen ist eine Offenbarung. Ich beobachte, wie Lily tatsächlich Marias Schulter berührt. Mir fällt beinahe die Kinnlade runter.

Ich erinnere mich an unser erstes Treffen vor vier Jahren, an die Art, wie ihre Augen mich wie ein Skalpell durchschnitten. Sie war dieser winzige Tornado aus Ehrgeiz und Disziplin, eine Naturgewalt in einem Kittel verpackt. Das war ihre Rüstung. Das war ihr Schlachtruf. Jetzt, die Veränderung in ihrer Haltung, die ungeschützte Art, wie sie Maria zuhört, macht mir klar, wie sehr sie sich verändert hat. Oder wie sehr sie sich selbst zeigt.

Marias Lächeln wird breiter, und ich weiß, dass die Worte, die Lily sagt, etwas bedeuten. Wirklich etwas bedeuten. Das ist eine Mentorin, eine Führerin, jemand, der mehr ist als die karrierebesessene Perfektionistin, die ich zu durchschaut haben glaubte. Ich frage mich, ob Jason mich so ansieht wie Maria sie, ob unser Gespräch ihm genauso viel Kraft gegeben hat, wie Lily jetzt gibt. Ich hoffe es. Ich hoffe es so sehr.

Die ganze Szene ist ein Spiegel, eine Parallele, die ich nicht ignorieren kann. Lily ist Marias Mentorin, ich bin Jasons Mentor, und wir beide entdecken dabei neue Seiten an uns. Sie sagte, ich würde mein Potenzial vergeuden. Ich dachte, sie wäre zu verbissen, um irgendetwas außer ihrer eigenen Laufbahn zu bemerken.

Aber vielleicht sind wir gar nicht so verschieden. Vielleicht sieht sie mich besser, als ich mich selbst sehe.

Ich empfinde eine seltene Art von Zufriedenheit, während ich sie beobachte, wie sich das entfaltet. Es ist nicht nur eine Szene zwischen zwei Kolleginnen; es ist der Auftakt zu etwas Größerem. Ich möchte die Station überqueren, Lily sagen, wie viel das bedeutet, wie viel sie bedeutet. Aber ich tue es nicht. Ich lasse den Moment sich entfalten, lasse ihn atmen.

SIEBZEHN

LILY

Mein Zuhause ist eine weiße Kiste. Minimalistisch, nicht weil es mir an Geschmack fehlt, sondern weil Unordnung unerträglich ist. Meine Wohnung liegt im siebten Stock, hoch genug, um dem Verkehrslärm zu entgehen, und tief genug, dass es immer noch so aussieht, als könnte ich die Welt und die Menschen darin berühren.

Ich schließe die Tür auf, deaktiviere den Alarm und hänge meine Tasche und Schlüssel an die dafür vorgesehenen Haken. Als Nächstes ziehe ich meine Schuhe aus, bevor ich sie präzise neben den anderen aufreihe. Der ganze Prozess ist automatisch, automatische Handgriffe in Stakkato-Takten, ein privates Ballett ohne Publikum.

Der Ort ist still. Nicht nur leise – still, wie ein Museum nach Schließung. Sogar der Kühlschrank läuft mit einem leisen, gediegenen Murmeln, als verstünde er die Notwendigkeit von Zurückhaltung. Es gibt einen Blick auf die Stadt, aber ich schaue nicht hin. Stattdessen marschiere ich direkt in die Küche und beginne mit meiner Dekompressionsroutine: die Post prüfen (nichts als Werbeflyer von Versicherungen), die bereits sauberen Arbeitsflächen abwischen, den Kühlschrank inventarisieren. Die Monotonie ist beruhigend. Vorhersehbar. Nichts kann schiefgehen, wenn man der Unordnung nie erlaubt, Wurzeln zu schlagen.

Ich denke an Maria, an den absurd hoffnungsvollen Ausdruck auf ihrem Gesicht, als sie ihre heimliche Romanze gestand. Es sollte mich ärgern – die Leichtsinnigkeit, die naive Missachtung der beruflichen Konsequenzen –, aber das tut es nicht. Was mich ärgert, ist, dass sie glücklich ist. Oder kurz davor. Das und die Tatsache, dass ich sie beneide.

Ich bringe den Müll raus, obwohl sich im Eimer nichts als eine einzelne Dose Cola Light befindet. Ich werfe sie in den gemeinschaftlichen Müllschlucker und sehe ihr nach, wie sie verschwindet, dann halte ich im Flur inne, unsicher. Das ist nicht normal. Ich zögere nicht. Ich halte nicht inne. Ich führe aus.

Wieder drinnen, beginne ich, den Inhalt meines Medizinschranks zu überprüfen. Pflaster, dann Brandsalbe, dann Wattestäbchen, dann Zahnseide. Er ist bereits sortiert, aber ich tue es noch einmal. Ich versuche, mich auf die Bewegung zu konzentrieren – das Klicken von Plastikflaschen, das sanfte Schaben von Pappe auf Resopal –, aber das Bild von Maria bleibt, ihr Lächeln ein Splitter, den ich nicht herausziehen kann.

Ich lande auf meinem Sofa, die Beine untergeschlagen, das Handy in der Hand. Der Bildschirm leuchtet mit angesammelten Benachrichtigungen: E-Mails vom Chefarzt, Spam von medizinischen Fachzeitschriften, drei neue Matches auf einer Dating-App, an deren Installation ich mich nicht erinnern kann.

Ich öffne die App. Die Benutzeroberfläche ist sauber, algorithmisch. Keiner der Männer ist einen zweiten Blick wert – einer ist ein Tech-Bro, der überzeugt ist, dass sein Peloton ihn interessant macht, ein anderer ein Möchtegern-Schriftsteller mit einem Kinnriemenbart. Da ist ein Kardiologe aus Bellevue mit beeindruckenden Referenzen und der Persönlichkeit einer Zimmerpflanze.

Ich scrolle durch ihre Nachrichten. Jede ist eine kleine, hoffnungsvolle Geste, eine digitale Münze, die in die Leere geworfen wird. Ich kann mich nicht dazu durchringen, einem von ihnen zu antworten.

Ich werfe das Handy beiseite, nehme es dann sofort wieder

auf, während ein schlechtes Gewissen in meinem Nacken sticht. Ich weiß, warum ich die App heruntergeladen habe. Ich weiß, was es bedeutet. Aber ich kann es nicht zugeben, nicht einmal in der Privatsphäre meines eigenen Zuhauses, nicht einmal vor mir selbst.

Ich gehe in die Küche. Öffne den Gefrierschrank. Nehme eine Einzelportion Lasagne heraus, hausgemacht, beschriftet und datiert in Druckbuchstaben. Ich schiebe sie in die Mikrowelle und bleibe mit verschränkten Armen davor stehen. Ich esse nicht vor dem Fernseher. Ich esse nicht im Bett. Ich esse an der Frühstückstheke, mit geradem Rücken, die Gabel in der linken Hand, das Handy in der rechten.

Die Lasagne ist perfekt – käsig, salzig, sehr heiß. Ich schmecke sie kaum.

Ich lege die Gabel hin, wische mir die Lippen ab und lade die App neu. Ich klicke wahllos auf ein Profil. Dieser ist Kinderarzt. Braunes Haar, gütige Augen, ein dämliches Lächeln. Seine erste Nachricht ist direkt: »Ich weiß, wir arbeiten beide wahrscheinlich lange, aber falls du dich mal bei einem Kaffee entspannen willst, ich bin dabei.« Ich überlege, zu antworten, die Finger schweben über der Tastatur. Ich könnte Ja sagen. Ich könnte Nein sagen. Ich könnte es ignorieren, was der Weg des geringsten Widerstands ist.

Stattdessen tippe ich: »Du würdest mich nach den ersten zehn Minuten hassen.«

Ich starre auf die Nachricht, dann lösche ich sie. Ich schließe die App, dann lösche ich auch die.

Ich starre auf die Lichter der Stadt, die in der Dämmerung vor meinem Fenster zu flackern begonnen haben, Pixel für Pixel. Von hier oben sieht alles geordnet aus. Das hat etwas Tröstliches, ein Gefühl, als sei all das Chaos der Welt auf ein Gitter aus farbigen Punkten reduziert worden, jeder einzelne zuverlässig, beständig, wissbar.

Aber es ist nicht genug. Die Stille ist zu vollkommen, das Schweigen erdrückend. Ich frage mich, ob Maria sich so gefühlt hat, bevor sie sich eingestand, was sie wollte.

Ich stehe auf und fange wieder an zu putzen, schrubbe das

Spülbecken, wische den Kühlschrank ab, obwohl ich es schon zweimal getan habe. Ich staube das Bücherregal ab, das in seinem ganzen Dasein noch nie ein Staubkorn angesammelt hat.

Ich kehre zum Sofa zurück. Das Handy ist wieder in meiner Hand, bevor ich es merke. Diesmal öffne ich keine Apps. Ich starre nur auf mein eigenes Spiegelbild im schwarzen Glas und warte darauf, dass etwas passiert, dass irgendein innerer Schalter umgelegt wird.

Nichts geschieht.

Ich bin allein. Es sollte sich wie ein Sieg anfühlen. Früher tat es das. Aber heute Abend fühlt es sich wie eine Niederlage an.

Ich putze meine Zähne für genau zwei Minuten. Elektrische Zahnbürste, die Borsten auf die Hälfte ihrer Lebensdauer abgenutzt. Der Timer pulsiert alle dreißig Sekunden; ich bewege mich von Quadrant zu Quadrant, Zunge zum Gaumen, verpasse nie eine Stelle. Irgendwo in diesem Ritual schleicht sich eine Erinnerung ein, hartnäckig wie Plaque.

Sein Name war Daniel. Medizinstudent, dann Assistenzarzt in der Psychiatrie, dann – schließlich – mein Ex. Er war der Erste, mit dem ich ausging, der wirklich verstand, was es bedeutete, von der Arbeit völlig in Beschlag genommen zu sein. Nicht nur die Stunden oder die Erschöpfung, sondern die Art und Weise, wie sich der eigene Verstand um die nächste Diagnose, das nächste Rätsel herum neu ordnet. Ich dachte immer, das würde bedeuten, dass wir es schaffen würden. In Wirklichkeit bedeutete es nur, dass unsere Trennung langsamer und heimtückischer war.

Ich spucke aus, spüle nach und betrachte mich im Spiegel. An meinem Kinn klebt Zahnpasta, was untypisch ist. Ich wische sie weg und beuge mich vor, auf der Suche nach Spuren der Frau, die von jemandem wie Daniel geliebt werden konnte.

Er hatte eine Art, die Ecken und Kanten der Dinge abzuschleifen. Bagels am Samstagmorgen, Kreuzworträtsel, halb gesehene Filme auf der Couch. Ich kann immer noch hören, wie er lachte, wenn ich versuchte, ihn zu psychoanalysieren, oder wenn ich medizinischen Fachjargon benutzte, um zu rechtfertigen, warum ich Stille dem Gespräch vorzog.

Das letzte Mal, als ich ihn sah, hinterließ er eine Notiz am Kühlschrank. Die Erinnerung ist so klar, als stünde ich immer noch in schweißgetränkter OP-Kleidung da, mit schmerzenden Füßen, den Kopf voller chirurgischer Komplikationen, während ich kaltes *Pad Thai* in mich hineinschaufle.

Die Notiz war auf einem gelben Post-it, genau in die Mitte geklebt, damit ich sie nicht übersehen konnte.

Ich möchte eine Priorität sein, keine Vertagung.

Ich las es dreimal, bevor ich mir erlaubte zu verstehen, was er meinte. Meine erste Reaktion war Verärgerung – wer hinterlässt eine Schlussmach-Nachricht an einem Kühlschrank? Meine zweite war Schuld, scharf wie Zitronensaft auf einem Papierschnitt. Die dritte war etwas, für das ich immer noch keinen Namen habe.

Wir hatten keinen spektakulären Krach. Kein Geschrei, keine geworfenen Gläser, nicht einmal ein dramatischer Abgang. Nur eine langsame Reduzierung von Textnachrichten, eine Erosion gemeinsamer Freitagabende, ein Dahinsiechen, das sich beinahe professionell anfühlte. Nachdem er gegangen war, redete ich mir eine Woche lang ein, dass es so sein musste. Dass Opfer Teil des Geschäfts war und dass jeder, der nicht mithalten konnte, per definitionem entbehrlich war.

Erst jetzt, allein in meinem sterilen Badezimmer stehend, lasse ich die Möglichkeit zu, dass ich mich geirrt habe.

Ich wasche meine Hände erneut, diesmal extra fest, als könnte ich den Nachgeschmack des Bedauerns wegschrubben. Aber der Spiegel lügt nicht. In meinem Gesicht liegt eine Weichheit, die vorher nicht da war, ein Schatten von jemandem, der einst glaubte, sie könnte beides haben: Exzellenz und Intimität.

Ich mache das Licht aus, aber die Erinnerung bleibt, hell und eindringlich. Vielleicht ist Maria nicht töricht. Vielleicht ist sie nur mutiger, als ich es je war.

Ich lege mich ins Bett, ziehe die Decke über meine Schultern und lasse meine Gedanken schweifen. Nicht zu Operationsprotokollen oder der morgigen Visite, sondern zu dem letzten Mal, als

Daniel mich so sehr zum Lachen brachte, dass ich kaum Luft bekam, und wie sich das wie Fliegen anfühlte.

Ich schließe meine Augen und tue für eine Sekunde so, als wäre ich immer noch diese Version von mir selbst. Diejenige, die dachte, Liebe und Ehrgeiz könnten im selben Raum existieren.

Krankenhausmorgen sind ein Paradoxon: dringend, aber ziellos, ein Marathon des Wartens auf Katastrophen. Ich mache die übliche Visite, kritzele Anordnungen, unterschreibe Formulare, nicke Krankenschwestern und Technikern flüchtig zu. Der Tag gleitet auf seine vorhersehbare Weise dahin, bis ich mich mit einem seltenen Fünf-Minuten-Intervall wiederfinde und nirgendwo anders als am Schwesternstützpunkt sein muss.

Der Ort ist ein Bienenstock – klingelnde Telefone, piepende Monitore, kleine Gesprächsinseln, die aufkommen und wieder verebben. Die meisten Assistenzärzte nutzen die Leerlaufzeit, um sich Luft zu machen oder Horrorgeschichten auszutauschen. Ich stehe normalerweise abseits, schwebe am Rand der Theke mit meinem Kaffee und einem Stapel unsignierter Akten. Heute werde ich von dem leisen Summen des Lachens aus der Ecke angezogen.

Maria ist in einen Plastikstuhl gequetscht, das Handy für einen Videoanruf ausgerichtet. Ich erkenne das Gesicht auf dem Bildschirm – Dr. Park, ihr verbotener Liebhaber. Sie sind mitten im Gespräch, aber es ist der Ausdruck auf ihrem Gesicht, der mich fesselt. Sie strahlt. Nicht im poetischen Sinne, sondern buchstäblich: rosige Wangen, leuchtende Augen, jeder Gesichtszug weicher. Sie lacht mit ihrem ganzen Körper, als könnte nichts wichtiger sein als dieser Austausch.

Es ist ungewohnt. Die Maria, die ich kenne, ist fleißig, ehrerbietig, in meiner Gegenwart oft nervös. Diese Maria ist unbeschwert, offen, eine Version von sich selbst, von deren Existenz ich nichts wusste. Für einen Moment bin ich fasziniert. Für einen Moment hege ich beinahe Groll dagegen.

Sie blickt auf und sieht mich. Ein kurzer Anflug von

Besorgnis huscht über ihr Gesicht, als erwarte sie einen Tadel, aber ich tue nichts. Ich nicke nur. Maria grinst und winkt mir zu, wendet sich dann wieder ihrem Handy zu, ihre Stimme wird zu einem verschwörerischen Murmeln. Ich kann die Worte nicht hören, aber ich erkenne das Gefühl: die gedämpfte Stimmung, die entsteht, wenn man von jemandem gesehen wird, der einen tatsächlich sehen will.

Ich schaue länger zu, als ich sollte. Es ist unprofessionell. Es ist grenzwertig unheimlich. Aber ich kann nicht anders. Es hat eine magnetische Anziehungskraft, jemandem dabei zuzusehen, wie er so ... unbelastet ist.

Schließlich besinne ich mich. Ich schaue weg, tue so, als würde ich eine Akte überprüfen, tue so, als hätte der Moment nichts bedeutet. Aber er bleibt, scharf und hell wie ein freiliegender Nerv.

Ich rede mir ein, dass ich mir nur Sorgen um ihre Karriere mache. Dass ich nur auf das Programm, auf das Krankenhaus, auf die gut geölte Maschine achte, zu der wir beide gehören.

Es ist eine Lüge, aber es ist die Sorte, in der ich gut bin. Ich unterschreibe die Akte und gehe weiter.

Aber etwas hat sich verändert. Es gibt einen Riss im Fundament, einen Fehler in der Logik, mit der ich immer meine eigene Einsamkeit gerechtfertigt habe. Den Rest des Tages weiß ich nicht, was ich damit anfangen soll.

Um zwei Uhr morgens ist der Pausenraum des Krankenhauses ein liminaler Raum – losgelöst von der Zeit, weder Nacht noch Morgen, ein Ort für die Verlorenen oder die, die ihre Niederlage nicht eingestehen wollen. Ich finde mich hier wieder, mit müden Augen, konfrontiert mit dem Verkaufsautomaten und der uralten Filterkaffeemaschine, deren Kanne fast schwarz verbrannt ist.

Ganz unten in meiner Tasche befindet sich ein vakuumverpackter Beutel mit sortenreinen Bohnen, die ich von zu Hause mitgebracht habe. Sie waren ein Geschenk oder vielleicht eine Bestechung von der Familie eines Patienten. Ich habe mir gesagt, ich würde sie für Besuch aufheben, aber es kommt nie Besuch. Heute Nacht reiße ich den Beutel auf und atme tief ein, lasse den Duft jeden klinischen Geruch auslöschen.

Das Geräusch der Mühle ist harsch in der Stille und zieht einen finsteren Blick von einer Krankenschwester auf sich, die am Tisch Handtücher faltet. Ich ignoriere sie, fixiert auf das Ritual: abmessen, pressen, warten. Der reiche, sirupartige Geruch füllt den engen Raum, so anders als die verbrannte Bitterkeit, die hier normalerweise als Kaffee durchgeht.

Während der Topf gurgelt und spuckt, ertappe ich mich dabei, wie ich zur Tür schiele. Es ist unwillkürlich, ein Reflex. Ich stelle mir vor, wie Noah hereinschlendert, irgendeinen dummen Witz über handwerkliches Koffein macht oder mich beschuldigt, ihm das gute Zeug vorzuenthalten. Ich wappne mich für seinen Auftritt, das geübte Grinsen und die Art, wie er sich immer vorbeugt, gerade nah genug, um mich zu verunsichern.

Aber die Tür bleibt geschlossen. Die einzigen Geräusche sind das metallische Klirren beim Falten der Krankenschwester und das letzte Sputtern der Kaffeemaschine.

Ich schenke mir eine Tasse ein, nichts weiter dazu, und nehme einen Schluck. Er ist objektiv exzellent: kräftig, spritzig, komplex. Ich genieße ihn, dann hasse ich mich sofort dafür, dass ich ihn teilen möchte. Dafür, dass ich mir, wenn auch nur für eine Sekunde, wünsche, dass jemand auftaucht und um eine Tasse bittet.

Ich schenke trotzdem eine zweite Tasse ein und stelle sie auf die Theke. Ich starre sie an und fordere das Universum auf, eine Pointe zu liefern. Die Tasse steht da, unberührt, und kühlt von Minute zu Minute ab.

Schließlich schütte ich die zweite Tasse ins Spülbecken. Den Rest der Kanne lasse ich folgen, ignoriere die Verschwendung, unwillig, Beweise für diesen Ausrutscher zu hinterlassen.

Die Krankenschwester blickt auf, als ich die Kanne ausspüle. »Besonderer Anlass?«, fragt sie, ihr Blick wandert zu dem leeren Beutel auf der Theke.

»Nein«, sage ich. »Ich räume nur die Schränke aus.« Die

Worte kommen flach, steril, vollkommen plausibel heraus. Sie zuckt mit den Schultern und kehrt zu ihrem Falten zurück.

Ich trockne meine Hände, werfe den Kaffeebeutel in den Müll und verlasse den Pausenraum. Ich gehe allein den Korridor entlang, mein Puls beruhigt sich, die alte Disziplin kehrt zurück. Die Wände sind so hell und sauber wie immer, aber ein Geist schwebt in der Luft: die Erinnerung an das, was hätte passieren können, die Sehnsucht, die ich mir nicht eingestehen will.

Der morgige Tag wird kommen, und ich werde bereit sein. Das bin ich immer.

ACHTZEHN

NOAH

Die Notaufnahme ist in manischer Bestform – Schwestern bewegen sich in einem Ballett aus Adrenalin, während die Patienten einen Chor aus Beschwerden bilden. Und in meinem Büro bin ich irgendwie für all das verantwortlich. Eine weitere Verstauchung, eine weitere Fraktur, ein weiterer Tag im Paradies.

Marcus steckt den Kopf herein, den Mund voll mit etwas Unidentifizierbarem aus dem Automaten. »Alles klar bei dir?«, fragt er und kaut wie eine Kuh mit Zahnfleischentzündung.

»Einfach blendend«, sage ich, obwohl ich weiß, dass er mich durchschaut. Ich setze meine hingekritzelte Unterschrift auf eine Einverständniserklärung, ignoriere die zehn ungelesenen E-Mails, die meine sofortige Aufmerksamkeit fordern, und lasse mich in meinen Stuhl zurückfallen. Mein Handy vibriert, wieder blinkt die Nummer aus San Francisco auf. Ein Teil von mir denkt, *lass es einfach*, aber ein anderer Teil – der Teil, der nicht anders kann – schnappt sich das Handy wie im Reflex.

»Dr. Noah Carter«, melde ich mich und erwarte halb eine falsche Nummer, einen Telefonverkäufer, der versucht, mir ein besseres Leben zu verkaufen.

Stattdessen bekomme ich Dr. Eliza Chen. Meine Mentorin, nachdem Emily in den Ruhestand gegangen war. Meine Lieblingschefin. Meine Vergangenheit, auf dem Silbertablett serviert. Sie klingt wie immer – energisch, fröhlich, wie Sonnenschein in einer Flasche.

»Noah!« Dr. Chens Stimme ist ein Koffeinschuss für meine Seele, sanft und belebend. »Ich hoffe, ich erwische dich nicht zu einem ungünstigen Zeitpunkt.« Ihr Lachen klingt, als wüsste sie, dass bei mir jeder Zeitpunkt ein schlechter Zeitpunkt ist.

Ich schließe die Augen und lasse ihre Worte über mich ergehen, als wäre ich wieder fünfundzwanzig und würde sie zum ersten Mal hören.

Sie wartet nicht auf eine Antwort. »Wir haben eine unglaubliche Gelegenheit im San Francisco General. Oberarzt in der Unfallchirurgie. Forschungsgelder. Flexible Arbeitszeiten. Deinen eigenen verdammten Parkplatz!« Sie unterstreicht jeden Vorteil mit der Zuversicht von jemandem, der mich bereits überzeugt hat.

Die Vergangenheit stürmt auf mich ein – Schichten, die nur mit Kaffee durchzuhalten waren, der goldene Schimmer der kalifornischen Sonne, das Gefühl der Zugehörigkeit, von dem ich nicht wusste, dass ich es vermisst hatte.

»Wow«, sage ich, weil es das einzige Wort ist, das ich finde. Ich beuge mich vor, die Ellbogen auf die Knie gestützt, als ob die physische Nähe zu meinem Handy ihre Worte realer erscheinen ließe. »Das ist ... wow. Eliza, ich weiß nicht, was ich sagen soll.« Aber das weiß ich doch, oder? *Danke. Ja. Wann kann ich anfangen?*

Durch das Bürofenster sehe ich die Notaufnahme in vollem Gange. Marcus untersucht einen Jungen, dem ein Küchenmesser im Fuß steckt. Schwestern streiten darüber, wer eine verpasste Pause nachholen darf. Und Lily – Dr. Lily Harper, chirurgisches Wunderkind und der Mittelpunkt meiner Existenz – bellt einem Assistenzarzt Befehle zu, ihr Gesicht ein Meisterwerk der Intensität und des »Versau-das-bloß-nicht«-Ausdrucks.

»Wir hätten dich so schnell wie möglich an Bord«, fährt Dr. Chen fort, ihre Stimme warm und eifrig. »Denk darüber nach, aber ich hätte deine Antwort gerne bald. Das könnte für dich alles verändern, Noah.«

Alles verändern. Meine Gedanken rasen voraus und füllen die Lücken. Respekt von Kollegen, die mich abgeschrieben hatten. Finanzielle Sicherheit, die ich nie hatte. Anerkennung meiner Fähigkeiten und die Chance zu beweisen, dass ich mehr bin als nur der Cowboy-Arzt in der Notaufnahme.

»Kannst du mir ein paar Details geben?«, frage ich und tue so, als wäre ich der ruhige, gefasste Profi, der ich nicht bin. Ich kenne die meisten davon bereits – ich kann sie wie ein überambitionierter Medizinstudent herunterbeten –, aber ich muss sie von ihr hören. Muss das hier in die Länge ziehen, muss mir Zeit verschaffen.

»Natürlich!«, sagt Dr. Chen, das Lächeln in ihren Worten hörbar. Sie geht die Stichpunkte durch, als hinge ich nicht an jeder ihrer Silben: »Oberarzt in der Unfallchirurgie. Jede Menge Geld für Forschungsinitiativen. Ein wettbewerbsfähiges Gehalt und Sozialleistungen. Du hättest einen klaren Weg zur Abteilungsleitung.« Sie macht eine Pause, gerade lang genug, damit die Stille eine Antwort fordert.

Ich umklammere das Telefon fester, meine freie Hand trommelt einen fieberhaften Rhythmus gegen meinen Oberschenkel. Was ich sagen sollte: *Das ist perfekt. Danke. Ich bin dabei.* Was ich tatsächlich sage: »Ich muss darüber nachdenken.«

Ein weiterer Blick durch das Fenster. Lily bewegt sich zielstrebig, eine Endlosschleife aus Hartnäckigkeit und Koffein. Jemand, der mir nicht so sehr am Herzen liegen sollte, es aber tut. Dr. Chens Worte hallen in mir wider und prallen von all den Stellen ab, die ich absichtlich leer gelassen habe.

»Noah?«, fragt sie, jetzt sanfter. »Ich weiß, du stürzt dich nicht in Dinge, ohne alle Optionen abzuwägen. Aber ich möchte, dass du weißt, wie sehr ich dich gerne wieder hier hätte. Du passt perfekt hierher, und ich bin sicher, wir können das Angebot noch versüßen, wenn es das ist, was nötig ist.«

»Ich weiß das wirklich zu schätzen, Eliza. Ich werde es mir ernsthaft überlegen und mich bald bei dir melden.« Die Worte klingen hohl, sogar für mich.

Sie verabschiedet sich, ihr Optimismus sickert durch wie ein Tintenfleck, und ich beende das Gespräch. Dabei starre ich auf die E-Mail mit der Stellenbeschreibung, die bereits auf meinem Handy geöffnet ist.

Das Summen der Leuchtstoffröhren scheint jetzt lauter zu sein, ein unerbittlicher Soundtrack zu meiner inneren Auflösung. Ich sitze da, umgeben von Patientenakten und den Geistern von Entscheidungen, von denen ich dachte, ich hätte sie bereits getroffen, und spüre das Gewicht von all dem, als hätte man mir eine Krankenbahre auf die Brust fallen lassen. Draußen vor dem Büro ist die Notaufnahme ein Schnellkochtopf aus Bewegung und Lärm, ein perfekter Sturm der Dringlichkeit. Genau hier, genau jetzt, fühlt es sich wie zu Hause an. Ich sollte Ja sagen. Aber zum ersten Mal sind das, was ich tun sollte, und das, was ich tun will, uneiniger als je zuvor.

Ich beobachte das Chaos, das sich durch das Glas entfaltet, und kann die eine Frage, die zählt, nicht beantworten: *Was hält mich wirklich zurück?*

Der Bereitschaftsraum ist dunkel und ruhig, der perfekte Ort, um in Selbstzweifeln zu schwelgen. Ich lasse mich auf das Sofa sinken, halte mein Handy in der Hand und starre einfach auf das Stellenangebot, als wäre es ein Liebesbrief aus dem Universum. Ich lasse meine Augen über das zu gute Gehalt und die traumhaften Zusatzleistungen schweifen. Das sollte eine klare Sache sein, aber meine Gedanken sind eine Million Meilen von San Francisco entfernt.

Ich denke an Dr. Chens Enthusiasmus, an den Respekt und die Stabilität, die immer knapp außer Reichweite waren. Aber mein Gehirn hat andere Pläne und liefert mir mentale Schnappschüsse von Lily Harper, von mitternächtlichem Kaffee und ihrem seltenen, entwaffnenden Lächeln. Je mehr ich versuche, mich auf das Stellenangebot zu konzentrieren, desto mehr dringt sie in meine Gedanken ein. Vor ein paar Monaten wäre das eine Selbstverständlichkeit gewesen. Jetzt versuche ich mich daran zu erinnern, warum.

Das Brummen der altertümlichen Heizungsanlage des

Gebäudes ist das einzige Geräusch, während ich dasitze und die Worte auf meinem Handybildschirm nachzeichne. Oberarzt. Flexible Arbeitszeiten. Führungspotenzial. Das wollte ich schon so lange, aber meine Aufregung wurde von Unsicherheit gekapert. Ich fahre mir mit der Hand über das Gesicht, spüre die Bartstoppeln und das wachsende Gewicht einer Entscheidung, die einfach sein sollte. *Warum ist das so verdammt kompliziert?*

Ich schalte das Handy aus und lehne mich auf dem Bett zurück. Die Deckenplatten starren auf mich herab, gleichgültig und unbeweglich. Ein bisschen wie Lily. Mein Arm klappt über meine Augen und blendet alles aus, außer dem Kaleidoskop von Gedanken, die in meinem Schädel herumwirbeln. Das Krankenhauslogo am oberen Rand der PDF-Datei verspottet mich mit seiner Schärfe, seiner Zusicherung, dass dies der richtige Schritt ist. Und das ist er auch. Er muss es sein.

Ich stelle mir vor, wie ich Marcus das Angebot zeige, seine Augen weit aufgerissen, und er sagt: »Das ist der Hammer, Mann. Du wirst das rocken.«

Das ist die Reaktion, die ich haben sollte. Pure, ungefilterte Freude. *Also, warum habe ich sie nicht?*

San Francisco. Ich kann fast das Sauerteigbrot schmecken und den Nebel auf meiner Haut spüren. Alles daran schreit nach Neuanfang. Neue Stadt. Neues Krankenhaus. Eine neue Chance zu beweisen, dass ich mehr bin als nur der Klassenclown. Es ist alles da, aufgezeichnet in einer Zukunft, von der ich geträumt, die ich mir aber nie ganz erlaubt habe. Warum fühlt es sich also eher furchterregend als aufregend an?

Ich schließe die Augen und zwinge mich, es zu sehen. Die Palmen und den Sonnenschein und das Gefühl, von vorne anzufangen. Aber jedes Mal, wenn das Bild scharf wird, schleicht sich etwas anderes ein. Lilys Gesicht.

Meine Gedanken flackern, führen mich zu Was-wäre-wenn-Szenarien, die ich nicht ignorieren kann. *Was, wenn ich gehe und diese Chance mit ihr verpasse? Was, wenn ich bleibe und es nicht das bedeutet, was ich mir erhoffe? Was, wenn ich falsch liege? Was, wenn ich richtig liege? Was, wenn ich zu viel nachdenke, und was, wenn nicht? Was, wenn ich gar nichts mehr weiß?*

Marcus lümmelt im Personalraum wie ein Mann ohne Sorgen, die Füße auf dem Tisch und eine offene Tüte Chips im Schoß. Ich werfe ihm einen Ausdruck des Jobangebots hin, lasse mich dann auf einen Stuhl fallen und warte auf die Flut von Sarkasmus.

Er schaut auf das Papier, zu mir, dann wieder auf das Papier und lässt sich Zeit wie ein Arzt, der eine langatmige Diagnose auskostet. Der Raum ist leer, bis auf uns und das Klappern des Automaten.

»Verdammt, Noah.« Marcus schaut endlich auf, sein Gesichtsausdruck irgendwo zwischen beeindruckt und zu selbstgefällig. »Wirst du es annehmen, oder wartest du darauf, dass sie noch einen Antrittsbonus drauflegen?« Ich zögere, und Marcus zieht eine Augenbraue hoch, die Chips vergessen. »Heilige Scheiße, Mann. Das ist wegen Lily, oder?«

Ich spiele mit meiner Kaffeetasse, beobachte, wie der Dampf aufsteigt und verschwindet. »Vielleicht.« Es klingt lauter ausgesprochen unsicherer, als es in meinem Kopf der Fall ist.

Marcus pfeift leise, lehnt sich zurück, als hätte er alle Zeit der Welt.

»Noah Carter, lehnt den Job seines Lebens für eine Frau ab.« Er stößt einen dramatischen Seufzer aus. »Hätte nie gedacht, dass ich diesen Tag erleben würde.«

Ich sehe ihn finster an, nehme einen Schluck Kaffee, um Zeit zu gewinnen. Er ist lauwarm und bitter, aber ich schmecke ihn kaum. »Ich habe ihn nicht abgelehnt.«

»Aber du denkst darüber nach«, insistiert Marcus, zu schnell, zu scharfsinnig.

»Ja. Und?«

Marcus grinst, ein wissendes Glitzern in seinen Augen. »Und das heißt, sie muss irgendwie fantastisch sein.« Er macht eine Pause und beobachtet mich genau. »Oder verlierst du einfach dein Händchen?«

Ich schüttle den Kopf und versuche, die richtigen Worte zu

finden. *Wie soll ich erklären, dass es nicht so einfach ist, wie er es darstellt? Dass es nicht nur um Lily oder nur um den Job geht, sondern um alles, was mit beidem zusammenhängt?* »Ich … ich weiß es einfach nicht, Mann.«

Der Ernst in meiner Stimme überrascht ihn schließlich. Er legt die Chips beiseite, das Papier raschelt, als er es wieder aufhebt. »San Francisco, Noah. Die erste Liga. Ich dachte, du wärst schon gepackt und weg.«

»Dachte ich auch«, sage ich, mehr zu mir selbst als zu ihm.

»Was ist dann das Problem?« Marcus beugt sich vor, die Ellbogen auf seine Knie gestützt. »Du hast die Tage gezählt, bis du wieder nach Kalifornien konntest. Du wolltest dir ein Surfbrett und ein Paar Birkenstocks und all das kaufen.«

Ich fahre mir durch die Haare und fühle mich unsicherer als je zuvor. »Ich bin mir nicht mehr so sicher.«

Marcus zieht eine Augenbraue hoch, der Ausdruck auf seinem Gesicht wechselt von Belustigung zu etwas anderem. »Wegen Lily?«

»Wegen allem«, sage ich, was keine Lüge ist, aber auch nicht die ganze Wahrheit. Ich weiche seinem Blick aus und tue so, als wäre ich in den Bodensatz meines Kaffees vertieft.

»Rede mit mir, Mann. Was geht in diesem überkomplizierten Kopf von dir vor?«

Ich denke an die letzten Monate, wie sich die Dinge so schnell verändert haben, dass ich kaum mithalten kann. »Ich habe das nicht geplant.«

»Was nicht? Ein Leben zu haben?«

»Etwas zu haben, für das es sich zu bleiben lohnt.« Die Worte kommen raus, bevor ich sie aufhalten kann, roh und echt. Es ist das erste Mal, dass ich es laut ausspreche.

Marcus lehnt sich zurück, mustert mich mit einem festen Blick. »Wow. Du meinst das ernst.«

»Ja.« Ich reibe meinen Nacken, fühle mich ungeschützter, als mir lieb ist. »Ich schätze, ja.«

Er ist einen Moment lang still und verarbeitet es. Dann schüttelt er den Kopf, ein kleines Lächeln spielt auf seinen Lippen. »Hätte nie gedacht, dass ich diesen Tag erleben würde.«

Ich schaffe ein schwaches Lachen. »Ich auch nicht.«

»Also, was wirst du tun?«, fragt Marcus und faltet das Stellenangebot, als würde er das Gespräch mit einer sauberen Schleife beenden.

»Keine Ahnung.«

Ich starre auf das gefaltete Papier, habe die Worte, die meine Zukunft beschreiben, auswendig gelernt, und frage mich, ob sie so in Stein gemeißelt sind, wie sie aussehen.

Marcus lehnt sich zurück, die Spannung löst sich, als er eine frische Tüte Chips aufreißt. »Das ist eine riesige Chance, Noah. Was auch immer du entscheidest, du wirst es rocken.«

Andere Mitarbeiter kommen herein und unterhalten sich über verpasste Schichten und das neueste Drama in der Notaufnahme. Die Dynamik ändert sich, und Marcus schließt sich dem Gespräch an, seine Rolle als Berater ist vorübergehend auf Eis gelegt.

Ich bleibe noch einen Moment, das Gewicht seiner Worte hängt wie eine Wolke über mir, die ich nicht abschütteln kann. Ich denke an Lily, an den Ausdruck auf ihrem Gesicht, wenn sie wüsste, was ich in Erwägung ziehe. Wäre sie überrascht? Gleichgültig? Hätte sie eine Ahnung, was diese Entscheidung mit mir macht?

Ich stecke das Angebotsschreiben wie ein Geheimnis in meine Tasche. Ich habe eine Menge nachzudenken und noch mehr zu sagen. Aber für den Moment sehe ich Marcus dabei zu, wie er in der Gruppe untergeht, sein Lachen von den Wänden widerhallt, und mir wird klar, dass das nächste Gespräch, das ich führen muss, mit ihr sein muss.

Ich finde Lily im ruhigsten Flur des Krankenhauses, die Augen auf ihr Tablet geheftet und das Haar so straff zurückgebunden, dass es schmerzhaft aussieht. Der Rest der Etage ist belebt, aber hier sind es nur wir beide und das Flackern der Leuchtstoffröhren. Meine Schritte hallen wie ein Countdown wider, als ich mich nähere, und mein Herz beschließt, als Zugabe mitzuhämmern.

»Hey«, sage ich, zu lässig für die Art und Weise, wie mein Puls in die Höhe schnellt. »Habe einen Anruf von meiner alten Chefin bekommen. Oberarztstelle in San Francisco.«

Ihr Gesichtsausdruck ändert sich nicht, aber die Art, wie sie auf den Bildschirm des Tablets tippt, lässt mich vermuten, dass es kaputt ist.

»Klingt nach einer großartigen Gelegenheit«, sagt sie.

Ich warte, hoffe auf eine Nachfrage oder zumindest einen Hinweis, dass es sie einen Dreck schert. Aber sie nickt nur, ein kurzer Blick in meine Richtung, bevor das Tablet sie wieder für sich gewinnt.

Ich trete von einem Fuß auf den anderen, die Stille zwischen uns dehnt sich wie ein Gummiband, das kurz vor dem Reißen steht. *Ist das alles? Ist das alles, was sie sagen wird?*

»Ist es«, bringe ich hervor und klinge unsicherer, als mir lieb ist. Ich räuspere mich, versuche es erneut. »Finden Sie?«

Sie hört für den Bruchteil einer Sekunde auf zu tippen, dann macht sie weiter. »Natürlich. Das ist es doch, was Sie wollten, oder nicht?«

»Richtig«, sage ich und nicke wie ein Idiot. »Richtig.« Es war das, was ich wollte. Vergangenheitsform. Bevor die Dinge kompliziert wurden und ihr Name in jede mentale Pro- und Contra-Liste rutschte. Ich warte auf mehr – eine Frage, einen Kommentar, etwas, das zeigt, dass ich für sie mehr bin als nur ein weiterer Name auf einem Arztkittel. Aber Lily gibt mir nichts.

»Werden Sie mit Leuten zusammenarbeiten, die Sie kennen?«, fragt sie, ohne aufzusehen.

Ich blinzle, überrascht. Es ist das erste, was auch nur entfernt persönlich klingt, und es gibt mir einen Hoffnungsschimmer.

»Ja, Dr. Chen. Sie war eine Art Mentorin für mich.«

»Hmm.« Sie hebt endlich die Augen, aber es ist so kurz, dass ich nicht einmal sicher bin, ob es passiert ist. »Scheint eine klare Sache zu sein.«

Ihre Worte treffen härter, als sie sollten. *Warum fühlt sich dieses Gespräch wie ein Schlag in die Magengrube an?*

»Meinen Sie?«, frage ich, Verzweiflung schleicht sich an den Rändern ein.

»Würden Sie dem nicht zustimmen?«, sagt Lily, als ob sie diejenige wäre, die meine Meinung einholt.

Ich starre sie an und versuche, hinter den ruhigen, klinischen Ausdruck zu blicken. Ich möchte eine Million Dinge sagen. Dass es keine klare Sache ist. Dass ich mich nicht entschieden habe. Dass das, was ich will, vielleicht kein Job ist, sondern jemand, der alles andere im Vergleich blass aussehen lässt. Aber die Worte bleiben mir im Hals stecken, aus Angst, herauszukommen und festzustellen, dass sie nicht dasselbe fühlt.

»Ja«, sage ich stattdessen und klinge weit weg, sogar für mich selbst. »Ich schätze schon.«

Die Spannung ist greifbar und füllt den Raum zwischen uns. Ich weiß, ich sollte weiterbohren, aber ich bin plötzlich unsicher. Unsicher, wie ich ihre Mauern durchbrechen kann, ohne sie ganz einzureißen. Unsicher, ob ich bereit bin herauszufinden, dass sie mich nicht bitten wird zu bleiben. Ich zögere, spüre, wie der Moment zu entgleiten beginnt, spüre, wie sie davondriftet, obwohl sie direkt vor mir steht.

»Hey, können Sie später für Simmons einspringen?«, fragt sie und schaltet schnell um.

»Oh, äh, ja. Sicher«, stottere ich, aus dem Gleichgewicht gebracht, wie leicht sie von einem, wie ich gehofft hatte, persönlichen Gespräch zu etwas übergeht, das verdächtig nach einer Abfuhr klingt.

»Er soll bei einem Triple-A assistieren, aber sie brauchen mich für die Übergaben«, fügt sie hinzu, ganz geschäftsmäßig. Ihre Augen sind auf den OP-Plan auf ihrem Tablet gerichtet, nicht auf mich. Nicht dort, wo ich sie haben möchte.

Ich nicke, versuche, cool zu bleiben, versuche, nicht zu zeigen, dass sich meine Brust anfühlt, als würde sie einstürzen. »Kein Problem.«

»Ich weiß das zu schätzen«, sagt sie.

Ich schlucke, der bittere Geschmack der Enttäuschung sitzt mir im Hals. Sie dreht sich um zu gehen, und ich strecke fast die

Hand aus, fasse sie fast am Ärmel, frage fast: *Würde es Sie kümmern, wenn ich gehen würde?* Fast. Aber nicht ganz.

Stattdessen sehe ich ihrer sich entfernenden Gestalt nach, einem verschwommenen Fleck aus dunklem Haar und weißem Kittel, der um die Ecke verschwindet. Vielleicht hatte Marcus recht. Vielleicht interpretiere ich das alles falsch.

Ich stehe eine oder zwei Minuten da und versuche mir einzureden, dass das nicht so schrecklich war, wie es sich anfühlte. Dass ich vielleicht nicht so offensichtlich war, wie ich denke. Aber die nagende Stimme in meinem Kopf sagt etwas anderes, und sie klingt sehr nach ihr. Wie Lily, die mir sagt, ich solle gehen, die mir sagt, es sei ihr egal, ob ich es tue.

Ich drehe mich um und gehe den Weg zurück, den ich gekommen war, fahre mir durch die Haare und versuche, meine Gedanken davon abzuhalten, außer Kontrolle zu geraten. Es sollte mich nicht so sehr stören. Es sollte sich nicht so anfühlen, als wäre mein Herz in einer Tür eingeklemmt worden. Aber das tut es.

Vielleicht ist sie gleichgültig. Vielleicht sehe ich einfach nicht, was direkt vor mir liegt. Oder vielleicht, vielleicht, muss ich die Entscheidung treffen, bevor ich es sicher herausfinde.

Die Lichter der Stadt funkeln unter mir wie tausend Erinnerungen an das, was ich immer noch nicht weiß. Ich lehne meinen Kopf gegen das Wohnungsfenster, das Glas kühl auf meiner Haut und meine Gedanken wärmer, als ich zugeben möchte. Der nicht unterschriebene Vertrag liegt hinter mir auf der Küchentheke, strahlend weiß und anklagend. Ich sollte etwas damit anfangen – packen, unterschreiben, entscheiden –, stattdessen starre ich in die Dunkelheit und spüre das Gewicht all dessen, was ich noch nicht herausgefunden habe.

In der Wohnung ist es still, zu still, das Ticken der Wanduhr hallt mit jeder Sekunde wider, die ich die Entscheidung aufschiebe. Unten fährt ein Auto vorbei, Scheinwerfer streichen über die Decke und sind verschwunden, bevor sie einen Eindruck hinterlassen. Meine Gedanken tun dasselbe, rasen vorwärts, ohne hängenzubleiben, ohne mir etwas Konkretes zu geben, an dem ich mich festhalten kann. Ich wende mich vom Fenster ab, von der Aussicht, die mich nur daran erinnert, wie sehr ich mich in Knoten verheddert habe.

Ich schließe die Augen, das Innere meines Kopfes ist nicht ruhiger als die Stadt draußen. Daran bin ich nicht gewöhnt. Nicht gewöhnt daran, dass mir jemand so wichtig ist, dass ich die Meinung einer Person schwerer wiege als alles andere. *Was, wenn ich sie falsch interpretiere? Was, wenn das eine klare Sache ist, wie sie gesagt hat?*

Ich denke wieder an das Stellenangebot, und die Teile fügen sich zusammen – genau dort, wo ich sie gelassen habe, immer noch ohne ein klares Bild. Ein Ausweg aus dem Chaos, dessen Verursachung man mir immer vorwirft. Die Chance zu beweisen, dass ich mehr bin als der Unruhestifter, der Rebell ohne Grund. Ein neues Kapitel ohne die Komplikationen, in die ich mein Leben habe verstricken lassen. Alles da, alles perfekt. Fast.

Ich stoße mich vom Fenster ab, meine Gedanken kehren dorthin zurück, wo sie nicht sein sollten. Dorthin, wo sie sein wollen. Dorthin, wo sie ist.

Sie war heute so undurchschaubar, so Lily. Ihr Gesicht, wie es sich nicht veränderte, als ich ihr von dem Angebot erzählte. Die Art, wie sie sagte, es sei eine großartige Gelegenheit, als reiche sie mir ein chirurgisches Instrument und keine Zukunft. Es hat mich verwirrter als je zuvor zurückgelassen. Verwirrt und verängstigt und lebendiger als es ein Stellenangebot je tun könnte.

Ich lasse das Papier wieder auf die Theke fallen, nicht bereit zu unterschreiben, nicht bereit wegzugehen, nicht bereit, etwas anderes zu tun, als hier zu stehen und nachzudenken und nachzudenken und nachzudenken. Über sie, und was es bedeutet, jemanden so sehr zu wollen.

Es sollte einfacher sein als das. Einfacher zu wissen, was ich tue, einfacher, einem Plan zu folgen, den ich die ganze Zeit hatte. Aber der Plan wurde von jemandem durchkreuzt, den ich nie habe kommen sehen, jemandem, der meine Welt auf den Kopf stellt.

Ich lasse mich auf einen Stuhl fallen, vergrabe mein Gesicht in den Händen und sehe sie vor meinem inneren Auge. Ihr Lächeln, das, von dem ich so tue, als würde es mich nicht berühren. Ihr scharfer Witz, die Art, wie er meinen Blödsinn durchschaut und zum Kern dessen vordringt, wer ich bin. Die Art, wie sie mich dazu bringt, bleiben zu wollen, selbst wenn alles andere mir sagt, ich solle gehen.

Das Ticken der Uhr erinnert mich daran, wie lange ich hier schon sitze, wie wenig ich getan habe, um die Dinge zu ändern. Ich bin nicht dieser Typ. Ich soll nicht herumwarten, soll mich nicht so sehr um jemanden oder etwas kümmern, außer um den nächsten Schritt nach oben.

Aber das tue ich.

Ich denke darüber nach, was es bedeutet zu bleiben. Unsicherheit. Risiko. Die Chance, auf die Nase zu fallen. Die Chance, mich in sie zu verlieben. Ich lasse es in meinem Kopf kreisen, jeder Gedanke nimmt ein Stück von mir mit. Ich denke an die Herausforderung, mit jemandem wie Lily zu arbeiten, mit jemandem wie ihr zusammen zu sein. Jemand, der mich antreibt und frustriert und mich dazu bringt, besser sein zu wollen. Jemand, der mir Angst macht, weil sie anfängt, so viel zu bedeuten.

Diese Unentschlossenheit ist eine neue Art von Chaos, eines, von dem ich nicht dachte, dass ich es mir erlauben würde, es zu wollen. Aber vielleicht ist es das, was ich brauche. Unsicher zu sein, eine Chance zu ergreifen, ein Leben zu wählen, von dem ich nie dachte, dass ich den Mut hätte, es zu suchen.

Vielleicht ist es an der Zeit, aufzuhören auszuweichen, aufzuhören darauf zu warten, dass die Antwort zu mir kommt. Vielleicht ist es an der Zeit, den Sprung zu wagen und zu sehen, wo ich lande. Vielleicht ist es an der Zeit, den Plan loszulassen und das zu verfolgen, von dem ich nie dachte, ich wäre kühn genug, es zu wählen.

Aber nicht heute Nacht. Noch nicht. Ich bin immer noch ich,

hänge immer noch am letzten Faden der Gewissheit. Ich stehe auf, stoße mich von der Theke und der Aussicht und der Entscheidung weg. Ich weiß, was ich tun muss.

NEUNZEHN

♥

LILY

Das Memo fühlt sich schwerer an, als es ein einzelnes Blatt Papier sollte. Ich starre auf die klinisch schwarze Schrift und überfliege Wörter, die ich auswendig kenne. Disziplinarausschuss. Verstoß gegen Richtlinien. *Anhörung*. Wörter, die letzten Monat nur Wörter waren, bedeutungslose Zeilen in einem Mitarbeiterhandbuch, die anderen Leuten passieren. Wörter, die sich jetzt persönlich anfühlen, wie ein Skalpell, das die Haut ritzt.

Ich habe damit gerechnet. Warum sticht es trotzdem so?

Hier geht es um Maria. Ich suche nach den wichtigsten Punkten: Maria Alvarez und Ethan Park, eine offengelegte romantische Beziehung. Meine Kiefermuskeln spannen sich an, während ich den Rest lese. Jedes Detail ist präzise und leidenschaftslos dargelegt. Der Anhörungstermin ist für nächste Woche angesetzt. Die Anklagepunkte umfassen unprofessionelles Verhalten, Nichteinhaltung der Grenzen am Arbeitsplatz, Gefährdung der Patientenversorgung. Konsequenzen bis hin zur Kündigung.

Es klingt so ... endgültig. Die formale Sprache ist chirurgisch präzise, dazu bestimmt, tief zu schneiden. Der rationale Teil von mir sagt, dass es genau das ist, was ich hätte erwarten sollen. In diesem Berufsfeld ist kein Platz für Ablenkungen. Doch da ist

177

noch ein anderer Teil, eine sanftere Stimme, die ich nicht wiedererkenne und die flüstert, dass das unfair ist.

Mein Blick verengt sich, als ich mich auf die Worte »Verletzung des professionellen Anstands« konzentriere, die mechanisch und herzlos klingen. Wie zur Hölle konnte das so schnell eskalieren?

Ich lehne mich im Stuhl zurück und sehe mich im Büro um, aber es bietet keine Antworten. Nur dieselbe alte Sterilität des Neonlichts, so leer und emotionslos wie das Memo. Aktenschränke, vollgestopft mit den Fehlern anderer Leute, Computerbildschirme, die bereinigte Patientendaten anzeigen, Stühle, die immer noch an leere Schreibtische geschoben sind. Aber die Wände fühlen sich an, als würden sie sich um mich schließen, und ich stemme mich gegen die plötzliche Klaustrophobie.

Wie konnte es so weit kommen? Ich erinnere mich daran, wie ich vor einer Woche Maria und Ethan zusammen das Krankenhaus verlassen sah, ihr Lachen hallte durch die Lobby, sein Arm ein beiläufiges Fragezeichen über ihren Schultern. Ich wusste, dass es irgendwann jemandem auffallen würde. Die Leute lieben einen Skandal fast genauso sehr wie Klatsch und Tratsch. Aber irgendwie dachte ich, sie würden da ungeschoren davonkommen. Oder vielleicht hatte ich es einfach nur gehofft.

Ich falte das Memo in der Hälfte, ein perfekter Knick, und dann noch einmal, bis es klein genug ist, um in die Tasche meines Arztkittels zu passen. Als ich es verstaue, streift meine Hand über den Stoff, dessen Textur vertraut und beruhigend ist. Das hier sollte sich wie jedes andere Problem anfühlen, das ich mit Logik und Präzision lösen kann. Doch hier bin ich nun, kalt erwischt, und frage mich, warum sich dieser sterile, unpersönliche Brief wie eine Anklage gegen meine eigenen Entscheidungen anfühlt.

Einen Moment lang überlege ich, es Maria vor der Visite zu sagen, um ihr eine Chance zu geben, sich zu wappnen. Aber was würde ich überhaupt sagen? Es gibt keine sanfte Art, solche Nachrichten zu überbringen. Das Einzige, was schlimmer wäre, als es vom Ausschuss zu hören, was sie bald genug wird, wäre, es von mir zu hören.

Ich werde warten. Sie ist stärker, als sie aussieht. Ich habe ihr beigebracht, es zu sein.

Das Geräusch eines entfernten Pagers reißt mich zurück in die Gegenwart, in die Realität, dass das Leben außerhalb dieses Büros in seinem unerbittlichen Tempo weitergeht. Ich stehe auf, greife nach meinem Kaffee und halte inne. Die Tasse steht kalt und verlassen auf dem Schreibtisch. Es scheint eine Ewigkeit her zu sein, dass das der schlimmste Teil meines Morgens war.

Bevor ich hinausgehe, werfe ich einen weiteren Blick auf den Raum, als ob etwas in seinen kahlen Linien erklären könnte, warum sich das so persönlich anfühlt. Aber da bin nur ich und mein Gefühlschaos, allein mit Gedanken, die sich einfach nicht beruhigen wollen.

Das Memo fühlt sich an wie ein flüchtiger Blick darauf, wer ich war, bevor das hier anfing, eine Rolle zu spielen, und ich bin nicht sicher, wer von uns gewinnen wird.

Ein Paar hektische Hände zieht mich ins Treppenhaus. Marias Augen sind rot und weit aufgerissen, als hätte sie tagelang geweint. Sie geht in schnellen, aufgeregten Bahnen auf und ab, und ich beobachte sie von meinem Platz am Geländer aus und lasse ihre Worte in atemlosen Wellen heraussprudeln.

»Sie wissen es, Lily. Sie wissen von mir und Ethan. Ich weiß nicht wie, ich schwöre, wir waren vorsichtig –«

Ihre Stimme bricht, und durch das Echo klingt es, als würde sie schreien.

»Wir haben es nie – niemals – unsere Arbeit beeinträchtigen lassen, das verspreche ich. Jemand muss uns zusammen weggehen gesehen haben, oder vielleicht im Café – oh Gott, ich bin so eine Idiotin –«

Sie hält inne, ihr Gesicht nach oben gerichtet, als würde sie in der Glühbirne nach göttlichem Beistand suchen. Ihr Atem geht stoßweise, passend zum Zittern ihrer Hände.

»Wer würde uns das antun? Wer würde es verraten?«

Ich zucke mit den Schultern, weil es nicht hilfreich erscheint,

»das ganze Krankenhaus« zu sagen. Ihre Wangen sind gerötet, und ich wappne mich für den nächsten Ansturm.

»Es war dumm. So dumm. Und jetzt bestellen sie uns ein, und Ethan denkt, wir haben alles ruiniert, und vielleicht haben wir das ja auch, und wir werden beide gefeuert, und –«

»Und du hyperventilierst«, sage ich.

Sie hält inne, gerade lange genug, um mir einen wilden, verzweifelten Blick zuzuwerfen. »Was soll ich tun?« Ihre Stimme ist leise und verängstigt, das Gegenteil von allem, was ich ihr beigebracht habe.

Ich lege den Kopf schief und beurteile die Situation. Es ist schlimmer, als ich dachte. »Atme erst mal.«

Maria läuft wieder auf und ab und umklammert ihre Ellbogen, als wären sie das Einzige, was sie zusammenhält. »Was, wenn sie uns kündigen? Ethans Assistenzarztstelle steht auf dem Spiel, Lily. Sie werden ihn nicht wechseln lassen, wenn das in seiner Akte steht. Und ich – ich werde nie ein anderes Programm finden, das –«

»Du steigerst dich da gerade rein«, unterbreche ich sie, diesmal sanfter. »Setz dich.«

Sie setzt sich nicht, aber sie hört auf, sich zu bewegen, was ich als einen Sieg werte. Ihr Rücken gleitet an der Betonwand hinab, bis sie dasitzt, ein kleines, elendes Bündel Panik. Sie blickt zu mir auf, und die Hoffnungslosigkeit in ihren Augen verursacht ein Engegefühl in meiner Brust.

p>

»Das ist nicht fair, Lily«, flüstert sie. »Wir waren so vorsichtig.«

Ich hocke mich neben sie, halte aber immer noch Abstand.

»Du weißt, was man über Chirurgen sagt, denen etwas am Herzen liegt, Maria. Erstens, füge keinen Schaden zu.« Ich mache eine Pause und wähle meine Worte wie mein Nahtmaterial. »Es ist kein Fehler, sich um jemanden zu sorgen. Der Fehler ist, es anderen zu überlassen, deine Geschichte zu schreiben.«

Sie sieht mich an, als würde ich eine Sprache sprechen, die sie nicht versteht, oder vielleicht eine, die sie mich noch nie hat benutzen hören.

»Das kannst du nicht glauben«, sagt sie, und Unglaube mischt sich mit dem kleinsten Hauch von Hoffnung.

»Glaub, was du willst«, erwidere ich, stehe auf und lehne mich gegen das Treppengeländer. »Gib ihnen nur nicht die ganze Macht.«

Ihre Lippe bebt, und sie wischt mit dem Handrücken darüber. »Aber Ethan –«

»Ist zäher, als du denkst«, sage ich. »Genau wie du. Aber wenn du nicht kämpfen willst, dann hast du vielleicht recht. Vielleicht war es dumm.«

Die Stille, die folgt, ist schwer. Ich kann sehen, wie die Zahnräder in ihrem Kopf arbeiten, schneller und schneller, bis sie zu etwas Soliderem einrasten.

»Lily«, sagt sie schließlich, ihre Stimme nun fester, »ich habe Angst.«

Ich sehe ihr in die Augen und lasse nicht locker. »Dann machst du es richtig.«

Ich beobachte, wie die Worte auf sie wirken, wie sich ihr panischer Herzschlag langsam einem Rhythmus anpasst. Ihre Atemzüge sind jetzt tiefer, ihre Schultern weniger hochgezogen. Die Tränen sind versiegt, und sie sieht mich an, als wäre sie nicht sicher, ob sie dankbar oder wütend sein soll oder beides. Vielleicht, weil ich es auch nicht bin.

Als sie aufsteht, wirkt sie größer.

»Ich sollte gehen«, sagt sie, und ich merke, dass sie es nicht wirklich will. Aber sie war schon immer besser darin, Regeln zu befolgen als ich. Ich nicke ihr kurz zu, und sie nimmt es als Erlaubnis zur Flucht.

Die Tür zum Treppenhaus schließt sich mit einem leisen Klicken, und ich bleibe in der stillen Folgezeit zurück, lasse meine eigenen Worte Revue passieren und frage mich, wann ich zu dieser Person geworden bin. Die Person, der es nichts ausmacht zu sagen, dass es okay ist, etwas zu fühlen, alles dafür zu riskieren. Die Person, die ich früher gehasst habe.

Ich stoße mich vom Geländer ab und ignoriere die Enge in meiner Brust, die mir sagt, dass ich mehr Abstand brauche, als das Treppenhaus bieten kann. Die Kühle des Metalls verweilt auf meiner Haut, als ich in die Welt der Dinge zurückkehre, die ich verstehe.

Der Raum fühlt sich an wie eine Mischung aus Gerichtssaal und Leichenschauhaus. Ledersessel, poliertes Holz und genug Spannung, um einen schwächeren Menschen zu erdrücken. Maria und Ethan sehen aus wie Kinder vor dem drohenden Tribunal. Als ich uneingeladen hereinkomme, starrt mich jeder Anzug am Tisch an, als hätte ich gerade einen Mord gestanden.

»Lily«, flüstert Maria, als wäre ich eine Erscheinung, die sie heimsuchen soll.

Die Vorsitzende, eine Frau in einem maßgeschneiderten marineblauen Kostüm mit passendem Gesichtsausdruck, räuspert sich. »Dr. Harper«, sagt sie in einem eisigen und verwirrten Ton, »wir haben Sie nicht erwartet.«

»Dessen bin ich mir bewusst«, erwidere ich und nehme ungefragt auf einem leeren Stuhl Platz. Er schrammt mit einem befriedigenden, absichtlichen Geräusch über den Boden.

Ethan rutscht auf seinem Stuhl hin und her, sein Rücken ist zu gerade, um bequem zu sein. Ich fange Marias Blick auf und nicke ihr kaum merklich zu. Sie sieht aus, als würde sie gleich in Tränen oder Lachen oder beides ausbrechen.

»Wir haben gerade das Verhalten von Dr. Alvarez besprochen«, fährt die Vorsitzende fort und gewinnt ihre Fassung zurück. Ihre Stimme trieft vor Herablassung. »Es scheint ... Fehlurteile gegeben zu haben.«

Eines der Vorstandsmitglieder, ein Mann, dessen Krawatte ›Nummer zwei‹ schreit, beugt sich vor. »Die Einhaltung professioneller Grenzen ist unerlässlich, Dr. Alvarez. Dies ist eine sehr ernste Angelegenheit.«

Maria öffnet den Mund, aber es kommt nichts heraus. Ihre Panik ist greifbar, und ich kann nicht zusehen, wie sie so ins Straucheln gerät. Ich unterbreche, bevor sie die Chance hat, zu ertrinken.

»Darf ich?«, frage ich, mein Ton weniger eine Bitte als eine Feststellung.

Die Vorsitzende sieht aus, als würde sie gerne ablehnen, aber die Neugier siegt. Sie gibt mir ein Zeichen, fortzufahren.

Ich lehne mich zurück und verschränke die Arme. »Sie stellen ihre Professionalität aufgrund einer persönlichen Beziehung infrage. Dabei hat Maria Alvarez mehr Engagement für ihre Arbeit gezeigt als jeder andere in diesem Programm.«

»Wir haben Grund zu der Annahme –«, beginnt die Krawatte.

Ich falle ihm ins Wort. »Sie haben einen Verdacht, mehr nicht. Gibt es einen einzigen dokumentierten Fall, in dem diese angebliche Beziehung die Patientenversorgung beeinträchtigt hat? Eine verpasste Schicht? Eine Beschwerde von Mitarbeitern?«

Der Raum ist still. Ich lasse die Stille wirken und gebe ihnen Zeit, das Fehlen einer Antwort zu bewundern.

Die Vorsitzende fängt sich als Erste wieder. »Persönliche Beziehungen können zu Interessenkonflikten und beeinträchtigten Entscheidungen führen.«

»*Können* führen«, wiederhole ich. »Aber haben sie das?«

Ethan und Maria schauen mit großen Augen zu, als würden sie Zeugen eines medizinischen Wunders. Es reicht fast aus, um mich zum Lächeln zu bringen. Fast.

»Die Krankenhausrichtlinien sind eindeutig«, fährt sie fort und versucht, die Kontrolle zurückzugewinnen. »Solche Situationen müssen geklärt werden, bevor sie die Leistung beeinträchtigen.«

»Oder vielleicht«, kontere ich mit scharfer und fester Stimme, »müssen die Richtlinien überdacht werden, wenn sie Assistenzärzte dafür bestrafen, ein Leben außerhalb dieser Mauern zu haben.«

Die Nummer zwei fummelt an einem Stapel Papiere herum. »Dr. Harper, wir schätzen Ihre –«

»Sie sprechen von Engagement«, sage ich und falle ihm erneut ins Wort. »Maria Alvarez ist die engagierteste Assistenzärztin, die ich habe. Sie sollten sie loben, nicht infrage stellen.«

Die Förmlichkeit des Raumes drückt sich auf mich, aber ich weiche nicht zurück. Hier geht es nicht nur um Maria und Ethan. Es geht um jeden in diesem Beruf, der sich jemals zwischen seiner Karriere und seinem Herzen entscheiden musste. Jeden, der dachte, diese Dinge würden sich gegenseitig ausschließen.

p>

Die Vorstandsmitglieder wechseln Blicke. Ich spüre die Veränderung, subtil, aber sie ist da. Die Erkenntnis, dass sie – vielleicht, nur vielleicht – ihre Gegnerin unterschätzt haben.

»Ich verstehe, dass Sie sich an Vorschriften halten müssen«, sage ich, jetzt wieder ruhiger. »Aber nehmen Sie sich einen Moment Zeit und überlegen Sie, was Sie hier wirklich erreichen. Wollen Sie außergewöhnliche Ärzte oder Roboter mit perfekten Akten?«

Es gibt eine weitere Pause, diese erfüllt vom Klang meines Herzschlags und dem Wissen, dass ich eine Linie überschritten habe, die ich nicht einmal kommen sah. Aber das Seltsame ist, ich bereue es nicht.

»Danke für Ihre Perspektive, Dr. Harper«, sagt die Vorsitzende schließlich mit widerwillig respektvollem Ton.

»Gern geschehen«, erwidere ich und stehe auf. Meine Beine fühlen sich ein wenig zittrig an, aber ich schiebe es auf den Ledersessel. »Ich bin sicher, Sie werden die richtige Entscheidung treffen.«

Ich warte nicht auf eine Entlassung. Ich drehe mich um und gehe, die Tür schließt sich leise hinter mir. Es sollte sich wie ein Ende anfühlen, tut es aber nicht. Es fühlt sich an wie der Anfang von etwas Großem, Unhandlichem und Furchterregendem.

Im Flur atme ich aus. Der Atemzug ist zittrig. Er klingt wie Erleichterung.

Das Bereitschaftszimmer ist schummrig und still, eine perfekte Ergänzung zu meinem Geisteszustand. Mein weißer Kittel hängt schlaff über der Lehne eines Stuhls, verlassen wie meine alten Überzeugungen. Ich starre auf die schmale Pritsche, aber es ist nicht Ruhe, die ich brauche. Es ist etwas Größeres, etwas, das schwerer zu finden ist.

Ich lasse die Dunkelheit sich um mich legen, nah und beruhigend wie die Wände einer Höhle. Sie ist das Gegenteil vom grellen Licht des Sitzungssaals, dem sterilen Büro, dem hallenden Treppenhaus. Hier kann ich atmen. Hier muss ich nicht so tun, als wäre ich nicht erschöpft, als würde ich nicht alles infrage stellen, was ich je für wahr gehalten habe. Die Stille ist so dicht, dass ich sie fast berühren kann, aber darunter höre ich das ferne Summen des Krankenhauslebens, das ohne mich weitergeht.

Ich sollte begeistert sein. Ich habe mich gerade einem Raum voller Anzugträger widersetzt und kann davon berichten. Maria und Ethan werden eine formelle Verwarnung bekommen, mehr nicht. Sie müssen ihre Beziehung bei der Personalabteilung melden, aber niemand verliert seinen Job. Es ist ein Sieg, auch wenn ich ihn nicht ganz als meinen eigenen anerkenne.

Das Ergebnis ist gut. Besser als gut. Es ist fast unglaublich, wie eine Traumversion der Realität, in der Fürsorge nicht gleich Schwäche ist und Haltung zu zeigen nicht zum Ruin führt. Warum fühle ich mich dann, als würde ich fallen?

p>

Die Reaktionen des Vorstands spielen sich in meinem Kopf ab, die Art, wie ihre Gesichtszüge von selbstsicher zu skeptisch zu – beinahe – überzeugt wechselten. Es war ein seltsamer Nervenkitzel, ihnen beim Zappeln zuzusehen. Ich wusste nicht, dass es in mir steckt, die Regeln herauszufordern, so viel aus Prinzip zu riskieren. Für das Herz eines anderen, für mein eigenes vielleicht. Wann habe ich entschieden, dass Liebe keine Belastung ist?

Diese Veränderung hat sich an mich herangeschlichen, so wie Nebel aufzieht und alles einhüllt, was man klar zu sehen glaubte. Zuerst Maria. Dann Ethan. Jetzt ... Jetzt bin ich nicht sicher, was übrig ist. Mein Blick wandert zur Uhr an der Wand, aber ich kann die Zeit nicht erkennen. Ich bin nicht sicher, ob es mich interessiert.

Ich denke an Marias Umarmung nach der Anhörung, die Art, wie sie sich an mich klammerte, als wäre ich mehr als nur eine Mentorin. Als wäre ich etwas Sicheres. Ethan, still und unbeholfen, murmelte ein Danke, das ich nicht verdient habe. Wussten sie, dass ich da drinnen nicht nur über sie gesprochen habe? Haben sie die Wahrheit gehört, die ich nicht ganz laut aussprechen konnte?

Ich ziehe meine Knie an und lehne mich auf dem zu kleinen Bett zurück. Die Matratze ist steif, aber sie hält mich, und im Moment fühlt sich das wie genug an. Ich sollte mich wahrscheinlich bewegen, nach Hause gehen, mich wie ein normaler Mensch mit einem Leben außerhalb dieses Krankenhauses verhalten. Aber wohin würde ich gehen? Wer wäre ich, wenn ich dort ankäme?

p>
Meine Gedanken wenden sich Noah zu, dem Einzigen, was ich nicht ganz wegrationalisieren kann. Das lässige Lächeln, das mich umso mehr nervt, weil ich es mag, die Art, wie er mich liest wie einen seiner Notfallpatienten und direkt zur Ursache meines Unbehagens durchdringt. Wir haben uns umkreist, zwei Haie in verschiedenen Ozeanen, die darauf warten, zu sehen, wer zuerst blutet – und jetzt geht er nach San Francisco.

Die Regeln, nach denen ich gelebt habe, fühlen sich jetzt wie ein Käfig an. Früher waren sie eine Rüstung, Schutz vor Unsicherheit und Versagen und unordentlichen Dingen wie Hoffnung. Aber heute, in diesem Sitzungssaal, schienen sie klein und kindisch. Ich erinnere mich, wie ich Maria sagte, sie solle nicht jemand anderem ihre Geschichte schreiben lassen, und mir wird klar, dass ich vielleicht die ganze Zeit mit mir selbst gesprochen habe.

Das Bereitschaftszimmer ist still, bis auf das ferne Piepen eines Monitors, das Quietschen des Wagens einer Krankenschwester. Ich höre jedes Geräusch, als würde es eine Möglichkeit ankündigen, eine Erinnerung daran, dass ich nicht wählen muss zwischen Lily Harper, der Chirurgin, und jemandem mit einem Leben. Ich kann beides sein. Vielleicht.

Meine Augen fühlen sich schwer an, aber Schlaf ist nicht das, was ich brauche. Ich muss aufstehen, mich bewegen, nach diesem zerbrechlichen neuen Verständnis handeln, bevor ich es in den Wind schieße. Ich stehe auf und greife nach meinem Kittel. Der

Stoff fühlt sich an, als würde er jetzt jemand anderem gehören. Jemandem, der dachte, sie hätte alles durchschaut.

Das sanfte Licht der Lampe wirft Schatten an die Wand, und ich halte inne, bevor ich gehe. Meine Silhouette wirkt seltsam und neu, und ich habe fast Angst, sie als meine anzuerkennen. Der Flur ist still, als ich ihn betrete, aber das stört mich не. Ich habe genug Lärm in mir, um den Raum zu füllen.

ZWANZIG

NOAH

Unsere Füße quietschen im Gleichklang, während wir den postoperativen Flur entlanggehen, und der Rhythmus fühlt sich ungefähr so angespannt an wie wir. Wir haben diesen Tanz schon hundertmal aufgeführt, aber heute sind alle Schritte falsch. Zu mechanisch. Zu steif. Ich greife nach dem Griff einer Tür, die sich plötzlich meilenweit entfernt anfühlt.

»Gute Arbeit bei dem Konsil«, sage ich und halte meinen Ton streng geschäftlich, um ihrem zu entsprechen. »Schön effizient.«

Lilys Augen kleben an ihren Notizen und weigern sich, meinen zu begegnen, und es kostet mich alles, diesen Flur nicht in ein Schlachtfeld alter Streitigkeiten und unvollendeter Gedanken zu verwandeln.

Sie nickt, kurz und pflichtbewusst. »Dem Patienten geht es stabil«, sagt sie, als wäre das das Einzige, was erwähnenswert ist. Als wären wir nur zwei Menschen, die sich gelegentlich bei der Arbeit über den Weg laufen und sonst nichts.

Ich schlucke den Drang hinunter, San Francisco zur Sprache zu bringen, schiebe ihn tief dorthin, wo sich der Rest meiner Frustration aufbaut. »Dieser neue Assistenzarzt war verloren«, biete ich an, in der Hoffnung auf auch nur den kleinsten Funken unseres üblichen Geplänkels.

»Neue Assistenzärzte sind immer verloren.« Sie klingt abgelenkt, aber ich merke, dass sie alles andere als das ist. Jedes Wort fühlt sich wohlüberlegt an, sorgfältig darauf ausgelegt, mir nichts zu geben, woran ich mich festhalten kann.

Ich mustere ihr Gesicht und suche nach einem Riss in ihrer Fassung. Da ist keiner. Sie hat die Kunst gemeistert, mit allem beschäftigt auszusehen, außer mit mir.

Wir gehen an einem Patientenzimmer vorbei, und ich bin verzweifelt genug, um Humor als letzten Ausweg zu versuchen. »Hast du den Typen in Zimmer 316 gesehen?«, frage ich und zwinge mir ein Grinsen auf. »Er hat ein Tattoo, auf dem steht: ›Wenn du das lesen kannst, bin ich nicht genug sediert.‹«

Lily schaut nicht einmal in meine Richtung. »Reizend.« Ihre Stimme ist ausdruckslos, und langsam glaube ich, sie hat vergessen, wie man wie ein Mensch und nicht wie eine Krankenakte klingt.

Der Flur erstreckt sich endlos und still vor uns. Ich möchte sie schütteln, sie zwingen, irgendetwas Echtes zu sagen, irgendetwas Menschliches. Aber das tue ich nicht. Ich gehe einfach neben ihr her und fühle mich mehr wie ein Geist als wie ein Mensch.

Ihr Pferdeschwanz schwingt mit jedem Schritt, präzise und perfekt, und er erinnert mich an all das, was wir gerade nicht sind.

Je weiter wir gehen, desto unerträglicher wird es. Die Distanz. Das Getue. Diese verfluchte, unerschütterliche Fassung.

»Hör zu«, sage ich und bleibe abrupt stehen. »Du hättest mich wenigstens bitten können zu bleiben.«

Die Worte brechen aus mir heraus, und sie fühlen sich roh an. Bloßgestellt. Verletzlich auf eine Weise, wie ich es nie sein wollte, aber es jetzt nicht mehr verhindern kann.

Sie bleibt ebenfalls stehen, und für eine Sekunde denke ich, ich hätte sie endlich überrumpelt. Aber als sie spricht, ist ihre Stimme scharf. Kontrolliert.

»Ich bitte die Leute nicht zu bleiben. Sie bleiben oder sie bleiben nicht.«

Ich zucke zusammen, als wäre ich geschlagen worden, und vielleicht bin ich das auch. Sie teilt aus, und jetzt tue ich es auch.

»Willst du das wirklich so spielen?«

»Was genau spielen?« Sie klingt aufrichtig neugierig, als würde sie einen Artikel darüber lesen, wie man Noah Carters Leben ruiniert, und würde wirklich gerne ein paar Tipps aus erster Hand bekommen.

Meine Hände sind zu Fäusten geballt, und ich versuche, sie zu lockern. »Alles.«

Lily sieht mich an, sieht mich wirklich an, und für den Bruchteil einer Sekunde denke ich, sie könnte sagen, was ich hören muss. Aber sie wiederholt nur, leiser dieses Mal: »Sie bleiben oder sie bleiben nicht.«

Wir starren uns jetzt an, und es ist ein Patt, das keiner von uns beenden will. Ich spüre den Schmerz in jedem Muskel, jedem Knochen, jedem Atemzug.

»Schon gut«, sage ich, weil es nichts anderes gibt, was ich sagen könnte, das es nicht noch schlimmer machen würde. Vielleicht ist es das, wovor ich Angst habe.

Ich drehe mich um und gehe weg, meine Schritte hallen den Korridor entlang. Jeder einzelne ist ein Stück weiter von ihr entfernt, ein Stück näher daran, zuzugeben, dass ich verloren habe.

Das Letzte, was ich sehe, ist Lily, die allein mitten auf dem Flur steht. Das Letzte, was ich höre, ist die Stille, die uns völlig verschlingt.

Die nächsten zwei Tage sah ich Lily nicht. Ich mied sie nicht direkt – aber ich hielt auch keine Ausschau nach ihr. Nicht im Pausenraum, nicht auf den Stationen und definitiv nicht in der Cafeteria, wo die Leute zu laut reden und zu viel bemerken.

Als ich also in den Aufzug stieg und ihren Hinterkopf erblickte – dunkler Pferdeschwanz, steife Schultern, der Blick auf die Stockwerksnummern gerichtet –, dauerte es eine Sekunde, bis ich begriff, dass sie es war. Und eine weitere, um zu entscheiden, dass ich nicht wieder aussteigen würde. Die Türen schlossen sich. Die Luft wurde dünner. Und dann drückte die Stille herein. Ich zählte bis fünf, die Sekunden zogen sich wie Stunden, und dann hielt ich es nicht mehr aus.

»Weißt du, unsere letzte Unterhaltung hat sich nicht gerade gut angefühlt«, sagte ich, und es kam brüchiger heraus, als ich beabsichtigt hatte.

Sie drehte sich um, ihre Augen kälter als die Metallwände, und ich spürte jeden Zentimeter der Distanz, von der ich geschworen hatte, sie niemals zwischen uns kommen zu lassen.

»Hat dir irgendetwas davon etwas bedeutet?«, fragte ich und gestikulierte zwischen uns, wobei ich versuchte, wütend statt verzweifelt zu klingen. »Das Projekt, die Kaffeepausen, die verdammten Gummibärchen – war das alles nur Zeitvertreib?«

Sie schwieg, und ich konnte es nicht ertragen. Nicht hier. Nicht jetzt. Nicht, wenn es keinen Raum gab, um einander zu entkommen. Ich brauchte sie, um etwas zu sagen, irgendetwas, das mir nicht das Gefühl gab, ich sei verrückt, weil ich dachte, das hier sei mehr als eine vorübergehende Ablenkung gewesen.

Endlich sprach sie. »Natürlich hat es das. Aber das bedeutet nicht, dass du nicht sowieso immer gegangen wärst.« Ihre Stimme brach am Ende, ein Riss in der Rüstung, und für einen Moment glaubte ich beinahe, dass es ihr etwas bedeutete.

»Ist das das, was du denkst?«, verlangte ich zu wissen. »Dass ich nur auf meine Chance warte, abzuhauen?«

»Aber du gehst doch.«

Ich spürte, wie das Blut aus meinem Gesicht wich. Sie glaubte es wirklich. »Ich wäre nicht gegangen. Nicht, wenn ich keinen Grund dafür gehabt hätte.«

Sie lachte, aber es war humorlos und scharf. »Und ich wollte nicht der Grund sein, warum jemand bleibt, nur um es später zu bereuen.«

»So ist es aber nicht«, beharrte ich, und ich konnte das Flehen in meiner Stimme hören. Ich hasste es. Hasste, dass ich bereit war, mich ihr zu Füßen zu werfen, nur um zuzusehen, wie sie über das Chaos hinwegstieg.

»Wirklich? Denn es fühlt sich verdammt noch mal so an.«

Meine Hände bewegten sich, gestikulierten wild, und ich wusste, ich sah unzurechnungsfähig aus, aber ich konnte nicht aufhören. Sie stand da wie eine Statue, jedes Wort prallte an ihr ab wie Gummigeschosse.

»Ich habe dir von dem Angebot erzählt, weil ich dachte, du würdest ...« Ich brach ab, denn zuzugeben, dass ich es brauchte, dass sie mich will, war etwas, das ich nicht sagen konnte, ohne zusammenzubrechen.

»Du dachtest, ich würde was? Dich bitten, es nicht anzunehmen?«

»So was in der Art«, gab ich zu, meine Stimme kaum ein Flüstern.

»Dann hättest du mir das vielleicht vor Wochen sagen sollen«, schnauzte sie, und in diesen Worten lag mehr Gefühl, als ich je von ihr gehört hatte.

Wir starrten uns an, beide schwer atmend, die Luft zwischen uns dick von allem, was wir endlich gesagt hatten. Allem, was wir ungesagt gelassen hatten. Ihre Augen waren weit, suchend, und für einen kurzen Moment sah ich die Person, die ich zu kennen glaubte – die Person, von der ich dachte, ich liebte sie –, direkt vor mir stehen.

Aber sie war nicht diese Person. Nicht mehr. Vielleicht war sie es nie gewesen.

Der Aufzug ruckte zum Stehen, und die Türen glitten auf.

Ich erwartete, dass sie warten würde, etwas sagen würde, mir eine letzte Chance geben würde, das hier zu kitten. Aber sie ging einfach hinaus, ihr Rücken gerade und unnachgiebig. Sie schaute nicht zurück. Nicht ein einziges Mal.

Die Türen schlossen sich, und ich blieb mit der Stille, der Kälte und der Wahrheit zurück, die ich nicht hatte sehen wollen.

Es gibt nichts Besseres als ein Dach, um dich daran zu erinnern, wie klein du bist. Noch kleiner, wenn das einzige Licht hier oben von einem Handy-Display kommt, das mehr summt als ich. Ich beobachte, wie die Stadt die blauvioletten Farben eines Abends in Seattle annimmt, und alles, woran ich denken kann, ist, dass ich sie ordentlich hätte fragen sollen, ob sie wollte, dass ich bleibe. Hätte ich sie ordentlich gefragt, hätte sie vielleicht ordentlich geantwortet. Sie hätte vielleicht sogar gesagt: »*Bitte bleib.*« Aber ich bin ein Feigling, und ich habe die Frage genauso verpatzt, wie ich mein Leben verpatze. Und jetzt werden wir es nie erfahren. Angesichts der Tatsache, dass ich normalerweise nicht aufhören kann zu reden, selbst wenn ich es wirklich sollte, bin ich mehr als jeder andere schockiert, dass ich nicht den Mut hatte, die Worte auszusprechen, als es darauf ankam.

Die Luft ist kalt, aber sie weckt mich nicht auf. Sie trägt nur zur Taubheit bei. Ich starre auf mein Handy, Marcus' Nachrichten stapeln sich, seine Sorge ist sogar durch den Bildschirm hindurch deutlich. »Noch dabei?« »Alter, melde dich!« »Zwing mich nicht, einen Suchtrupp zu schicken!«

Ich ignoriere sie, zu sehr in allem verstrickt, was heute schiefgelaufen ist. Was zwischen mir und Lily schiefgelaufen ist. Was immer wieder schiefgeht, egal wie sehr ich versuche, es zu verhindern.

»Ich hätte es einfach sagen sollen«, murmle ich, als ob Wiederholung irgendwie die Zeit zurückdrehen und mir die Chance geben würde, diesen Tag neu zu schreiben. »Ich hätte es ihr einfach sagen sollen.«

Aber das habe ich nicht. Stattdessen bin ich um die Wahrheit herumgetanzt, in der Hoffnung, sie würde die Lücken füllen, mir das Zeichen geben, das ich brauchte. Ich bot ihr die halbe Geschichte an und erwartete, dass sie den Rest schreiben würde. Zu ängstlich, um derjenige zu sein, der den Sprung wagt.

Mein Magen verkrampft sich vor Wut, aber hauptsächlich auf mich selbst. Das bin nicht ich. Ich sollte der Typ sein, der alles im Griff hat. Der sich von so etwas nicht die Nächte um die Ohren schlägt, während er auf Stadtlichter starrt, die nicht aufhören, ihn anzublinken, als würden sie seine Unentschlossenheit verspotten.

Und doch bin ich hier. Habe nichts im Griff. Nicht einmal annähernd.

Ich fahre mir mit den Händen durch die Haare, stoße ein

frustriertes Stöhnen aus, das über das Dach hallt. »Ich hätte ihr sagen sollen, dass ich nicht gehe.«

Ich hätte ihr alles sagen sollen, von der Minute an, als dieses Angebot in meinem Posteingang landete. Stattdessen habe ich gewartet, gehofft, sie würde meine Gedanken lesen, gehofft, sie würde mir das Risiko ersparen, es zuerst zu sagen.

Aber Liebe ist nicht so. Es geht nicht nur darum, aufzutauchen. Es geht darum, alles zu riskieren, Ablehnung und alles andere, und keiner von uns war mutig genug, es zu tun. Nicht wirklich.

Ich schreite am Rand entlang, die Stadt breitet sich unter mir aus, und ich frage mich, wie wir hierhergekommen sind. Wie zwei Menschen, die das Chaos eines Krankenhauses an einem Feiertagswochenende bewältigen können, keine einzige ehrliche Unterhaltung führen können.

Als Nächstes überkommt mich die Traurigkeit, eine Welle, die ich nicht erwartet hatte. Ich lasse mich hart fallen, der kalte Beton erdet mich gerade genug, um die Frustration in Schach zu halten. Ich habe nicht gelogen, als ich sagte, ich wollte nicht gehen. Aber ich war auch nicht ehrlich, denn ich habe nie zugegeben, wie sehr ich bleiben wollte.

Oder warum.

Ich atme langsam aus und sehe zu, wie mein Atem im Abendhimmel verschwindet, wie jedes Wort, das ich hätte sagen sollen.

Vielleicht war ich ein Arschloch, weil ich es ihr so gesagt habe, wie ich es getan habe. Vielleicht war ich ein noch größeres Arschloch, weil ich gehofft habe, sie würde mir den Grund geben, den ich nicht laut aussprechen konnte.

Aber verdammt, ich wollte diesen Grund!

Ich höre immer wieder ihre Stimme, die Art, wie sie gerade so brach, dass ich dachte, das hier sei ihr wichtig. Gerade genug, um mich denken zu lassen, ich sei nicht der Einzige, der es brauchte.

Ich bitte die Leute nicht zu bleiben. Sie bleiben oder sie bleiben nicht.

Ich gehe wieder auf und ab und versuche, die Knoten in meinem Kopf zu lösen.

Das war nie der Plan. Ich sollte niemals jemanden so an mich heranlassen. Niemals zulassen, dass es so sehr wehtut. Aber hier bin ich, und es tut trotzdem weh.

Und jetzt sitze ich hier und mir wird klar, dass ich ihr nicht genug geboten habe, um sie an uns glauben zu lassen.

Nicht genug riskiert habe.

Nicht genug geliebt habe.

Meine Stimme bricht wieder die Stille, dieses Mal leiser, resignierter. »Ich hätte es ihr sagen sollen.«

Die Lichter der Stadt blinken mich an, und ich blinzle zurück und warte auf den Mut, von dem ich dachte, ich hätte ihn.

Das Angebotsschreiben leuchtet auf meinem Laptop-Bildschirm. Fünfzehn bis lebenslänglich im sonnigen Kalifornien, ohne Aussicht auf Bewährung. Ich starre es vom anderen Ende des Raumes an, denn näher heranzugehen fühlt sich zu sehr nach einer endgültigen Entscheidung an. Das einzige andere Geräusch in meiner Wohnung ist das Summen des Kühlschranks, der perfekte Soundtrack für ein Leben, von dem ich plötzlich nicht mehr weiß, ob ich es noch will.

Es ist spät, und die Welt vor meinem Fenster macht weiter wie immer. Die Welt geht ihren Gang, gleichgültig gegenüber meiner Entscheidungslähmung. Ich kann das ferne Rumpeln eines Zuges hören, der Menschen an Orte bringt, über die sie wahrscheinlich mehr Gewissheit haben.

Ich muss San Francisco formell antworten, der letzte Schritt, um die Sache real zu machen. Der letzte Schritt, um zu gehen.

Ich sollte erleichtert sein. Ich war immer gut in diesem Teil. Veränderung. Neuanfänge. Der einfache Ausweg, wenn die Dinge zu nah, zu chaotisch werden. Aber dieses Mal stecke ich fest.

»Was zum Teufel mache ich hier?«, flüstere ich in den leeren Raum, und die Leere antwortet mit Stille.

Mein Kopf ist voller Echos – meine Worte, ihre Worte, alles dazwischen. *Du wärst sowieso immer gegangen.* Nicht, wenn ich keinen Grund dafür gehabt hätte. Das Gespräch wiederholt sich immer wieder, eine Schleife, der ich nicht entkommen kann.

Ich schaue einfach weiter auf den Vertrag und warte darauf, dass er mir etwas sagt, das ich nicht schon weiß.

Das sollte einfach sein. Es ist alles, worauf ich hingearbeitet habe, alles, was auf dem Papier Sinn ergibt. Gewissheit. Aufstieg. Ein Ausweg. Aber es ist nicht genug. Nicht ohne sie.

Ein paar Kisten stehen in der Ecke gestapelt, eine physische Erinnerung an meinen üblichen Plan. Einpacken, weiterziehen. Die Schränke hängen offen, halb leer wie der Rest dieser Wohnung. Wie der Rest von mir.

Ich sinke in einen Stuhl, fahre mir mit den Händen über das Gesicht und versuche, einen Sinn in einer Zukunft zu finden, die sich so leer anfühlt wie der Raum.

Dachte ich wirklich, das sei alles, was ich brauchte? Einen Vertrag, eine neue Stadt, einen Neuanfang? Vielleicht dachte ich das. Bis Lily kam. Bis zu den dummen Gummibärchen und den nächtlichen Kaffees und der Art, wie sie mir das Gefühl gibt, dass das nicht nur Zeitvertreib ist.

»Du bist ein Idiot, Carter«, sage ich zu mir selbst, aber das lässt mich nicht klüger fühlen. Es macht nichts davon klarer.

Ich dachte, ich wäre stärker als das, härter, der Typ, der eine Entscheidung nie infrage stellt. Aber das bin ich im Moment nicht. Das ist nicht das, was sie aus mir gemacht hat.

Was zum Teufel mache ich hier?

Ich frage es noch einmal, die Wohnung, den Vertrag, die Stadt.

Meine Worte hängen in der Luft und warten auf eine Antwort, die ich mir selbst nicht geben kann. Ich durchquere den Raum, drei schnelle Schritte.

Ich klicke auf den Button, und es ist erledigt. Kein Tamtam, kein Aufhebens. Nur eine sofortige E-Mail-Benachrichtigung, die den Eingang des Dokuments bestätigt.

Die Wohnung ist still, bis auf meinen eigenen Atem, und ich lasse ihn den Raum füllen, wo früher die Gewissheit war.

EINUNDZWANZIG

LILY

Es hat etwas Zen-artiges, um halb sechs Uhr morgens den Brustkorb eines Menschen aufzuschneiden. Bevor die Schwestern mit ihrem passiv-aggressiven Gemurmel anfangen, bevor Dr. Hale durch die Gänge stampft und seine Befehle bellt. Es gibt nur mich, das Skalpell und einen bewusstlosen Patienten namens Roger. Ihm ist es egal, dass meine Augen von Erschöpfung gerötet sind oder dass mein Kittel eine Nummer zu groß ist, weil ich es so eilig hatte anzufangen und mir den falschen gegriffen habe. Mir macht es auch nichts aus. Ist ja nicht so, als wollte ich jemanden beeindrucken.

Der OP ist für diese Tageszeit viel zu hell, und ich mag das. Jedes Detail ist klar und alle Kanten sind scharf. Kein Raum für Fehler. Meine Hände bewegen sich schnell und effizient, aber mir sind ein paar Risse in meiner Leistung bewusst. Höchstwahrscheinlich liegt es daran, dass ich vierzehn Stunden am Stück gearbeitet habe und die Anstrengung in meinen Augen spüre. Oder daran, dass ich Operationen direkt hintereinander angesetzt habe, um mich von dem absurden Gespräch abzulenken, das ich letzte Woche mit Dr. Patel hatte. Vor allem aber liegt es daran, dass ich jedes Mal, wenn ich nach unten schaue, diesen verflixten, zu großen Kittel sehe und Noahs Stimme in meinem

Kopf hören kann: *Ein Glück, dass du nicht Modedesignerin geworden bist.*

»Du bist heute aber gut in Form, Dr. Harper«, sagt Shiv, der chirurgisch-technische Assistent.

Er glaubt, er macht mir ein Kompliment, aber ich kenne seine wahre Sorge. Das »heute« ist ein untrügliches Zeichen. Es impliziert, dass ich gestern, letzte Woche, jeden Tag seit Noahs kleiner Bombe, alles andere als glänzend war.

»Halt dich ran«, erwidere ich. Er tut es, aber nur mit Mühe und Not.

Wir beenden den Eingriff in Rekordzeit. Rogers Brustkorb ist geschlossen und sein Herz schlägt perfekt unter meinen makellosen Nähten. Als sie ihn hinausschieben, stecke ich bereits bis zu den Ellenbogen in den Vorbereitungen für den nächsten Patienten. Das Team verweilt, als ob sie eine Intervention planen würden.

»Sie machen schon wieder weiter?«, hat eine der Schwestern die Dreistigkeit zu fragen.

Ich nicke. »Aller guten Dinge sind drei Schichten«, sage ich mit einem Lächeln, von dem ich hoffe, dass es mühelos aussieht.

Ihre besorgten Blicke gehen zwischen ihnen hin und her wie eine ansteckende Krankheit. Shiv zuckt mit den Schultern, und sie überlassen mich meiner manischen Hingabe für die Chirurgie. Die Tür schwingt zu, und ich atme die sterile Luft ein und meine eigenen ausgefransten Nerven aus.

Ich greife nach der nächsten Akte und blättere sie mit geübter Gleichgültigkeit durch. Die Informationen sind gerade vertraut genug, um mich zu irritieren; ich bin sie bereits dreimal durchgegangen, um sicherzustellen, dass ich jede Nuance kenne. Nichts ist eine Überraschung, nichts ist unerwartet, und doch macht mein Herz einen albernen Hüpfer, als ich Noahs Handschrift am Rand sehe.

Natürlich. Es ist einer unserer gemeinsamen Fälle.

Meine Augen folgen den Schleifen und Winkeln seiner Notizen, und ich ertappe mich dabei, wie ich immer wieder dieselbe Zeile lese: *Wir könnten uns das teilen – falls du jemals lernst zu teilen.* Ich überdenke diese Aussage jetzt, da Teilen anscheinend

Aufzüge und hitzige Anschuldigungen beinhaltet. Ich sollte die Akte beiseite werfen, stattdessen stehe ich einfach nur da, gefangen in einem Moment pathetischer Unentschlossenheit.

Jemand räuspert sich und ich schaue auf. Eine Schwester mit verständnisvollen Augen.

Fantastisch.

»Dr. Harper?«, sagt sie. »Ist alles in Ordnung?«

»Bestens.« Ich klappe die Akte zu, beiße die Zähne zusammen. »Warum sollte es nicht so sein?«

Die Schwester schenkt mir ein kleines, wissendes Lächeln und geht hinaus. Ich weigere mich, irgendetwas weiter hineinzuinterpretieren.

Ich wende mich wieder meiner Festung aus Instrumenten und Aufgaben zu und überprüfe alles doppelt, als ob es wichtiger wäre, als es ist. Ich bereite eine routinemäßige Gallenblasenentfernung vor, aber man könnte meinen, ich würde eine Herztransplantation am Präsidenten durchführen. Es ist sicherer, so zu tun, als ob mir das am wichtigsten ist. Es ist einfacher, mich in den vertrauten Mustern von Arbeit und Erschöpfung zu vergraben, in einem Kokon aus Produktivität.

Aber es braucht nur einen winzigen Riss – einen gemeinsamen Fall, einen flüchtigen Gedanken an Noah, eine Spur von Müdigkeit – und das ganze Gebilde droht gefährlich nahe daran, sich aufzulösen.

Dr. Patel ist organisierter als ein medizinisches Ethikseminar. Ich zähle fünf Auszeichnungen, drei gerahmte Diplome und eine ganze Bibliothek medizinischer Fachzeitschriften – alles in alphabetischer Reihenfolge. Er sagt, es ist akribisch. Ich sage, es ist zwanghaft. Ich will ihm das gerade sagen, als er mir die Akte des Traumaprojekts reicht. Meine Augen überfliegen die Daten mit einer Geschwindigkeit, von der ich hoffe, dass sie beeindruckend lässig wirkt.

»Sie waren flexibel, Lily«, sagt er und mustert mich, als wäre ich seine nächste Fallstudie.

»Ich war schon so einiges«, erwidere ich und tue so, als hätte der Kommentar keine Widerhaken.

»Wissen Sie, was diese Art von Arbeit normalerweise erfordert?« Er lehnt sich zurück, der Stuhl knarrt autoritär. »Zwei Ärzte. Vier Monate. Weniger Präzision.«

Er trägt dick auf, und ich werde sein Spiel nicht mitspielen. »Ich kann jederzeit weniger präzise sein.«

»Das«, sagt Patel mit einem Lächeln, »bezweifle ich.« Er bewegt sich, die Hände gefaltet, als ob er auf mein Geständnis wartet. »Die Übergabe sollte nahtlos sein, dank Ihnen.«

Ich werde studiert, gemessen, untersucht. Ich bin es gewohnt, beobachtet zu werden – von Patienten, anderen Assistenzärzten, Dr. Hales Adleraugen –, aber das hier fühlt sich anders an.

»Ich habe alles mehrfach überprüft«, sage ich. »Es wird nahtlos sein.«

Ich klinge wie ein verdammter Papagei. Ich ärgere mich fast über mich selbst.

Patel schiebt die Akte näher zu mir. »Dieses Maß an Engagement«, sagt er und macht eine Pause, als würde er eine seltene Krankheit diagnostizieren, »können nicht viele Chirurgen aufrechterhalten.«

»Ich kann es«, sage ich, aber es klingt weniger überzeugend, wenn meine Gedanken mich bereits zu den gemeinsamen Fällen zurückziehen. Mein Blick fällt auf eine gekritzelte Notiz in der Akte – instinktgetriebene Traumabewertung. Ich weiß genau, wer das geschrieben hat.

Patel entgeht nichts. »Sie haben mit Maria eine außergewöhnliche Arbeit geleistet. Und mit Noah.«

Ich weiß nicht, ob ich ihn oder mich selbst schlagen will. »Die Arbeit mit Assistenzärzten ist Teil meines Jobs.«

»Es ist mehr als das«, hakt er nach. »Es ist Zusammenarbeit. Sie haben echte Flexibilität gezeigt.«

Da ist schon wieder dieses Wort. Ich fixiere einen Punkt an der Wand. Flexibilität ist keine Eigenschaft; es ist ein Zustand, den man vermeiden sollte.

»Ich bin anpassungsfähig, wenn es sein muss.«

»Oder«, sagt er, seine Stimme sanft, aber beharrlich, »wenn Sie es sich erlauben.«

»Hat Noah Ihnen das gesagt?« Ich ziele auf Humor, aber es klingt gezwungen, sogar für mich.

»Lily«, sagt er, »Noah meinte, Sie seien so flexibel wie eine Granitplatte.«

Ich sollte lachen. Stattdessen spüre ich, dass es mit mehr Gewicht landet, als ich will.

Patel nickt, als ob er jede einzelne meiner Ausreden durchschaut. »Manchmal ist es nicht so wichtig, Recht zu haben, wie menschlich zu sein.«

Es wirft mich aus der Bahn, wie sehr mir seine Meinung wichtig ist. Und Noahs. Dafür habe ich mich nicht gemeldet, für diesen unordentlichen Sumpf aus Gefühlen und Selbstzweifeln.

»Menschen ändern sich«, sagt Patel, »sogar diejenigen, die sagen, sie würden es nicht tun.«

Seine Worte dringen durch meine Verteidigungsanlagen. Ich versuche, meine professionelle Fassade aufrechtzuerhalten, aber die Risse sind groß genug, dass Patel hindurchsehen kann.

»Was, wenn man das zu spät erkennt?«

Meine Frage hängt in der Luft, das Geständnis, das ich nicht beabsichtigt hatte zu machen.

Er betrachtet mich mit einer Sanftheit, die ich bei ihm noch nie gesehen habe. Ich erwarte, dass er mit einem seiner Aphorismen antwortet, aber er ist still und lässt meine eigenen Worte nachhallen.

Die Stille fühlt sich anders an. Weniger wie eine Leere und mehr wie eine Echokammer, in der ich meinen eigenen Zweifeln, meinen eigenen Ängsten lauschen muss. Ich stehe auf, um zu gehen, und nehme die Akte mit mehr Kraft als nötig mit.

»Danke, dass Sie vorbeigekommen sind«, sagt Patel, als ich mich zur Tür drehe. »Und Lily?«

»Ja?«

»Ich würde in Erwägung ziehen, dafür zu sorgen, dass es nicht zu spät wird.«

Ich nicke, unsicher, ob ich es wirklich geschafft habe, meine Fassung zu bewahren, oder ob mein Rückzug so gehetzt aussieht, wie er sich anfühlt. Ich gehe hinaus, während Dr. Patels Worte mich wie ein Schatten begleiten, eine Erinnerung daran, dass ich zu lange so getan habe, als würde ich nicht hinhören.

Das Krankenhaus-Café ist lauter als eine Herde Medizinstudenten bei einem kostenlosen Mittagessen, aber ich kann meine Gedanken trotzdem über dem Geplapper hören. Nervig. Ich kann auch sehen, wie Maria mit zwei Kaffeebechern auf mich zukommt. Noch nerviger. Sie schiebt mir einen rüber und setzt sich, voller weit aufgerissener Aufrichtigkeit und mitfühlendem Herzen. Ich mag sie trotzdem. Vielleicht ist das mein Problem.

»Sieht aus, als hätte ich Sie zwischen zwei OPs erwischt«, sagt Maria und nickt zu den Unterlagen, die ich wie eine Schutzbarriere ausgebreitet habe.

»Das nennt sich Multitasking. Ich habe gehört, manche Assistenzärzte sind gut darin.«

»Manche Mentoren auch.« Sie grinst. »Deshalb bin ich hier, um Danke zu sagen. Noch einmal.«

Mein Sarkasmus steht schon bereit, aber ich bringe es nicht über mich. Nicht, wenn Maria so verdammt ernst aussieht. »Gewöhnen Sie sich nicht daran«, sage ich stattdessen.

»Ich meine es ernst, Dr. Harper. Sie haben sich für mich eingesetzt, als es sonst niemand getan hätte. Das hat mir viel bedeutet.«

»Ich habe nicht viel getan«, sage ich und weiche aus, als hinge mein Leben davon ab.

»Sie haben an mich geglaubt«, beharrt sie. »Nicht nur bei der Anhörung. Die ganze Zeit.«

Das hier nähert sich gefährlich der Rührseligkeit. Ich nippe an meinem Kaffee und versuche, lässig und völlig ungerührt auszusehen.

»Ethan hat mir gesagt, ich soll mich einfach bei Ihnen bedanken«, sagt Maria mit einem Lachen in der Stimme. »Aber ich wusste, Sie würden versuchen, es abzutun. Wie Sie es mit allem machen.«

»Ich tue nichts ab«, wende ich ein. »Ich delegiere es. Wie diesen Kaffee. An Sie delegiert.«

Sie beugt sich vor, ihre Stimme wird leiser. »Ich hätte ihn fast verloren, wissen Sie. Ich habe alles abgesagt.«

»Ethan?«, frage ich und tue unwissend.

»Unsere Beziehung, unsere Jobs. Alles. Ich habe ihn weggestoßen, weil ich Angst hatte, meine Karriere zu ruinieren.« Marias Ehrlichkeit ist so roh wie ein aufgeschürftes Knie. »Und stattdessen hätte ich fast alles ruiniert.«

Die Offenheit in ihrer Stimme macht mich unbehaglich, aber ich bin gefesselt. Es ist ein Autounfall, bei dem ich nicht wegsehen kann.

»Haben Sie aber nicht«, stelle ich fest, neugieriger, als ich zugebe.

»Weil er der sturste Mann auf diesem Planeten ist«, sagt Maria und verdreht die Augen. »Klingt das nach jemandem, den Sie kennen?«

Ein Bild von Noah blitzt vor meinem geistigen Auge auf. Sein verletzter Gesichtsausdruck, seine Worte, die wie eine Diagnose nachhallen: *Du hättest mich bitten können zu bleiben.*

»Wahrscheinlich nach mehr Leuten, als Sie denken«, gebe ich zu. Es ist nicht wirklich eine Antwort, aber Maria scheint zufrieden zu sein.

»Ich war mir so sicher, dass ich alles verlieren würde, wenn ich mir erlaube, ihn zu lieben«, sagt sie, und jedes Wort landet wie ein Schlag. »Stellt sich heraus, ich könnte es ohne ihn nicht schaffen.«

Die Parallele ist unübersehbar. Ich sehe mich selbst in ihrer Geschichte, in ihren Ängsten und ihrem Zögern, und es schlägt mich, wie vertraut das alles ist. Wie unterschiedlich Maria und ich sind, und doch wie ähnlich.

»Sie sind mutig«, sage ich zu ihr und überrasche mich selbst mit diesem Eingeständnis.

»Ich habe von den Besten gelernt«, antwortet sie, ihre Dankbarkeit aufrichtig und strahlend.

Sie steht auf, um zu gehen, und drückt meine Schulter kurz und warm. Ich sehe ihr nach, und zum ersten Mal verspüre ich nicht das Bedürfnis, so zu tun, als wäre es mir egal.

Ich starre auf die Papiere vor mir, aber es sind nur bedeutungslose Zeilen. Das Gespräch mit Maria klingt laut und deutlich nach, eine Erinnerung daran, dass ich nicht so anders bin, als ich glauben möchte. Und dass ich vielleicht so mutig sein muss wie sie.

Das Bereitschaftszimmer riecht nach Antiseptikum und verlorener Hoffnung. Ich sitze auf der Bettkante, und das Vinyl klebt an meinem Kittel. Die Wände vergilben auf eine Art, die sagt: »Lasst alle Zuversicht fahren, die ihr hier eintretet.« Ich kann mich nicht an eine Zeit erinnern, in der mir die Einrichtung wichtig war. Oder der Schmerz in meiner Brust. Beides scheint jetzt drängend.

Auf der anderen Seite der Tür brummt das Krankenhaus, geschäftig und unerbittlich. Normalerweise ist das tröstlich. Aber gerade bin ich im schummrigen Licht gefangen, meine Gedanken spielen sich in einer Endlosschleife ab. Eine Szene, ein Gespräch.

Der Aufzug war heller als dieses Zimmer, aber die Spannung machte ihn klaustrophobisch. Es war ein gemeinsamer Raum, in dem wir endlich das unausgesprochene Chaos zwischen uns konfrontierten. Jetzt fühlt es sich an, als wären die Worte in die Wände meines Gehirns gemeißelt.

Du hättest mich bitten können zu bleiben.

Ich hätte nie gedacht, dass es mir wichtig genug sein würde, jemanden zum Bleiben bewegen zu wollen. Oder am Boden zerstört zu sein, wenn er es nicht tut.

Ich vergrabe mein Gesicht in meinen Händen, die Handflächen gegen meine Augen gedrückt, aber ich kann es nicht ausblenden. Die Erinnerung ist zu lebendig, zu roh. Ich sehe Noahs verletzten Gesichtsausdruck, den Hoffnungsschimmer, der in seinen Augen stirbt, das mechanische Klingeln, als sich die

Aufzugtüren öffneten, und wie ich ihn aus meinem Leben gehen ließ.

Er hat darauf gewartet, dass ich für ihn kämpfe. Dass ich ihm zeige, dass er genauso wichtig ist wie meine gottverdammte Karriere.

Die Erkenntnis ist brutal. Ich hatte zu viel Angst davor, jemanden zu brauchen, um ihn bleiben zu lassen. Ich dachte, es wäre sicherer, ihn wegzustoßen, als zu riskieren, verletzlich zu sein. Ich habe mich geirrt. So komplett, schrecklich geirrt.

Ich rede mir ein, dass ich allein zurechtkomme. Dass ich schon immer allein zurechtgekommen bin. Aber das Echo meines eigenen Herzens klingt hohl, und ich bleibe mit der Gewissheit zurück, dass »zurechtkommen« dieses Mal nicht ausreicht.

Noah war bereit, darauf zu warten, dass ich es herausfinde. Dass ich mich für ihn entscheide, mir erlaube, mehr als nur Ehrgeiz und Kontrolle zu fühlen. Ich wollte, dass er bleibt, aber ich habe es nie gesagt. Ich habe ihm nie einen Grund gegeben zu glauben, dass ich mehr wollte als meine sorgfältig gehütete Einsamkeit.

Die Wahrheit ist schmerzhaft und präzise, schärfer als jedes Skalpell, das ich im OP schwinge. Ich habe ihn nicht weggestoßen, weil er mir egal war. Ich habe ihn weggestoßen, weil er mir zu viel bedeutet hat und ich zu verängstigt war, es zuzugeben.

Ich starre an die Decke, die vergilbenden Kacheln verschwimmen ineinander. Zum ersten Mal kann ich mich hier nicht mit Denken herauswinden. Ich kann nur dasitzen, und die Realität meiner eigenen Ängste über mich hereinbrechen lassen wie die düstere, stille Schwermut des Bereitschaftszimmers.

Meine Wohnung ist unheimlich still, bis auf das leise Summen des Kühlschranks und das ferne Flüstern des Regens gegen die Fenster. Ich sitze am Küchentisch und starre auf den Laptop, als wäre es eine besonders uninspirierte Folge einer Reality-Show. Ich sollte die Akten des Traumaprotokolls durchsehen, aber mein Kopf ist so leer wie die Decke. Ich kann fast Noahs Stimme hören, eine Mischung aus Sarkasmus und Herausforderung: *Finde heraus, was du willst, Lily.*

Das Leuchten des Bildschirms lässt den Rest des Raumes dunkel und schattig erscheinen. Es ist ein krasser Gegensatz zum OP, zum ständigen Lärm und den hellen Lichtern des Krankenhauses. Das sollte sich wie eine Erleichterung anfühlen, tut es aber nicht. Es fühlt sich an wie ein Vakuum, eine Abwesenheit von allem, womit ich mich umgeben habe, um genau diesen Moment zu vermeiden.

Die Akten verschwimmen zu bedeutungslosen Daten, zu Worten, auf die ich mich nicht konzentrieren kann. Ich habe immer gewusst, was ich wollte – Karriere, Erfolg, chirurgische Meisterschaft. Das waren Gewissheiten, Anker. Jetzt bin ich losgerissen, treibe in einem Meer von Zweifeln und Wünschen, die ich mir nie erlaubt habe.

Du hättest mich bitten können zu bleiben.

Noahs Worte hallen in der Stille wider, vibrieren in meiner Brust wie ein zu lauter Piepser auf der Sprechanlage. Ich starre auf den Laptop, aber ich sehe nicht den Bildschirm. Ich sehe ihn, seinen Schmerz, die Art, wie er mich angesehen hat, als wäre ich diejenige, die ihn an etwas mehr hat glauben lassen. Und ich sehe, dass ich ihm nicht dasselbe geben konnte.

Was will ich? Das ist die Frage, der ich ausgewichen bin, die Antwort, die ich zu ängstlich war zuzugeben. Nicht nur ihm gegenüber, sondern auch mir selbst.

Ich habe mir eingeredet, ich würde niemals jemanden brauchen. Ich habe mir eingeredet, dass ich allein zurechtkommen würde. *Aber was, wenn ich mich geirrt habe?* Was, wenn das Wollen von etwas ausnahmsweise nicht bedeutet, alles andere zu opfern?

Ich starre auf die Akten, bis das Leuchten des Bildschirms vor der Stille grell wirkt. Bis ich nicht mehr so tun kann, als ob. Ich klappe den Laptop zu, das Geräusch bricht die Stille wie ein Eingeständnis. Es ist das erste Mal, dass ich mich nicht in Arbeit vergraben habe, um zu entkommen. Das erste Mal, dass ich mir erlaubt habe, mit dem Weglaufen vor dem, was real ist, aufzuhören.

Mein Handy liegt neben dem Laptop, fast spöttisch in seiner Schlichtheit. Ein einziges Tippen, und ich würde Kontakt aufnehmen. Ein einziges Wort, und ich wäre verletzlich. Mein Daumen schwebt über Noahs Kontakt, gefangen in einer Unentschlossenheit, die schnell unerträglich wird.

Anstatt das Handy wegzulegen, es zu verstecken, wie ich alles versteckt habe, was ich nicht fühlen wollte, lasse ich es auf dem Tisch liegen. In Reichweite. Wo es mich daran erinnern kann, was ich tun muss.

»Du musst etwas wollen, bevor du darum bitten kannst.«

Meine Stimme klingt fremd in dem leeren Raum, ein Echo, das in der Luft schwebt wie eine Herausforderung, wie ein Versprechen. Wie der erste Schritt, um mich endlich fühlen zu lassen.

ZWEIUNDZWANZIG

NOAH

Meine Finger verweilen auf dem Dienstplan für nächste Woche. Das Fehlen meines Namens trifft mich hart. Es ist die armselige Ausrede der Abteilung für eine Abschiedsfeier und ich hasse sie. Ich lasse zu, wie Dr. Patel mir den Dienstplan aus der Hand zieht. Die Glückwünsche und Händedrücke wollen gar nicht aufhören, begleitet von gequälten Lächeln und unbeholfenem Schulterklopfen. Ich beobachte die Tür anstatt ihrer Gesichter. Sie ist immer noch nicht da, was etwas bedeutet, von dem ich nicht will, dass es das bedeutet.

»Gut gemacht, Dr. Carter«, sagt Dr. Patel und blättert durch den neusten Entwurf der neuen Traumaprotokolle. »Ein beeindruckender Abschluss Ihrer Arbeit hier.«

Unter dem Kompliment lauert eine spontane Abfrage. Ich mache niemandem etwas vor mit meinem beschissenen Versuch, präsent zu sein.

»Es war eine bereichernde Erfahrung, Dr. Patel. Emotional, aber bereichernd«, sage ich und probiere Aufrichtigkeit an wie ein neues Kleidungsstück. Es passt nicht. »Danke für die Gelegenheit.«

Er lächelt, ein sorgfältig arrangierter Ausdruck professionellen Respekts, und ich frage mich, ob man einen Abschied in letzter Minute absagen kann.

»Sie werden in San Francisco erfolgreich sein.« Es klingt verdächtig nach einer Feststellung, aber ich erkenne die Frage dahinter.

Ich will gerade antworten, als ein anderer Assistenzarzt hereinstürmt, voller Energie und fehlgeleitetem Enthusiasmus.

»Spitze, Mann!«, ruft er und klatscht mir auf die Schulter, ein erschütterndes Satzzeichen. »Wir werden dich hier vermissen.«

Noch mehr Lügen. Noch mehr Lächeln. Ich schwebe über ihnen, ein Beobachter in meinem eigenen Leben. Ich höre mich die erwartete Dankbarkeit murmeln, ein wenig überzeugender Soundtrack zu meinen wahren Gedanken.

Bei jeder Bewegung im Flur schnellt mein Blick zur Tür. Nicht Lily. Nicht Lily. Immer noch nicht Lily.

Ich stelle sie mir auf einer anderen Etage vor, wie sie der Perfektion nachjagt und sich vor den Abschieden drückt. Vielleicht steht sie gerade im OP und hat Besseres zu tun. Vielleicht denkt sie, ein sauberer Schnitt sei freundlicher. Oder vielleicht ist es ihr einfach egal. Jede Möglichkeit schmeckt schlimmer als die letzte.

Ich schalte mich wieder bei Dr. Patel ein, der mitten in der Präsentation meines akademischen Nachwuchses steckt. Ich sehe ihm zu, wie er versucht, meine Arbeit in mundgerechte Häppchen zu zerlegen, kleine Teile von mir, die er wie Zuckerpäckchen verteilen wird.

»Die Notaufnahme wird ohne Sie nicht mehr dieselbe sein«, fährt er fort, und der Subtext ist klar: *Sie haben alles erreicht, was Sie sich vorgenommen haben, warum sehen Sie aus, als hätte jemand Ihren Welpen ertränkt?*

»Danke«, bringe ich hervor und ersticke an der Silbe. Ich sehe die Tür aus dem Augenwinkel. Immer noch nichts. Immer noch niemand. Immer noch das Schlimmste.

Mehr Leute kommen und gehen, ihre Stimmen verschmelzen mit dem Grundrauschen aus Neonlicht und piependen Maschinen. Es hat etwas Surreales, als wäre ich bereits eine Erinnerung, als würde ich in Echtzeit aus dem Drehbuch geschrieben.

Eine der anderen Ärztinnen mischt sich ein, und ihr Tonfall liegt irgendwo zwischen unterstützend und mitleidig. »Du wirst dir wirklich einen Namen machen, Noah.«

Ich nicke, und es fühlt sich an, als könnte mein Kopf abfallen. »Ich halte euch auf dem Laufenden«, sage ich, die bisher größte Lüge.

Mehr Zeit vergeht. Vielleicht eine Minute. Vielleicht eine Stunde. Ich sollte aufpassen, was Patel über meinen Beitrag zur Abteilung sagt, aber ich kann mich nur auf die Leere konzentrieren, wo Lily nicht ist.

»Das Projekt, an dem Sie mit Dr. Harper gearbeitet haben, hat wirklich neue Maßstäbe gesetzt«, sagt Patel und versucht, mir etwas Engagement zu entlocken. »Die Protokolle, die Sie eingeführt haben –«

»Gern geschehen«, unterbreche ich ihn, mein Blick immer noch auf den Eingang geheftet. Es ist unhöflich, ich weiß. Aber ich werde das Gefühl nicht los, dass ich sie verpasse, wenn ich blinzle.

»Sie kommt nicht mehr, Mann«, scherzt ein anderer Assistenzarzt und folgt meinem Blick. Er hält sich für clever. »Vielleicht im nächsten Leben.«

Ich zwinge mich zu einem Lachen, das zu nah an einem Wimmern ist. »Sag ihr, sie soll mich vormerken.«

Er kichert, ohne zu ahnen, dass er gerade etwas Lebenswichtiges durchbohrt hat. »Wird gemacht.«

Als würde mein Puls auf einem Telemetriemonitor angezeigt, unternimmt Patel einen weiteren Versuch, aufrichtig zu sein. »Ich bin sicher, Ihre Talente werden dort geschätzt werden. Aber denken Sie daran, Sie haben immer einen Platz in Emerald Bay.«

Ich höre seine unausgesprochene Vorhersage: *Du wirst zurückkommen.*

Ich stelle mir verschiedene Szenarien vor. Wie sie atemlos durch die Tür stürmt und zugibt, dass sie nicht fassen kann, dass ich wirklich gehe. Wie sie hereinschlendert, als wäre es nichts, so cool wie immer, mit einem sarkastischen Kommentar, der mich mehr ausnimmt als alles Aufrichtige. Oder vielleicht, wie sie nur kurz rein und wieder raus schaut und mich mit dem Echo meiner eigenen Erwartungen zurücklässt.

»Dr. Carter?«

Dr. Patels Stimme holt mich zurück in die Gegenwart. Es ist peinlich, wie weit ich abgedriftet bin.

»Ja, Verzeihung«, sage ich und versuche, die blanke Enttäuschung in meiner Stimme zu verbergen. »Ich bin hier.«

»Die Tür steht Ihnen jederzeit offen.«

Er weiß nicht, dass er mich mit Ironie umbringt.

Ich nicke und schlucke schwer. »Danke. Ich weiß das zu schätzen.«

Es entsteht eine Pause, in der er offensichtlich versucht zu entscheiden, ob es sich lohnt, mich zurückzuholen, oder ob er mich einfach zur Tür hinausschweben lassen sollte. Er entscheidet sich für Letzteres. »Viel Glück, Noah.«

Und damit bin ich allein in der Menge. Mehr Körper, mehr Stimmen. Mehr Gesichter, die mir sagen, dass das alles zum Besten ist.

Ich gehe langsam, klammere mich an die schwache, dumme Hoffnung, dass Lily auftaucht und nach mir sucht, sobald ich weg bin, weißt du, genau wie in den Filmen. Ich erlaube mir diese Fantasie, weil sie weniger erbärmlich ist als die Alternative: dass sie genau wusste, was heute bedeutete, und es ihr nicht wichtig genug war, ein Teil davon zu sein.

Der Umkleideraum ist voller Stahlbänke und schlechter Beleuchtung, ein Spiegelbild dessen, wie ich mich in Bezug auf mein Leben fühle. Es ist das Niemandsland zwischen dem, was gerade passiert ist, und dem, was passieren wird, und ich stecke darin fest. Meine Krawatte ist halb gelöst, der Knopf an meinem Kragen ist offen, und meine Entschlossenheit löst sich in etwa dem gleichen Tempo auf. Ich sitze da, meinen Kopf gegen das kalte Metall meines Spinds gelehnt, und warte auf ein Zeichen vom Universum oder vielleicht auch nur von meinem Handy.

Marcus kommt herein wie eine beiläufig geworfene Granate.

Er begutachtet die Trümmer meines Optimismus, wirft sein Stethoskop mit einer lässigen Handbewegung in seinen Spind und setzt sich dann neben mich.

»Dachte mir, dass ich dich hier finde«, sagt er und macht es sich bequem, als würde er eine gute Show genießen wollen.

»Wo sonst?«, erwidere ich und starre auf meine Schuhe. Sie sehen aus, als wären sie sich ihres Weges sicherer als ich.

Marcus lehnt sich zurück, ein Bein ausgestreckt, das reinste Abbild entspannter Beobachtung. »Hab gehört, die Nachbesprechung des Traumaprotokolls war ein echter Knaller.«

»Fesselnd«, murmele ich. »Hätte fast um eine Fortsetzung gebeten.«

Er nickt und mustert mich mit seinem ruhigen Röntgenblick. »Wie geht's dem großen Tier aus San Francisco?«

»Welchem?«, frage ich. »Dem Typen, von dem sie denken, er freut sich drauf zu gehen, oder dem Typen, der den Ausgang nicht findet?«

Marcus lächelt, unbeeindruckt von meinen Ausweichmanövern. »Wahrscheinlich beiden.«

Der Raum ist für einen Moment still. Er ist erfüllt von den Geräuschen meiner eigenen Unsicherheiten, die von den Spinden widerhallen. Ich fahre mir mit der Hand übers Gesicht, als könnte das die letzten zwei Wochen wegwischen.

»Ich habe Patel gesagt, dass ich meine Kündigungsfrist einhalten werde«, sage ich schließlich. Die Worte fallen wie Gewichte, und ich erwarte, dass der Aufprall lauter ist.

Marcus zuckt nicht zusammen. Er studiert meinen Gesichtsausdruck, oder vielleicht dessen Fehlen, und nickt dann. »Wann bist du weg?«

»Samstag. Noch drei Schichten.« Ich hole tief Luft, mehr aus Gewohnheit als aus Notwendigkeit. »Ich dachte, es wäre der Traum. Jetzt fühlt es sich einfach nur wie … Eigendynamik an.«

Marcus nimmt mein Geständnis mit der Gelassenheit von jemandem auf, der es gewohnt ist, mit krummen Dingern umzugehen. Er ist still und lässt mir die Wahl, die Lücken zu füllen oder nicht. Er weiß, dass es manchmal schon ein Wunder ist, die Worte überhaupt herauszubekommen.

»Eigendynamik«, wiederholt er, als würde er den Geschmack davon auskosten. »Ja, das verstehe ich.«

»Es ist nicht das, was ich erwartet habe.« Ich höre den Riss in meiner Stimme und frage mich, wie ich es so weit habe kommen lassen.

»Das Leben ist so eine Bitch«, sagt er mit der Autorität von jemandem, der es wissen muss.

Ich schüttle den Kopf und versuche, die Vorstellung zu vertreiben, dass alles, was ich tue, falsch ist. »Was, wenn ich das gar nicht will?«

Marcus stürzt sich nicht mit einer Antwort darauf. Er sitzt mit der Stille da, und da weiß ich, dass wir wirklich ein Gespräch führen.

»Dann nimm es nicht an«, sagt er schließlich, als wäre es so einfach.

»Es ist schon alles in die Wege geleitet, die Papiere sind eingereicht«, sage ich ihm. »Wie ein Güterzug, weißt du? Er hat irgendwie an Fahrt gewonnen, ohne dass es jemand wirklich bemerkt hat, und jetzt fährt er einfach weiter.«

Sein Blick ruht auf mir, ruhig und wissend. »Heißt nicht, dass du drauf bleiben musst.«

Es gibt mehr, was ich sagen will, mehr, von dem ich nicht weiß, wie ich es sagen soll. Marcus wartet ab, mit der Geduld von tausend Heiligen in einem einzigen sarkastischen Stationsleiter.

»Ich gehe, weil –« Die Worte bleiben stecken, als dürften sie nicht ausgesprochen werden.

»Es einfacher ist, als zu bleiben?«, beendet Marcus den Satz für mich.

»So was in der Art.«

Er zuckt mit den Schultern. »Dann steh dazu. Oder ändere es.«

»So einfach ist das nicht«, beharre ich, obwohl ein Teil von mir glauben will, dass es so ist. »Es ist nicht so, als könnte ich einfach –«

»Bleiben?«, grätscht er dazwischen. »Ziemlich sicher, dass du das könntest, wenn du wolltest.«

Seine Beobachtung trifft die Wahrheit zu genau. »Und was

zum Teufel soll das Bleiben ohne Lily?«, fordere ich ihn heraus und hasse den Klang ihres Namens und die Macht, die er hat.

»Vielleicht ist es schwerer. Aber vielleicht ist es besser.«

Wir sitzen eine Weile da, keiner von uns bereit, die Stille als Erster zu brechen.

»So sollte es nicht sein«, sage ich, obwohl ich weiß, dass es wie ein Klischee klingt, aber ich muss es trotzdem sagen.

»Das sind die Dinge selten.«

Ich versuche zu lächeln, aber es erreicht meine Augen nicht. »Und was mache ich jetzt?«

Marcus steht auf und wischt beiläufig über die Bank, als wäre es wichtig, keine Spuren zu hinterlassen. »Das weißt nur du, Mann.«

Ich sehe ihm nach, wie er hinausgeht und mich allein mit meinem halb offenen Spind und meiner völlig offenen Ungewissheit zurücklässt. Mir fällt auf, dass er nie etwas von Abschied gesagt hat. Ich frage mich, ob er etwas weiß, was ich nicht weiß, oder ob er einfach nur auf mich setzt, wie er es immer tut.

Ich sitze noch eine Weile da und warte darauf, dass die Antworten kommen. Ich will, dass sie in klaren, unkomplizierten Paketen ankommen, wie die Testergebnisse, die wir uns in der Notaufnahme immer wünschen. Stattdessen bekomme ich nur das leise Klicken der Tür, als sie hinter Marcus ins Schloss fällt.

Die Stadt sieht von hier oben klein aus, wie eine Spielzeugversion von sich selbst. Es unterscheidet sich nicht so sehr von der Art, wie meine Zukunft aussieht: etwas, das ich in den Händen halten kann, aber nicht unbedingt etwas, das ich will. Ich nehme einen Schluck Kaffee in der Hoffnung, dass mich die Bitterkeit erden wird, aber alles, was sie tut, ist mich daran zu erinnern, wie weit ich abgedriftet bin.

Die Fenster des Krankenhauses leuchten unter mir, eine Erinnerung an all die, die ich zurücklasse, ob ich es will oder nicht. Ein Hubschrauber steigt in den Himmel, seine Rotoren schneiden durch die Nacht. Ich sehe ihm nach, wie er in der

Ferne verschwindet, und flüstere die Worte, die ich nicht sagen sollte: »Klug ist nicht dasselbe wie richtig.«

Die Luft ist kalt, betäubt meine Finger und mein Gesicht, aber ich rühre mich nicht. Ich bin wie angewurzelt, eine einsame Gestalt auf diesem verlassenen Dach, und fühle mich, als stünde ich kurz davor, in etwas zu springen, das größer ist, als ich bewältigen kann.

Ich nehme noch einen Schluck Kaffee, dessen Wärme die Teile von mir, die sie am meisten brauchen, nicht ganz erreicht. Er schmeckt wie all meine Morgen hier, all die Tage, die ich damit verbracht habe, Traumata zu jagen und Verpflichtungen auszuweichen. Die Erinnerungen an Lily verschwimmen mit den Erinnerungen an diesen Ort, und jede ist schwerer wegzupacken als die letzte.

So sollte es nicht sein. Ich kam hierher in dem Glauben, ich könnte sauber rauskommen, dass das Gehen eine Entscheidung war, die ich bereits getroffen hatte. Aber es ist unordentlicher, als ich es mir je vorgestellt hatte, verstrickt in mehr Gefühle, als ich zu handhaben weiß.

Lilys Name liegt mir auf der Zunge, bereit, mich jeden Moment zum Stolpern zu bringen. Ich dachte, ihn auszusprechen, würde die Dinge klarer machen, aber alles, was es tut, ist, alles auf den Kopf zu stellen.

Wir hätten niemals passieren dürfen. Sie war zu ehrgeizig, zu konzentriert, zu sehr wie die Person, von der ich immer dachte, ich würde sie sein, aber nie wurde. Und irgendwie haben wir funktioniert. Irgendwie hat sie mich dazu gebracht, die Person sein zu wollen, von der ich immer dachte, ich würde sie nie sein.

Jedes Fenster unten ist ein anderer Teil meines Lebens, der stetig leuchtet, während ich an- und ausgehe. Ich stelle mir Lily irgendwo da unten vor, wie sie eine Hundert-Stunden-Schicht schiebt und so tut, als täte es nicht weh. Sie ist diejenige, die mich davon überzeugt hat, dass ich mehr zu bieten hatte, als ich dachte. Sie ist diejenige, die ich verlasse, weil sie diejenige ist, die am meisten zählt.

Wenn ich bleibe, was bedeutet das? Wenn ich gehe, wer bin ich ohne sie?

Das Krankenhaus summt unter mir, voller Menschen, die besser im Überleben sind als ich. Jedes Licht repräsentiert jemanden, der kämpft, heilt, sich verabschiedet. Ich dachte, Abschiednehmen sei meine Stärke, aber jetzt fühlt es sich an, als könnte es das sein, was mich endgültig erledigt.

Ich sehe die Stadt, wie sie sich in alle Richtungen ausbreitet, riesig und gleichgültig. Ich rede mir ein, ich kann mich darin verlieren, diese Gefühle verlieren, neue finden. Aber ich will keine neuen. Ich will die alten, die unmöglichen, diejenigen, die begannen, als ich noch nicht einmal wusste, dass sie es taten.

Ein dumpfes Dröhnen ertönt, als ein Rettungshubschrauber abhebt und die Stille mit seiner Dringlichkeit zerreißt. Ich verfolge ihn, wie er von der Landeplattform aufsteigt, und wünsche mir, ich könnte ihm folgen, wohin auch immer er fliegt. Wünsche mir, ich könnte einfach weiterfliegen, nie landen müssen.

Der Hubschrauber verschwindet in der Dunkelheit, ein Teil des Notfalls von jemand anderem, der wichtiger ist als meiner. Ich atme tief ein, lasse die Nachtluft meine Lungen füllen und wünsche mir, sie würde auch die leeren Stellen in mir füllen.

Ich sage mir, dass ich morgen endlich den letzten Rest einpacken werde. Dass ich meine Schicht am Freitag beenden und fahren werde, bis die Entfernung es einfacher macht. Aber ich weiß, tief im Inneren, dass Entfernung nicht das ist, was ich brauche.

Mein Leben ist ein Katastrophengebiet, organisiert in sauber beschrifteten Kisten. In ein paar Tagen wird der ganze Kram auf einen Lastwagen geladen, bestimmt für eine Zukunft, die überhaupt nicht so aussieht, wie ich sie mir vorgestellt habe. Ich halte meine Hände beschäftigt, wie ich es immer tue, wenn mein Kopf ein hoffnungsloser Fall ist. Teller einwickeln, Bücher einpacken, mein Handy auf Nachrichten überprüfen, die nicht da sind. Es ist wie Triage, nur dass der Patient ich bin.

Ich wandere durch die Wohnung, nehme wahllos Gegenstände in die Hand und entscheide über ihr Schicksal. Da ist ein Stapel Dinge, die ich mitnehmen will, ein größerer Stapel Dinge, die ich bereit bin wegzuwerfen, und ein riesiger Stapel Zweifel, die ich nicht loswerde. Ich lasse einen Stapel CDs in eine Kiste mit der Aufschrift BEHALTEN fallen und frage mich, wann ich das letzte Mal eine davon gehört habe. Ich klebe sie trotzdem zu, weil ich in meinem Leben schon genug Dinge infrage stelle, ohne Musik zur Liste hinzuzufügen.

Bücher sind einfacher. Ich werfe sie in Kisten, ohne mir die Mühe zu machen, sie nach Genre und Autor zu sortieren, wie ich es normalerweise tun würde. Selbst ich bin nicht verrückt genug, um mich darum zu kümmern, ob Atul Gawande an diesem Punkt neben Dr. Seuss landet. Die Wohnung sieht aus wie ein Kriegsgebiet, mit Pappsplittern und Klebeband überall verstreut.

Ich wickle Gläser in Zeitungspapier, nur mit halber Kraft, weil es mir eigentlich egal ist, ob sie auf dem Weg in meine glänzende neue Existenz zerbrechen. Als ich nach einem weiteren greife, sehe ich den Rand eines Supermarktbelegs, der unter einigen Papieren hervorlugt. Ich weiß genau, was es ist, bevor ich ihn überhaupt aufhebe.

Lilys Handschrift ist unverkennbar, die Buchstaben scharf und spitz, als hätte sie versucht, ihre Meinung in die Seite zu stechen: »Du hast den Gaumen eines Zwölfjährigen. Das ist kein Kompliment.«

Ich erinnere mich nicht, was ich an diesem Abend gekauft habe, aber ich erinnere mich an den Ausdruck auf ihrem Gesicht, als sie es sagte. Die Mischung aus Unglauben und Zuneigung. Die Art, wie sie mir das Gefühl gab, dass lächerlich zu sein eine Fähigkeit ist. Ein widerstrebendes Lächeln zerrt an meinen Lippen, und ich hasse es, wie viel Macht sie immer noch über mich hat.

Ich sollte den Zettel wegwerfen. Das wäre die kluge, saubere, distanzierte Sache. Stattdessen glätte ich ihn und lege ihn vorsichtig auf die Arbeitsplatte, direkt neben die Rolle Klebeband, die ich zu ignorieren gedenke.

Ich nehme einen weiteren Stapel Geschirr in die Hand, aber ich werde das Gefühl nicht los, dass es schwerer ist, als es sein sollte. Vielleicht liegt das daran, dass ich nicht nur für San Francisco packe – ich packe, um zu vergessen. Ich lasse die Teller mit weniger Enthusiasmus in eine Kiste fallen als eine Keynote auf einer medizinischen Konferenz.

Alles, was ich berühre, scheint eine Erinnerung daran zu haben. Ein altes Paar Turnschuhe, von denen sie sagte, sie sähen aus, als hätte ich sie aus der Fundsachenkiste einer Mittelschule geklaut. Ein Foto von uns auf der Krankenhaus-Spendengala, wo wir so taten, als wären wir höflich, aber unsere Augen sagten etwas anderes. Ich werfe es auf den Müllhaufen, fische es dann wieder heraus und füge es zum BEHALTEN-Stapel hinzu.

Ich höre die Stimme meiner Mutter in meinem Kopf, die mich daran erinnert, wie man das macht, so wie sie alles macht: mit Liebe und viel zu viel Sorge. *Eins nach dem anderen, Noah. Du schaffst niemals alles auf einmal.*

Eins nach dem anderen, und nichts davon fühlt sich echt an. Früher war ich gut darin, Dinge nicht echt fühlen zu lassen, aber Lily hat mich dafür ruiniert.

Mein Handy liegt auf der Arbeitsplatte und verspottet mich mit seiner Stille. Ich überprüfe es erneut, in der Hoffnung auf eine Nachricht von ihr, selbst wenn es nur ein sarkastischer Seitenhieb darauf ist, wie viel Zeug ich für einen Kerl habe, der behauptet, sein Leben passe in ein Handgepäckstück.

Der Bildschirm bleibt leer, ein digitaler Mittelfinger an meine Verleugnung. Ich lege es mit dem Gesicht nach unten hin, weil es nicht so weh tut, ihn nicht zu sehen, wie nichts zu sehen.

Ich gehe zum Kleiderschrank und stopfe Kleidung mit der Finesse eines Assistenzarztes in seiner ersten Nachtschicht in Koffer. Alles riecht nach Vertrautheit, nach Geborgenheit, nach Zuhause, und nichts davon gehört in eine Stadt, die einen ganzjährigen Bauernmarkt hat.

»Sei nicht so ein Klischee«, würde Lily sagen, wenn sie mich jetzt sehen könnte. »Grübeln steht dir nicht.« Aber sie kann mich nicht sehen, und Grübeln ist alles, was ich habe.

Schließlich ist die Wohnung genauso unordentlich, aber mein Kopf ist ein wenig weniger durcheinander. Ich habe den schwierigen Teil vermieden, und ich weiß es. Marcus würde mich darauf ansprechen, wenn er hier wäre.

»Du bist nicht bereit zu gehen, Mann«, würde er sagen.

Und ausnahmsweise hätte ich keine Widerworte.

Ich setze mich auf die Couch, umgeben von dem Chaos, das ich geschaffen habe, und erlaube mir vorzustellen, wie es wäre, wenn ich bliebe. Wenn ich San Francisco sagen würde, es solle sich seine Dungeness-Krabben und seinen Nebel sonst wo hinstecken, und stattdessen mit dem Auspacken anfangen würde. Der Gedanke ist warm und dumm, so wie alle meine besten in letzter Zeit zu sein scheinen.

Ich lasse ihn länger nachwirken, als ich sollte. Dann stehe ich auf, schnappe mir etwas Klebeband und tue so, als würde ich das immer noch tun, weil ich es will. Aber Lilys Zettel bleibt auf der Arbeitsplatte, seine Anwesenheit das Einzige an diesem Umzug, das irgendeinen Sinn ergibt.

In meinem Auto ist es still, aber ich schwöre, ich kann mein Gehirn schreien hören. Wenn Marcus mich jetzt sehen würde, würde er sagen, es sieht aus, als wäre ich schon gegangen. Dass ich nur darauf warte, dass der Rest von mir nachkommt. Mein Handy leuchtet in meiner Hand, eine ständige Erinnerung an meine Feigheit. Lilys Name ist genau da und verhöhnt mich.

Ich tippe: *Fahre Samstag. Wollte nicht gehen, ohne zu sagen –*

Ich höre auf zu tippen und starre auf den Halbsatz. Das Ganze stinkt nach Verzweiflung, und selbst ich bin nicht bereit, mich dem zu stellen.

Ich starre aus der Windschutzscheibe und sehe zu, wie die Dämmerung die Stadt verschluckt. Es ist auf eine einsame Art schön, die Art von Aussicht, die man nur zu schätzen weiß, wenn man sich eingeredet hat, man sei der Einzige, der sie sieht. Seattle sieht von hier aus anders aus, als wüsste es bereits, dass ich gehe, und es kümmert sich nicht genug, um sich zu verabschieden.

Mein Daumen tippt gegen das Lenkrad, ein Morsealphabet des Zögerns. Ich rede mir ein, dass ich hier sitze, um die Dinge zu klären, aber es geht mehr darum, dass ich gar nichts klären kann. Es ist, als hätte ich mein ganzes Leben in Kisten verpackt, und jetzt ist kein Platz mehr für Worte.

Ich schaue wieder auf das Handy, die Helligkeit ist zu viel für dieses Halbdunkel. Da ist sie: Lily. Genau dort, wo ich immer wusste, dass sie sein würde. Nirgends in meiner Nähe.

Es kostet eine dumme Menge an Anstrengung, auf ihren Namen zu klicken, als wäre er mit all den Dingen verbunden, die ich versucht habe, auszustöpseln. Ich scrolle durch alte Nachrichten, den vertrauten Austausch von Sarkasmus und Beinahe-Zuneigung. Jede einzelne ist ein Stich ins Herz, von dem ich dachte, ich hätte es betäubt.

Fahre Samstag. Wollte nicht gehen, ohne zu sagen –
Der Satz verhöhnt mich mit seiner Unzulänglichkeit.

Das Auto fühlt sich kleiner an, als würde es sich in sich selbst zusammenfalten. Als wäre ich an einem Ort gefangen, aus dem ich zu entkommen versuche, sowohl auf der Landkarte als auch in meinem Kopf. Ich möchte die Tür aufreißen und zurück nach drinnen rennen, Lily finden, sie zur Einsicht bringen. Aber meine Füße kleben an der Fußmatte, und das Einzige, wovor ich weglaufe, ist das, was ich wirklich will.

Ich versuche eine neue Nachricht. Gleicher Anfang, gleiche Leere. Gleiches Ergebnis.

Fahre Samstag. Wollte nicht gehen, ohne zu sagen –
Ein paar Zeichen mehr, und ich könnte ihn beenden. Aber dann wäre es real, und sie könnte nicht antworten, und das würde mich wahrscheinlich in zwei Hälften brechen.

Der unvollendete Gedanke steht da, als würde er mich herausfordern, auf Senden oder Löschen zu drücken oder auch nur zu atmen.

Ich drücke die Rücktaste. Es ist fast schwerer, als nicht auf Senden zu drücken. Jeder Buchstabe verschwindet in einer feigen Rauchwolke.

Das Innere des Autos wird dunkler, der Handy-Bildschirm ist mein einziges Licht. Vielleicht sitze ich hier, bis der Akku leer ist. Vielleicht sitze ich hier, bis ich sterbe. Alles fühlt sich leichter an als das, was ich tun soll.

Mein Handy landet mit mehr Wucht als verdient auf dem Beifahrersitz. Ich umklammere das Lenkrad fester, als würde mich das davon abhalten, komplett aus den Fugen zu geraten. Tut es nicht.

»Verdammt noch mal, Noah«, sage ich zu dem leeren Auto.

Ich umklammere das Lenkrad erneut und frage mich, ob ich mich festhalte oder zurückhalte.

Die Stadt vor dem Fenster glitzert gleichgültig, jedes Licht eine Erinnerung an etwas, das ich vermissen werde. Früher dachte ich, ich würde nichts vermissen, und jetzt denke ich, ich werde alles vermissen. Aber am allermeisten werde ich sie vermissen, und sie ist das Einzige, woran ich kein Recht habe, mich festzuhalten.

Ich starre auf den leeren Bildschirm und warte darauf, dass er sich mit besseren Ideen füllt als denen, die ich habe. Stattdessen wird er schwarz und spiegelt das Innere meines Kopfes wider.

Wenn sie mich hätte aufhalten wollen, hätte sie es getan.

Wenn sie mich hätte aufhalten wollen –

Ich drehe den Schlüssel im Zündschloss, und das Auto stottert zum Leben und bricht die Stille mit einem mechanischen Husten. Es ist ein kalter Klang, ein einsamer Klang, wie der Soundtrack all meiner schlimmsten Ängste. Ich fahre vom Bordstein weg und fahre los.

LILY

Ich wache um vier Uhr siebenunddreißig morgens auf, weil ich Dinge zu erledigen habe und jemand bin, der die Dinge in die Hand nimmt. Oder vielleicht, weil ich nicht wirklich geschlafen habe und kein Tatendrang der Welt die Tatsache ändern kann, dass er so gut wie weg ist.

Eine Woche ist es her, seit Noah seine Kündigung eingereicht hat. Eine Woche, in der ich auf Operationsberichte gestarrt und so getan habe, als wäre mir Hämoglobin wichtiger als er. Eine Woche, in der ich nichts zu ihm gesagt habe, und heute wird seine letzte Schicht in Emerald Bay sein.

Ich stopfe mir das Kissen über den Kopf, aber seine Worte sind immer noch da, sonnenklar und unmöglich zu ignorieren: *»Du bist diejenige, die mich hat gehen lassen.«* Es stellt sich heraus, dass man die beste Assistenzärztin für Chirurgie im Krankenhaus sein und trotzdem keine Ahnung haben kann, wie man sich selbst wieder zusammenflickt.

Ich schäle mich aus dem Bett. Es ist für alles zu früh, außer für Reue. Vielleicht für Kaffee, wenn ich großzügig bin. Aber wenn man emotional angeschlagen ist und zu neunzig Prozent aus Koffein besteht, ist es ein schmaler Grat zwischen großzügig und erbärmlich. Das Parkett ist kalt unter meinen Füßen, die ganze Wohnung ist still, bis auf das Geräusch, wie ich langsam zerbreche.

Es gibt einen Stapel medizinischer Fachzeitschriften auf dem Küchentisch, die oberste ist bei einem Artikel aufgeschlagen, den ich nie wirklich gelesen habe. »Fortschritte in der Herz-Thorax-Chirurgie«. Es sollte mein Mantra sein, mein Lebenszweck. Jetzt ist es nur noch eine Anklage. Ich klappe die Zeitschrift zu und schalte die Kaffeemaschine ein, während ich beobachte, wie sich die Kanne mit wässrigen Versprechungen von Wachheit füllt.

Ich starre auf das Tropf, Tropf, Tropf des Kaffees. Ausnahmsweise kommt er mir zu langsam vor. Meine Gedanken springen zwischen dem genauen Moment, in dem ich wusste, dass ich ihn verlieren würde (als er mich fragte, ob er gehen sollte), und dem Moment, in dem ich ihn verlor (im Aufzug, wo ich etwas hätte sagen können, irgendetwas). Die Erinnerungen schmerzen, aber ich kann nicht aufhören, in ihnen zu stochern. Ich fahre mir durch die Haare, reiße das Haargummi aus meinem Pferdeschwanz und versuche zu atmen.

Mein Handy summt und durchschneidet den Nebel der Unentschlossenheit. Wahrscheinlich ein OP-Alarm. Jemand anderes braucht etwas, das nur ich tun kann. Ich werfe einen Blick auf den Bildschirm, und mein eigenes Spiegelbild starrt zurück, unausgeschlafen und wütend. »*Du bist diejenige, die mich hat gehen lassen*«, flüstert es immer und immer wieder, bis ich das verdammte Ding am liebsten zerschmettern würde.

Er gab mir jede Gelegenheit, ihn aufzuhalten. »*Sag mir, dass ich nicht gehen soll*«, hatte er gesagt, sein Blick zu ruhig, zu geduldig. Ich war wie erstarrt. Natürlich war ich erstarrt. Ich bin Dr. Lily Harper, die Eiskönigin von Emerald Bay, so professionell, als hätte ich einen Stock im Arsch meines perfekt gebügelten Kittels stecken.

Ich greife nach dem Handy, die Finger so fest, dass die Hülle knacken könnte. Es fühlt sich nicht so an, als würde es in meine Hand gehören. Zu ungeschickt. Zu unsicher. Aber ich weiß, dass ich anrufen werde, auch wenn ich nicht weiß, was ich sagen werde.

Zuerst Kaffee. Ich fülle eine Tasse und verbrenne mir beim

ersten Schluck die Zunge, dann nehme ich sofort noch einen. Selbstbestrafung ist eine meiner Spezialitäten.

Maria geht beim zweiten Klingeln ran. »Lily?« Sie klingt schlaftrunken, wahrscheinlich in einen kitschigen, romantischen Schlaf gehüllt, den ich gerade ruinieren werde.

»Ich brauche einen Gefallen«, sage ich, die Worte sprudeln aus mir heraus, bevor ich sie zurückhalten kann. »Und ein bisschen Hilfe dabei, eine Szene zu machen.«

Es gibt eine Pause. Sie fragt sich, ob sie noch träumt oder ob ich wirklich und endgültig den Verstand verloren habe. »Ist alles in Ordnung bei dir?«

»Mir geht's großartig«, lüge ich, weil das meine Art ist. »Können wir uns später treffen? Ich erkläre es dir dann.«

»Natürlich«, sagt sie mit weicher Stimme. »Wir sehen uns um acht. Ich bringe Kaffee mit.«

Ich lege auf und stehe da, klammere mich an meine leere Tasse, als wäre sie das Einzige, was mich vor dem Zusammenbruch bewahrt. Ein Gefallen. Eine Szene. Es ist drastisch, das weiß ich. Aber das Aufwachen in einem leeren Bett und die Erkenntnis, dass ich das nicht allein in Ordnung bringen kann, ist es auch.

Die Minuten vergehen schweigend, jede einzelne ein Countdown zu etwas, das ich noch nicht definiert habe. Ich denke darüber nach, was Maria sagen wird, über die absurden Längen, die sie gehen wird, nur um zu sehen, wie ich zugebe, dass ich Hilfe brauche. Ich stelle mir vor, wie sie mit einer Thermoskanne so groß wie mein Ego und einem unerträglich wissenden Lächeln auftaucht.

Aber nichts davon ist wirklich wichtig. Wichtig ist, dass ich eine Entscheidung getroffen habe. Eine wilde, erschreckende, absolut notwendige Entscheidung. Ich stelle meine Tasse auf die Arbeitsfläche, richte mich aufrechter auf als in den letzten Tagen und lasse Noahs letzte Worte, die er zu mir gesagt hat, in meinem Kopf widerhallen, bis Entschlossenheit die Angst ersetzt: *»Du bist diejenige, die mich hat gehen lassen.«*

Ich sitze Maria in der Cafeteria von Emerald Bay gegenüber und umklammere einen trockenen Muffin, als wäre er ein chirurgisches Instrument.

»Ich muss eine Szene machen«, wiederhole ich, weil ich mir immer noch nicht sicher bin, ob ich es selbst glaube.

Aber Maria glaubt es. Ich erkenne es an der Art, wie ihre Augen aufleuchten, als hätte ich ihr gerade eine goldene Eintrittskarte zu meinem emotionalen Zusammenbruch überreicht.

»Ich wusste, dass du zur Vernunft kommen würdest«, sagt sie und strahlt mich an wie die unverbesserliche Romantikerin, die sie ist.

Ich versuche, nicht finster zu blicken. »Ich bin zu gar nichts gekommen. Ich muss nur mit ihm reden, bevor er ...« Ich halte inne. Es zuzugeben, würde es real machen.

»Bevor er geht«, beendet sie meinen Satz ohne Zögern. Es ist, als würde man jemandem zusehen, der ein Skalpell mit absoluter Präzision führt.

Es dauert fünf Sekunden, bis sie Ethan rekrutiert hat, sechs, bis er sich uns anschließt, und sieben, bis sich mein Inneres zum festesten Knoten der Welt zusammenzieht. So muss es sich also anfühlen, Freunde zu haben.

»Wir schmeißen eine Abschiedsfeier für Noah«, verkündet Maria, und Ethans Augen weiten sich.

»Weiß er davon?«, fragt Ethan mit einem Hauch von Panik in der Stimme. Er hat von meinem Kontrollzwang gehört, davon, wie ich schon so manchen ahnungslosen Kollegen überrollt habe.

»Wird er«, sagt Maria grinsend. »Das ist ja der Punkt.«

Ethan schüttelt den Kopf. »Wenn das schiefgeht ...«

»Wird es nicht«, unterbricht ihn Maria, so sicher, dass ich ihr fast glaube.

Ethan nickt und lässt sich von der Stimmung anstecken. »Marcus kann ihn herlocken. Wir lassen es wie eine kurzfristige Abschlussbesprechung aussehen.«

Beide sehen mich jetzt an, Marias Augen voller Erwartung, Ethans voller sanfter Unterstützung. Ich atme tief durch.

»Okay«, gebe ich nach. »Machen wir eine Szene.«

Wir gehen in den Verwaltungstrakt, in eine ruhige Ecke, wo Maria und Ethan die Logistik besprechen, während ich so tue, als würde ich die Aufsicht führen.

»Wir müssen einen Raum reservieren«, sagt Maria und blättert mit alarmierender Effizienz durch ein Klemmbrett.

»Und Essen«, fügt Ethan hinzu. »Du weißt ja, wie Noah bei Snacks ist.«

»Ich bestelle etwas«, biete ich an, um wieder einen Anschein von Kontrolle zu erlangen.

Maria zieht eine Augenbraue hoch. »Vielleicht lässt du uns das machen?« Sie ist sanft, aber bestimmt, eine Erinnerung daran, dass ich sie um Hilfe gebeten habe und sie diese auch annehmen muss.

Ich sitze an einem Schreibtisch mit einem leeren Blatt Papier und einem Stift, der sich zu schwer in meiner Hand anfühlt. Worte sollen eigentlich meine Spezialität sein. Prägnant. Klar. Aber nichts an dieser Sache fühlt sich chirurgisch an.

»Ich dachte früher, Professionalität bedeutet Distanz«, kritzle ich und streiche es sofort durch. »Nein. Zu klinisch.«

Ich versuche es noch einmal. »Ich habe gelernt, dass Verbindung keine Belastung ist.« Wieder ein Strich dadurch, die Tinte verschmiert wie der Verrat an meinen eigenen Absichten. Ich knülle das Papier zusammen und werfe es zur Seite.

Maria beobachtet mich vom anderen Ende des Raumes, ihr Mitgefühl ist spürbar. »Es ist okay, weißt du«, sagt sie. »Nicht alles geplant zu haben.«

»Ich bin nicht gut darin, nicht zu planen«, murmle ich, mehr zu mir selbst als zu ihr.

Sie lacht leise. »Dann wirst du üben müssen.«

Sie planen um mich herum, Maria und Ethan, tauschen geflüsterte Worte aus, die in mein Bewusstsein ein- und wieder ausdringen. Ich bin das nicht gewohnt, das Gefühl, dass sich Menschen um mich scharen, und zwar für etwas anderes als ein medizinisches Wunder.

»Der Raum ist gebucht«, verkündet Ethan.

Maria reicht mir ein Blatt Papier. »Hier ist der Zeitplan.«

Ich starre es an, dann schaue ich zu ihnen und wieder auf den gekritzelten Plan. Sie haben an alles gedacht. Ich denke daran, wie anders ich das allein gemacht hätte. Steril. Kalt. Nichts wie dieses ... gemeinschaftliche Chaos.

»Okay«, sage ich mit festerer Stimme. »Das könnte tatsächlich funktionieren.«

Maria nickt, ihr Lächeln ist von der Art, die auf Optimismus besteht. »Wird es.«

Ich höre, wie sich die Tür hinter mir öffnet, aber ich drehe mich nicht um. Ich weiß, dass er es ist. Ich fühle es, bevor ich es sehe – die subtile Veränderung in der Luft, die Pause im leisen Rascheln von Papieren und höflichem Gemurmel. Der Raum reagiert auf seine Ankunft vor mir. Mein Herz schlägt, als hätte es einen Elektroschock bekommen.

Ich werfe einen Blick über meine Schulter. Da ist er. Noah, im Türrahmen stehend, als wäre er unsicher, ob er hereinkommen oder weggehen soll. Für eine Sekunde steht er nur da, lässt seinen Blick durch den Raum schweifen, bis er auf mir landet. Er zögert. Allein das bringt mich schon fast aus der Fassung.

Ich frage mich, ob er fliehen wird. Ob ich zuerst etwas sagen sollte. Aber dann macht er einen Schritt hinein – vorsichtig, undurchschaubar – und ich weiß, das ist es. Mein Moment. Mein Puls ist ein stetiger Trommelschlag gegen meine Rippen, und ich zwinge mich, still zu bleiben. Zu sprechen, bevor die Panik siegt.

Der Raum versinkt in einer schweren Stille, von der Art, die einem die Rippen zerquetscht und das Atmen unmöglich macht. Oder vielleicht bin das auch nur ich. Ich weiß, dass ich sprechen muss, bevor ich den Mut verliere, aber mein Mund ist so trocken, als wäre er mit Sand gefüllt. Das ist es, was er mit mir macht, was er schon immer mit mir gemacht hat – er macht mich stumm und unfähig, als wäre ich alles andere als die beste und brillanteste

Version meiner selbst. Ich darf mich jetzt nicht davon aufhalten lassen.

Ich trete vor, und die Bewegung fühlt sich allein schon wie eine Erklärung an. Ich sehe ihm quer durch den Raum in die Augen, und tausend ungesagte Worte nehmen endlich Gestalt an. »Ich dachte früher, Professionalität bedeutet Distanz«, beginne ich, meine Stimme kaum lauter als ein Flüstern. Aber es reicht. Es reicht, um die Stille weit aufzubrechen.

Noahs Gesichtsausdruck verändert sich. Ich habe seine Aufmerksamkeit.

Meine Worte sprudeln aus mir heraus, unsicher, aber entschlossen. »Dass Gefühle gefährlich sind. Dass sie einen ertränken, wenn man sie zulässt. Und vielleicht stimmt das, aber was ich in der Zusammenarbeit mit dir gelernt habe – Noah – ist, dass Verbindung keine Belastung ist.« Ich halte inne, mein Blick auf ihn gerichtet. Es fühlt sich an, als stünde man am Rande einer Klippe, die Luft ist scharf und kalt und berauschend.

Der Raum scheint zu verblassen, die anderen Leute werden zu schattenhaften Umrissen der Unterstützung. Der Hoffnung. Aber ich kann meinen Blick nicht von ihm abwenden. Ich werde es nicht tun.

»Das, was uns besser macht«, beginne ich, das Zittern in meiner Stimme wird ruhiger. »Bessere Ärzte. Bessere Menschen.«

Noahs Gesicht ist eine Studie der Kontraste. Er versucht, seine Deckung beizubehalten, die Mauern aufrechtzuerhalten, von denen er glaubt, dass er sie braucht. Aber ich kann dahinter blicken, hinter die geübte Gleichgültigkeit, zu dem Teil von ihm, der immer noch an uns glaubt.

Also mache ich weiter. »Ich wollte das vor allen Leuten sagen«, gebe ich zu, zwinge mich zu atmen, jedes Wort zu fühlen. »Weil ich es nicht gesagt habe, als es am wichtigsten war.« Das Geständnis kostet mich etwas, aber es befreit mich auch. Ich tue es. Ich sage, was er hören muss.

»Ich will nicht, dass du gehst.«

Der Satz hängt im Raum, entblößt und roh. Jeder im Raum hört ihn, aber er ist nur für ihn allein bestimmt.

Ich mache einen Schritt nach vorn, und etwas in mir verändert sich, eine Wandlung, von der ich nicht wusste, dass ich dazu fähig bin. »Aber falls du es tust«, sage ich, meine Stimme gewinnt an Stärke, »solltest du wissen, dass ich keine Angst mehr habe.«

Seine Augen sind weit aufgerissen, Schock vermischt sich mit etwas, das sehr nach Hoffnung aussieht. Das beflügelt mich, gibt mir den Mut, ihn alles sehen zu lassen, was ich bin, ohne die Rüstung, die ich immer getragen habe.

Ich richte mich auf, meine Hände an den Seiten, die Handflächen geöffnet. Das ist das Ehrlichste, was ich je war. Das Verletzlichste. Aber auch das Echteste.

Kollegen werfen sich Blicke zu, dann wieder zu uns, der Raum ist geladen mit dem Gewicht dessen, was gerade passiert. Maria strahlt, leuchtet förmlich vor Triumph. Ethan bewegt sich unruhig, eine unbeholfene, aber unterstützende Präsenz an ihrer Seite. Marcus sieht ehrlich beeindruckt aus.

Aber nichts davon ist so wichtig wie das, was zwischen mir und Noah ist.

Ich sehe, wie er Luft holt, seine Fassung gerade so weit verrutscht, dass die Wirkung meiner Worte sichtbar wird. Er schweigt, aber ich spüre, wie sich die Antwort in ihm aufbaut.

Die Sekunden dehnen sich, und ausnahmsweise fülle ich sie mit nichts anderem als der Wahrheit dieses Moments. Der Wahrheit über mich.

Ein leises Murmeln geht durch den Raum. Jemand flüstert: »Wow.« Ein anderer sagt: »Das habe ich nicht kommen sehen.« Aber die Kommentare sind weit weg, ein Echo hinter der Intensität dessen, was ich gerade getan habe.

Die Rede, wenn man es überhaupt so nennen kann, ist vorbei. Oder vielleicht hat sie gerade erst begonnen.

Ich sehe ihm in die Augen, und zum ersten Mal, seit er weggegangen ist, sehe ich auch in ihm etwas aufbrechen.

Der Raum erwacht wieder zum Leben, aber ich bleibe standhaft und lasse die Verletzlichkeit sich in eine neue Art von Stärke verwandeln.

Wieder füllt Stille den Raum, aber diesmal ist sie anders. Diesmal ist sie voller Möglichkeiten, nicht voller Angst.

Und als ich wieder Luft hole, ist es ein tieferer Atemzug als jeder, den ich je zuvor genommen habe.

VIERUNDZWANZIG

NOAH

Ich bin wie auf dem Boden des Konferenzraums festzementiert, mein Herz schlägt mir bis zum Hals, mein Puls hämmert wie Donner und mein Atem ist irgendwo weit weg. Lily steht vor mir, ihre Augen sind dunkel, wild und voller Angst. Ich kriege den Mund nicht auf. Meine Beine versagen den Dienst. Vielleicht atme ich nicht einmal. Alles, was ich weiß, ist, dass ich zu ihr muss.

Um uns herum tun die Leute so, als würden sie ihre Gespräche wieder aufnehmen, aber das gedämpfte Geflüster und die nicht ganz so subtilen Blicke sind nicht zu übersehen. Kollegen, die ich kaum kenne, sind plötzlich vom neuesten Medizindrama mit Dr. Noah Carter und Dr. Lily Harper in den Hauptrollen gefesselt. Jemand aus der Pädiatrie blickt herüber, ihre Augen schießen zwischen uns hin und her, als erwarte sie eine Heiratsbekundung oder einen gemeinschaftlichen Selbstmord. Sogar Marcus schaut zu, sein Gesicht eine seltsame Mischung aus Überraschung und Selbstzufriedenheit, als hätte er die ganze Zeit gewusst, dass das passieren würde. Er ist nicht der Einzige. Aber niemand hat es so erwartet.

Vor allem ich nicht.

Lily wartet immer noch, ihr Geständnis hängt zwischen uns in der Luft wie ein stromführendes Kabel. Sie zuckt unter der Last der allgemeinen Aufmerksamkeit nicht zusammen, aber ich kann die Unverblümtheit in ihrem Gesicht sehen, wie ihre übliche Rüstung vollständig zerbrochen ist. Die knallharte Chirurgin, entblößt, menschlicher und zerbrechlicher, als ich sie je gesehen habe.

Mein Herz ist ein Presslufthammer, der versucht, sich einen Weg durch meine Rippen zu bahnen, und ich denke, vielleicht habe ich vergessen, wie das geht – wie man die Worte erwidert. Wie man das ist, was sie von mir verlangt. Wie man nicht alles verbockt.

Denn, heilige Scheiße, sie hat es tatsächlich gesagt. Das, worauf ich monatelang gewartet und nie zu hören geglaubt habe.

Meine Füße setzen sich in Bewegung, bevor ich es ihnen erlaube. Es fühlt sich an, als lägen Meilen zwischen uns. Als würde ich sie nie rechtzeitig erreichen. Und für eine wilde Sekunde frage ich mich, ob es sich so anfühlt zu fallen. Zu fallen, ohne eine Ahnung zu haben, ob da etwas ist, das einen auffängt. Ich durchbreche die unsichtbare Mauer aus Zuschauern und gehe einfach weiter, nicht weil alle zusehen, sondern weil ich körperlich nicht anhalten kann.

Lily steht vollkommen still, als könnte der ganze Moment zerbrechen, wenn sie sich bewegt. Sie sieht mich an, als wäre ich die letzte Frage im schwersten Test, und sie hat schreckliche Angst, sie falsch zu beantworten. Ich bleibe vor ihr stehen und sehe ihr in die Augen. Sie sind unglaublich dunkel.

»Du hättest auch einfach sagen können, dass du die Snacks vermisst hast«, sage ich, und die Worte purzeln unbeholfen aus mir heraus, als hätte ich sie noch nie zuvor benutzt.

Der Raum hält den Atem an, und für eine schreckliche Sekunde denke ich, sie könnte einfach gehen.

Aber dann lacht sie. Leise, atemlos und so vollkommen Lily, dass ich beinahe mitlachen muss. Die Anspannung zerreißt, etwas in meiner Brust löst sich, und heilige Scheiße, dieses Lachen fühlt sich an wie ein Sieg.

Ich will sie küssen. Ich will ihre Hand nehmen, sie aus diesem Konferenzraum zerren und wie die verliebten Idioten, die wir vielleicht, möglicherweise, wahrscheinlich sind, den Gang entlangrennen. Stattdessen lasse ich den Moment wirken und sehe zu, wie ihr Gesicht von etwas aufleuchtet, das an Erleichterung grenzt. Ich glaube nicht, dass ich sie je so schön gesehen habe.

»Das hätte ich mir denken können«, sagt sie, und ein Hauch ihres üblichen Sarkasmus schleicht sich wieder ein. »Du bleibst nur wegen des Essens.«

Die Hitze zwischen uns ist wie mitten im Juli, und ich frage mich, ob sie mein Herz so laut donnern hört wie ich. Ich versuche, etwas zu erwidern, aber plötzlich bin ich mir der hundert Augenpaare bewusst, die immer noch an uns kleben, des Raumes, der von ohrenbetäubender Stille zu verlegenem Husten und scharrenden Füßen übergegangen ist.

Dr. Norton aus der Onkologie räuspert sich und dreht sich weg, wobei er einen verwirrten Assistenzarzt mit sich zerrt. Marcus stößt die Ärztin aus der Pädiatrie an, die schnell den Blick abwendet. Es ist, als würde man einen Autounfall rückwärts beobachten, das Wrack richtet sich langsam wieder auf und macht weiter, als wäre nichts geschehen.

Ich war noch nie so dankbar, von einem Haufen emotional verkümmerter Chirurgen umgeben zu sein. Sie wissen nicht, ob sie klatschen oder uns ruhigstellen sollen. Sie tun so, als wäre es ihnen egal, aber ich weiß, dass morgen jede Abteilung darüber tuscheln wird. Ein Teil von mir möchte ihnen sagen, sie sollen sich um ihren eigenen Kram kümmern. Der Rest von mir möchte aus vollem Halse schreien.

Lily hat sich nicht bewegt, hat nicht weggeblickt, und die Verletzlichkeit in ihren Augen lässt alles in mir ins Wanken geraten. Sie verändert, wie ich mir diesen Moment vorgestellt habe. Sie verändert, wie ich dachte, ich würde sein. Ich hätte mir nie träumen lassen, dass ich hier stehen würde, während ganz Seattle zusieht, kurz davor, alles zu verlieren, von dem ich nicht wusste, dass ich es wollte.

Es ist verrückt, aber mein schrecklicher Witz ist das Mutigste, was ich hätte sagen können. Es ist nicht nur Humor, es ist ein Schutzschild – etwas, hinter dem ich mich verstecken kann, während ich herausfinde, wie ich mutig genug sein kann, den Rest zu sagen. Ich sehe Lily an, und ich habe nicht mehr so viel Angst. Weil sie nicht gegangen ist. Sie ist geblieben.

Und ich auch.

»Kommst du mit?«, frage ich, mir der Lächerlichkeit der Frage bewusst. Als ob sie jetzt gehen würde, nachdem sie mir ihr Herz quasi auf dem Silbertablett serviert hat. Aber das ist Lily Harper, und selbst nach all dem ist sie die unberechenbarste Frau, die ich je getroffen habe.

Sie tritt näher, ihr Gesichtsausdruck wechselt innerhalb eines Atemzugs von verängstigt zu entschlossen. »Muss ich dir dafür einen detaillierten Operationsplan geben?«

Ich grinse, und Erleichterung strömt wie eine verdammte Flutwelle durch mich. »Ein Flussdiagramm würde nicht schaden.«

Es fühlt sich an, als wären wir die einzigen beiden Menschen im Raum, und ich vergesse fast, dass die anderen immer noch dastehen, mit halboffenen Mündern, ihre Gehirne damit kämpfend zu verarbeiten, was gerade passiert ist. Als ich mich schließlich umschaue, begegne ich Marcus' Blick quer durch den Raum. Er nickt leicht, und ich kann ihn fast sagen hören: »Wurde auch Zeit.«

Die Wahrheit ist, ich dachte nicht, dass diese Zeit jemals kommen würde. Ich dachte nicht, dass sie es sagen würde oder dass ich in der Lage wäre, etwas darauf zu erwidern. Aber hier sind wir, und es ist alles, was ich zu ängstlich war zuzugeben, dass ich es wollte.

Lily wartet darauf, dass ich mich bewege, dass ich irgendetwas anderes tue, als wie ein Idiot hier herumzustehen, und ich habe nicht die Absicht, das zu vermasseln. Nicht jetzt. Ich greife nach ihrer Hand, spüre den Adrenalinschub, als ihre Finger meine berühren, und führe sie durch die fassungslose Menge.

Ich wusste bis jetzt gar nicht, was bleiben wirklich bedeutet. Bis jetzt. Bis zu ihr.

Wir sind fast an der Tür, als ich anhalte.

Es ist nicht die Menge. Es sind nicht die Gerüchte oder die Hitze jedes einzelnen Augenpaars, das sich in unsere Rücken brennt. Es ist ihre Hand in meiner – fest, warm, echt – und die Woge der Gefühle, die meine Brust flutet, als hätte jemand sie aufgebrochen und die Wahrheit hereinströmen lassen. Monate voller Reibung. Geplänkel. Schlechtes Timing. Verpasste Chancen. All das prallt in einem einzigen, sengenden Gedanken zusammen.

Ich drehe mich zu ihr um.

Und dann –

küsse ich sie.

Er ist nicht zögerlich. Er ist nicht vorsichtig. Er ist nicht im Entferntesten professionell. Es sind Monate angestauter Spannung, die zwischen uns wie eine verdammte Supernova explodieren. Ihr Mund trifft auf meinen mit einer Gewissheit, die alles andere in den Hintergrund treten lässt – den Konferenzraum, die Zuschauer, die Regeln. Sie packt mich vorne am Hemd und zieht mich näher, als hätten wir den Punkt ohne Wiederkehr bereits überschritten, als wäre sie genauso hungrig danach wie ich.

Jemand schnappt nach Luft. Jemand lässt definitiv ein Klemmbrett fallen.

Das ist nicht die Art von Kuss, die in ein Krankenhaus gehört. Er gehört nirgendwohin, wo es Richtlinien oder Personalabteilungen oder Leuchtstoffröhren gibt. Er gehört in einen Film. Oder in ein Gewitter. Oder nach Feierabend in einen verschlossenen Bereitschaftsraum mit zugezogenen Jalousien und einer sehr guten Ausrede.

Aber er passiert hier. Jetzt.

Und es ist uns beiden scheißegal.

Ich löse mich gerade lange genug, um zu atmen, um sie anzusehen. Ihre Wangen sind gerötet, ihre Augen glühen, ihre Lippen sind geöffnet, als wollte sie streiten – aber nur, wenn es damit endet, dass ich sie wieder küsse.

Ich grinse. »Findest du das immer noch eine schlechte Idee?«

Sie atmet zittrig aus und lehnt ihre Stirn gegen meine. »Oh, es ist eine absolut katastrophale Idee.«

Dann küsst sie mich.

Diesmal fester.

Um uns herum dreht sich die Welt weiter. Aber in diesem Moment fühlt es sich endlich so an, als wären wir genau da, wo wir sein sollen.

Zusammen.

FÜNFUNDZWANZIG

LILY

Es gibt diesen einen Moment, direkt nachdem man seine Seele offenbart hat, in dem die Zeit stehen bleibt und man denkt: Das war's, das ist der Punkt, an dem alles in sich zusammenfällt. Ich beobachte Noah und suche nach irgendeinem Zeichen, irgendeiner Bewegung, irgendeinem Hoffnungsschimmer. Er kommt nicht. Nicht für Sekunden, die sich wie Stunden anfühlen.

Maria stößt Ethan so heftig mit dem Ellbogen, dass er fast umfällt. Kollegen rühren sich, murmeln, spekulieren. Der Raum fühlt sich zu groß an, die Stille zu tief, die Hoffnung zu gefährlich.

Und dann küsst Noah mich. Und ich küsse ihn zurück und es ist alles, was ich mir vorgestellt habe, und noch mehr.

Die Tränen fließen, unaufhaltsam. Aber ausnahmsweise ist es mir egal, wer es sieht. Erleichterung und Unglaube überrollen mich, und ich erkenne, dass Hoffnung nicht so gefährlich ist, wie ich dachte.

Der Raum atmet mit uns aus, eine kollektive Freisetzung von Spannung und Erwartung.

»Oh mein Gott, ich hab's gewusst«, quietscht Maria und packt Ethans Arm mit triumphierender Begeisterung. Er zuckt zusammen, zieht den Arm aber nicht weg, wahrscheinlich aus Angst, ein Körperteil zu verlieren.

Marcus grinst und verschränkt die Arme mit der selbstgefälligen Zufriedenheit von jemandem, der auf genau dieses Ergebnis gewettet hatte. »Und dann heißt es immer, Chirurgen hätten kein Herz«, witzelt er.

Noah grinst endlich, und es ist, als würde die Sonne nach einem Sturm durch die Wolken brechen. »War das die ganze Zeit dein Plan?«, fragt er und nimmt vor allen Leuten schamlos meine Hand.

»Marias Plan«, gebe ich mit zittriger, aber glücklicher, so lächerlich glücklicher Stimme zu. »Ich hab nur ... mitgemacht.«

Seine Finger schließen sich fester um meine, und diese Geste sagt mehr als alle Worte. Dass er nicht gehen wird. Dass ich das Unmögliche geschafft habe. Dass ich damit nicht allein bin.

»Sieht so aus, als hättest du dich in einer Sache geirrt«, neckt er mich und beugt sich näher zu mir, sodass nur ich es hören kann.

»Nur in einer?«, kontere ich, und das alte Geplänkel kehrt mit Leichtigkeit, mit Wärme, mit einem Versprechen zurück.

Sein Lächeln wird sanfter. »Dass du alles allein machen musst.«

Ich nicke und blinzle Tränen weg, die mehr aus Freude als aus allem anderen bestehen. »Ich lerne anscheinend dazu.«

Im Raum summt es immer noch, Kollegen tauschen Blicke und Geflüster aus, einige sind aufrichtig überrascht, andere behaupten selbstgefällig, sie hätten es kommen sehen.

»Das ist wie in einer Seifenoper«, sagt jemand irgendwo im Hintergrund.

»Besser«, kommt eine andere Stimme. »Keine schlechten Schauspieler.«

Aber alles, was ich wirklich höre, ist er, die Art, wie er lacht, als er mich näher an sich zieht, das Geräusch ein Anker, der mich erdet, mich rettet, alles real macht.

Maria eilt herüber und zerrt Ethan mit sich. Sie sieht ekstatisch aus und auch ärgerlich bestätigt in ihrer Annahme. »Du weinst«, stellt sie fest, als ob es der aufregendste medizinische Zustand wäre, den sie je gesehen hat.

»Tu ich nicht«, lüge ich und schniefe auffällig.

Sie umarmt mich trotzdem, drückt mir die Luft aus den Lungen, füllt sie aber mit etwas Wichtigerem. »Ich bin so stolz auf dich«, flüstert sie, und dieses Mal glaube ich es ihr.

Ethan klopft Noah auf den Rücken. »Willkommen im Club«, sagt er mit einem schiefen Grinsen. »Wir hätten dich warnen sollen, dass es ansteckend ist.«

Marcus kommt mit einem zufriedenen Funkeln in den Augen zu uns. »Du weißt, dass es jetzt kein Zurück mehr gibt, oder?«

»Darauf zähle ich«, antwortet Noah, seine Hand immer noch fest um meine geschlungen.

Ich habe so lange panische Angst davor gehabt, was das bedeuten würde, was es mich kosten würde, wie es mich zerbrechen könnte. Aber als ich hier stehe, umgeben von Menschen, die mich auf eine Weise sehen, wie ich es sie nie zuvor habe sehen lassen, erkenne ich, wie sehr ich mich geirrt habe.

Die professionelle Welt, an die ich mich geklammert habe, die Festung der Eigenständigkeit, verblasst im Hintergrund. Was übrig bleibt, ist so viel chaotischer, so viel riskanter, so viel mehr …

Wir.

Es ist persönlich. Es ist unvollkommen. Es ist alles, was ich zu wollen mich nicht getraut habe.

»Ich schätze, wir wissen, wer es zuerst gesagt hat«, murmelt Ethan zu Maria.

Sie nickt mit leuchtenden, wissenden Augen. »Hab dir doch gesagt, dass sie es sein würde.«

Das Chaos im Raum löst sich auf und lässt nur uns beide und eine neue Art von Gewissheit zurück.

Er bleibt, ich bleibe, wir bleiben. Und das ist die einzige große Geste, die ich je brauchen werde.

SECHSUNDZWANZIG

NOAH

Lily geht neben mir, und ich spüre die Veränderung in der Luft, die Art, wie die Leute uns jetzt sehen. Ein Assistenzarzt im dritten Jahr aus der plastischen Chirurgie stupst jemanden aus der Kardiologie an, der mit einem Blick zu uns nickt, der halb überrascht, halb triumphierend ist.

Die frühere Anspannung ist verschwunden, ersetzt durch eine seltsame Art von Feierlaune. Niemandem scheint es etwas auszumachen, dass ich gerade ein Jobangebot in einem der besten Krankenhäuser des Landes in den Wind geschossen habe oder dass Lily mich tatsächlich gebeten hat zu bleiben. Sie sind einfach nur begeistert, dass etwas passiert ist. Dass wir endlich passiert sind.

Lily bleibt untypisch still und überlässt es mir, mit dem Spektakel fertigzuwerden. Ich sollte mich bloßgestellt fühlen, als wäre ich zur Schau für das ganze Krankenhaus aufgeschlitzt worden. Aber das tue ich nicht. Nicht einmal ein bisschen.

»Wir werden mehr Fruchtgummiwürmer brauchen«, verkünde ich und lade Snacks auf meinen Teller. Die Gruppe lacht, und einfach so löst sich die Spannung, die sich monatelang aufgebaut hat, in einem einzigen Moment gemeinsamer Erleichterung auf.

Die Veränderung in der Interaktion aller ist fast greifbar. Norton aus der Onkologie nickt uns anerkennend zu, und sogar der neue Praktikant, der wahrscheinlich noch nicht einmal unsere Namen kennt, sieht ein wenig ehrfürchtig aus. Ich erwarte fast, dass Ballons von der Decke fallen oder ein Flashmob ausbricht, um unseren Beziehungsstatus zu feiern.

Es ist erstaunlich, wie schnell ein Haufen Chirurgen von skeptisch und distanziert zu feierlich und selbstgefällig umschwenken kann. Und vielleicht liegt es daran, dass es mir egal ist – oder weil es mir eben nicht egal ist –, aber es fühlt sich jetzt alles anders an. Die genaue Beobachtung stört mich nicht mehr so wie früher.

»Noch irgendwelche Überraschungen?«, fragt Marcus, und es ist nur halb ein Witz.

Lily grätscht dazwischen, bevor ich antworten kann. »Meinst du, außer dieser hier?« Sie deutet zwischen uns, ein spöttisches Lächeln auf den Lippen.

Marcus hebt sein Glas zu einem gespielten Salut. »Wurde auch verdammt noch mal Zeit.«

Ich fange Lilys Blick auf, und für einen Moment sind es wieder nur wir beide, gefangen in unserer eigenen unmöglichen Realität. Die Welt bewegt sich um uns herum weiter, das Summen der Gespräche und das Klirren der Gläser, aber alles verblasst zu einem Hintergrundgeräusch. Es ist ganz anders als damals, als wir zum ersten Mal hier standen, unbeholfen und unsicher und voller Angst vor dem, was passieren könnte. Dieses Mal weiß ich genau, was als Nächstes passiert.

Das spielerische Geplänkel zwischen uns ist jetzt mühelos, ein Zeichen dafür, was sich verändert hat und wie viel gleich geblieben ist. Es ist Erleichterung und Lachen und die Freude, endlich auf einer Wellenlänge zu sein, endlich wieder dieselben Menschen zu sein, die wir vorher waren, aber mehr.

Der Konferenzraum summt vor lauter Zufriedenheit über ein Ende, das sich alle gewünscht haben, ein Ende, das sich gar nicht wie eines anfühlt. Es ist der Anfang von etwas, das keiner von ihnen erwartet hat, etwas, das ich nicht erwartet habe, bis zu der

Sekunde, als sie die Worte sagte und ich spürte, wie mir der Boden unter den Füßen weggezogen wurde.

Ich würde es nicht anders haben wollen.

Lily stupst mich mit dem Ellbogen an, eine Frage in ihren Augen. *Ist zwischen uns alles in Ordnung? Kann das von Dauer sein? Meinst du es wirklich ernst?* Und meine Antwort ist einfach, nur drei dumme Worte, die alles verändern.

»Ich bin noch hier.«

Wir treten auf den Flur, das Adrenalin summt in unseren Adern, und alles, woran ich denken kann, ist: *Heilige Scheiße, ist das gerade wirklich passiert?* Ich erwarte fast, dass die Welt sich zurücksetzt, in ihre gewohnte Form zurückspringt, in der Dr. Lily Harper jemanden wie mich nicht bittet zu bleiben. Aber hier sind wir, und es fühlt sich an, als würde man ein alternatives Universum betreten.

Das Summen des Konferenzraums verblasst hinter uns, und die Stille umhüllt uns wie ein Kraftfeld. Mir wird plötzlich der Abstand zwischen uns bewusst, wie er mit jedem Atemzug schrumpft und wächst, und ich merke, dass ich immer noch ihre Hand halte. Widerstrebend lasse ich sie los, lehne mich an die Wand und atme die Luft aus, die ich gefangen gehalten habe.

Ich sehe sie an und warte darauf, dass das nächste Unmögliche passiert. Sie steht immer noch da, verletzlich und vielleicht genauso verblüfft wie ich. *»Ich dachte, wenn ich darum bitte, wird es nur schwerer, wenn sie gehen.«* Ihre Worte wiederholen sich in meinem Kopf, diese neue Version von Lily bringt mich aus dem Gleichgewicht.

»Ich dachte, du bittest die Leute nicht zu bleiben«, sage ich und breche die Stille, bevor sie uns beide erstickt.

Sie bewegt sich nicht, schaut nicht weg. In ihrem Gesichtsausdruck liegt etwas Rohes, eine zerbrechliche Ehrlichkeit, die ich bei ihr nicht gewohnt bin. »Ich dachte, wenn ich darum bitte, wird es nur schwerer, wenn sie gehen«, wiederholt sie, ihre Stimme so leise, dass ich sie fast überhöre.

Ich nehme ihren Anblick in mich auf, präge mir jedes Detail ein, als ob ich es brauchen könnte, um die nächsten paar Minuten zu überleben. Sie ist immer noch Lily – der Kontrollfreak, die unmögliche Chirurgin, die Frau, die mich in den Wahnsinn treibt –, aber alles fühlt sich jetzt anders an. Und in diesem Moment ist das Neue nicht furchteinflößend; es ist elektrisierend.

»War es das?«, frage ich, meine Stimme rauer als beabsichtigt.

Lily zögert, als bahne sie sich ihren Weg durch ein Minenfeld von Gefühlen, für die sie keine Namen hat. »Das ist es«, sagt sie schließlich, ihre Stimme kaum mehr als ein Flüstern.

Wir haben uns monatelang umtanzt, gefangen in unseren eigenen Regeln, überzeugt davon, dass dieses Gespräch uns auseinanderreißen würde. Aber jetzt, hier, in dieser Blase aus Stille und Wahrheit, erlaube ich mir endlich zu hoffen.

Der Flur fühlt sich intim an, ein Kokon nur für uns. Das Summen der Lichter, der entfernte Lärm des Krankenhauses, das Fehlen wertender Blicke – all das lässt diesen Moment unmöglich und perfekt erscheinen. Meine Schultern entspannen sich, und ich merke, wie angespannt ich war. Nicht nur heute Abend, sondern das ganze verdammte Jahr.

Lily beobachtet mich, ein zärtlicher und entschlossener Ausdruck in ihrem Gesicht. Es ist ein Blick, der mir früher höllische Angst eingejagt hätte, aber jetzt weckt er in mir nur den Wunsch, die Lücke zwischen uns zu schließen.

Ich stoße mich von der Wand ab und mache einen Schritt auf sie zu, teste den Boden unter uns, um sicherzugehen, dass er hält. Sie weicht nicht zurück, und ich schwöre, die Erleichterung ist so intensiv, dass mir schwindelig wird.

»Und was jetzt?«, fragt sie, und in ihrer Stimme liegt eine Verletzlichkeit, die mein Herz stolpern lässt.

»Jetzt«, sage ich, und die Worte kommen leichter als seit langer Zeit, »finden wir es heraus.«

Ich bin nah genug, um sie zu berühren, und es kostet mich jedes Quäntchen Willenskraft, es nicht zu tun. Ich kann nicht aufhören zu lächeln, und so wie sie mich ansieht, könnte sie sich anstecken, als wäre es eine ansteckende Krankheit.

Ich atme aus, ohne gemerkt zu haben, dass ich die Luft angehalten hatte, und es fühlt sich an, als würde ich zum ersten Mal richtig atmen. »Zusammen«, füge ich hinzu, um sicherzugehen, dass sie mich hört.

»Zusammen«, wiederholt sie, als würde sie das Wort testen. Ihr Lächeln ist klein, aber echt, und es fühlt sich an wie ein Anker, der mich in dieser neuen, unmöglichen Realität verankert.

Der Flur erstreckt sich vor uns. Keine Kluft, sondern ein Versprechen. Wir sind immer noch wir – Lily, die einen detaillierten Operationsplan braucht, und Noah, der sich nie daran hält –, aber die alten Regeln spielen keine Rolle mehr.

Das müssen sie auch nicht. Wir schreiben unsere eigenen.

Auf dem Parkplatz unter dem Abendhimmel fühlt es sich an wie eine andere Welt – ein Ort, an dem ich fast glauben kann, dass wir nicht alles vermasselt haben. Wo ich fast glauben kann, dass Lily meinte, was sie gesagt hat. Das ferne Summen von Seattle, die kühle Luft auf meiner Haut, die Lichter von Emerald Bay, die wie träge Sterne blinken – alles ist seltsam ruhig, besonders nach dem Chaos drinnen.

Jetzt sind es nur noch wir beide, und ich glaube nicht, dass es sich jemals so real angefühlt hat. Wir haben den Konferenzraum hinter uns gelassen, zusammen mit dem Gespenst eines unvollendeten Lebens, und jetzt sind es nur wir, die Nacht und tausend unausgesprochene Worte, die zwischen uns hängen. Es ist erschreckend, wie das hier tatsächlich funktionieren könnte. Erschreckend und surreal und ... *Heilige Scheiße, ich hoffe, es ist echt.*

Wir stehen da, die Stille so schwer, dass sie fast greifbar ist. Lily ist neben mir und blickt zum Himmel, als hätte er die Antworten auf die schwierigsten Fragen. Vielleicht hat er das. Oder vielleicht hat sie sie. So oder so halte ich wieder den Atem an.

»Also«, sage ich, teste das Wasser, teste uns. »Da gibt es etwas, das du wahrscheinlich wissen solltest.«

Lily dreht sich zu mir um, und ich erwarte fast, dass die alte

Version von ihr wieder auftaucht, diejenige, die Unsicherheit zum Frühstück isst und keine Zeit für dieses ganze Chaos hat. Aber ihr Ausdruck bleibt offen, eine sorgfältige Mischung aus Neugier und der Angst, dass ich alles ruinieren könnte, indem ich den Mund aufmache.

»Der Job in San Francisco?«, fahre ich fort und spüre, wie die Worte aneinander zerren. »Der liegt technisch gesehen immer noch auf dem Tisch.«

Sie blinzelt, und ich kann nicht ganz sagen, ob sie schockiert, enttäuscht ist oder einfach nur die unmögliche Vorstellung verarbeitet, dass ich die Unterlagen nicht zurückgeschickt habe. »Aber ich dachte ...«

»Ich habe das Angebot abgelehnt«, unterbreche ich sie, ich muss alles rauslassen, bevor ich den Mut verliere. »Ich wollte es annehmen, aber ich habe es nicht getan. Aber du? Das hier? Ich wollte es nicht unvollendet lassen.«

»Aber du hast gekündigt. Ich dachte ...«

»Ich wollte mir etwas hier in der Gegend suchen. Wenn es eine Chance für uns gab, musste es mehr sein, als nur weil wir zusammenarbeiten.«

»Und wenn es nicht geklappt hätte?«

»Dann würde ich mich wenigstens nicht jeden Tag selbst quälen, indem ich auf dem Flur an dir vorbeilaufe.«

Die Überraschung auf ihrem Gesicht verwandelt sich in etwas Weicheres, etwas, das ich als Hoffnung erkenne. Mein Herz stolpert. »Unvollendet?«, wiederholt sie und testet das Wort, als wäre sie sich nicht sicher, ob es in ihren Wortschatz gehört.

»Ja«, sage ich und finde es plötzlich schwer, die Fassung zu bewahren. »Ich war nicht bereit, es aufzugeben. Uns aufzugeben.«

Lily starrt mich an, als versuche sie, sich diese Version von mir einzuprägen, diejenige, die keine Witze macht oder mit Sarkasmus ablenkt. Diejenige, die es ernst meint, jedes dumme Wort. Ich hätte nicht gedacht, dass ich sie so überraschen könnte. Hätte nicht gedacht, dass ich mich selbst so überraschen könnte.

Wir sind beide für einen Moment still, die Schwere dessen,

was ich gerade gesagt habe, legt sich wie ein Netz um uns. Es fühlt sich gefährlich und befreiend zugleich an.

»Und was jetzt?«, fragt sie, und die Worte haben mehr Gewicht als alles, was wir die ganze Nacht gesagt haben.

Es ist die Frage, die wir vermieden haben, diejenige, die bedeutet, dass wir das hier tatsächlich klären müssen, diejenige, die mir Angst macht, weil ich sie so unbedingt richtig beantworten will.

»Jetzt finden wir es heraus«, sage ich ihr und lasse ein Lächeln durchbrechen.

Ihr Lachen ist hell und unerwartet, und es ist, als würde man einen Lichtschalter umlegen. Alles scheint klarer, weniger wie ein Traum. Die Anspannung, die die ganze Nacht, das ganze Jahr, vielleicht für immer auf meinen Schultern gelastet hat, beginnt sich endlich zu lösen.

Sie schüttelt leicht den Kopf, lächelt immer noch, aber ich sehe es – genau da in ihren Augen – die Veränderung. Der Moment, in dem sie ihre Deckung vollständig fallen lässt.

Und ich bewege mich.

Nicht schnell, nicht plötzlich. Einfach nur sicher.

Ich schließe die Lücke zwischen uns und küsse sie wieder, diesmal langsamer, bewusster. Keine Ehrenrunde. Kein gestohlener Moment vor unseren Kollegen.

Sondern eine Entscheidung.

Ihre.

Meine.

Unsere.

Sie erwidert den Kuss mit derselben Energie, ihre Hände greifen nach meinem Mantel, ziehen mich diesen einen Zentimeter näher, als hätten wir beide viel zu lange gewartet. Der Kuss wird tiefer, atmet, findet einen Rhythmus, der sagt, wir sind hier. Wir machen das.

Als wir uns schließlich lösen, suchen ihre Augen meine – nicht nach Bestätigung, sondern nach etwas Bodenständigerem. Etwas, das sie bereits weiß.

Und ich nicke. Nur einmal.

Sie atmet aus, als hätte sie diesen Atemzug seit dem Tag, an dem wir uns getroffen haben, angehalten.

Der Parkplatz fühlt sich an wie eine völlig neue Welt. Es ist nicht nur die Last, die von mir abgefallen ist – es ist die Art, wie sie mich jetzt ansieht, die Art, wie ihr Blick auf meinem ruht und nicht wie früher abschweift. Ich hätte nie gedacht, dass es so sein würde. Hätte nie gedacht, dass es so sein könnte.

Lily tritt näher, und die Luft zwischen uns ist lebendig, summt vor Möglichkeiten, an die ich bis jetzt nicht zu glauben gewagt habe. Sie beobachtet mich aufmerksam, als erwarte sie immer noch, dass der Hammer fällt, als könne sie immer noch nicht ganz glauben, dass dies geschieht. Aber das wird sie. Da bin ich mir sicher. So sicher wie bei allem im Moment.

»Das war's also?«, sagt sie mit einem neckischen Unterton. »Kein Operationsplan? Keine detaillierten Anweisungen?«

Ich schüttle den Kopf, das Grinsen wird breit und unmöglich. »Glaubst du, du kommst damit klar?«, fordere ich sie heraus, ohne es wirklich zu fragen.

Sie wirft mir einen Blick zu, der besagt, dass sie mit allem klarkommt, besonders mit mir. »Wir werden es wohl herausfinden«, antwortet sie, und es klingt wie ein Versprechen.

Die Lichter des Parkplatzes werfen lange Schatten, während wir nebeneinander stehen, eine Welt entfernt von allem, was vorher war. Die Stadt erstreckt sich um uns herum, offen und endlos, und zum ersten Mal fühlt es sich an, als gehöre sie uns.

Das ist ganz anders, als ich es mir vorgestellt habe.

Es ist so viel besser.

Auf der Straße, unter dem Nachthimmel, fühlt sich alles neu an. Die Lichter von Seattle flackern wie tausend Möglichkeiten, und zum ersten Mal eilt keiner von uns, um irgendwo anders zu sein. Es liegt eine Ruhe in der Luft, eine sanfte Kühle, die die Welt an Ort und Stelle zu halten scheint, und ich bin mir nicht sicher, ob ich mich jemals so ruhig gefühlt habe.

Wir treten ins Freie, die kühle Luft umhüllt uns, und es fühlt sich an, als würden wir in eine andere Version unseres Lebens treten – eine, in der alles, was wir nicht gesagt haben, endlich offen liegt und mit uns atmet. Es ist alles so seltsam und perfekt, und ich frage mich, wie lange diese Neuheit anhalten wird, bevor sie zu etwas Echtem und Vertrautem wird.

Lilys Hand streift meine, nicht ganz absichtlich, aber auch kein Versehen. Sie lässt sie dort hängen, in dem Raum zwischen uns, und als ich sie nehme, gibt es kein Zögern. Es ist einfach und natürlich und richtig, als wäre es immer so gewesen, anstatt nur seit Minuten.

Wir stehen zusammen, die Stadt eine weitläufige Weite um uns herum, aber nichts scheint so wichtig wie die wenigen Zentimeter zwischen unseren Körpern. Ich erwarte, dass sie loslässt, sich zurückzieht, weil alles so viel ist, so schnell, so völlig im Gegensatz zu dem, was sie ist und wer wir sind. Aber das tut sie nicht.

Sie ist immer noch hier.

Es ist still, und die Stille ist erfüllt von allem, was sich verändert hat. Es sollte unangenehm sein. Ist es aber nicht. Es ist bequem und echt, eine Blase um uns herum, in der sich nichts unmöglich anfühlt.

Ich sehe sie an, mein Puls ein Echo ihres, und zum ersten Mal schlagen sie im perfekten Takt.

Die Nacht erstreckt sich vor uns, lang und offen und vielversprechend. Die fernen Geräusche des Krankenhauses verblassen, ersetzt durch das stetige Pochen meines Herzens, das endlich seinen eigenen Rhythmus kennt. Das ist alles, worauf ich gewartet habe, ohne es zu wissen.

Alles, was ich mich zu wollen gefürchtet habe.

Wir haben nicht viel gesagt, aber es gibt nichts mehr zu sagen. Das Gewicht, das ich monatelang mit mir herumgetragen habe, ist weg, gelüftet durch ein einziges Gespräch und ein Lachen, das ich nicht verdient hatte zu hören. Endlich weiß ich, wo ich stehe.

Neben ihr.

Lily beobachtet mich, ihre Augen dunkel und suchend, und ich frage mich, ob sie die Veränderung in mir so deutlich sehen kann, wie ich sie in ihr sehe. Die Anspannung, die sie immer wie ein Ehrenzeichen trug, ist verschwunden, ersetzt durch etwas Weicheres und Menschlicheres. Etwas, von dem ich nie dachte, dass ich es sehen würde.

Ich drücke ihre Hand, muss die Verbindung spüren, muss wissen, dass dies nicht nur eine schöne, zerbrechliche Illusion ist. Sie drückt zurück, und das sagt mir mehr als all die Worte, die wir die ganze Nacht gesagt haben. Mehr als all die, die wir nicht gesagt haben.

Das ist echt. Wir sind echt.

»Du wirst mich jetzt nicht mehr los.«

Sie verdreht die Augen, eine sanfte, liebevolle Geste, an die ich mich für eine sehr, sehr lange Zeit klammern werde. »Endlich«, murmelt sie, und es klingt wie das schönste Wort der Welt.

Die Lichter der Stadt funkeln um uns herum, und zum ersten Mal eilen wir nicht, um woanders zu sein. Wir rennen weder auf etwas zu noch vor etwas weg. Wir sind einfach hier, zusammen, mit verschlungenen Fingern, als wären es Jahre statt Minuten gewesen.

Es fühlt sich neu und alt an und wie alles, was ich will.

Es fühlt sich an wie für immer.

SIEBENUNDZWANZIG

LILY

»Wirst du noch was sagen, oder soll ich es bleiben lassen?«, fragt Noah nicht unfreundlich. Seine Stimme ist leiser als sonst. Er sieht mich nicht an, was ich gleichzeitig schätze und ihm übel nehme.

»Ich denke nach.« Ich verschränke die Arme fest vor der Brust, weniger wegen der Wärme, als um zu verhindern, dass meine Hände mich verraten.

Er nickt, als sei das eine vollkommen vernünftige Antwort. Er hatte es nie nötig, peinliche Stille zu füllen. Er wartet einfach, geduldig wie die Schwerkraft, in der Zuversicht, dass sich am Ende alles fügen wird.

Ich hasse und liebe das zugleich an ihm.

»Dort drinnen, im Konferenzraum. Ich wollte etwas anderes sagen. Ich konnte nur einfach nicht.«

Er zuckt mit den Schultern, doch eine Regung um seinen Mund verrät mir, dass er es bereits weiß. »Musst du nicht.«

»Doch.« Ich schlucke und es fühlt sich an, als würde ich eine Skalpellklinge hinunterwürgen. »Ich hatte Angst. Nicht vor dir. Einfach nur ... Angst.« Ich atme aus, und ein Zittern durchläuft mich. Meine Hände beben, also bohre ich sie tiefer in meine Taschen.

Er rührt sich nicht, aber die Luft zwischen uns verändert sich. Er hört zu. Wirklich zu.

»Ich habe mir immer wieder eingeredet, dass es besser ist, nichts zu brauchen. Oder niemanden. Einfach nur die Arbeit zu machen und den Rest zu ignorieren.« Ich starre auf mein Spiegelbild im Fenster eines nahegelegenen Autos – ein Geist mit dunklen Haaren und der Haltung einer Chirurgin. »Aber ich habe mich geirrt.«

Noah gibt ein leises Geräusch von sich – vielleicht Zustimmung oder nur die Bestätigung, dass er zugehört hat.

Ich würde hier am liebsten aufhören. Ich würde die Worte gern in der Luft hängen lassen, schwebend und unbestimmt, und so tun, als wäre das schon ehrlich genug. Aber ich weiß, dass es das nicht ist. Ich weiß, dass es nicht reicht.

»Ich bin darin nicht gut«, sage ich. »Das hast du dir wahrscheinlich schon gedacht.«

»Keine große Überraschung«, sagt Noah und zum ersten Mal an diesem Abend sieht er mich direkt an. Nichts daran ist grausam. Einfach nur ... Erwartung.

Ich könnte es hierbei belassen. Die peinliche Stille über uns hinwegziehen lassen, wie das Wetter. Er würde mich lassen. Aber ausnahmsweise will ich mehr.

»Ich will, dass du weißt«, sage ich, »dass ich nicht gelogen habe. Als ich gesagt habe, dass ich nicht will, dass sich die Dinge ändern. Das habe ich so gemeint. Aber ich meinte nicht ...« Mein Gehirn rast los und stolpert über die Worte. »... ich meinte nicht, dass ich wollte, dass du verschwindest.«

Er dreht sich zu mir, seine Hände nun aus den Taschen genommen, als würde er dem Drang widerstehen, nach etwas zu greifen. Oder nach jemandem.

»Du hast es selbst gesagt, Lily. Mich wird man nur schwer wieder los.«

Ich zwinge mich zu einem Lachen, aber es kommt erstickt heraus. »Ja, du bist im Grunde eine Seepocke. Oder ein Bandwurm.«

»Ein großes Lob von der Vorzeige-Assistenzärztin des Krankenhauses.« Er versucht ein Grinsen, aber darunter liegt etwas Verletzliches.

Die Stille wächst, dicht und magnetisch, als würde sich jedes Molekül auf dem Parkplatz um uns zusammenziehen. Ich spüre meinen Puls überall – in den Handgelenken, am Hals, auf der Zunge.

»Ich will nicht zurück zu dem, wie es war«, sage ich, jetzt leiser, jedes Wort ein Messerstich durch Schichten von Narbengewebe. »Kein Versteckspiel. Kein Verbergen. Nicht vor dir.«

Noah atmet langsam aus. Seine Haltung ist offen, entspannt, aber sein Blick ist scharf und fängt jedes Aufflackern meiner Entschlossenheit ein.

»Du weißt, dass du bei mir nicht perfekt sein musst«, sagt er.

Ich will widersprechen. Ich will sagen, dass das nicht möglich ist, dass die Anforderung der Makellosigkeit in meiner DNA kodiert ist, dass jede Abweichung ein persönliches Versagen katastrophalen Ausmaßes ist. Stattdessen nicke ich nur. Ich traue meiner Stimme nicht zu, mich nicht zu verraten.

Ein paar Reihen weiter schlägt eine weitere Autotür zu. Ich zucke zusammen, fange mich aber wieder und tue so, als hätte ich nur mein Gewicht verlagert.

Noah wartet. Er könnte es mir leicht machen. Er könnte die Lücke mit einem Witz füllen, oder einer Geschichte über die schlimmste Nachtschicht der Welt, oder mit irgendeinem nutzlosen Wissen über Seeotter. Aber er lässt mich einfach in der Stille schmoren, lässt mich die Wahl.

»Ich dachte, ich hätte dich für immer verloren, weil ich nichts gesagt habe. Dir nicht gesagt habe, was ich fühle. Ich werde dir nie wieder die Wahrheit vorenthalten«, sage ich, und es ist kein Versprechen, aber es kommt dem so nahe wie nie zuvor. »Außer, du tust etwas unglaublich Dummes, was, ehrlich gesagt, eine statistische Unvermeidbarkeit ist.«

Er lacht und die Anspannung in meiner Brust löst sich um einen Millimeter.

»Hast du einen Notfallplan?«, fragt er. »Für den Fall, dass ich es unvermeidlich vergeige?«

»Ich bin Chirurgin. Ich habe immer einen Plan B.«

Darüber lächelt er, und ich denke fast, ich hätte genug gesagt. Aber da ist noch eine Sache, und die muss raus, bevor ich den Mut verliere.

»Ich wollte dich«, gestehe ich. »All die Wochen. Eigentlich Monate. Mehr, als ich für möglich gehalten habe.«

Sein Gesicht wird weicher, nur für einen Herzschlag. Er tritt einen Bruchteil näher, die Spitze seines Schuhs berührt beinahe meine.

»Ich wollte dich auch, Harper. Ganz und gar.«

Ich schaue weg, aber er lässt mich nicht. Er streckt langsam und bedächtig die Hand aus und fasst mein Kinn mit zwei Fingern. Sanft, als hätte er Angst, ich könnte zerbrechen.

Er wartet. Ich nicke, fast unmerklich.

Er beugt sich vor, aber nicht so schnell, dass es eine ausgemachte Sache wäre. Es gibt eine lange, zitternde halbe Sekunde, in der ich zurücktreten, mich wegducken und so tun könnte, als wäre all das nie passiert. Aber das tue ich nicht. Ich hebe das Kinn und komme ihm auf halbem Weg entgegen, stur bis zum Schluss.

Sein Mund ist sanft, nicht fordernd oder hungrig, sondern behutsam – als würde er einen Bluterguss berühren. Die Wärme seiner Hände dringt durch meine Haut und beruhigt das Zittern in meinen Adern. Mein Puls, der auf VTach war, seit ich ihn im Konferenzraum entdeckt habe, verlangsamt sich zu einem annähernd menschlichen Rhythmus.

Ich erlaube mir, jedes Detail wahrzunehmen: das raue Kratzen der Bartstoppeln, der Geruch nach Regen und Waschmittel, die ruhige Art, wie sich seine Brust im Gleichtakt mit meiner hebt und senkt. Keine große Geste. Keine Zunge, keine Zähne. Nur der bedächtige, geduldige Druck von jemandem, der absolut sicher ist, was er will, aber bereit ist, zu warten, bis ich so weit bin.

Als er sich zurückzieht, ist es nur gerade so weit, dass er mich ansehen kann. Sein Daumen streicht über meinen Wangenknochen und löscht die Möglichkeit aus, dass irgendetwas davon ein Fehler ist.

Ausnahmsweise habe ich keine schlagfertige Antwort parat. Die Welt könnte auf dieser Straße untergehen und es wäre mir egal.

»Ich werde es trotzdem vermasseln«, sagt er leise. »Wahrscheinlich oft.«

»Ich auch.« Ich sage es, ohne nachzudenken, und bereue sofort die Weichheit in meiner Stimme.

»Gut.« Er grinst, und der Ernst verfliegt, ersetzt durch den vertrauten Schalk. »Das hält die Sache interessant.«

Der Zauber ist nicht gebrochen, aber er verändert sich. Wir stehen da und grinsen wie die Idioten, während der Rest der Welt seinen Geschäften nachgeht.

Ich kann ihn immer noch schmecken und ich will mehr, aber ich will auch das Gefühl auskosten, nicht mehr als das hier zu brauchen. Es ist neu. Es ist beängstigend.

Es ist perfekt.

Er schiebt seine Hände zurück in seine Manteltaschen und wippt auf den Fersen. »Also, zu dir oder zu mir, oder verstößt das gegen die Regeln?«

Ich ziehe eine Augenbraue hoch. »Seit wann kümmern dich Regeln?«

»Mich nicht. Aber dich.«

Da hat er mich. Ich schaue auf meine Füße, dann zu ihm. »Ich hätte nichts gegen die Gesellschaft.«

»Dann lass uns gehen«, sagt er.

Wir gehen los. Es gibt keinen Plan, nur wir beide, wie wir einen halb beleuchteten Gehweg entlangtreiben, ohne ein anderes Ziel als, so nehme ich an, meine Wohnung. Seattle nach Mitternacht ist eine andere Stadt – leer gefegt, der übliche Ansturm von Pendlern ersetzt durch das sanfte Quietschen von Schuhen auf nassem Beton und das beständige, allgegenwärtige Rauschen des Regens.

Unsere Schultern stoßen alle paar Schritte aneinander. Beim ersten Mal erstarren wir beide, als wüsste keiner von uns, ob uns so viel Nähe erlaubt ist. Beim zweiten Mal lacht Noah leise und stößt absichtlich zurück.

Ich könnte das stundenlang analysieren – was es bedeutet,

was die Konsequenzen sein könnten – aber ich bin müde, und da ist eine Wärme unter meinen Rippen, die all die Eventualitäten unwichtiger als sonst erscheinen lässt.

Die Stille ist ungezwungen, nicht erzwungen. Für jemanden, der bei den Visiten nie den Mund hält, ist Noah bemerkenswert zufrieden damit, die Stille sich ausdehnen zu lassen. Die Stadt übernimmt das meiste Gerede: Eine Katze huscht unter ein Auto, ein Bus zischt am anderen Ende des Blocks vorbei, irgendwo streitet sich ein Paar leise darüber, wer mit dem Hund raus muss.

Als ich nach seiner Hand greife, tue ich es, weil der Drang so stark ist, dass ich ihn nicht ignorieren kann. Ich tue es, ohne hinzusehen, und für eine halbe Sekunde erwarte ich Widerstand, ein subtiles Anspannen oder einen Witz darüber, dass Händchenhalten unhygienisch sei. Stattdessen schieben sich Noahs Finger in meine, als hätten wir wochenlang dafür geübt.

Sein Griff ist fest. Selbstsicher. Ich würde ihn dafür hassen, wenn ich es nicht so beruhigend fände.

»Du weißt schon«, sage ich nach einer Weile, »die Leute werden reden.«

»Worüber?«, fragt er ausdruckslos. »Über unseren tragischen Schuhgeschmack?«

»Über das hier.« Ich drücke seine Hand zur Betonung und bereue es sofort. »Über uns.«

Er zuckt unbeeindruckt mit den Schultern. »Tun sie doch schon. Du bist das Goldkind. Ich bin das abschreckende Beispiel der Notaufnahme. Das ist ein Klassiker.«

Ich schnaube. »Du solltest wirklich aufhören, dich als abschreckendes Beispiel zu bezeichnen. Du bringst die Pflegekräfte auf Ideen für dein nächstes Wichtelgeschenk.«

Er grinst, und das Neonschild des 24-Stunden-Diners färbt seine Zähne blau. »Es gibt schlimmere Schicksale als kostenlose Socken.«

Wir gehen an einem Wandgemälde vorbei, das seit Jahren langsam verfällt – was einst eine heroische Darstellung des Mount Rainier war, ist jetzt ein verschwommener Fleck aus Grau- und Grüntönen, aber ich mag es trotzdem.

Noah ist der Erste, der den Zauber der Stille bricht. »Also.

Meinst du, es ist legal, mein Auto als Hauptwohnsitz anzugeben?«

Ich werfe ihm einen Blick zu. »Das kommt drauf an. Hat es WLAN?«

»Nur, wenn ich in der Nähe des Krankenhauses parke.«

»Wie praktisch«, sage ich. »Soll ich dir eine Fußmatte stricken, auf der ›Willkommen am Tiefpunkt‹ steht?«

Noah nickt feierlich. »Das und vielleicht ein Zierkissen. Etwas Zurückhaltendes. So wie ›Alles in bester Ordnung‹ in aggressivem Kreuzstich.«

»Du trägst deine Job- und Obdachlosigkeit mit echter Würde.«

»Ich gebe mein Bestes.«

Wir gehen weiter, und ich küsse ihn nicht noch einmal – aber ich denke darüber nach, und nach seinem Gesichtsausdruck zu urteilen, weiß er das.

Der Spaziergang geht weiter, langsamer jetzt, als hätte keiner von uns es eilig, ans Ziel zu kommen.

Daran bin ich nicht gewöhnt. Die Leichtigkeit, die ruhige Gewissheit, dass jemand tatsächlich hier sein will. Es ist nicht dramatisch. Es ist nicht einmal besonders romantisch, es sei denn, man zählt den Geruch von Regen und die gemeinsame Verachtung für die Krankenhauspolitik. Aber es ist gut.

Als wir bei meinem Gebäude ankommen, tun mir die Wangen vom Lächeln weh.

Daran könnte ich mich gewöhnen.

Ich habe noch nie jemanden mit in meine Wohnung genommen. Nicht zum Abendessen, nicht für Sex, nicht für irgendetwas, das nicht in einem Café oder einer dunklen Bar mit einem klaren Weg zum Ausgang hätte erledigt werden können.

Als ich vor meiner Tür stehe, spüre ich das Gewicht des Schlüssels in meiner Hand und den Druck von Noahs Anwesenheit in meinem Rücken. Der Flur riecht nach Zitronenreiniger und altem Teppich, und die Stille hier ist anders – dicker, irgendwie, von der Sorte, die meinen Puls zu einem Trommelwirbel hinter meinen Trommelfellen anschwellen lässt.

»Moment der Wahrheit?«, fragt Noah.

Ich zögere einen Schlag zu lang, dann schließe ich die Tür auf. Ich öffne sie weit genug, damit wir beide eintreten können, aber nicht so weit, dass er sofort hineinsehen kann.

Noah tritt an mir vorbei, ohne zu hetzen, ohne herumzuschleichen. Er bleibt auf der Schwelle stehen und nimmt alles mit einem seiner langsamen, umfassenden Blicke in sich auf.

Er pfeift, leise und beeindruckt. »Meine Güte, Harper. Ist diese Wohnung für ein Fotoshooting hergerichtet?«

Ich will lachen, bin aber plötzlich in der Defensive. »Sie ist nur ... ordentlich.«

»Das ist eine Art, es auszudrücken.« Er tritt weiter hinein und achtet darauf, nichts zu berühren. Seine Schuhe quietschen leise auf dem polierten Holzboden.

Die Wohnung ist klein – ein Schlafzimmer, eine Pantryküche, ein Wohnzimmer mit einem Sofa vom Trödel und einer Wand voller Bücher, die so ordentlich alphabetisiert und gestapelt sind, dass es an eine Zwangsstörung grenzt. Die Oberflächen glänzen alle, das Sofa steht in einem perfekt geometrischen Winkel zum Couchtisch, und kein einziger Gegenstand liegt herum.

»Hier drin könnte man operieren«, sagt Noah und späht in die Küche. »Ich glaube sogar, das hast du getan. Ist das ein Autoklav?«

»Sehr witzig.« Ich ziehe meine Schuhe aus und stelle sie zu den anderen ins Regal, dann hänge ich meinen Mantel an den dafür vorgesehenen Haken.

Noahs Mantel hingegen wird über die Armlehne des Sofas geworfen. Er tritt seine Turnschuhe aus und lässt sie leicht schief an der Tür stehen.

Er grinst mich an, als würde er mich herausfordern, mich darum zu scheren.

Ich sollte es tun. Aber ich tue es nicht.

Er schlendert durch den Raum, die Hände in den Taschen,

die Augen über die Regale schweifend. »Hier geschieht also die Magie.«

»Definiere Magie.«

Er nimmt ein Buch aus dem Regal, liest den Buchrücken – Robbins Basic Pathology – und stellt es genau dorthin zurück, wo es war. »Entspannst du dich eigentlich jemals, oder verstößt das gegen den Harper-Verhaltenskodex?«

Ich ziehe eine Augenbraue hoch. »Man sagt mir nach, ich hätte mich schon mal entspannt. Einmal. 2017.«

Er lacht, das Geräusch hallt von den Fliesen wider. Dann fällt sein Blick auf die Küchentheke, wo ein Stapel Akten in einem ordentlichen Haufen liegt. Mir rutscht das Herz in die Hose.

Er geht hinüber, hebt die oberste Akte an und liest das Etikett: »›Überarbeitung der Traumaprotokolle.‹ Rebellin.«

Ich will einen Witz machen, aber es kommt nichts heraus. Stattdessen beobachte ich ihn einfach und warte auf die Pointe.

Aber es gibt keine. Er sieht zu mir auf, etwas Unlesbares in seinem Ausdruck.

»Du hast Platz für etwas Unerwartetes gelassen«, sagt er.

Ich blinzle. »Das habe ich wohl.«

Er legt die Akte zurück, vorsichtiger, als er sie aufgenommen hat. »Willst du was trinken?«, fragt er. »Oder ist das ein Privileg für das nächste Date?«

Das Wort ›nächstes Date‹ liegt schwer in der Luft, aber nicht unangenehm.

Ich nicke. »Die Küche ist voll ausgestattet.«

Er inspiziert den Kühlschrank. »Meine Güte. Du hast nicht mit der Tupperware gescherzt. Bereitest du dich auf eine Belagerung vor?«

»Meal Prep ist effizient.«

Er holt zwei Flaschen Wasser heraus und reicht mir eine. Unsere Finger berühren sich, und ich spüre dasselbe elektrische Summen wie zuvor, aber jetzt ist es mit etwas Sanfterem gefärbt. Der leise, anhaltende Strom des Gesehenwerdens.

Noah lässt sich auf mein Sofa fallen und breitet sich aus, als gehöre der Laden ihm. Ich verharre unsicher, ob ich mich zu ihm setzen oder in habachtstellung im eigenen Wohnzimmer stehen bleiben soll.

Er klopft auf den Platz neben sich. »Du darfst dich setzen, weißt du.«

Ich versuche, genervt auszusehen, aber die Mühe ist halbherzig. Ich setze mich, nah, aber ohne Berührung, und er schließt sofort die Lücke, indem er seinen Arm so über die Sofalehne legt, dass es mich bei buchstäblich jedem anderen nerven würde.

Wir reden eine Weile nicht. Wir müssen nicht.

Ich betrachte meine Wohnung, wirklich betrachten, und zum ersten Mal fühlt sie sich weniger wie eine Festung und mehr wie ein Zuhause an. Vielleicht passiert das, wenn man jemanden hereinlässt.

Ich lehne mich an ihn, nur ein klein wenig. Er rührt sich nicht, aber ich spüre sein Lächeln.

Es ist subtil, aber es reicht.

Ich lehne mich an seine Schulter, gerade so, dass ich seine Konturen unter dem Stoff spüre. Nicht genug, um irgendetwas zu bedeuten. Außer, dass es das doch tut.

Noahs Stimme bricht die Stille. »Bist du dir da sicher?«

Er neckt mich nicht. Die Frage hat keinen selbstgefälligen Unterton. Nur Wärme. Nur Fürsorge.

Ich drehe mich zu ihm, unsere Gesichter sind näher, als ich sie in Erinnerung hatte. Nah genug, dass ich die Goldflecken in seinen Augen sehen kann und die Anspannung in seinem Mundwinkel. Als würde er sich meinetwegen zurückhalten.

»Ich hätte dich nicht hereingelassen, wenn ich es nicht wäre«, sage ich, kaum lauter als ein Flüstern.

Er mustert mich eine Sekunde länger – als gäbe er mir eine letzte Chance, abzuhauen – und beugt sich dann vor. Sein Kuss ist sanft, zögerlich, keine Besitzergreifung, sondern eine Frage. Meine Antwort liegt darin, wie ich mich auf ihn zu bewege. In der Art, wie meine Hand seinen Kragen findet, dann seinen Kiefer.

Der Kuss vertieft sich – die Hitze baut sich langsam unter der Haut auf, die sich plötzlich zu dünn anfühlt. Meine Brust zieht sich mit etwas zusammen, das ich nicht benennen kann und nicht kontrollieren will.

Seine Hand streicht über meine Taille. Hält inne. Gibt mir Raum, eine Grenze zu ziehen.

Stattdessen hauche ich: »Hör nicht auf.«

Noah erstarrt, nur für einen Moment. Dann nickt er – nur einmal – und küsst mich wieder.

Diesmal ist nichts daran zögerlich.

Wir bewegen uns ohne Worte. Nicht hektisch – nicht, als ginge die Welt unter – sondern als hätten wir beide diesen Moment so lange umkreist, dass wir keine Anweisungen brauchen. Nur Absicht.

Er lässt mich den Weg zum Schlafzimmer weisen. Es fühlt sich surreal an, dass mir jemand hierher folgt – in diesen privaten, kontrollierten, ungeteilten Raum. Ich glaube, ich war mir noch nie so bewusst über jeden Gegenstand, den ich besitze. Die straff gezogenen Ecken des Bettes. Die ordentlich gefaltete Decke auf dem Stuhl. Die Kerze auf dem Nachttisch, die ich noch nie angezündet habe.

Noah steht direkt hinter der Türschwelle. »Noch ist Zeit, mich rauszuschmeißen«, sagt er.

Ich schüttle den Kopf. »Nicht, solange du nicht anfängst, mein Bücherregal umzusortieren.«

Er lächelt – dieses langsame, warme Lächeln, das mich schneller entwaffnet, als mir lieb ist – und tritt näher.

Wir ziehen uns gegenseitig sanft und bedächtig aus. Meine Hände greifen nach dem Saum seines Hemdes, und er hebt die Arme, damit es frei gleiten kann. Seine Brust ist warm und fest unter meinen Handflächen. Er küsst meine Schläfe. Meinen Kiefer. Mein Schlüsselbein.

Als er mir mein Shirt über den Kopf zieht, tut er es langsam, als wäre jeder Zentimeter neu enthüllter Haut etwas, das er kennenlernen und nicht nur sehen will. Ich sollte mich verlegen fühlen – normalerweise tue ich das. Aber gerade fühle ich mich … hier. Präsent. Unverborgen.

Seine Fingerspitzen fahren die Linie meiner Rippen entlang. »Du musst bei mir nicht perfekt sein«, murmelt er.

Ich blinzle, und etwas in mir gerät ins Stocken. »Ich habe noch nie jemanden mich so sehen lassen.«

Er sagt nichts. Fässt mir nur an die Wange und drückt seine Lippen auf meinen Mundwinkel, auf eine Art, die sich wie ein Gelübde anfühlt. Mir stockt der Atem. Ich schaue nicht weg.

Als wir schließlich zurück auf die Matratze fallen, ist es nicht anmutig. Wir lachen – nur für einen Moment – unsere Glieder verheddern sich, die Laken verdrehen sich unter uns.

»So viel zur chirurgischen Präzision«, murmele ich und versuche, den Rhythmus dieses neuen Terrains zu finden.

Noah grinst und streicht mir die Haare aus dem Gesicht. »Wir sind Ärzte, Harper. Keine Turner.«

Und einfach so verändert sich die Atmosphäre wieder – leicht, elektrisierend, absolut real.

Seine Hände finden meine auf dem Kissen. Unsere Finger verschränken sich.

Hier geht es nicht um Leistung. Es geht um Präsenz.

Und ich war noch nie in meinem Leben präsenter.

Keine Musik, kein Kerzenlicht, kein dramatischer Schwung seidene Bettlaken. Nur wir. Atem, Haut, Nerven. Im Hals stecken gebliebenes Lachen.

Die ersten paar Minuten sind ungelenk – Knie stoßen aneinander, die Winkel passen nicht, mein Ellbogen landet irgendwie in seiner Achselhöhle. Wir fummeln uns hindurch, lächeln gegen die Münder des anderen.

Aber es ist nicht schlecht-ungelenk. Es ist echt-ungelenk.

Jeder Moment ist eine Entdeckung. Nicht nur von Körpern, sondern davon, wie wir zusammen sind – wie ich Anspannung in meiner Wirbelsäule halte und wie er es spürt, den Raum zwischen meinen Schulterblättern küsst, bis sie schmilzt. Wie er geduldiger ist, als ich erwartet hatte. Wie ich ihn sein lasse.

Irgendwann landet meine Hand auf der Rundung seines Rückens und bleibt dort. Seine Augen finden meine, und wir schauen uns einfach nur an – als bräuchte der Moment eine Bestätigung. Als müssten wir beide sicher sein, dass dies nicht nur Hitze ist, sondern etwas, das auf etwas Standfesterem aufgebaut ist.

Das ist es.

Als wir uns schließlich gemeinsam bewegen, fällt alles andere weg – meine Regeln, seine Witze, die Krankenhausmauern. Da ist nur sein Mund an meinem Ohr, das sanfte Hauchen meines Namens und die Art, wie ich jedes Gefühl für die Dinge verliere, die ich früher geschützt habe.

Es gibt keine Eile. Kein Crescendo. Nur ein stetiges, langsames Entfalten – als würden wir etwas Zerbrechliches auspacken.

Als ich nach ihm greife, geschieht es nicht aus Dringlichkeit. Es geschieht aus Wollen. Aus Wahl. Aus Wissen.

Und als ich seinen Namen sage – nicht scharf, nicht neckend, nur Noah –, antwortet er mit seinem ganzen Körper.

Danach liegen wir ineinander verschlungen in der Stille, die Welt an den Rändern verschwommen.

Ich lege meinen Kopf auf seine Brust. Ich kann seinen Herzschlag spüren, stetig und fest unter meiner Wange.

Er fährt mit dem Daumen träge über meinen Handrücken, verlangt nichts. Ist einfach nur da.

»Ich dachte, ich würde mich bloßgestellt fühlen«, murmele ich.

Er küsst mich auf den Scheitel, kaum eine Berührung. »Tust du nicht?«

»Nein«, sage ich mit geschlossenen Augen. »Ich fühle mich ... hier.«

Und das, mehr als alles andere, erschreckt mich.

Und ich denke – vielleicht bedeutet das, dass es echt ist.

Der Raum ist ruhig. Dämmrig.

Wir haben uns kaum bewegt. Mein Bein ist über seines geschlungen. Einer seiner Arme liegt hinter seinem Kopf, der andere ruht immer noch auf meinem Rücken, als hätte er vergessen, loszulassen. Oder wollte es nicht.

Ich auch nicht.

Draußen, irgendwo die Straße runter, heult eine Sirene auf und verhallt in der Ferne. Sie erinnert mich daran, wer wir sind – was wir tun. Aber hier drinnen sind es nur zwei Menschen, die atmen und sich langsam wieder zusammensetzen.

Noah spricht zuerst, seine Stimme ist leise und unbewacht. »Das war …«

Ich hebe meinen Kopf. »Vorsichtig.«

Er nickt. »Und ein bisschen furchtbar.«

Ich lache in seine Brust. »Definitiv das Ineffizienteste, was ich die ganze Woche gemacht habe.«

»Locker in meinen Top Ten.«

Ich rücke zurecht, damit ich ihn sehen kann. Er lächelt, aber es ist die sanfte Art – nicht selbstgefällig, nicht überheblich. Einfach nur präsent. Echt.

»Bist du okay?«, fragt er leise. Nicht als Reflex. Als Nachfrage.

Ich nicke. »Mir geht es … besser als okay.«

Und das meine ich ernst.

Ich greife nach der Decke und ziehe sie über uns. Sie riecht nach Waschmittel und jetzt, ganz schwach, nach ihm. Er steckt sie um mich, ohne darum gebeten worden zu sein.

Wir liegen lange so da. Keine Eile. Keine Verpflichtungen. Nur das Summen von Haut an Haut, unser Atem synchronisiert sich langsam.

Ich denke über die Regeln nach, nach denen ich früher gelebt habe. Über Kontrolle und Zurückhaltung. Darüber, wie ich aus Einsamkeit eine Festung gebaut und sie Stärke genannt habe.

Aber das hier?

Diese Stille, diese Sicherheit, diese bewusste Nähe –

Es fühlt sich nicht wie Schwäche an. Es fühlt sich an wie Leben.

Ich wache vom Geruch von Kaffee auf. Echter Kaffee, nicht die ›verbrannte-Haare-und-Verzweiflung‹-Mischung, die sie in der Krankenhauskantine servieren.

Für einen Moment denke ich, ich habe es mir nur eingebildet. Dann erinnere ich mich – letzte Nacht, Noah, das Sofa, sein Arm um meine Schulter und die langsame, seltsame Behaglichkeit, neben jemandem einzuschlafen, der neben einem atmet.

Ich schlafe nie länger als sechs, aber heute ist es halb acht und mein Körper fühlt sich … anders an. Nicht wirklich ausgeruht, sondern zurückgesetzt. Als hätte der Neustartknopf endlich funktioniert.

Meine Füße treffen auf den kalten Boden und ich mache eine kurze Bestandsaufnahme – kein katastrophaler emotionaler Zusammenbruch, keine Reue. Nur ein Engegefühl in meiner Brust, das sich fast angenehm anfühlt.

Ich dusche, fahre mit einem Kamm durch meine Haare und ziehe mir eine Jogginghose an. Ich erwarte, dass Noah weg ist oder zumindest unbeholfen im Eingangsbereich herumsteht, aber er ist in meiner Küche, barfuß, und blättert durch meine Proto-kollnotizen, als wäre es die Morgenzeitung.

Er trägt eines meiner alten, übergroßen College-T-Shirts. Ich weiß nicht, wann er es geklaut hat, aber es passt ihm besser als mir je. Sein Haar ist ein noch größeres Chaos als sonst und steht in alle Richtungen ab.

Er blickt auf und grinst, reuelos. »Wollte nicht schnüffeln. Mir war langweilig.«

»Du liest zum Spaß Traumaprotokolle?«

Er zuckt unbeeindruckt mit den Schultern. »Ich mag es zu wissen, was dich nachts wach hält.«

Eine Tasse wartet auf mich – meine Lieblingstasse, die einzige mit einem Sprung im Henkel – und er reicht sie mir ohne Zeremonie. Unsere Finger berühren sich, und für eine Sekunde verschwimmt alles andere im Raum.

»Dir ist klar, dass dich das offiziell unprofessionell macht«, sage ich und versuche, streng zu klingen, aber scheitere.

Noah lehnt sich mit verschränkten Armen an die Theke. »Ich habe vor, beim Frühstück völlig unangebracht zu sein. Ich dachte an Pfannkuchen. Oder wir könnten einfach dein seltsam zwang-haftes Müsli essen.«

»Es ist nicht zwanghaft, es ist optimiert.« Ich nippe am Kaffee und lasse mich von der Hitze verankern. »Und du solltest nicht hier sein, weißt du. Ich lasse nie jemanden rein.«

»Ja«, sagt er, leise, aber sicher. »Aber du hast es getan.«

Ich blicke verlegen weg, als die Hitze meinen Hals hochkriecht. »Gewöhn dich nicht dran.«

Er drängt nicht. Legt nur die Akten weg und tritt näher, legt seine Hände auf meine Hüften, als wäre es das Natürlichste auf der Welt.

»Zu spät«, sagt er und küsst mich einmal, sanft und kurz, bevor er sich zurückzieht, um den Kühlschrank zu plündern.

Ich sehe ihm zu, wie er sich durch meinen Raum bewegt, so heimisch, wie ich es noch bei niemandem zuvor gesehen habe. Er passt hinein, nicht weil ich Platz gemacht habe, sondern weil er die Lücke gefunden hat, von der ich nicht wusste, dass sie existiert.

Ausnahmsweise stört mich das Chaos nicht. Nicht der Papierkram, nicht das zerzauste Haar, nicht einmal die Tatsache, dass wir zu spät zur Arbeit kommen werden.

Wir werden das regeln. Gemeinsam.

Ich trinke meinen Kaffee aus und lächle, freue mich schon auf den nächsten Morgen.

Vielleicht, wenn ich sehr viel Glück habe, wird es immer so einfach sein.

ACHTUNDZWANZIG

NOAH

Das Ding an Verwaltungsbüros in Krankenhäusern ist, dass sie antiseptischer sind als die eigentliche Notaufnahme, nur ohne den Charme des Adrenalins einer Nahtoderfahrung.

Ich sitze auf einem Plastikstuhl, der zu sehr versucht, wie echtes Leder auszusehen, und blättere durch eine HR-Broschüre über »Work-Life-Synergie«. Die Deckenleuchten sind von der unvorteilhaften fluoreszierenden Sorte – dazu geschaffen, jede Pore und jede existenzielle Angst zu beleuchten. Es gibt drei Motivationsposter, alle in verschiedenen Blautönen, und in der Ecke einen Gummibaum, der seit 2007 von passiver Aggression und recycelter Luft überlebt.

Auf der anderen Seite des Raumes tickt eine Uhr mit einer Effizienz, die man nur in bürokratischen Maschinerien findet. Ich schaue auf mein Handy. Punkt acht Uhr. Auf die Sekunde genau schwingt die Tür auf und eine Frau in einem vernünftigen Hosenanzug – Ms. Norris, HR-Spezialistin, laut ihrem Namensschild – tritt heraus.

»Dr. Carter?« Sie hat eine Stimme wie ein Lächeln ohne Zähne.

Ich stehe auf und biete ihr einen Händedruck an, der weder schlaff noch erdrückend ist. »Der bin ich.«

Sie winkt mich in ihr Büro, das irgendwie noch steriler ist als das Wartezimmer. Der Schreibtisch ist blitzsauber, bis auf einen Notizblock mit Markenlogo und einen Stift, der aussieht, als wäre er nie für etwas Riskanteres als einen Post-it benutzt worden. Keine Fotos, keine Unordnung. *Wahrscheinlich laminiert sie ihre persönlichen Gedanken, wenn niemand hinsieht.*

Sie deutet auf den Besucherstuhl. Ich nehme ihn und lümmle mich gerade so weit, dass ich zu verstehen gebe, dass ich nicht hier bin, um die Kubakrise zu verhandeln.

Ms. Norris setzt sich. Faltet die Hände. Lächelt nicht.

»Verstehe ich das richtig, dass Sie Ihre Kündigung zurückziehen möchten, Dr. Carter?«

»Das ist korrekt.«

Sie macht eine Pause. Kein anerkennendes Nicken. Sie tippt nur mit einem manikürten Finger auf die makellose Oberfläche ihres Schreibtisches, als versuchte sie, den Geist eines Regelbuchs zu beschwören.

»Sie schlagen ein bemerkenswertes Angebot aus«, sagt sie. »Konkurrenzfähiges Gehalt, ein robustes Forschungsbudget, Umzugskostenpauschale –«

»Das tue ich«, sage ich und lasse die Stille ihre Arbeit tun.

Diesmal lässt sie sie länger andauern. Länger als erwartet. Ms. Norris lässt sich nicht so leicht aus der Ruhe bringen, aber etwas verändert sich hinter ihren Augen. Kalkül vielleicht.

»Gab es etwas an dem Angebot aus San Francisco, das Sie zögern ließ?«, fragt sie.

Die einfache Antwort: Es geht nicht ums Geld.

Die weniger einfache Antwort: Ich war bereit zu gehen, bis mir klar wurde, was – und wen – ich tatsächlich zurücklassen würde.

Stattdessen entscheide ich mich für eine dritte Antwort.

»Es ist ein großartiger Job«, sage ich. »Aber ich habe hier bereits etwas Besseres gefunden.«

Sie neigt den Kopf. Ein Funken Interesse blitzt auf. »Dieses ›etwas Besseres‹ arbeitet nicht zufällig in der Herz-Thorax-Chirurgie, oder?«

Ich lächle, beinahe wider Willen. »Ich glaube, dafür gibt es ein eigenes Formular.«

Ihr Mund zuckt, fast ein Lächeln, aber nicht ganz. Dann rückt sie die Papiere auf ihrem Schreibtisch mit einer Präzision zurecht, die man sich normalerweise für Autopsien aufhebt.

»Dr. Carter, ich würde nicht sagen, dass es schwarze Flecken in Ihrer Akte gibt ... aber es gibt definitiv ein paar schlammige Fußspuren.« Sie blättert eine Seite um. »Zwei formelle Verwarnungen –«

»Eine davon war ein Missverständnis.«

» – drei Beschwerden, zwei Verstöße gegen die Dienstplanung und ein Disziplinarvermerk im Zusammenhang mit einem Vorfall, bei dem es um einen Verkaufsautomaten und ein entwendetes Tracheotomie-Set ging.«

»Zu meiner Verteidigung, ich habe dem Automaten nicht geschadet.«

Ms. Norris lacht nicht. Natürlich nicht.

»Die Wahrheit ist«, sagt sie und richtet ihren Blick auf mich, »Ihre Kündigung hat uns ein schwieriges Gespräch erspart. Und jetzt bitten Sie uns, diesen sauberen Schnitt rückgängig zu machen.«

Zum ersten Mal habe ich das Gefühl, dass die Luft im Raum dünner wird. Meine Brust zieht sich zusammen. Vielleicht wollen sie mich nicht zurück. Vielleicht habe ich die Brücke hinter mir abgebrannt und dann um einen Eimer Wasser gebeten.

Aber dann nimmt sie eine Akte – aus Manila-Karton, abgegriffen – und öffnet sie, als würde sie ein Urteil verkünden.

»Allerdings«, sagt sie und blättert mit Bedacht eine Seite um, »hat Dr. Patel eine formelle Erklärung zu Ihren Gunsten eingereicht. Ebenso Dr. Winston und Dr. Grant. Alle sprachen über Ihre Entwicklung im vergangenen Jahr, Ihre Operationsergebnisse und Ihre ... sagen wir mal, unkonventionelle Art am Krankenbett.«

Ich blinzle. »Sie haben Empfehlungsschreiben verfasst?«

Sie nickt. »In Patels Fall ein sehr deutlich formuliertes.«

»Enthielt es Drohungen?«

»Nicht ausdrücklich.«

Sie schiebt ein Formular über den Schreibtisch.

»Emerald Bay wird Sie gerne behalten«, sagt sie mit gleichmäßiger Stimme, die sich am Ende jedoch leicht hebt – als ob diese Entscheidung sogar sie selbst überrascht hätte.

Ich nehme den Stift. Unterschreibe. Ein einziger schwarzer Strich im endlosen Papierkram des Erwachsenenlebens.

Ms. Norris steht auf. Bietet ihre Hand an. »Wir sind froh, dass Sie bleiben, Noah.«

Diesmal schenke ich ihr ein echtes Lächeln, nicht das, was sie einem bei der Einarbeitung beigebracht haben. »Danke für Ihr Verständnis.«

»Danken Sie nicht mir«, sagt sie. »Danken Sie Ihrem Fanclub.«

Ich verlasse das Büro mit den Händen in den Taschen, die Schultern zum ersten Mal seit Monaten locker. Da ist eine Leichtigkeit unter meinen Rippen – als hätte ich vielleicht, für einmal, meine eigene Zukunft nicht sabotiert.

Jedenfalls nicht vollständig.

Man kann viel über eine Schicht in der Notaufnahme sagen, wenn man nur die ersten zehn Sekunden auf der Station ist. Wenn es sich anhört wie ein Bienenstock, in den man gerade getreten hat, steht einem ein langer Tag bevor. Heute ist die Stimmung einen Schritt über dem absoluten Chaos, aber zwei Stufen unter »Alarm für die Nationalgarde«. Was für Emerald Bay im Grunde ein ruhiger Morgen ist.

Ich schließe zu Lily auf, als sie von der Intensivstation um die Ecke biegt. Sie ist tief in die Akte vertieft, ihre Augen überfliegen den Ausdruck, ihr Mund zu einem Strich zusammengepresst, der entweder sagt »ich hatte noch keinen Kaffee« oder »ich verfasse mental deine Grabrede«. Das ist nie leicht zu sagen.

»Lagebericht?«, frage ich, ohne mich mit einem Hallo aufzuhalten.

Sie blickt nicht auf. »Der Hämoglobinwert des Patienten in 307 sinkt. Er hat die GI-Blutung von letzter Nacht.«

Ich nicke und passe mich bereits ihrem Tempo an. »Hat Patel es gesehen?«

»Er ist mit den Reanimationen aus 309 beschäftigt. Ihn ausrufen zu lassen, ist, als würde man versuchen, den Papst zu erreichen.«

»Reden wir von gefrorenem Frischplasma oder nur von einem verzweifelten Gebet an die Götter der Hämatologie?«

Sie wirft mir einen Seitenblick zu, der Hauch eines Lächelns spielt um ihre Lippen. »Beides.«

Der Flur ist ein Trichter aus Transportliegen, Operationstechnikern und dem unverkennbaren Geruch von Desinfektionsmittel in Industriestärke. Wir weichen einem ankommenden Schockraumwagen aus – zwei Sanitäter zanken sich darum, wer den letzten Clif Bar bekommt – und Lily unterbricht ihre Aktenprüfung nicht eine Sekunde.

»Steht sonst noch was an?«, frage ich.

»Die Verbrennungsstation bekommt eine Verlegung aus Spokane, Ankunftszeit in zehn Minuten. Und der Orthopäde ist immer noch verschwunden.«

Ich sehe auf meine Uhr. »Die Chancen stehen drei zu eins, dass er verkatert ist.«

Sie widerspricht nicht. Sie weiß, dass ich wahrscheinlich recht habe.

Wir schlüpfen hinter den Vorhang von 307, und für fünf Sekunden sind wir die pure Professionalität. Vitalwerte, Anamnese, Untersuchung – es ist ein Ballett, und wir kennen alle Schritte.

Lily überprüft schnell und kompetent den Zugang. »Willst du noch eine Einheit anhängen, bevor die Blutabnahme kommt?«

»Warum nicht gefährlich leben?«

Sie grinst. »Das ist dein Markenzeichen, oder?«

Ich greife über sie hinweg, um eine Spülung vom Tablett zu nehmen, und für eine Millisekunde berühren sich unsere Schultern. Sie zuckt nicht zusammen. Ich auch nicht. Wenn überhaupt, fühlt es sich wie eine Herausforderung an.

Draußen auf dem Flur wirft uns Schwester Patty über ihre

Brille hinweg einen Seitenblick zu. »Ich sehe, das Dream-Team ist wieder im Einsatz.«

Ich zwinkere ihr zu, und Lily schüttelt nur den Kopf, aber ich erkenne das Zucken ihrer Lippen.

Wir gehen die Reihe entlang und triagieren eine Katastrophe nach der anderen. Es ist mittlerweile ein Rhythmus: Sie übernimmt die komplizierten Berechnungen, ich beruhige die Familien, wir treffen uns wieder am Whiteboard und streiten darüber, wer sich als Nächstes ins Chaos stürzen darf.

Mitten in der Schicht werden wir von Marcus herangewinkt, der so tut, als würde er uns nicht vom Schwesternzimmer aus beobachten.

Er beugt sich zu Patty und flüstert theatralisch: »Hab dir doch gesagt, dass sie wieder zusammenarbeiten werden. Soll ich jetzt schon bezahlen oder auf die Verlobungsanzeige warten?«

Patty lässt sich das nicht zweimal sagen. »Ich nehme Bargeld oder Venmo, Süßer.«

Marcus fängt meinen Blick auf und grinst, als wüsste er genau, wie die letzte Nacht geendet hat. Ich deute einen lässigen Salut an und ziehe Lily dann in Richtung Pausenraum.

Wir gehen zum Materialschrank für frische Handschuhe, und als ich nach dem obersten Regal greife, stellt sich Lily neben mir auf die Zehenspitzen. Unsere Hände streifen sich. Keiner von uns zieht zurück.

Ich sage: »Wir sind exzellent darin, subtil zu sein.«

Sie schnaubt, leise und spöttisch. »Du bist exzellent darin, überheblich zu sein.«

Ich grinse. »Das ist eine Gabe.«

Wir füllen schweigend unsere Vorräte auf, aber es ist eine angenehme Stille – eine, die sich weniger wie die Abwesenheit von Lärm anfühlt und mehr wie ein Versprechen.

Zurück auf dem Hauptflur nehmen wir uns gemeinsam der Verbrennungsverlegung an. Der Patient ist ein Teenager mit Verbrennungen zweiten Grades an Arm und Brust. Lily untersucht ihn, während ich mit den Eltern spreche, Fragen beantworte und Panik abwehre, als wäre es Teil der Wundversorgung.

Draußen vor dem Zimmer besprechen wir uns, Schulter an

Schulter an die Wand gelehnt. Die Akte zwischen uns, die Luft schwer von diesem schwachen, angesengten Plastikgeruch.

»Gute Arbeit da drin«, sagt Lily.

Ich zucke mit den Schultern, aber sie merkt, dass es etwas bedeutet. »Du auch.«

Es entsteht eine Pause, aber sie hält nicht lange an. Notfälle warten auf niemanden, und keiner von uns ist an einem großen Moment interessiert. Wir stoßen uns gleichzeitig von der Wand ab, und für einmal fühlt es sich weniger so an, als stünde die Welt kurz vor der Explosion.

Ich bemerke, wie sie mich ansieht. Sie hält meinen Blick für eine halbe Sekunde, dann schaut sie weg, aber nicht bevor ich das echte Lächeln sehe.

Ich hebe es mir für später auf, wie einen Glücksbringer in der Tasche eines Arztkittels.

Krankenhaus-Konferenzräume riechen alle gleich: nach Marker-Dämpfen, recycelter Luft und einem schwachen Unterton von kalter, feuchter Angst.

Heute ist er vollgepackt. Dr. Patel am Kopf des Tisches, der leitende Oberarzt zu seiner Rechten, eine Handvoll Oberärzte kreisen wie wachsame Satelliten um sie herum. Jemand hat eine Schachtel Donuts mitgebracht, von der nur noch Krümel und Servietten übrig sind. Das Hauptereignis ist am Whiteboard: Lilys Flussdiagramme, auf den Mikrometer genau farbkodiert, mit Haftnotizen in einem so präzisen Raster, dass es als Kunstin-stallation durchgehen könnte.

Ich nehme den Stuhl neben Lily. Sie bemerkt mich kaum, ihre Augen sind auf ihren Laptop gerichtet, während sie die Folien zum fünften – vielleicht sechsten – Mal durchgeht.

»Du brennst gleich ein Loch in den Bildschirm«, murmle ich.

Sie schaut nicht auf. »Unmöglich. Das Ding ist aus der Bush-Ära.«

»W«, sage ich. »Oder H?«

Das bringt ihr ein winziges Zucken eines Lächelns ein.

Patel ruft uns zur Ordnung, seine Lesebrille auf der Nasenspitze. »Lassen Sie uns das Update zum Traumaprotokoll hören, Dr. Harper.«

Lily ist in ihrem Element: zügig, unbeeindruckt vom Gewicht all der Augen im Raum. Sie führt alle durch den Algorithmus – Erstuntersuchung, schnelle Triage, optimierte Kommunikation mit der Blutbank. Jedes Mal, wenn jemand sie unterbricht, antwortet sie, bevor die Frage beendet ist, als würde sie die sokratische Methode im Schnelldurchlauf absolvieren.

Ich soll eigentlich zur moralischen Unterstützung hier sein, aber sie braucht sie kaum. Trotzdem werfe ich ein Nicken oder ein »genau« ein, wenn der Moment es erfordert, und einmal, als sie einen neuen Richtliniencode vergisst, ergänze ich ihn, bevor sie fragen muss.

Wir sind jetzt ein eingespieltes Team. Sie macht die harte Arbeit, ich halte die Stimmung im Raum. Sogar Patel bemerkt es.

Mitten im Vortrag unterbricht er uns. »Also, Dr. Harper, Sie schlagen eine zwanzigprozentige Kürzung der Untersuchungszeit im Zimmer vor. Halten Sie das für machbar?«

Sie ist vorbereitet. »Ich weiß, dass es das ist. Wir haben den Arbeitsablauf in den letzten drei Wochen getestet.«

Patel wendet sich an mich. »Stimmen Sie dem zu?«

»Nur, wenn ich die Sanitäter rufen darf, wenn die Assistenzärzte anfangen, vor Erschöpfung umzufallen«, sage ich. »Aber ja. Die Daten sind solide.«

Lachen – echtes Lachen – geht durch den Raum. Selbst der leitende Oberarzt muss schmunzeln.

Wir arbeiten den Rest des Protokolls durch. Lily kennt jede Folie auswendig, aber wenn eine Debatte hitzig wird – alte Garde gegen neue Schule, Tradition gegen Effizienz – unterstütze ich sie, indem ich den Widerstand mit einem Witz oder einer Anekdote umformuliere. Einmal schaut sie mit einem Blick zu mir herüber, der zu gleichen Teilen Verärgerung und Dankbarkeit ausdrückt. Ich bin mir ziemlich sicher, dass ich mir das später anhören darf.

Patel beendet die Sitzung, nimmt seine Brille ab und drückt sich auf den Nasenrücken. »In Ordnung. Das war die klarste

Präsentation, die ich das ganze Jahr gesehen habe. Irgendwelche abschließenden Kommentare?«

Der leitende Oberarzt meldet sich zu Wort. »Niemand wird es sagen, also sage ich es. Das ist das erste Mal seit fünf Jahren, dass unsere Protokolle Sinn ergeben.«

Lily blinzelt, überrascht. Zum ersten Mal an diesem Morgen scheint sie überrumpelt zu sein.

Patel nickt. »Ich erwarte bis nächste Woche einen Umsetzungsplan. Gut gemacht, Sie beide.«

Er beendet die Besprechung, aber nicht bevor er Blickkontakt mit mir aufnimmt und mit dem Kopf in Richtung Flur nickt.

Ich folge ihm nach draußen und erwarte eine Standpauke. Stattdessen bleibt er stehen und senkt seine Stimme. »Sie wissen, dass ich Sie beobachten werde, oder?«

Ich lächle, unbeschwert. »Sie und das halbe Krankenhaus.«

Er grunzt, aber ich erkenne das Beinahe-Lächeln. »Vermasseln Sie es nicht, Carter.«

»Würde mir nicht im Traum einfallen«, sage ich und meine es zum ersten Mal ernst.

Patel verschwindet in seinem Büro und ich gehe zurück zum Konferenzraum. Lily packt zusammen, ihre Hände bewegen sich schnell, aber sie kann die Röte auf ihren Wangen nicht verbergen.

Ich lehne mich an die Tür. »Gut gerettet bei der Frage zum Laborablauf.«

»Du hast mir beim ICD-Code aus der Patsche geholfen.«

»Teamwork«, sage ich. »Oder so ähnlich.«

Wir gehen nebeneinander hinaus. Mitarbeiter treten unwillkürlich zur Seite, als wären wir eine Einheit.

Im Aufzug stupse ich sie mit meiner Schulter an. »Willst du feiern?«

Sie zieht eine Augenbraue hoch. »Definiere ›feiern‹.«

»Abendessen. Drinks. Eine Ehrenrunde durch den Materialschrank.«

Sie schnaubt. »Zwei von drei.«

Die Türen öffnen sich zu einem Gewirr aus Personal und Transportliegen, aber für einen Moment sind es nur wir. Keine

Streitereien. Keine alten Wunden. Nur zwei Menschen, die endlich – endlich – herausgefunden haben, wie man gemeinsam gewinnt.

Wenn meine gesamte Existenz auf eine einzige Stunde reduziert werden könnte, dann wäre es diese: sechs Uhr abends, das gedämpfte Brummen des Stadtverkehrs draußen, Lilys Küche wie ein Tatort beleuchtet und wir, wie wir versuchen – und grandios scheitern – Abendessen zu kochen.

Ihre Wohnung – die jetzt *unsere* Wohnung ist – besteht immer noch aus scharfen Linien und chirurgischer Sauberkeit, aber ich dringe langsam vor. Meine Jacke hängt über einer Stuhllehne, meine uralten Laufschuhe stehen neben der Tür. Auf ihrer makellosen Arbeitsplatte liegt eine halbleere Tüte Billig-Tortillachips, und sie hat sie noch nicht weggeworfen. Ein Fortschritt.

Wir sollen eigentlich Tacos machen. Das entwickelt sich zu einer Debatte über die beste Art, eine Zwiebel zu schneiden.

»Du verpasst ihr eine Gehirnerschütterung«, sagt Lily und beäugt meine Technik.

»Zwiebeln haben kein Nervensystem«, kontere ich.

Sie schaut auf, ausdruckslos. »Du vor deinem ersten Kaffee auch nicht, aber du bist trotzdem empfindlich.«

Ich verbeuge mich. »Touché.«

Der ganze Prozess ist ein Chaos. Ich versuche, die Gewürze frei nach Gefühl zu dosieren; sie besteht darauf, jedes Gewürz abzumessen. Als ich nach dem Kreuzkümmel greife, tauscht sie ihn hinter meinem Rücken gegen Chilipulver aus, nur um zu sehen, ob ich es bemerke.

Ich bemerke es. Wir streiten uns, lachen dann, streiten uns wieder. Wir stoßen am Herd mit den Hüften aneinander, und irgendwann schnippe ich ein verirrtes Zwiebelstück auf sie und sie revanchiert sich, indem sie mir Salsa aufs Handgelenk schmiert.

Wir sind beide mit Essen bedeckt, als die Taco-Füllung fertig ist. Die Tortillas sind stellenweise angebrannt. Die Guacamole ist aggressiv limettenlastig, was ich liebe und sie nur so tut, als würde sie es hassen. Als wir uns endlich zum Essen hinsetzen, tragen wir immer noch unsere Arbeitskleidung – ihre Jacke halb geöffnet, um ein verblichenes MIT-T-Shirt zu enthüllen, meine bestäubt mit Mehl und dem, was von meiner Würde übrig geblieben ist.

Wir essen auf der Couch, die Teller auf den Knien balancierend, Wiederholungen von *Grey's Anatomy* stumm auf dem Fernseher. Ich mache mir ein Spiel daraus, jede grobe medizinische Ungenauigkeit aufzuzeigen.

»Die haben gerade jemanden mit, was, einer einzigen Herzdruckmassage wiederbelebt?«, spotte ich.

Lily kaut nachdenklich. »Ich habe mal gesehen, wie du das Herz eines Mannes wieder zum Schlagen gebracht hast, indem du ihn angeschrien hast.«

»Es hat funktioniert.«

Sie neigt den Kopf. »Du hast eine kräftige Stimme.«

Ich grinse, und sie stupst meinen Fuß mit ihrem an.

Mitten im Abendessen greift sie nach der Fernbedienung und schaltet den Ton der Serie ein. Wir schauen eine Weile schweigend zu. Ich lehne mich zurück, die Beine ausgestreckt, und sie landet an meine Brust gestützt, den Kopf auf meiner Schulter.

Es ist unspektakulär und absolut perfekt.

Ich weiß nicht, wann ich angefangen habe, mich danach zu sehnen – nach normalen Abenden, schlechtem Fernsehen, Essen, das nicht aus einem Automaten kommt. Vielleicht ist es nur der Schock, einmal nicht wegzulaufen, an einem Ort zu bleiben und mir zu erlauben, glücklich zu sein.

Lily schaut auf, erwischt mich beim Starren und sagt: »Was ist?«

»Nichts«, antworte ich, obwohl es alles ist.

Sie kneift die Augen zusammen, aber lässt es gut sein. Sie legt ihre Hand auf mein Knie, die Finger gespreizt, und nimmt Raum ein.

Wir essen zu Ende. Ich biete an, den Abwasch zu machen, und sie hat nichts dagegen, lehnt sich nur in den Türrahmen und schaut zu, wie ich aufräume. Hin und wieder korrigiert sie, wie ich das Geschirr stapel. Ich lasse sie.

Als die Küche wieder in ihrer Lehrbuchordnung ist, wandern wir wieder zur Couch. Diesmal zieht sie eine Decke über uns beide. Unsere Beine verschlingen sich. Keiner von uns rührt sich.

Im Fernsehen rettet ein Chirurg den Tag mit einem riskanten, unwahrscheinlichen Eingriff.

Lily verdreht die Augen und schnaubt: »Niemand würde das jemals wirklich tun.«

Ich stupse ihre Schulter an. »Sagt die Frau, die in einer Woche das Traumaprotokoll des Krankenhauses umgeschrieben hat.«

Sie zuckt mit den Schultern, als wäre es keine große Sache, aber ihr Lächeln bleibt.

Später sitzen wir in der Stille, das einzige Geräusch ist das leise Grollen von fernem Donner und das sanfte Klicken der Heizung. Ich lasse meine Hand auf ihrer Taille ruhen, die Handfläche flach und unbeschwert.

Sie sagt nichts, aber sie rückt ein kleines bisschen näher.

Ich denke an all die Dinge, die ich sagen könnte. Wie ich nicht wusste, dass ich das wollte. Wie sich jeder Tag mit ihr neu und vertraut zugleich anfühlt. Wie ich zum ersten Mal in meinem Leben nicht nach dem Ausgang suchen muss.

Aber ich sage nichts davon. Ich muss es nicht.

Stattdessen halte ich sie einfach fest und lasse die Nacht sich um uns legen.

Das Beste an Emerald Bay ist die Aussicht vom Dach, besonders nach Mitternacht, und jetzt, wenn unsere Dienstpläne es zulassen, darf ich sie mit Lily teilen.

Hier oben ist die Stadt eine leuchtende Weite, lauter Neonadern und erhellte Fenster. Die Geräusche von Sirenen, Autohupen und der Menschheit sind gedämpft, ersetzt durch das leisere Hintergrundgeräusch von Wind und fernen Wellen. Wir sind sechs Stockwerke über dem Schockraum, aber es könnte genauso gut ein anderer Planet sein.

Lily sitzt neben mir auf dem Betonvorsprung, die Knie hochgezogen, den Kragen ihres Mantels gegen die Kälte hochgeschlagen. Zwischen uns steht eine zerbeulte Thermoskanne mit Krankenhauskaffee. Sie nimmt einen Schluck und verzieht das Gesicht, sagt aber nichts. Ich lasse die Stille andauern, denn für einmal fühlt sie sich angenehm an.

»Du weißt, dass wir dafür Ärger bekommen könnten«, sagt sie und starrt auf die Skyline.

»Definiere ›Ärger‹«, kontere ich. »Ist es ein Vergehen, wenn der Kaffee technisch gesehen aus der Cafeteria stammt?«

Sie stupst meinen Fuß mit ihrem an. »Du bist unmöglich.«

»Und trotzdem bist du hier.«

Sie schüttelt den Kopf, aber sie lächelt. Der Wind weht ihr eine Haarsträhne ins Gesicht, und ich unterdrücke den Drang, sie ihr hinter das Ohr zu stecken. Kaum.

Wir beobachten zusammen den Verkehr. Ich frage mich, wie viele Menschen da unten vor etwas davonlaufen oder auf etwas zulaufen oder einfach nur versuchen, die Nacht zu überleben.

Nach einer Weile sage ich: »Denkst du jemals darüber nach, einfach wegzugehen? Einfach ... woanders neu anzufangen?«

Sie antwortet nicht sofort. »Nein. Nicht mehr.«

Ich nicke und nehme einen Schluck Kaffee. Er schmeckt furchtbar. »Ich auch nicht.«

Wir werden wieder still. Sie fröstelt, nur ein bisschen, und ich lege ihr einen Arm um die Schultern. Sie versteift sich nicht. Stattdessen lehnt sie sich an und schmiegt sich an meine Seite, als wäre es das Natürlichste auf der Welt.

Ich halte ihr die Thermoskanne hin. »Willst du den letzten Schluck?«

Sie blickt auf, ihre Augen dunkel und scharf. »Ich dachte, die Ritterlichkeit wäre tot.«

»Ich habe nur Angst, dass du mich erstichst, wenn ich ihn nehme.«

»Fair.«

Wider besseres Wissen reichen wir den Becher hin und her,

bis er leer ist. Ich stelle ihn auf den Sims, meine Finger streifen ihre. Diesmal lässt sie meine Hand liegen.

»Also«, sage ich, jetzt leiser. »Wie nennen wir das hier?«

Sie sieht mich an, ihr Mund zuckt. »Was, den Kaffee? Oder ...« Sie macht eine Geste zwischen uns.

»Oder.«

Sie überlegt, dann sagt sie trocken: »Eine tragische Co-Abhängigkeit.«

Ich lache. »Vielleicht. Ich hatte auf etwas mit weniger DSM-Codes gehofft.«

Sie ist einen Moment still, dann sagt sie: »Ich nenne es überleben.«

Ich drücke ihre Hand, mein Daumen fährt über ihre Fingerknöchel. »Ich nenne es bleiben. Da sein. Jeden verdammten Tag.«

Sie mustert mich, als würde sie jede Zelle meines Gesichts katalogisieren. »Dann nennen wir es so.«

Wir sitzen in der Kälte, die Stadt summt unter unseren Füßen, und zum ersten Mal fühlt es sich an wie genug.

Keine Notfälle, kein großes Drama. Nur wir. Nur das hier.

Sie lehnt ihren Kopf an meine Schulter. »Weißt du«, sagt sie, »wenn du jemals anfängst, dich wie ein normaler Mensch zu benehmen, behalte ich mir das Recht vor, mit dir Schluss zu machen.«

Ich grinse. »Einverstanden. Aber zuerst musst du mich erwischen.«

Sie antwortet nicht, aber ihre Hand drückt meine, und ich weiß, dass sie es ernst meint.

Wir bleiben, bis die Thermoskanne kalt ist, bis der Wind auffrischt, bis die Lichter im Verwaltungsgebäude anfangen, eins nach dem anderen auszugehen.

Dann gehen wir zusammen hinunter, Seite an Seite, in den Lärm und das Licht und den Rest unserer Leben.

NEUNUNDZWANZIG

LILY

Die Sache, wenn man als Paar – als echtes Paar mit großem P – zum Abendessen ausgeht, ist, dass die ganze Welt vor einem selbst in den Witz eingeweiht zu sein scheint. Jedes Restaurant in Capitol Hill hat eine Warteliste. Jeder Kellner begrüßt einen mit einem wissenden Hochziehen der Augenbraue; die Sorte, die für Geburtstage, Jubiläen und erste Dates, die eindeutig nicht gut laufen, reserviert ist.

Heute Abend ist unser auserwählter Ort zwei Blocks vom Krankenhaus entfernt, aber man könnte meinen, wir betreten ein Paralleluniversum, das vollständig von Kerzenlicht und dem sanften Schimmer der Erwartungen anderer Leute beleuchtet wird.

Noah und ich gehen Seite an Seite, unsere Schritte passen nicht ganz zusammen, finden aber doch irgendwie immer wieder ins Gleichgewicht. Er hält mir die Tür auf – eine Geste, bei der ich letztes Jahr um diese Zeit noch die Krise bekommen hätte.

Heute Abend grinse ich nur und murmele: »Das Patriarchat hat angerufen, es will seine Geste zurück«, und er grinst, als hätte ich ihm ein Kompliment gemacht.

Die Empfangsdame strahlt uns mit dem brüchigen Enthusiasmus von jemandem an, der sowohl für den Gastronomiebetrieb als auch für Geiselverhandlungen geschult wurde.

»Ein Tisch für vier, Dr. Harper?« Ihre Stimme ist sirupsüß, ihr Lächeln eine Waffe. Sie hat uns bereits auf dem Schirm. Vielleicht liegt es an den Krankenhausausweisen, die noch an unseren Mänteln heften, oder vielleicht daran, dass wir schwach nach Antiseptikum und schlecht verborgenem Stress riechen.

Wir folgen ihr durch einen Gang mit dunkelgrün gepolsterten Samtnischen, vorbei an Reihen von Paaren in verschiedenen Stadien von Romantik und Ruin. Jeder Tisch ist eine eigene Biosphäre: Frischvermählte, die unterm Tisch fußeln, ein älteres Paar, das in perfektem, ergebenem Schweigen seine Speisekarten liest, eine Gruppe von Krankenschwestern nach Feierabend, die schon zwei Margaritas intus haben und mit jeder Silbe lauter werden.

Maria und Ethan warten hinten auf uns, in eine Tischecke gekuschelt, die ihre Köpfe irgendwie näher zusammenbringt. Marias Haar ist nicht wie üblich zu einem Pferdeschwanz gebunden, dunkle Wellen umrahmen ihr Gesicht, und Ethan sieht aus, als würde er versuchen, nicht vor Glück zu zerplatzen. Sie lachen beide über etwas – wahrscheinlich über einen Witz, den Ethan erzählt hat, denn Marias Hand liegt auf seinem Arm und er sieht aus, als hätte er gerade zum ersten Mal Sauerstoff entdeckt.

Früher hätte ich darüber die Augen verdreht. Ich hätte es »die Flitterwochenphase« genannt und im Kopf die Wahrscheinlichkeit einer Trennung noch vor dem Dessert ausgerechnet. Jetzt empfinde ich einfach nur einen seltsamen Stolz, so als würde man zusehen, wie der eigene Schützling eine Auszeichnung gewinnt.

Maria entdeckt uns zuerst. Ihr Gesicht leuchtet auf, und sie winkt mit beiden Händen, als könnten wir sie sonst verfehlen. Ethan steht auf, was eine neue Entwicklung ist – entweder versucht er, Noah zu beeindrucken, oder er hat irgendwoher eine Restportion Ritterlichkeit aufgeschnappt.

Noah schiebt mich sanft vorwärts, die Hand an meinem unteren Rücken. Er tut es lässig, als wäre es das Offensichtlichste der Welt, aber es verursacht für eine halbe Sekunde einen Kurzschluss in meinem Rückgrat.

»Sieh sie dir an«, sage ich aus dem Mundwinkel, als wir uns nähern. »Ich wette zehn Dollar, dass sie schon über gemeinsame Finanzen reden.«

Noahs Blick wandert zur Nische, dann zurück zu mir. »Du sagst das, als ob es etwas Schlechtes wäre.«

»Es ist ein dokumentierter Risikofaktor für Mord«, sage ich todernst.

Er lacht – ein echtes Lachen, nicht das höfliche Kichern, das er sich für Patienten aufhebt. »Die Wette halte ich.«

Maria vibriert förmlich vor Vorfreude, als wir den Tisch erreichen. »Ihr habt es geschafft!«, sagt sie, als wären wir gerade von den Toten auferstanden.

Ethans Lächeln ist gefasster, aber da ist etwas in seinen Augen – eine Berechnung vielleicht, oder das beruhigende Gefühl, endlich als Einheit gesehen zu werden.

»Natürlich haben wir es geschafft«, sagt Noah, während er in die Nische gleitet und es irgendwie schafft, mehr Platz einzunehmen, als die Physik erlauben sollte.

Ich rutsche neben ihn, meine Schulter streift seine. Maria und Ethan sitzen auf der anderen Seite eng beieinander, bereits ein Organismus mit einem gemeinsamen Nervensystem.

Der Tisch ist mit ungleichen Kerzen in Glashaltern gedeckt, von der Sorte, die man auf Haushaltsauflösungen und Beerdigungen findet.

»Also«, sagt Maria und kann ihre Aufregung kaum zügeln. »Ist das ein Doppeldate oder tun wir immer noch so, als wären wir nur Kollegen?«

»Kann es nicht beides sein?«, fragt Ethan. Er sieht mich um Unterstützung bittend an, und ich stelle fest, dass ich keine Antwort parat habe.

Noah rettet mich. »Kommt drauf an, wer bezahlt«, sagt er. »Wenn es ein Date ist, setze ich es als teambildende Maßnahme von der Steuer ab.«

»Genau genommen«, füge ich hinzu, »ist das hier ein Teammeeting. Thema ist die Widerstandsfähigkeit angesichts der Krankenhausbürokratie.«

Ethan lacht, was mich überrascht. Normalerweise ist er nicht der Erste, der auftaut.

Maria beugt sich vor und senkt ihre Stimme zu einem verschwörerischen Flüstern. »Wisst ihr, außerhalb des Krankenhauses seid ihr zwei viel weniger einschüchternd.«

Ich blinzle, unsicher, ob das ein Kompliment oder eine Warnung ist.

Noah grinst sie an. »Das liegt daran, dass wir hier keinen Zugang zu Skalpellen haben.«

Der Kellner kommt und nimmt unsere Getränkebestellung mit der geübten Gleichgültigkeit von jemandem auf, der heute Abend schon drei andere Tische hat abstürzen sehen. Ich bestelle einen Gin Tonic. Noah nimmt einen Whiskey, pur. Maria und Ethan bestellen beide in perfekter Eintracht dasselbe IPA und lachen dann fünf gute Sekunden lang darüber.

Ich nehme mir einen Moment, um sie zu beobachten – wirklich zu beobachten. Marias Hand ist nie weit von Ethans entfernt. Jedes Mal, wenn er spricht, beugt sie sich zu ihm, nicht nur wegen der Worte, sondern wegen ihrer Schwingung. Sie spiegeln die Körpersprache des anderen, ohne auch nur darüber nachzudenken.

Ich sehe Noah an. Er beobachtet mich, nicht das Paar uns gegenüber. Er hebt sein Glas zu einem stillen Toast.

»Auf uns?«, schlägt er vor.

Ich stoße mit seinem Glas an, der Klang ist scharf im Dunkel. »Auf uns«, sage ich, und es klingt nicht annähernd so lächerlich, wie ich gedacht hätte.

Die Nacht fängt gerade erst an, und ich habe keine Ahnung, wie sie enden wird. Ausnahmsweise fühlt sich das weniger wie eine Bedrohung als wie ein Versprechen an.

Der Gin Tonic kommt zuerst an, Kondenswasserperlen rinnen bereits am Glas herunter, als wolle das Eis verzweifelt entkommen. Noah trinkt seinen Whiskey in einem Zug, tut dann so, als hätte er es nicht getan, und als der Kellner mit den IPAs für

Maria und Ethan zurückkehrt, stoßen sie mit peinlicher Ernsthaftigkeit miteinander an.

»Dass wir eine weitere Woche überlebt haben«, sagt Maria.

»Dass wir den Kühlschrank im Aufenthaltsraum der Assistenzärzte überleben«, fügt Ethan hinzu und hebt sein Glas.

»Darauf, nicht Gegenstand einer weiteren HR-PowerPoint-Präsentation zu sein«, schlägt Noah vor.

Ich hebe mein Glas, suche nach einer Pointe, aber alles, was mir einfällt, ist: »Darauf, es durchs Abendessen zu schaffen, ohne einen Code Blue.«

Die anderen heben ihre Gläser, und für eine Sekunde fühlt es sich an, als hätten wir das alle schon seit Jahren so gemacht.

Das Gespräch nimmt schnell Fahrt auf, beflügelt von der Art und Weise, wie Maria und Ethan sich gegenseitig die Bälle zuspielen. Sie haben diese Energie eines frisch verliebten Paares, immer noch erstaunt, dass die andere Person existiert. Ihr Geplänkel ist eine Reihe liebevoller Sticheleien, von denen jede ein bisschen mehr über das seltsame, wunderschöne Chaos verrät, das sie gemeinsam geschaffen haben.

»Okay«, sagt Maria und wendet sich an uns mit der Miene von jemandem, der kurz davor ist, eine Geschichte zu zünden, die sie sich für das richtige Publikum aufgespart hat. »Wollt ihr wissen, wie wir in unserer ersten Woche als Assistenzärzte fast eine Rüge bekommen haben?«

Ethan bedeckt sein Gesicht mit einer Hand. »Wir waren uns einig, niemals darüber zu sprechen.«

Maria ignoriert ihn. »Also, er sollte einen Fortschrittsbericht über einen Patienten abheften, richtig? Stattdessen –«

»Versehentlich«, unterbricht Ethan. »Versehentlich.«

»– legt er die ganze Akte in den Kühlschrank. Keine Kopie, keine Seite. Den ganzen Ordner.« Maria macht eine Pause, um die Wirkung zu verstärken. »Direkt neben ein Truthahnsandwich.«

Ethan läuft rot an. »Zu meiner Verteidigung: Es war vier Uhr morgens und das Ende einer Doppelschicht nahte.«

Noah nickt ernst. »Klassischer Fehler. Hast du versucht, sie in die Mikrowelle zu stecken, um zu sehen, ob die Daten noch funktionieren?«

»Unglaublicherweise«, sagt Maria, »haben sie zwei Stunden gebraucht, um sie zu finden. In der Zwischenzeit ist das gesamte Ärzteteam durchgedreht, weil sie dachten, die Akte sei für immer verschwunden.«

Ethan zuckt mit den Schultern. »Das Truthahnsandwich hat überlebt. Das ist das Wichtigste.«

Maria beugt sich zu ihm und küsst seine Wange, was mich früher zum Würgen gebracht hätte, aber jetzt verbuche ich es nur mit leichter Belustigung.

»Ich bin dran«, sagt Ethan, durch die Aufmerksamkeit ermutigt. Er grinst Maria an, die sofort in die Defensive geht. »Sie ist einmal während der Visite im Stehen eingeschlafen. Ausgewachsene Narkolepsie. Das Team ist den Gang runtergegangen, und sie ist fünf Minuten lang wie eine Statue stehen geblieben. Als sie aufgewacht ist, hielt sie immer noch die Akte in der Hand und ist uns einfach hinterhergesprintet.«

Maria verdreht die Augen, aber leugnet es nicht. »Es war der dritte Tag in Folge ohne Schlaf. Ich würde es wieder tun.«

Eine Weile tauschen wir Geschichten aus, von der Sorte, die man nur Leuten erzählt, die einen schon in den schlimmsten Momenten erlebt haben. Es gibt einen Rhythmus dabei, ein Frage-und-Antwort-Spiel aus Demütigungen und Triumphen, alles mit gerade genug Ehrlichkeit gewürzt, um es echt wirken zu lassen.

Irgendwann fangen Maria und Ethan mit Krankenhausklatsch an – wer mit wem ausgeht, wer beim Knutschen im Materiallager erwischt wurde, welcher Oberarzt am ehesten ein Roboter sein könnte. Es ist das Übliche, aber heute Abend fühlt es sich weniger wie Überwachung und mehr wie Kameradschaft an.

Irgendwann schaue ich auf und erwische Noah dabei, wie er mich beobachtet. Nicht auf die raubtierhafte, besitzergreifende Weise, die man in Liebesfilmen sieht, sondern so, wie ein Wissenschaftler einen seltenen Organismus beobachten könnte, der endlich in seinem natürlichen Lebensraum aufblüht.

»Was?«, sage ich befangen.

Er legt den Kopf schräg. »Du bist heute Abend anders.«

»Stimmt nicht«, protestiere ich, obwohl ich es nicht ganz überzeugend klingen lassen kann.

Er stößt mich mit dem Fuß unter dem Tisch an. »Du hältst deine Gabel nicht, als wäre sie ein chirurgisches Instrument.«

Ich schaue nach unten und stelle fest, dass er recht hat. Ich esse wie ein normaler Mensch und attackiere das Essen nicht, als hätte es meine Familie beleidigt.

Maria und Ethan bemerken den Austausch beide. Maria wirft mir einen Blick zu, der sagt: *Na los, gib es zu, du bist glücklich.*

Ich trete Noah unter dem Tisch zurück. Er grinst nur breiter, absolut reuelos.

Das Essen kommt – eine Parade kleiner Teller und unpassender Bestecke, alles zum Teilen gedacht. Wir greifen übereinander, um Bissen zu ergattern, tauschen Gerichte, streiten darüber, wer den letzten Kloß bekommt. Es gibt keine Arbeitsteilung, niemand zählt mit.

Irgendwann erzählt jemand eine Geschichte über einen Chirurgen, der einmal für eine Wohltätigkeitsveranstaltung eine Hernien-OP in vollem Clown-Make-up durchgeführt hat. Ich kann nicht mehr vor Lachen, es tut mir schon im Gesicht weh, und als ich mir die Augen wische, sehe ich, wie Maria mich mit aufrichtiger Zuneigung anlächelt.

Das Restaurant summt um uns herum – Besteck klirrt, Gläser klingen, Fremde feiern ihre eigenen kleinen Siege. Aber an unserem Tisch ist es, als wären wir in einem schalldichten Raum, vom Rest der Welt abgeschottet.

Daran bin ich nicht gewöhnt: die Leichtigkeit, die Gemütlichkeit, das völlige Fehlen des Bedürfnisses, irgendwo anders zu sein.

Zum ersten Mal seit einer Ewigkeit denke ich, dass ich mich daran gewöhnen könnte.

Zum Nachtisch gibt es einen Schokoladenkuchen, der so dicht ist, dass er den Tisch zu zerdrücken droht, und eine Crème brûlée mit einer so perfekten Kruste, dass ich fast zögere, sie zu zerbrechen. Am Tisch wird es für eine Minute still, wir vier vereint in der stillen Anbetung von Zucker und Butter. Maria macht ein Foto. Ethan tut so, als wäre es ihm egal, bittet aber sofort darum, es auf sein Handy geschickt zu bekommen.

Der erste Bissen Kuchen ist so reichhaltig, dass mir die Zähne wehtun. Ich schiebe ihn zu Noah, der eine Augenbraue hebt, aber anbeißt. Wir reichen die Teller herum, tauschen Bissen und unauffällige Beleidigungen aus. Ausnahmsweise zähle ich nicht jede Kalorie oder denke an die Trainingseinheit im Fitnessstudio, die ich später zur Sühne brauchen werde.

Noahs Handy vibriert auf dem Tisch, ein leises Summen, das das Kerzenlicht durchdringt. Er schaut auf den Bildschirm, und ich weiß, bevor er etwas sagt: Trauma-Alarm. Er zögert, sein Daumen schwebt über der Benachrichtigung.

Ich kann den Zwiespalt in seinem Gesicht sehen – berufliche Verpflichtung gegen die Verlockung von Kuchen und Gesellschaft. Der alte Noah wäre ohne ein Wort gegangen. Der neue Noah sieht zuerst mich an.

»Geh«, sage ich, bevor er protestieren kann.

Er runzelt die Stirn, als wäre das eine Art Trick. »Sicher?«

Ich beuge mich vor und küsse ihn, nur eine Berührung der Lippen, aber genug, um Maria nach Luft schnappen und Ethan plötzlich sehr an dem Muster der Tischplatte interessiert sein zu lassen.

»Geh«, wiederhole ich. »Ich hebe dir deinen Nachtisch auf. Keine Versprechen, dass er die Nacht überlebt.«

Er lacht und Erleichterung durchströmt seine Haltung. Er zieht seinen Mantel an, küsst mich auf den Scheitel und eilt davon, eine schwache Aura von Aftershave und Adrenalin zurücklassend.

Maria schaut zum Ausgang, dann dreht sie sich mit einem ehrfürchtigen Blick zu mir um. »Hast du ihn gerade mitten beim Nachtisch gehen lassen?«

Ich gabel ein Stück Schokoladenkuchen auf und genieße es langsam, bevor ich antworte. »Habe ich. Und wenn er seine Karten richtig spielt, wärme ich ihn ihm sogar auf, wenn er zurückkommt.«

Ethan lacht – ein leises, ehrliches Geräusch. Maria mustert mich noch eine Sekunde lang, als würde sie ihr geistiges Bild von mir neu kalibrieren.

»Ich bin beeindruckt«, sagt sie schließlich. »Ich hätte einen Anfall bekommen.«

»Das liegt daran, dass du eine Romantikerin bist«, sage ich, nicht unfreundlich.

Sie grinst. »Und du bist ... was genau?«

Ich überlege, während ich die Reste der Crème brûlée verrühre. »Effizient«, sage ich. »Vielleicht sogar sentimental, mit Verzögerung.«

Maria scheint damit zufrieden zu sein, oder zumindest amüsiert. Wir finden wieder in den Rhythmus des Essens zurück, Ethan und Maria necken sich abwechselnd, ich spiele Schiedsrichter, muss aber nicht wirklich eingreifen. Noahs Abwesenheit ist spürbar, aber nicht schmerzhaft. Es ist einfach nur ... Raum, der darauf wartet, gefüllt zu werden.

Wir reden eine Weile über nichts – Lieblingsfilme, schlimmste Dates, der existenzielle Schrecken der medizinischen Abrechnung. Maria erzählt eine Geschichte über einen katastrophalen Valentinstag mit einer Ziege, einem Heliumballon und einem unglücklichen Missverständnis über Laktoseintoleranz. Ich lache, wirklich lache, und spüre, wie der Klang bis in meine Zehenspitzen nachhallt.

Hin und wieder schaue ich zur Tür und erwarte halb, dass Noah in einem Wirbel aus Krankenhausgrün auftaucht, aber ich spüre nicht die alte Angst des Wartens. Wenn überhaupt, fühle ich mich leichter. Als hätte ich endlich gelernt, präsent zu sein, selbst wenn die Zukunft immer nur einen Trauma-Anruf entfernt ist.

Wir essen die Desserts auf, und Maria besteht darauf, Kaffee für den Tisch zu bestellen. Die Kellnerin bringt ihn mit einer Prise Verurteilung, aber wir ignorieren sie. Wir drei verweilen, bis das Lokal anfängt, Stühle auf die Tische zu stellen und um unsere Füße herum zu wischen.

Als wir unsere Sachen zusammenpacken, umarmt mich Maria – kurz, aber heftig. Ethan bietet einen Handschlag an und wechselt dann in letzter Sekunde zu einem Schulterklopfen. Wir verlassen das Restaurant in einer lockeren, ziellosen Gruppe, die Nachtluft ist frisch und sauber nach der sirupartigen Wärme drinnen.

Ich schaue auf mein Handy. Keine neuen Nachrichten. Ich stecke es seltsam zufrieden weg.

Vielleicht überlebe ich nicht nur. Vielleicht lebe ich.

Capitol Hill nach Mitternacht ist im Grunde das letzte Level eines Videospiels – schrullige NSCs, unvorhersehbare Gefahren und ein Belohnungsbildschirm am Ende, wenn man es bis zu seiner Wohnung schafft, ohne über einen losen Ziegelstein zu stolpern oder von einem Amateur-Straßenpoeten belästigt zu werden.

Maria, Ethan und ich stolpern aus dem Restaurant in die nach Ozon und Straßenlaternen riechende Luft. Maria hat den restlichen Kuchen für Noah eingepackt (»Protein für die Erholung nach dem Trauma«, beharrt sie); Ethan hat einen Stapel Servietten requiriert und bekämpft damit gerade einen Chiliöl-Fleck auf Marias Mantel.

Der Weg zur Hauptstraße ist gemütlich und langsam, niemand hat es eilig, woanders zu sein. Maria und Ethan biegen an der Ampel ab, auf dem Weg zum Parkplatz und wahrscheinlich zu ungenehmigtem Geknutsche auf dem Vordersitz von Ethans Prius. Maria hält gerade lange genug inne, um mich noch einmal zu umarmen, diesmal mit weniger Kraft, aber mehr Absicht.

»Du kommst nächste Woche zum Brunch«, sagt sie. »Keine Ausreden.«

»Geht nicht«, sage ich. »Ich habe einen festen Termin mit meiner Couch und eine Vergangenheit mit schlechten Netflix-Entscheidungen.«

Sie schnaubt, unbeirrt. »Bring Noah mit. Oder nicht. Hauptsache, du tauchst auf.«

Ich verspreche nichts, aber wir beide wissen, dass ich da sein werde.

Sie verschwinden über den Zebrastreifen, und ich bleibe mit einem leicht schiefen Karton Kuchen und dem Luxus meiner eigenen Gesellschaft auf dem Bürgersteig zurück.

Ich genieße ihn, diesen Spaziergang. Die Stadt ist leiser als sonst, das Summen des entfernten Verkehrs weniger hektisch, die Luft weniger wie eine Waffe und mehr wie ein Versprechen. Die Fußgängerampeln klicken und surren, die Lichter wechseln für niemanden. Ich schlendere an einem Tattoostudio vorbei, das um ein Uhr morgens noch in Neonlicht leuchtet, an einer Bäckerei, die sich auf den morgendlichen Ansturm vorbereitet, an einem Mann im Regenmantel, der mit einem Hund Gassi geht, der älter aussieht als manche Bäume.

Auf halbem Weg nach Hause brummt mein Handy. Es ist Noah:

> Drei Traumatas, ein Burrito, null Dessert. Schick Hilfe.

> Bereitschafts-Cupcakes im Gefrierfach. Weck mich, wenn du zu Hause bist.

Er antwortet mit einem GIF von einem erschöpften Faultier, das in eine Decke gewickelt ist. Ich speichere es in meinen Aufnahmen, neben einem Foto von uns beiden von heute Abend. Darauf sind wir beide halb blinzelnd, mitten im Lachen, spontan und offen.

An einer roten Ampel bleibe ich stehen und schaue in das Schaufenster eines Vintage-Ladens. Mein Spiegelbild starrt zurück – windzerzaustes Haar, verschmiertes Make-up, der Mantel mit Puderzucker bestäubt. Ich sehe nicht effizient aus. Ich sehe nicht einmal zurechtgemacht aus. Ich sehe ... glücklich aus. Unvollendet, aber nicht zerbrochen.

Und damit bin ich einverstanden.

Ich schaffe es in Rekordzeit nach Hause, schließe meine Wohnung auf und stelle den Kuchen auf die Anrichte. Der Raum ist genau so, wie ich ihn verlassen habe: ordentlich, kalt, vielleicht ein wenig einsam. Aber es ist meine Einsamkeit, zu meinen Bedingungen. Und sie ist nur vorübergehend.

Ich ziehe meinen Schlafanzug an, schaue noch einmal auf mein Handy. Nichts Neues von Noah. Ich putze mir die Zähne, überlege, ob ich ihm eine Gute-Nacht-Nachricht schreiben soll, und entscheide mich dann dagegen. Er wird bald hier sein.

Ich klettere ins Bett, die Laken sind kühl und glatt auf meiner Haut. Ich starre an die Decke und lausche der Stille, zähle die Dinge auf, die mich früher wach gehalten haben. Die Liste ist kürzer als je zuvor.

Vielleicht fühlt sich so Frieden an. Vielleicht wird morgen eine Katastrophe, oder vielleicht wird es mehr vom Gleichen sein. So oder so, ich werde es überleben. Besser noch, ich werde leben.

Ich schließe die Augen und drifte weg, Kuchen in der Küche, die Stadt vor meinem Fenster und das beständige, sichere Wissen, dass ich genug bin.

ANMERKUNG DER AUTORIN

Hallo,

Vielen Dank, dass du *Begegnung um Mitternacht* gelesen hast!

Es hat sehr viel Spaß gemacht, es zu schreiben. Ich hoffe wirklich, es war eine unterhaltsame Lektüre.

Wenn dir das Buch gefallen hat, wäre ich unglaublich dankbar, wenn du so nett wärst, eine Rezension zu hinterlassen.

Rezensionen helfen Autoren aus mehreren Gründen wirklich sehr, nicht zuletzt, weil sie Feedback darüber geben, was den Lesern gefällt, und die Sichtbarkeit des Buches auf Online-Verkaufsseiten verbessern.

Vielen Dank im Voraus und ich freue mich darauf, deine Gedanken zu lesen.

Alia xx

ÜBER DIE AUTORIN

Alia Smith schreibt herzerwärmende romantische Komödien voller Witz, Charme und genau der richtigen Portion Chaos.

Wenn sie gerade keine Liebesgeschichten verfasst, findet man sie meist eingekuschelt mit einem Buch, emotional involviert in Reality-TV oder dabei, zu verhindern, dass Galaxy – ihre Katze und wichtigste Muse – sich auf ihre Tastatur setzt.

Sie lebt in einem gemütlichen Haus in Oxfordshire und ist fest davon überzeugt, dass jede große Romanze mit einer guten Tasse Tee beginnt.

 instagram.com/aliasmithbooks

BINGE THE SERIES

BALKON media